TANGSONG SHIQI WENXUEJIAN DE

JIAOLIU YU YINGXIANG

唐宋时期文学间的交流与影响

王亚丽　张　宁　张素玲◎著

吉林文史出版社
JILIN WENSHI CHUBANSHE

图书在版编目（CIP）数据

唐宋时期文学间的交流与影响研究 / 王亚丽，张宁，张素玲著 . -- 长春 ： 吉林文史出版社，2024. 9.

ISBN 978-7-5752-0665-5

Ⅰ . I209.99

中国国家版本馆 CIP 数据核字第 20245AU363 号

唐宋时期文学间的交流与影响

TANGSONG SHIQI WENXUEJIAN DE JIAOLIU YU YINGXIANG

出 版 人 ：张　强

著　　者 ：王亚丽　张　宁　张素玲

责任编辑 ：柳永哲

封面设计 ：杨凤玲

出版发行 ：吉林文史出版社

地　　址 ：长春市福祉大路 5788 号

邮　　编 ：130117

网　　址 ：www. jlws. com. cn

印　　刷 ：吉林省信诚印刷有限公司

开　　本 ：710mm×1000mm　　1/16

印　　张 ：15.75

字　　数 ：240 千字

版　　次 ：2024 年 9 月第 1 版　2024 年 9 月第 1 次印刷

书　　号 ：ISBN 978-7-5752-0665-5

定　　价 ：68.00 元

前　言

　　纵观中国古代文学发展历程，唐宋时期堪称繁荣鼎盛、成就斐然的巅峰阶段。现如今诗歌、词、散文等文体迭经演进，呈现出传承与创新并蓄、交相辉映的勃勃生机。然而，学界长期以来对唐宋文学的研究，或偏重唐代，或偏重宋代，或局限于某一文体，鲜有将二者置于同一视域下，从动态交流、相互影响的角度展开系统考察。因此，本书拟以唐宋时期文学间的交流与影响为研究主题，力图在学术史与问题意识的多重交叉映照下，通过纵向梳理、横向比较，探析唐宋文学的发展脉络、演进轨迹，从而为这一研究领域提供新的学术视角与话语空间。

　　选题缘起，一则源于学术积累。笔者从事古代文学研究多年，尤其关注唐宋时期，长期从事相关文献的搜集、整理与研究，积累了丰厚的学术资源；二则源于问题意识。通过审视既有研究可以发现，尽管唐宋文学研究领域成果颇丰，但多聚焦于文学自身，而忽略了唐宋两个阶段文学间的继承与变革这一关键问题。本书拟以此为切入点，对唐宋文学研究形成有益补充；三则源于现实关怀。在当下复兴传统文化的语境中，深入研究唐宋文学，对于重新认识并弘扬中华优秀传统文化，具有重要的现实意义。

　　全书研究视野广阔，不仅涵盖诗歌、词、散文等各种文体，还关注唐宋文学发展的大背景、文学批评、域外传播等诸多向度。在梳理唐宋文学发展时代背景的基础上，本书分别从唐宋诗歌、词、散文、戏曲、小说等文体入手，考察其承继与变革、影响与互动的关系，揭示不同文体在两个时期的演进规律。同时，本书也注重探讨唐宋文学批评的发展与影响，审视其对文学创作的反作用力。此外，对唐宋文学在域外的传播与影响，本书亦有涉及，从而在更加开阔的时空视野下，多维展现唐宋文学的历史图景。尤其需要指出的是，本书不仅关注唐宋文学的发展脉络，更注重探析其中蕴含的文化精神和美学旨趣，并由此引申至当下，思考唐宋文学对于新时代文化建设的启示意义。

　　本研究坚持将文学置于时代语境中考察，力求准确把握唐宋文学演进的

1

内在逻辑；注重多学科视野融合，从文学、史学、文化学等多维视角切入，力求全面立体地呈现唐宋文学的交流图景；崇尚实证精神，力求为每一论断提供充分的文献依据。在研究中，所用资料丰富翔实，除汲取前人研究成果外，还广泛吸收笔者主持整理的唐宋时期各类别集、总集、笔记小说等文献中的诸多珍贵史料，其中不乏新近发现的孤本、稿本，如敦煌遗书、日藏宋元写本等，大幅提升了论证的可靠性与说服力。

本书的写作得到诸多方家学者的悉心指导，他们或提供珍贵资料，或出谋划策，或对观点提出质疑，令笔者获益匪浅，同时也得到家人与友人的鼎力支持，他们不辞劳苦，为笔者分忧解难，使笔者得以全身心投入研究。对此，谨致以诚挚的谢忱。

撰写此书，笔者秉持的正是古人述而不作，信而好古之精神，力图以实事求是有识之论重现唐宋文学的风采。正如王国维先生所说，凡一时代之文学，必与一时代之思想相表里，而后人但见其所表之文学，而不见其所里之思想，是亦观见之不博也。透过唐宋时期文学作品所呈现的所表之象，发掘其背后所蕴之意，正是本书的主旨所在。全书力求在博采众长的基础上另辟蹊径，希冀通过自己的探索，抛砖引玉，为学界带来一些新的学术思考，也为传统文化的弘扬贡献绵薄之力。

本书内容如有不妥之处，敬请批评指正。学术之路任重道远，笔者将秉承述往以来的治学理念，矢志不渝地耕耘于古代文学研究领域，力图写出无愧于时代、无愧于学术良知的力作。

目　录

第一章　唐宋文学的时代背景

　　文学作为一种社会文化现象，与其所处的时代背景息息相关。在唐宋时期，中国社会经历了一系列深刻变革，政治、经济、文化等各个领域都呈现出新的面貌。这些变化对文学的发展产生了深远影响，奠定了唐宋文学的基调。本章拟从政治制度、经济环境、文化氛围三个维度，对唐宋文学的时代背景进行勾勒，以期为全书考察唐宋文学的交流与影响提供历史语境。梳理既有研究可以看出，学者们对唐宋文学的时代背景已有诸多论述。他们或分析时代对文学的影响，或考察文学对时代的反映，在不同层面揭示了唐宋文学与其时代背景的关联。然而，这些研究大多侧重于单一时期或某一背景要素，缺乏对唐宋时期政治、经济、文化环境的系统比较，难以形成对唐宋文学时代背景的整体认知。本章在吸收前人研究的基础上，拟对唐宋两朝的时代背景进行梳理比勘，进而考察其异同对文学发展的影响，以期在宏观背景下把握唐宋文学的演进脉络。具体而言，首先，本章考察唐宋两朝的政治制度，以期发现不同的政治环境对文人群体产生的影响。其次，将探讨唐宋经济的发展状况，特别是商品经济的勃兴对文人阶层及其创作的影响。最后，将比较唐宋时期的文化环境，重点分析儒释道三教以及士大夫文化品位的变迁，进而考察其对文学观念的影响。在此基础上，将综合政治、经济、文化等方面的考察，分析唐宋时代背景对文学发展的整体影响，揭示两个时期文学演变的内在动因。本章意在为其后各章考察唐宋文学的互动与影响提供坚实的历史依据，同时也为理解中国古代社会发展与文学演进的关系提供一个富有启示的视角。相较于以往研究，本章的创新之处在于系统比较视野的引入，力图在动态的比较中呈现唐宋文学时代背景的异同及其影响，从而为把握唐宋文学发展的内在逻辑提供新的思路。唐宋时期，中国社会的方方面面都发生了深刻变化。这些变化交织影响，共同构成了这一时期文学发展的时代背景。准确把握这一背景，对于理解唐宋文学的发展历程至关重要。本章通过对这一背景的系统考察，希冀能够厘清那个时代留给文学的烙印，进而为解读唐宋文学这一璀璨篇章提供一把钥匙。

第一节　唐代的政治经济与文化

在中国古代社会的发展中，唐代是一个重要的节点，其政治、经济、文化的诸多特征对文学的发展产生了深刻影响。本节拟从三个层面对唐代的时代背景进行考察：一是政治制度，重点分析科举制度的形成及其对文人的影响；二是经济发展，特别是长安、洛阳等城市的繁荣对文人生活的改变；三是文化氛围，着重探讨儒学地位的提升以及佛教的广泛传播对文学创作的影响。通过多维度的考察，力求展现一个立体多彩的唐代图景，以期为理解盛唐文学的辉煌提供历史语境。

一、唐代的政治制度

唐代是中国古代政治制度的鼎盛时期，其政治体制的诸多方面都对文学的发展产生了深远影响。[1] 唐代的政治制度继承并发展了隋朝的统治模式，形成了门阀政治与中央集权并存、科举制与世袭制交错的独特格局。这一政治格局深刻影响了唐代文人的政治心态、生活方式乃至创作取向，为理解盛唐文学的繁荣提供了重要的制度语境。本节拟从中央集权的强化、科举制度的创立与完善以及礼法制度的革新三个维度，剖析唐代政治制度与文学发展的关联，展现政治制度这一时代大背景给文学烙下的印记。

（一）中央集权的加强

唐代是中国古代中央集权国家发展的重要阶段。隋朝建立的三省六部制在唐

---

① 刘欣悦. 走进大唐荣耀—盛唐之诗高潮到来前的蛰伏 [J]. 青年文学家，2019（02）：92-93.

代得到了进一步的巩固和完善，特别是门下省、中书省、尚书省三省分掌政事、出纳、审核，形成了制衡有序、分工协作的政治运行机制。尚书省下辖吏、户、礼、兵、刑、工六部，分别掌管人事、财政、礼仪、军事、司法、工程等具体事务，逐步形成了职能明晰、分工细致的行政管理体系。与此同时，唐朝还严格控制地方藩镇，削弱其军政大权，加强中央对地方的控制。特别是永徽革新后，朝廷确立了强干弱枝的基本国策，进一步强化了中央集权。

中央集权国家的巩固，为唐代文学繁荣提供了稳固的政治基础。一个统一、有序的帝国，意味着文化政策的一致性、文化资源的集中性都大为提高。作为帝国的文化中心，长安、洛阳等地云集了大批文人学士，他们或出仕为官，或游学讲学，形成了前所未有的文化繁盛景象。韩愈在《送孟东野序》中所描述的泮池之地，士无贤不肖皆往；缙绅之宠，人无劳逸皆欢的景象，正是统一帝国背景下长安地位的真实写照。一个强有力的中央政权，还意味着对地方文化的辐射能力、对周边国家的文化影响力大为提升。正是在统一的国家语境下，唐诗、唐音等才得以迅速传播，形成广泛影响。

（二）科举制度的创立

隋炀帝大业元年首开进士科，开创了选官不问出身的先河。唐代在隋的基础上，进一步完善科举内容，将诗赋、时务策等纳入考试范围。武则天执政期间，凡制科举，皆亲自为文而出之，大幅提高了进士科的地位。开元年间，玄宗又将进士科独立于明经等科之外，形成了完整的科举考试体系。科举制的创立，极大拓宽了平民子弟的仕进之路。科举制的实行，不仅为帝国源源不断地输送人才，在更深层次上，科举制所倡导的朝为田舍郎，暮登天子堂的理念，激发了普通民众对个人才能、知识学问的尊崇，成为推动整个社会转型的重要力量。

科举制对唐代文学的影响是深远的。以诗赋取士是唐代科举考试的显著特点，这直接刺激了文人学子对文学创作的热情。无数寒门子弟正是凭借着骚赋歌行，考取功名，改变人生命运。上元二年进士及第的上官仪，是位下层官吏之子，正是他在《喜晴》诗中所吟咏的"春风得意马蹄疾，一日看尽长安花"的心情，成为无数寒门学子的人生写照。以文取士的倾向，极大拓展了唐诗的题材内容，出现了大量反映寒士生活与心态的诗篇，如王维的《秋夜曲》、高适的《赋得秋霜叶丰》等名篇，都生动再现了寒士备赴科举的情形。科举制催生了一个新的文人群体——寒门学士，在他们身上，既有儒雅传统，也有进取意识，这种独特的生存体验与心理背景，无疑为盛唐文学注入了新的活力。

（三）礼法制度的革新

唐代的另一项制度建设，是在传统的礼法秩序基础上进行革新。唐朝吸收、整合了魏晋南北朝时期的律令制度，颁布了更为完备、成熟的律令格式。唐初颁行的《武德律》，就秉承依古制律，斟酌损益的原则，对北齐的法律进行了系统修订；唐后期完成的《唐律疏议》，则将历代的律令进行了总结提炼，成为中国古代律令体系的集大成者。除法律外，唐朝还积极吸纳儒家伦理，将其法律化、制度化。《贞观政要》《帝范》等书的编纂，体现了唐王朝推行儒学的努力。经过几代君主的推崇，唐代逐渐形成了以儒学为支柱、百家并存的意识形态格局。

完备的礼法制度为唐代社会的稳定运行奠定了基础，也深刻影响了文人士大夫的生活方式和价值观念。一方面，律令制度的完善，为士大夫参与政治提供了基本游戏规则，他们必须在为君之道的约束下行事，形成了独特的政治伦理。韩愈在《原道》中提出"博爱之谓仁，行而宜之谓义"的主张，体现的正是儒家伦理的核心精神；[①]另一方面，儒学地位的提高，也深刻影响了文人的生活理想和情怀追求。以《论语》《孟子》为代表的儒家经典，不仅是士子应对科举的必读之物，也成为文人日常吟诵、谈论的重要内容。儒雅之风无疑对唐代文人的性情、审美趣味产生了重要影响。

综合以上所述，唐代通过强化中央集权、创立科举制度、完善礼法体系，形成了一整套较为成熟完备的政治制度。这些制度安排塑造了唐代社会的基本格局，也深刻影响了士人文人的生存环境和心理状态。统一的帝国版图、良性的用人机制、儒雅的精神氛围等，共同构成了唐代文人创作的时代语境。正是在这样一种政治背景下，无数文人才俊得以脱颖而出，众多不朽诗篇得以问世，盛唐气象才得以彰显于后世。

---

① 张利群.论中华美学精神的内涵构成及现代意义[J].学习与探索.2017（11）：169-175.

唐代政治制度对文学发展的影响，绝非一时一事，而是渗透在方方面面，需要具体问题具体分析。本文概述性地论及中央集权、科举制度、礼法制度三个方面，意在抛砖引玉，激发学界对唐代政治制度与文学的关联做进一步探讨。唐代政治制度的形成本身就是一个动态变化的过程，其与文学发展的互动也呈现出阶段性特点，这些都有待学人做更加细致深入的考察。总之，唐代政治制度作为一种宏观语境，对唐代文学产生了深刻而持久的影响。① 对这种制度——文学关系的深入认知，无疑有助于我们更好地把握盛唐文学的时代精神与审美风貌。

二、唐代的经济发展

在唐代，中国的古代经济达到了鼎盛时期。无论是农业生产还是手工业、商业的发展，都达到了空前的规模和水平。经济的繁荣为文化事业的发展提供了坚实的物质基础，也深刻影响了唐代文人的生活方式和精神面貌。城市的繁华、商品的丰富、交通的发达等，共同构成了一幅生机勃勃的唐代经济图景，这一图景在很大程度上塑造了盛唐文学的基本特质。本节拟从农业生产、手工业与商业、交通贸易三个方面，探讨唐代经济发展与文学之间的关联，揭示经济因素在唐代文学发展中的重要作用。

（一）农业生产的发展

唐代农业生产的一个重要标志，是土地兼并的加剧。初唐时，朝廷秉承抑兼并，禁资产的政策，力图控制豪强地主的兼并活动。然而至开元、天宝年间，皇权与豪强的联盟日益紧密，土地兼并遂不可遏止。玄宗时宰相李林甫就拥有田产数千顷，号称宅连伍里。土地兼并加剧了贫富分化，形成大量无地或少地的佃农。他们或沦为私客佃户，或背井离乡到都市讨生活，形成唐代农村新的阶层结构。

与此同时，土地兼并也带来农业生产力的提高。唐代的寺院、官府成为大土地所有者，他们雇用大量农户从事生产，形成规模宏大的农庄经济。这些农庄往往拥有先进的农具，实行精耕细作的方式，其生产效率较之一般农户有明显提高。农业生产的发展，使唐代形成了家给人足的社会景象。《全唐诗》中对美好村居

① 李美容. 论唐代文人的漫游 [J]. 湖南冶金职业技术学院学报，2006（04）：：510-513.

生活的描绘比比皆是，如王维《山居秋暝》中的"空山新雨后，天气晚来秋。明月松间照，清泉石上流"的诗句，正是反映了唐代农村经济的丰裕景象。①

（二）手工业与商业的繁荣

唐代经济发展的另一重要标志，是手工业与商业的空前繁荣。这一时期，许多手工业部门都达到了相当高的水平。以织绢业为例，蜀地、江南等地都形成专业的织绢手工业作坊，其产品远销西域、日本等地。唐朝后期，原料、燃料供给不足，手工业生产出现衰退，产品日益粗糙，这也成为衰唐经济的一个缩影。

与手工业相伴随的，是唐代商品流通的频繁。长安、洛阳、扬州、广州等城市先后成为重要的商业中心，其中尤以长安最为繁华。据《长安志》载，长安城内就有东西市、北市等大型市场，经营各类商品。商业的发展带动了城市的繁荣，酒肆、茶坊、乐坊等各类场所纷纷涌现，构成了唐代独特的市井景观。白居易在《百道杂诗》中所描述的街南绮罗笼金翠，街北鲍肆烂青红的景象，正是唐代城市经济繁华的真实写照。

商品经济的发展，带来了商人阶层的兴起。为适应商品流通的需要，唐代出现了帛、绢等布币，在一定程度上发挥了货币职能。商人凭借手中的资本，逐渐成为都市新的社会力量。卢象在《贾客篇》中对商人的刻画，体现出世人对商人财富的羡慕。商人阶层的壮大，使得唐代形成了官、商、僧并立的社会结构，商人开始在经济、文化生活中扮演日益重要的角色。

（三）交通贸易的发达

唐代经济发展的又一特点，是交通与贸易的高度发达。唐王朝统治下的疆域辽阔，各区域经济往来频繁。唐朝修筑的驿道四通八达，大运河更是直通南北。《唐会要》载开元年间天下驿站多达 1639 处，反映了唐朝交通的便捷。交通的发达促进了人口迁徙，不少文人如李白、杜甫等都曾漫游天下，留下诸多名篇佳作。

丝绸之路的开通，是唐代对外贸易的重大标志。这一时期，中国与中亚、西亚等地区的贸易空前频繁。长安、洛阳等地先后成为国际化大都市，各国使节、商旅川流不息。这种大国风范在白居易的《北亭》诗中得到淋漓尽致的体现。对

---

① 刘文 . 论王维《山居秋暝》的意境美 [J]. 教育教学论坛，2012（33）：267-268.

外贸易的发展不仅促进了物产交流，也推动了多元文化的交融。佛教、景教等外来文化经由陆上丝绸之路传入中土，对中国文化产生了深远影响。与此同时，唐代的瓷器、丝绸、茶叶等也随着海上丝绸之路走向世界，大幅提升了中华文明在域外的影响。

唐代是中国古代政治经济的鼎盛时期，经济的发展达到了一个新的高度。农业生产力的提高为社会提供了稳定的物质基础，手工业、商业的繁荣刺激了都市经济的勃兴，交通贸易的发达则打通了各区域之间的经济动脉。经济的发展深刻影响了唐代社会的方方面面，也给文学发展打下了深刻的烙印。

农业生产的发展为文人提供了安定的生活保障，他们得以专注于诗文创作，出现李白"安能摧眉折腰事权贵，使我不得开心颜"的洒脱人生态度。手工业、商业的繁荣催生了富庶多姿的都市生活，各类声色犬马构成了独特的世俗景观，这在白居易的讽喻诗中得到了充分反映。交通、贸易的发达则极大拓宽了文人的视野，他们往来于各地名胜间，广泛吸收域外文化养分，形成了开阔的人文情怀，这从杜甫的《秦州杂诗》等篇章可见一斑。

总之，唐代经济的发展与繁荣，构成了一个丰盈多彩的物质世界，为盛唐文学的勃兴提供了现实支撑。文人士子置身于经济的洪流之中，他们的物质生活得到改善，精神视野日益开阔，深刻影响了他们的创作。因此，对唐代经济发展的考察，对于深入理解盛唐文学的发展背景，把握其时代特质具有重要意义。唐代经济与文学之关系尚有诸多问题有待深入探讨，譬如经济变迁对文学演进的影响、文学对世俗生活的反映等，都是颇具开拓性的研究方向，需要学界投入更多关注。

三、唐代的文化特征

唐代不仅是中国古代政治、经济的鼎盛时期，在文化领域同样取得了辉煌成就。这一时期，儒、道、佛三教并驾齐驱，互相交融；书院、慈善等社会文化事业蓬勃发展；文学、艺术呈现出空前繁荣的景象。多元文化交融、百家争鸣是这一时代的基本文化特征，它们共同构成了唐代文化的基本图景，也深刻影响了文学的发展走向。本节拟从三教融合的思想背景、世俗文化事业的发展、文学艺术的繁荣三个维度，探讨唐代文化发展的总体风貌，进而分析其与文学发展的关联，揭示文化因素在唐代文学发展中的重要作用。

（一）三教融合的思想背景

唐代文化的一个显著特点，是儒、道、佛三教思想的交融。儒学一直是中国古代的正统思想，唐代的统治者更是将其奉为治国理政的指导原则。贞观之治时期，唐太宗多次召集儒臣讨论治国方略，并命魏徵、虞世南等修订五经，其重视儒学可见一斑。与此同时，玄学思想也得到了广泛传播。老庄思想中的无为而治、清静无为等观念，对唐代文人产生了深远影响，陶渊明、王维等人的隐逸诗篇就充满了道家色彩。

佛教则是唐代文化的一大亮点。这一时期，佛教在中国的传播达到顶峰，出现慧能、神会等一批杰出高僧，禅宗也臻于成熟。佛教的传播带来了寺院经济的勃兴，佛寺遍布城乡，同时也深刻影响了文人的生活方式和价值取向。王维、白居易等都是虔诚的佛教徒，佛教思想在他们的作品中均有体现。寺院还是文人聚会、交流的重要场所，寺院文化也由此得到了长足发展。

三教在唐代可谓相得益彰，它们相互借鉴、融合，共同构成了唐代多元一体的文化生态。韩愈在《原道》中虽对佛教、道教有所批评，但也没有完全摒弃二者，而是主张儒学为本、兼采百家，体现出一种文化兼容并蓄的态度。三教融合的文化氛围，极大地丰富了唐代士人的精神世界，也为文学创作提供了丰厚的思想资源。诗人或吟咏佛理，或抒发玄思，或探讨人伦，形成了题材丰富、境界高远的诗歌景观。

（二）世俗文化事业的勃兴

唐代文化的另一特征，是世俗文化事业的勃兴。伴随着经济的高度发展，唐代涌现出一批面向普通民众的社会文化机构，它们在满足人们精神文化需求的同时，也推动了文人阶层与民间文化的交流。

书院是这一时期最具代表性的文化机构。它们多由官府、寺院或文人集资创办，是文人讲学、藏书的重要场所。长安的文籍阁、洛阳的集贤院等，都是当时著名的书院。书院的兴办不仅为文人提供了一个研习、交流的平台，也在一定程度上普及了民间教育。慈善事业的发展，同样体现了唐代世俗文化的繁盛。各地兴办的悲田院、养病坊、安济坊等，为贫苦大众提供了基本的生活保障。文人积极参与其中，如白居易就曾在苏州刺史任上兴办了数所慈善机构，体现出士大夫的社会责任感。

　　除书院、慈善机构外，唐代还出现了大量的民间文化组织，如诗社、乐社、话本社等，它们成为普通民众参与文化活动的主要载体。这些组织经常举办诗会、曲艺表演等活动，许多民间艺人、说话人由此崭露头角。民间文化的繁荣极大拓宽了艺术创作的视野，丰富了艺术表现的内容，为文学发展注入了新的活力。敦煌变文的兴起，宋元话本、南戏的萌芽，都与唐代民间文化事业的发展密切相关。

（三）文学艺术的繁荣

　　唐代文化发展的集中体现，是文学艺术空前繁荣。在诗歌领域，这一时期选出李白、杜甫、白居易等一批大家，出现王维的田园诗、孟浩然的山水诗、李贺的恐怖诗等各具特色的流派，形成了中国古典诗歌的高峰。王昌龄的边塞诗、李白的浪漫诗、杜甫的现实主义诗，共同构成了盛唐诗歌的多元图景，体现出强烈的时代精神。散文领域，古文运动兴起，出现了韩愈、柳宗元等一批杰出的古文大家。骈文也达到了新的高度，李华、李商隐等都是这一时期的骈文名家。

　　小说、戏曲虽尚处萌芽状态，但也呈现出勃勃生机。敦煌变文、传奇小说均受到文人的青睐，为后世小说的发展奠定了基础。曲艺则更为普及，大曲、参军戏在民间广泛流行，各色说话人、艺人往来于市井之间，形成了独特的表演文化图景。此外，书法、绘画、雕塑等艺术门类也臻于化境。颜真卿、柳公权、阎立本等都是这一时期的代表人物。文学艺术的繁荣反映出盛唐文化的昌盛，同时也为后世文学艺术的发展提供了丰厚的滋养。

　　多元融合、百花齐放是唐代文化发展的基本特征。儒、道、佛三教相互交融，形成了丰富的思想文化资源；书院、慈善等世俗文化事业蓬勃发展，加强了文人与民间的交流；文学艺术百花齐放，其发展水平达到了古代社会的顶峰。唐代文化的发展，不仅反映了这一时期社会的繁荣昌盛，也为文学发展提供了丰沃的土壤。正是在这样一种文化语境下，涌现出诸多文学大家，创作出灿若星河的不朽篇章。

　　具体而言，三教交融为文学注入了多元的思想内涵。儒家的伦理观念体现在白居易的讽喻诗中，道家的隐逸情怀溢于王维的田园诗里，佛教的空灵禅境渗透在王昌龄的边塞诗中。世俗文化事业的勃兴，又使文人常与民间接触，许多诗人把目光投向社会底层，关注现实民生，这既拓展了文学表现的领域，又丰富了文学创作的题材。而空前繁荣的文学艺术，更是直接推动了文学样式的革新和文学品位的提升。

　　由此可见，唐代文化与文学可谓相辅相成，二者交相辉映，共同书写了这一时代的绚丽风华。正如鲁迅所言：唯其文明，故能有此文学。透过唐代文学这一璀璨星河，我们完全可以一窥盛唐文化的壮阔与辉煌。反之，若要真正读懂盛唐文学，离开了唐代的文化语境，也是难以想象的。唐代文化与文学的关系，尚有许多值得探讨的问题，如文学对文化的反作用、宗教文化与文学创作的关联等，这需要学界投入更多的关注。相信经过学人的不懈努力，我们对唐代文化与文学之间的互动关系，将会有更加全面深入的认知。

第二节　宋代的政治经济与文化

　　承唐代之余绪，宋代在政治、经济、文化等方面都呈现出与唐代迥异的风貌。政治上，宋代实行崇文抑武的基本国策，文人地位空前提高，士大夫政治得以确立；经济上，宋代商品经济高度繁荣，城市发展进入新的阶段，资本主义萌芽初现端倪；文化上，理学兴起，朱熹合理欲于天理的主张成为时代主流，同时，中华文明也通过域外交流实现了新的传播。总的来看，宋代无论在物质基础还是精神风貌上，都发生了深刻变化。这些变化既是宋代社会发展的必然结果，也深刻影响了宋代文学的发展走向。因此，准确把握宋代政治、经济、文化的基本图景，剖析其与文学发展的内在关联，对于深入理解宋代文学的时代特征具有重要意义。本节拟从政治制度的演变、经济结构的变迁、文化思想的嬗变三个层面，对宋代时代背景进行考察，力图展现一个立体多元的宋代社会形态，为下文分析宋代文学的发展提供历史语境。

一、宋代的政治变革

宋代是中国古代政治制度由唐代向近世过渡的关键时期，其间政治体制发生了深刻变革。这些变革集中体现在三个方面：君主专制的强化、科举制度的完善以及文官体系的优化。这三方面相辅相成，共同构成了宋代独特的政治生态，对文学的发展产生了重要影响。①

宋代君主专制空前强化。北宋先后经历两次重大变革，皇权得到空前强化。真宗时期，丁谓等人上书要求皇帝亲决政事，仁宗时期的庆历新政更是明确提出日君视朝的口号。皇帝成为国家权力的核心，君主个人的好恶、喜怒哀乐都对文坛风气产生巨大影响。真宗喜好儒学，使得儒家经义之学在北宋蔚然成风；仁宗好文，常召集大臣日夜议论文章，出现了欧阳修、苏轼、王安石等一批大文豪。南宋皇帝同样热衷文事，高宗、孝宗等都工于诗文，他们的审美情趣在很大程度上主导了南宋文坛的风气。可以说，宋代文学之所以呈现出明显区别于唐代的时代特征，与宋代皇权的强化密切相关。

宋代科举制度空前完备，对士人政治地位和文学创作产生了深远影响。北宋初，太祖即下诏恢复和改革科举制度，扩大进士科录取名额，并确立殿试定于礼部的制度。真宗时，状元、榜眼、探花之名始备，进士科的地位进一步提高。到南宋，随着守法尊严政策的实施，科举规模空前扩大，据《宋史·选举志》记载，南宋应试者常达十数万人。进士及第成为士子实现政治抱负的主要途径，士人阶层也随之迅速壮大。以诗赋取士的考试内容，极大地刺激了士人的文学创作热情。范仲淹"不以物喜，不以己悲"的情怀，欧阳修"言为士则望之，行为世范"的抱负，王安石"不患人之不己知，患其不能也"的自信，无不与科举紧密相关。相较于唐代，宋代的著名文学家几乎清一色出身于科举，他们的创作也往往受到

①程晓菡，石振平. 叛逆与传统之间——建安文人思想论 [J]. 现代语文（文学研究版），2007（12）：27-29.

科举内容的影响。例如，宋代古文家之所以偏重议论，与科举考试的策论有密切关系；而宋诗、宋词抒情言志的特点，也与士人经由科举踌躇满志然后仕途坎坷的经历息息相关。总之，宋代以诗赋取士的科举制度，是文学繁荣的重要推手。

宋代文官体系的完备，为士大夫提供了广阔的仕宦舞台。北宋沿袭唐代三省六部制，设置门下省、中书省、尚书省，分掌机要、出纳、行政，逐步完善了中央决策系统。同时又在地方设置转运使、提点刑狱司等，加强了中央对地方的控制。到仁宗时期，又设置政事堂、枢密院，以高级文官组成决策核心，进一步强化了士大夫在政治中的主导地位。士人入仕后，或地方为官，或入朝议政，这些仕宦经历成为他们文学创作的重要源泉。欧阳修 40 多岁时由馆阁升任地方官，写下了著名的《醉翁亭记》《朋党论》等，抒发自己的政治理念。司马光历任枢密副使、尚书右仆射等要职，《资治通鉴》的编撰与其丰富的从政经验密不可分。这种以文治国的传统，造就了北宋士大夫的责任意识和使命担当，推动了儒家理学的兴起，同时也推动了古文运动的兴盛。

在肯定宋代政治变革促进文学发展的同时，我们也要看到其消极影响。皇权的强化往往伴随着士人自由的束缚，文人稍有言论不慎，即有狱诏诏狱之虞。司马光在《上仁宗皇帝书》中曾言：陛下即位以来，已经十七年，奸邪之人乘间而起，忠良之士转斗而死。道尽了士人在强权统治下的悲惨处境。党争之祸更是贻害无穷，范仲淹、欧阳修、苏轼、黄庭坚等都曾被划为朋党，遭贬斥流放。这在一定程度上扼杀了士人的创作自由，形成了一种谈虎色变的惊悸心态，宋诗宋词由此呈现出婉约含蓄、情韵悠长的特点。此外，北宋变法的接连失败以及南宋偏安局面的形成，也使士人普遍感到时局动荡、生活困顿。贾似道专权，使南宋政治陷入衰周般的黑暗。金兵南侵，使许多士人流离失所，陈与义在《梅花百咏》中吟咏家散落，心惶惶。这种苦闷悲凉之情普遍见诸南宋士人笔端，成为南宋文学的一大特色。

总的来看，以强化皇权、完善科举、重用文官为主要特征的宋代政治变革，极大地改变了士人的政治地位和处境，进而影响了他们的创作心态和艺术风貌。一方面，政治文风和科举制度的完善，为宋代文学的勃兴提供了良好的制度环境；

另一方面，专制统治对士人自由的钳制，南北对峙局面对生活的冲击，又使这种繁荣呈现出区别于盛唐的特点。唐宋之际，中国社会发生了深刻的变革，产生了士大夫政治的政治格局。正是这种变化，塑造了宋代士人特有的精神风貌和生存体验，也推动了宋代文学别具一格的发展。

当然，政治变革对文学的影响是复杂而深远的，它往往与经济、文化等其他因素交织在一起，共同塑造着文学的面貌。因此，在充分认识政治变革影响的同时，我们还需要将视野拓展到更为广阔的历史背景中去，综合考察宋代社会转型的多重因素，深入把握政治与文学的互动关系，这样才能对宋代文学的发展脉络和时代特征获得更全面而深刻的认识。唐宋变革是中国历史上的重大转折，而政治变革无疑是其中最重要的方面。对于这一变革过程及其文学影响的系统考察，不仅有助于厘清宋代文学的发展线索，也为我们认识古代社会变革与文化发展的关系提供了富有启示意义的个案。

二、宋代的经济繁荣

宋代经济的繁荣是中国古代经济发展进程中的重要一环，其间商品经济空前发达，都市文化蓬勃兴起，手工业、商业、金融业迅速发展，资本主义萌芽初现端倪。这些变化深刻影响了社会结构和阶层分化，也为文学发展提供了物质基础和现实土壤。

宋代经济发展的一大特点是农业生产力水平显著提高。北宋统治较为稳定，加之土地制度改革，农业技术进步，使得农业产量大幅提升。《宋会要辑稿·食货》记载，北宋熙宁、元丰年间全国人口已达 8000 余万，是唐代的两倍有余。如此庞大的人口规模，反映出农业生产力水平的巨大进步。农业生产力的提高，不仅使得社会财富大为增加，也为工商业和都市经济的发展奠定了基础。许多文人如欧阳修、苏轼等都曾赋诗抒怀田园风光，反映农家生活，可见农业经济的发达已经成为北宋的一大景观。

与农业并驾齐驱的是城市经济的繁荣。宋代城市空前发达，出现了民壹富则移居大都的现象。开封、广州、泉州等特大城市人口都在百万以上，其中，东京开封的人口更是高达 300 多万。城市经济的主体是手工业，其中以丝织业和瓷器业最为发达。蜀地、浙江等地的丝织品驰名中外，景德镇的瓷器工艺更是独步天下。民间资本的投入使得手工业呈现出初步的工场手工业特点。与此同时，茶楼、酒肆、瓦舍勾栏等服务行业蓬勃发展，构成了宋代多姿多彩的都市生活图景。正是在这种背景下，市民文学应运而生，《清明上河图》《东京梦华录》等著作，生动再现了当时都市的繁华景象。

伴随着都市经济的发展，是商品流通的空前频繁。宋代商业之发达，远非前代可比。全国各地都形成了商品集散地，并由官方设立市舶司管理对外贸易。商人的社会地位大为提高，出现了士农工商的地位变化。马可·波罗来华时惊叹：抑从未见过邹繁华富庶的城市，货物之多，简直难以置信。商业的发达推动了商品经济的进一步发展，专门的行会组织、票号、作坊纷纷出现，资本主义萌芽初现端倪。文人熏陶于日益繁荣的商业氛围中，创作出许多反映市井生活的著作，如宋诗以白描田家生活为主，兼及城市风光。

宋代经济发展的另一大特点是金融业的勃兴。宋代是中国古代货币经济最发达的时期，国家铸币量空前增加。纸币也开始流通，交子、会子等票据在市场上广泛使用。金融业空前活跃，民间钱庄遍布全国，为工商业发展提供了信贷服务。发达的货币经济使得财富的积累更为便捷，也为文人的生活提供了更为充裕的物质保障。苏轼在《石钟山记》中对繁荣的成都作了生动描述，正是宋代经济发达的一个缩影。

经济的高度繁荣也引发了前所未有的社会变迁。宋代地主土地兼并速度加快，出现了大量的无地和少地农民，佃农比例不断上升。而在都市，随着手工业和商业的发展，出现了新的市民阶层，他们活跃于市井之间，构成了宋代独特的社会景观。士大夫阶层也发生分化，既有像王安石那样的改革派，主张变法图强；也有像司马光那样的保守派，力主维护传统。不同利益集团的对峙，党争之风日盛，遂有言必称朋党的局面。经济发展引发的社会分化，给文学创作提供了更为广阔的现实视野，许多文人笔下开始关注现实矛盾，反映民生疾苦，体现出浓厚的时代气息。

　　需要指出的是，虽然宋代经济空前繁荣，但也存在着不少问题。商品经济的过度发展导致了奢靡之风盛行，甚至出现了崇奢抑俭的不良风气。官僚资本与民间资本的矛盾日益激化，不公平的分配制度引发民怨四起。南宋末年，资本主义萌芽虽已出现，但尚未形成独立的经济形态，最终难以撑起岌岌可危的封建统治。这些问题如梦魇一般萦绕在文人心头，形成了南宋诗文婉约悲凉基调的深层原因。

　　总之，宋代经济的高度繁荣是中国古代经济发展进程中的重要一环，在农业、手工业、商业、金融等领域都取得了空前的成就，都市经济蓬勃发展，资本主义萌芽初现端倪。经济的发展深刻影响了社会结构，引发了阶层分化，也为文学创作提供了新的题材和视角。士大夫阶层分化，地主土地兼并加剧，市民阶层兴起，不同利益集团的对峙，构成了宋代复杂的社会图景，并投射在文学创作中。可以说，繁荣的经济是宋代社会的重要特征，它塑造了时代的物质面貌，也深刻影响着文学的发展走向。然而，我们也要看到，商品经济畸形发展所带来的种种弊端，如崇奢抑俭的不良之风，官僚资本与民间资本的尖锐对立，最终也成为动摇宋代统治的重要原因。尤其到南宋后期，经济虽仍保持繁荣，但国势每况愈下，文人普遍感到时局动荡、生活困顿，形成了南宋诗文悲凉婉约的基调。总的来看，经济虽然是决定社会发展的基础，但它对文学的影响往往是复杂而曲折的，需要放在整个社会发展的大背景下去考察。只有立足唐宋变革的时代大潮，系统把握经济发展脉络，才能准确理解经济繁荣给宋代文学烙下的深深印记。

三、宋代的文化氛围

　　宋代是中国文化发展的重要时期，以理学的兴起、科举制度的完善、印刷术的广泛应用为主要标志，文化事业空前繁荣，文化氛围更加活跃开放。这种文化氛围深刻影响了士人的精神面貌和文学创作，成为塑造宋代文学时代特征的重要因素。

　　理学的兴起是宋代文化发展的重要标志。宋代儒学经过北宋三系的发展，至南宋时形成以朱熹为代表的理学。理学旗帜鲜明地提出存天理，去人欲的主张，把儒家的道德伦理推向极致。朱熹更是通过《四书集注》的编撰，将理学思想系统化、条理化，使其成为士人普遍接受的哲学体系和修身治国的指导原则。理学的广泛传播，在普及儒家伦理的同时，也对士人的人生观、价值观产生了深远影响。士人普遍追求内圣外王的理想人格，讲究修身齐家治国平天下，形成了崇尚节义、重视气节的文化风尚。这在文学创作中有着明显体现，如宋诗的议论化倾向，就与理学的义理特色密不可分。

与此同时，宋代科举制度日臻完善，对文化氛围和士人精神面貌产生了深刻影响。相较于唐代九品中正制，宋代科举更加注重选拔全才，进士科的考试内容涵盖诗赋、经义、策论等，要求士子全面发展，学富五车。苏轼被称为六艺之士，集诗、文、书、画、词于一身，堪称宋代士人追求全面发展的典范。科举考试的内容不仅扩大了士人的知识面，也提升了他们在政治、哲学、文学等方面的素养，进而推动了宋代学术百家争鸣、文坛异彩纷呈的局面。宋代科举规模空前庞大，据统计南宋应试者常达十数万人，由此形成了空前激烈的竞争态势。在激烈的竞争中，士人普遍重视学习，养成了勤奋好学的风气。苏轼在《海岳五百揭》中感慨十年辛苦不寻常，反映了士人刻苦攻读的普遍心态。

印刷术的广泛应用，同样是宋代文化繁荣的重要推手。活字印刷在宋代已臻成熟，出现了大量的坊刻本、官刻本，书籍种类繁多，发行量大大增加。据学者统计，宋刊本的种类至少在万种，为传统文化的普及和传播提供了物质基础。士大夫借助印刷术编纂大量类书，如《太平御览》《册府元龟》等，极大地促进了古代文献的整理，推动了宋学的发展。印刷术的普及还催生了书院讲学之风，名士办书院，聚徒授课，形成了别具一格的宋代学风。庙学、社学、邑学也在各地兴办，民间教育因此得到普及。在众多新的文化机构中，士人得以切磋文艺，交流思想，形成了活跃的文化氛围，推动了文学的繁荣。

宋代文化的另一大特点是对域外文化兼容并包，呈现出开放多元的特征。宋代疆域广袤，民族众多，北方少数民族频繁内迁，域外文化大量涌入。宋廷采取兼容并包的文化政策，积极吸纳胡人入仕，推动了多元文化的交融。女真族篆刻名家毕昇在汴京供职，将北方雄浑粗犷的审美习气带入中原文化。金国旧俗渗透到汉人文化中，出现了以二十四桥明月夜为代表的燕乐。域外文化的涌入极大地开拓了士人视野，《阳春白雪》《朱鹮子》等北曲名作问世，体现出宋代文学兼收并蓄的特点。

同时我们需要注意到的是，尽管宋代文化呈现出空前繁荣的景象，但其弊端也日益显现。理学虽然推动了道德教化，但也使得文风日趋空疏，堆砌藻饰之习愈演愈烈。至南宋，追求形式技巧之风愈演愈烈，流于空洞，遂致南宋之文，止于辞章的评价。科举制虽然选拔了大批人才，但八股取士的弊端日益凸显，束缚了文人的思想，宋诗的格局较之盛唐明显变狭。在众多流弊的影响下，南宋文坛渐趋没落，直至北宋灿烂一时的文化氛围不复存在。

综上所述，理学的兴起、科举制度的完善、印刷术的广泛应用以及域外文化的融合，共同构成了宋代独特的文化图景，营造了活跃开放的文化氛围。在这种氛围的浸润下，士人普遍重视个人修养，追求全面发展，形成了崇尚气节、兼容并蓄的文化风尚。这种文化风尚深刻影响了文人的精神面貌和审美情趣，推动了宋代文学的繁荣发展。诗歌领域，宋诗以理趣见长，议论化倾向明显；散文领域，欧阳修、苏轼等人开创唐宋八大家文风，提倡文质兼美；词的创作在豪放婉约两大流派的推动下，也达到了前所未有的高度。总之，士人熏陶于宋代的文化氛围中，形成了不同于盛唐的价值追求和审美理想，造就了宋代文学的独特风貌。

当然，我们也要看到，任何事物都有两面性。宋代虽然文化空前繁盛，但也存在着诸多弊端。理学致使文风空疏，科举束缚士人思想，这些都成为南宋文坛渐趋没落的重要原因。因此，在充分肯定宋代文化成就的同时，也需要辩证地看待其中存在的问题，这样才能更加全面、客观地认识宋代文化发展的历史方位，进而深刻理解它对文学发展的影响。从更广阔的视角来看，文化作为上层建筑，与政治、经济的发展相互交织，共同影响着社会发展的进程。唯有在唐宋变革的大背景下，系统考察政治、经济、文化的变迁，才能更加立体地呈现宋代社会的整体图景，也才能更加深入地把握宋代文学演进的内在逻辑。对宋代文化与文学关系的考察，不仅有助于认清宋代在中国文学发展史上的地位，也为我们认识文化传承与文学创新的关系提供了富有启示的案例。

第三节　唐宋时代背景对文学的影响

纵观唐宋两代，无论是政治制度、经济形态，还是文化风貌，都发生了深刻变化。这些变化交织影响，共同构成了唐宋文学发展的时代大背景。具体而言，唐代的政治开明、经济繁荣造就了诗歌的黄金时代；宋代理学的兴起、商品经济的发展则催生了散文的革新与词的勃兴。因此，深入考察唐宋时代背景与文学的关联，对于把握两代文学的异同、革故鼎新具有重要意义。本节拟在梳理唐宋政治、经济、文化发展脉络的基础上，系统分析时代背景对文学发展的影响，揭示时代大背景与文学演进的内在逻辑。一方面，探讨统一政权、士人政治、文化思潮等因素对文学格局与风貌的塑造；另一方面，考察经济繁荣、都市兴起、市民文化等因素对文学题材与样式的影响。力图从时代—文学的宏观视野，展现唐宋时代背景对文学发展的深刻烙印，为理解唐宋文学的演变提供一个立体的解释框架。

一、政治对文学的影响

唐宋时期，中国的政治格局发生了深刻变化。唐代的开明政治与宋代的文人政治，分别代表了两种不同的政治生态。这种政治生态的差异，深刻影响了文人的政治地位、社会处境乃至精神面貌，进而对文学的发展产生了重要影响。

唐代政治的一大特点是皇权与士权的制衡。唐太宗即位后，广纳贤良，任用魏徵、房玄龄等名臣，贞观之治也因此得以实现。相较于隋朝，唐代士人地位有了很大提高。科举制度的建立，打破了魏晋南北朝时期门阀士族的垄断，为寒门子弟提供了仕进的通道。在开放包容的政治氛围中，文人积极参政议政，形成了以文辅政的良好局面。这种政治生态极大地激发了文人的积极性和创造性，使得诗人不仅关注个人情志，也积极反映社会现实，盛唐诗歌遂呈现出气象恢宏、风骨峭峻的时代特征。

然而，唐代的政治生态也非尽善尽美。统治者对文人的态度往往随着政局的变化而变化。玄宗时期宦官专权，文人受到排挤打压。安史之乱后，藩镇割据，文人的政治地位更是一落千丈。晚唐时，朝廷常因文人的某些诗句而横加文难，元稹、白居易等都曾遭此劫难。政治环境的恶化无疑束缚了文人的思想，限制了文学创作的自由，这从晚唐诗歌的压抑沉郁中可见一斑。可以说，诗歌从盛唐的绚烂走向中晚唐的黯淡，从很大程度上是政治环境变化的结果。

　　与唐代不同，宋代是一个文人主政的时代。科举制度的完善使士人阶层急剧膨胀，他们成为国家治理的中坚力量。不仅如此，士大夫还掌握着道德教化和文化话语权，儒家理学成为士人的普遍信仰。士人阶层的壮大极大地改变了原有的政治生态，形成了所谓的士大夫政治。在这种政治生态下，士人积极参与政治，议政议论之风大盛。欧阳修、王安石、司马光等人的政论散文，无不源于现实政治，体现了士人的家国情怀。可以说，宋代士论政治的局面，成就了古文运动的繁荣。然而，士大夫政治也为党争埋下了祸根。自庆历新政以来，改革派与守旧派的斗争日趋激烈。司马光上《万言书》，即是为了抵制王安石变法。元祐更化后，政争更演化为文字狱，《新五代史》狱、《献玉集》狱接连发生，许多文人因此身陷囹圄。政治斗争的恶化使士人普遍感到苦闷悲愤，宋诗宋词遂呈现出比唐诗更为细腻婉约的特点。政治斗争的恶化使士人普遍感到苦闷悲愤，宋诗宋词遂呈现出比唐诗更为细腻婉约的特点。柳永词昨夜西风凋碧树，独上高楼，望尽天涯路中所流露的惆怅幽思，正是士人怀才不遇的真实写照。

　　除政治制度外，统治者的文化态度也深刻影响着文学发展。唐代统治者大多重视文教，积极弘扬儒家文化。唐太宗曾命魏徵等人修订五经，确立儒学的正统地位。与此同时，统治者对道教、佛教也采取了兼容并蓄的态度，呈现出儒道释三教鼎立的局面。开明的文化政策营造了多元包容的文化氛围，文人思想活跃，创作题材丰富多样。反观宋代，统治者则更加强调儒家正统。理学家将儒家伦常道德推至极致，抑制了其他文化形态的发展。尤其在程朱理学确立后，空疏的道学之风大行其道，八股取士的科举更是严重束缚了士人的思想。这种单一化的文化环境无疑限制了文学表现的空间，南宋文学遂不可避免地走向了渐趋式微的命运。

　　政治与文学的关系往往不是单向的，而是一个互动的过程。[①] 文人处在特定

---

① 蔡蓓. 独特的审美意蕴与情感表达——符浩勇小说作品研讨会综述 [J]. 海南师范大学学报（社会科学版），2012, 25（06）：142-144.

的政治环境中，其创作无疑打上了时代的烙印。同时，文学又以其特有的方式影响着政治生活。白居易的新乐府运动，就是力图通过诗歌讽喻的方式影响决策，推动社会变革。而北宋士大夫推崇的以文言志，更是力图通过古文的写作改变政治生态，实现抱负。由是观之，政治与文学之间的互动，是一个复杂而动态的过程，需要具体问题具体分析。

概而言之，唐宋时期政治格局的变迁深刻影响了文学的发展走向。唐代的开明政治造就了盛唐诗歌的辉煌，而宋代士大夫政治的确立则推动了古文运动的兴起。与此同时，政治斗争的恶化也成为唐宋文风演变的重要原因。盛唐豪放到晚唐沉郁，北宋激昂到南宋婉约，从很大程度上都与政治环境的恶化有关。此外，统治者的文化态度对文学也有重要影响。唐代兼容并包的文化政策，造就了文学题材和风格的多样性；而宋代理学的独尊，则在一定程度上限制了文学表现的空间。由此可见，政治因素对唐宋文学的影响是多方面的，它塑造了文人的精神面貌，也在很大程度上决定了文学演进的基本路向。

当然，政治对文学的影响是复杂而非线性的，不能简单地用因果关系来描述。它往往与经济、文化等其他因素交织在一起，共同形塑着文学发展的图景。而文学反作用于政治的情形同样存在，许多杰出的诗人、散文家正是凭借其文学才华赢得了显赫的政治声望。因此，在考察政治与文学的关系时，既要注重宏观背景的勾勒，也要进行具体而微的考察，这样才能更加立体地呈现二者互动的复杂图景。总之，对唐宋文学发展历程的把握，离不开对其政治语境的深入认知。唯有将文学置于广阔的时代背景之下，才能真正读懂其间所蕴藏的时代精神。而对于今天的我们来说，探寻传统文学中所呈现的政治理想和人文关怀，对于构建和谐的政治生态和公共文化空间，亦大有启迪意义。

二、经济对文学的影响

唐宋时期，中国社会经济发生了深刻变革。唐代尤其是盛唐时期，经济空前繁荣，在农业、手工业、商业、对外贸易等领域都取得了卓越的成就。而宋代经济虽然总体上继续保持繁荣，但也呈现出明显区别于唐代的新特点。经济的发展深刻影响了唐宋时期社会结构、阶层分化乃至思想观念的变迁，进而对文学的发展产生了复杂而深远的影响。

农业是唐代经济的基础。贞观、开元年间，唐王朝积极修建水利，改进农具，推广先进农业技术，使得农业生产力大幅提高。据《旧唐书》记载，唐玄宗天宝年间全国户口已达 830 万，是隋炀帝大业年间的两倍有余。农业税收也从开元年间的 400 多万石增长到天宝年间的 700 多万石。农业生产力的提高不仅为唐王朝的强盛提供了物质保障，也为文人创作营造了安定的环境。在物质生活得到充分满足的基础上，盛唐诗人得以将更多精力投入到诗歌创作中，他们或吟咏山水田园，抒发淡泊闲适的情怀；或遨游仙界，探寻心灵的自由。阎防的《鹦鹉洲》"浩歌待明月，曲尽已忘情"所描绘的秋夜游宴，李白《宣州谢朓楼饯别校书叔云》中"弃我去者，昨日之日不可留；乱我心者，今日之日多烦忧"的豪迈感慨，无不浸润着一种远离尘世羁绊、心灵彻悟自由的隐逸情调，而这种超脱性情感的养成，正是以物质生活的富足为前提的。

唐代经济发展的另一大亮点是手工业和商业的繁荣。这一时期，随着农业生产力的提高和统一市场的形成，手工业获得了空前发展。其中陶瓷、纺织、造船、冶铁等行业的成就最为突出。长安、洛阳、扬州、广州等地成为手工业生产的中心，同时也是商品贸易最为繁荣的都会。据《新唐书》记载，扬州岁赋商税达百万缗。商业的繁荣带动了城市经济的发展，也促进了文化的交流。各地商贾、文士齐聚长安，形成了所谓九天阊阖开宫殿，万国衣冠拜冕旒的盛况。商业文化与士大夫文化在此交汇，促进了诗歌题材和表现手法的拓展。盛唐诗人擅长将市井生活和山水风物融入诗歌创作，形成了所谓俗物入诗的创作特色。王维的《洛阳女儿行》借女儿入宫这一都市传闻，展现了洛阳的街市繁华；"大漠孤烟直，长河落日圆"的飞动与空灵，正是得益于长安都市文化圈的熏陶与启迪。

海外贸易的发展，也为唐诗注入了异域风情。据唐人记载，广州市舶司岁收税额达数十万缗。波斯、天竺、东南亚各国的商船频繁往来于广州、扬州等地。异国珍奇与域外风物极大开阔了诗人视野，孙逖、李白、王昌龄等人笔下频频出现胡姬、蛮笛等域外意象，这种诗歌境界的开拓，正是唐代海外贸易繁荣的映照。

然而，经济的过度繁荣也催生了唐代统治阶层的奢靡之风。上层建筑巨额的宫廷开支和奢侈挥霍，极大地挤占了国家财政，为安史之乱埋下了隐患。乱后唐王朝国力衰退，统治阶级更加醉心声色犬马。这种靡靡之音也影响了文人的精神状态。晚唐诗人温庭筠红泥小火炉，绿蜡短檠烛的闺房绮艳之作，无不透露出一种及时行乐的世俗情调。经济的凋敝也使得文人生活坠入困顿，出现了白居易所谓钟鼎山林，羁旅乡土，几何时矣的凄凉处境。晚唐诗人普遍怀有忧生念死、苦闷悲凉的人生感受，这种悲剧色彩浓重的审美倾向，与当时的社会现实密切相关。

宋代商品经济的空前繁荣，是其区别于唐代的显著特点。宋代君主采取重文轻武的治国方略，商人地位得到空前提高，并逐步形成独立的资本。在江南，棉纺织业获得巨大发展，出现了大量的民营作坊。在浙江一带，瓷器业进入鼎盛时期，龙泉青瓷独步天下。随着城镇和集市贸易的繁荣，出现了开封、杭州、泉州等大型商业都会。商品经济的繁荣推动了市民阶层的兴起，他们不仅是物质财富的创造者，也是新兴文化的载体。在北宋，以东京汴梁为中心，出现了富有地域特色的都市文化，世俗生活日趋繁华，饮食文化空前发达，这在北宋文人苏轼、黄庭坚的诗文中都有生动体现。在南宋，随着临安的繁荣，又出现了以吴文化为主体的都市景观。市民阶层的广泛参与，大大拓展了文学表现的领域。话本小说、南戏杂剧无不深深打上市民文化的烙印。可以说，没有商品经济繁荣和市民阶层壮大，就不会有市民文学的勃兴。

需要指出的是，宋代商品经济的畸形发展，也加剧了社会矛盾。地主土地兼并日益严重，农村破产，大量农民流入城市，成为游民。据学者何炳棣估算，南宋后期地主占有耕地面积的85%以上。农村经济凋敝与城市繁华的反差，揭示出宋代社会的结构性问题。在现实矛盾的压力下，理学家倡导存天理、灭人欲的学说，试图以道德约束来消解危机，客观上加剧了文人与现实的疏离。朱熹在《观书有感》中感慨"半亩方塘一鉴开，天光云影共徘徊"，正是士大夫陷入困境、希冀心灵皈依的真实写照。① 文天祥《正气歌》"哲人日已远，典型在夙昔"之慨，更是直接表达了对现实的失望和对理想的憧憬。南宋后期，随着经济的凋敝和民

---

① 李会杰. 宋代文人生活与艺术创作的审美格调 [J]. 青年文学家，2019（36）：64-65.

生的困顿，文人普遍陷入身世飘零、仕途坎坷的困局，写照此种心境的作品比比皆是。正如辛弃疾在《贺新郎》中所感叹的"醉里且贪欢笑，要愁那得工夫"。近来始觉古人书，信着全无是处。在现实的重压下，宋代文人特别是南宋文人的精神世界日趋封闭，文学创作也难免流于伤春悲秋的套路。

总之，唐宋时期经济发展的差异，深刻影响了文学演进的基本路向。盛唐时期，经济繁荣带来物质生活的极大充裕，文人得以超脱尘世羁绊，吟咏山水田园，抒发豪放旷达的胸襟，推动了诗歌境界的提升。中晚唐时期，经济的衰退导致统治阶级愈发腐朽，文人生活也陷入困顿，诗歌创作由盛唐的昂扬走向晚唐的悲凉。宋代商品经济的高度发展，催生了市民阶层，带动了都市文化的繁荣，使得诗词创作更多吸收了世俗生活的养分。但经济发展的失衡也加剧了社会矛盾，文人在仕途的坎坷和精神的困顿中，其创作也不可避免地呈现出抑扬顿挫的特点。

当然，经济基础与上层建筑的关系错综复杂，单纯从经济角度难以完整解释唐宋文学发展的所有问题。准确把握经济因素与文学演进的内在逻辑，还需要将经济发展置于整个社会发展的宏阔背景之下，深入考察政治、文化等因素的影响，进行多层面、立体化的综合分析。只有跳出单一视角的桎梏，才能揭示出经济因素在唐宋文学发展中的深层作用机制。这对于我们反思当代文学与经济的关系，进而构建二者良性互动的文化生态，亦具有重要的启示意义。

三、文化对文学的影响

唐宋时期，中国文化呈现出多元并蓄、百花齐放的繁荣景象。[①] 儒道释三教鼎足而立，经史子集各领风骚。科举制度的完善，印刷术的广泛运用，学术百家的争鸣，都推动了文化的繁荣发展。与此同时，域外文化的涌入，也为中华文明注入了新的活力。唐宋文化的发展，一方面继承了先秦两汉以来的优秀传统，另一方面也呈现出鲜明的时代特色。这种文化氛围深刻影响了唐宋士人的精神面貌和审美情趣，并在很大程度上决定了文学发展的基本走向。

唐代文化的一大特点是儒道释三教并驾齐驱、互相影响。隋唐时期，随着科

---

① 徐景宏. 探析中国现当代文学的研究现状与发展 [J]. 中国科教创新导刊，2013 (34)：96，191.

举制度的确立，儒家经典成为士子必读之物。唐太宗曾命魏徵、虞世南等人编修五经，确立了儒学的正统地位。不过，唐代的儒学尚未形成系统化的理论，更多体现为一种人文精神。孔颖达所著《五经正义》，虽奠定了此后数百年经学发展的基础，但也未能上升到哲学的高度。儒家伦理主要是通过诗教发挥作用，以温柔敦厚塑造士人的品行，这在孟浩然"莫笑农家腊酒浑，丰年留客足鸡豚"的诗句中有生动体现。

与此同时，道教与佛教盛极一时，与儒学分庭抗礼。唐代统治者推崇老庄之学，玄宗开元年间，道士司马承祯进呈《道德真经注》，将道家学说奉为国教。在道教的影响下，盛唐诗歌普遍体现出返璞归真、热爱自然的特点。王维诗"行到水穷处，坐看云起时""解留一院荷，护竹三四枝"等，无不体现出道家哲学的人生理想。佛学传入中土虽已数百年，但进入唐代才臻于鼎盛。禅宗六祖慧能独辟蹊径，倡导不立文字，教外别传，为中国化的禅宗确立了顿悟的核心思想。受此影响，王维、常建等诸多诗人都酷爱禅学，诗作多有超脱空灵之致，与道家诗歌相映成趣。

需要指出的是，唐代儒道释三教虽各具特色，但并非泾渭分明。三教在长期发展中相互融合，彼此借鉴，逐渐形成了独具魅力的唐代文化。盛唐诗人感怀人生，抒情言志，其诗句往往儒道并兼、佛禅共赏。李白《赠汪伦》"桃花潭水深千尺，不及汪伦送我情"的豪迈与空灵，杜甫《登高》"无边落木萧萧下，不尽长江滚滚来"的博大与深沉，无一不得益于儒道释交融的唐代文化。可以说，正是在三教互补的文化背景下，盛唐诗歌才达到了前所未有的高度，构成了中国古典诗歌的高峰。

但是，这种三教并驾齐驱的局面在唐代后期发生了变化。安史之乱后，唐王朝国力衰退，统治阶层日益腐朽。玄宗晚年醉心道教，广置道观，挥霍无度。肃宗、代宗沉溺佛教，佛寺遍布，僧尼众多。儒学的现实关怀逐渐被消解，三教失衡的局面愈演愈烈。晚唐诗人对此多有感慨，如白居易在《新乐府·秦中吟》中写道：近来戒杀又戒嗔，专忌诗书复忌文。但看御厨三百口，日炊山珍与海鲜。揭露了统治阶级醉心佛道、背离儒家的虚伪面目。总的来看，唐代文化经历了从儒道释三教并立到三教失衡的演变，这一变化轨迹与唐代诗歌的发展脉络大体吻合。

宋代理学的兴起，标志着儒学重新确立了在中国文化中的主导地位。宋代君主尊崇儒术，力图以存天理、灭人欲的理念重塑社会价值观。北宋名臣韩琦上疏曰：国家兴废，系于儒术。二程兄弟开创性地提出天理概念，为理学奠定了本体论基础。至南宋，朱熹通过《四书集注》的编撰，使理学形成了严密的哲学体系。朱熹强调存天理于心，而使事事物物各得其则，这种以道德伦理要求人生的价值理念，深刻影响了士人的精神世界。

理学家虽重视个体修养，但并不脱离社会现实。相反，他们强调以内圣之学修身齐家，以外王之术治国平天下。司马光作《资治通鉴》，将历史视为现实政治的借鉴；欧阳修撰《新五代史》，旨在为宋王朝正名；王安石推行变法，意在强国富民。这些无不体现了宋代理学注重经世致用的特点。在理学的影响下，历史书写、政论议奏成为宋代文人的主要创作方式。宋代散文革新运动所倡导的古文，其内容无不体现浓厚的理学色彩和经世意识。欧阳修的《朋党论》、苏轼的《刑赏忠厚之至论》等，都以儒家的政治伦理观念阐发治道，充满了忧国忧民的家国情怀。可以说，没有理学的兴起，就难以想象宋代散文和政论文章的勃兴。

然而，理学对宋代文化的影响是双重的。它固然推动了儒学的复兴，但过于强调道德说教，也削弱了文人的艺术个性。南渡后，程朱理学逐步僵化为道学，许多文人热衷于堆砌藻饰、追求形式技巧，文风愈加浮华靡丽。诗坛尤其如此，宋诗形式主义倾向严重。苏轼在《书董氏武库集后》中感慨道"近世以来，文人益苦去凡就雅，务为穿凿鬼怪之词，以诱世人之眼，而不知其愈工而愈拙也"。正是对这种诗风的不满。因此，南宋后期诗坛渐趋式微，直至江西诗派横空出世，主张意必唐人，句必奇险，号召文人打破理学桎梏，直抒性灵，这才扭转了颓势。

域外文化的输入，为唐宋文化注入了新鲜血液。唐代通过陆上丝绸之路和海上丝绸之路，与域外广泛交流。佛教、景教、摩尼教等外来宗教传入中土，犍陀罗艺术影响了敦煌壁画，波斯、天竺音乐也随之传播。这些域外因素与本土文化相互交融，极大地拓宽了文人的文化视野。白居易在《新乐府·井底引银瓶》中所写"胡笳吹断水云闲，回首烟波十四年"，正是这种域外风情与本土意象交融的生动体现。

宋代海外贸易更加频繁，阿拉伯、波斯商船往来于广州、泉州等地。域外文化与中土文明在这里交汇，出现了穆斯林社区和伊斯兰教寺院。域外文物如象牙、珍珠、香料等也大量涌入，刺激了文人的好奇心。秦观在《鹊桥仙》中写道"纤云弄巧，飞星传恨，银汉迢迢暗度"，以异国情调反衬离愁别绪，令人遐思迢迢。①可以说，域外文化的输入，客观上推动了唐宋文人创作视野的开阔，丰富了文学表现的内容，也在一定程度上影响了审美趣味的变迁。

唐宋时期儒道释三教鼎足而立，经史子集百家争鸣，在继承传统的基础上呈现出多元交融的新格局。唐代三教并行，盛唐诗歌因此而气象恢宏、意境空灵。宋代理学独尊，散文创作亦体现出浓厚的经世致用色彩。域外文化的涌入，更是开阔了唐宋文人的视野，为文学创作提供了新的养料。总的来看，唐宋文化与文学的关系是互动的，二者相辅相成，共同推动了中国古典文化的繁荣发展。

文化作为一种社会意识形态，对文学的影响往往是潜移默化的。因此，揭示唐宋文化与文学的内在关联，需要对两者进行具体而微的考察。既要从宏观上把握唐宋文化发展的总体特点，更要细致分析其中蕴含的价值理念、审美情趣，进而观照其在文学创作中的投射。文学与文化的关系从来都是双向互动的，唐宋文人在继承传统文化的同时，也在不断革新、发展，推动了中国文化的变迁。准确理解这种互动关系的复杂性，把握其历史演进的动态性，是深入研究唐宋文学不可或缺的一环。

就当下而言，全面认识唐宋文化，对于我们传承和弘扬中华优秀传统文化，建设社会主义先进文化，都具有重要意义。唐宋文人身上所体现的家国情怀、经世致用精神，对于我们坚定文化自信，提升文化软实力，无疑大有启迪。而当时虽经历时代巨变、仍能实现文化繁荣的历史事实，更为我们在全球化语境下坚持中国特色、实现文化创新提供了宝贵借鉴。总之，对唐宋文化与文学关系的深入反思，不仅能帮助我们全面把握中国古典文学的发展脉络，也为我们在新时代构建中国特色哲学社会科学提供了重要参照和借鉴。这是一项亟待深化的学术课题，

---

①王艳春. 从节序词看北宋女性生活 [D]. 西安：陕西师范大学，2008：33-34.

值得学界给予持续关注。

　　综上所述，唐宋时期政治、经济、文化的深刻变革，共同构成了这一时期文学发展的时代背景。政治上，唐代的开明与宋代的专制，分别催生了不同的文学生态；经济上，唐代的繁荣与宋代的发展，为文学创作提供了物质基础；文化上，三教并行与理学独尊，深刻影响了文人的精神面貌。种种时代因素交织影响，共同推动了唐宋文学的发展变迁。然而，时代背景对文学的影响是复杂多元的，单一视角难以完整解释唐宋文学发展的所有问题。政治、经济、文化因素往往相互交织，共同作用于文学的发展。准确把握这种复杂关联，需要跳出单一维度的局限，将唐宋文学置于整个社会发展的宏大背景下来审视。只有立足于唐宋变革的时代大潮，深入剖析政治、经济、文化的变迁轨迹及其交互影响，才能更加立体地呈现唐宋文学的发展图景，揭示其演进的内在逻辑。

　　可以说，时代成就了唐宋文学的辉煌，也制约了唐宋文学的局限。正是在盛唐政治开明、经济繁荣、文化兼容的大背景下，诗歌才得以飘风跨剑、啸日凌云。也正是在宋代君主专制、商品经济畸形发展、理学独尊的时代氛围中，诗词才会日渐走向婉约阴柔。总之，唐宋文学与其所处的时代背景是一种互动关系，时代塑造了文学的基本面貌，而文学也在反映时代风云的同时，书写着民族的精神史诗。对这一关系的辩证考察，不仅能帮助我们更加全面地认识唐宋文学，也为我们在当下传承中华优秀传统文化、推动社会主义文化繁荣发展提供了重要启示。

第二章　唐宋诗歌的嬗变与影响

在中国文学发展的历程中，唐宋时期无疑是诗歌创作的巅峰。从初唐到北宋，再到南宋，约 400 年间，诗坛星光灿烂，名家辈出，出现了李白、杜甫、白居易、苏轼、陆游等一大批杰出诗人，留下了《蜀道难》《登高》《琵琶行》《水调歌头》《书愤》等脍炙人口的名篇佳作。唐宋诗歌不仅是中国古典诗歌的高峰，也是中华民族语言艺术的瑰宝，它以其恢宏多变的题材内容、精工细琢的语言技巧、悠久绵长的艺术魅力，为中华文化增添了瑰丽的色彩。

然而，唐宋诗歌的辉煌并非一蹴而就，其间经历了一个不断嬗变、日臻完善的漫长过程。从盛唐的气象恢宏到中晚唐的苍凉沉郁，再到北宋的淳雅多姿，直至南宋的纤弱婉约，唐宋诗歌呈现出不同于前代的时代特色，也彰显出与时俱进的艺术品格。这种嬗变过程一方面缘于时代环境的变迁，另一方面则根源于诗人创作观念的转变。不同时期诗人所秉持的创作理念、价值追求、审美情趣，都在诗歌的形式技巧和精神内涵上投射出鲜明的烙印。从这个意义上说，揭示唐宋诗歌嬗变背后的深层动因，考察不同阶段诗歌演进的内在逻辑，无疑是深入理解唐宋诗歌发展轨迹的关键所在。

与此同时，唐宋诗歌的影响也不容忽视。它不仅深刻影响了此后数百年的诗歌创作，成为后世诗人效法和超越的重要标杆，而且对整个东亚文学都产生了深远影响。日本、朝鲜、越南等国都深受唐诗宋词的浸染，形成了别具一格的汉诗文化圈。这种源远流长、辐射广泛的艺术生命力，彰显了唐宋诗歌在世界文学谱系中的崇高地位。对这一问题的探讨，有助于我们从更宽广的视野来审视唐宋诗歌的历史地位和现实意义。

那么，唐宋诗歌的嬗变经历了怎样的历程？造成这种嬗变的原因有哪些？唐宋诗歌又以怎样的方式影响了后世乃至域外的诗歌发展？对这些问题的探讨，构成了本章研究的主要内容。通过对唐宋诗歌流变轨迹的系统梳理，剖析其演进背后的文化思潮和价值取向，并将唐宋诗歌置于更为宏阔的时空维度中加以考察，本章力图为唐宋诗歌研究提供一个立体多元的认知视角。这不仅有助于我们更加全面地把握唐宋诗歌的艺术特质，揭示其恒久魅力的奥秘所在，同时也为我们反思古典诗歌传统与当代诗歌发展的关系，实现优秀传统文化的创造性转化和创新性发展，提供了重要启示。

第一节　唐代诗歌的发展

唐代是中国古典诗歌发展的鼎盛时期。从初唐到盛唐，再到中晚唐，唐诗经历了一个由兴盛到衰落的演变过程。[1]初唐诗歌在继承六朝诗歌传统的基础上，力图革新诗歌语言，追求质朴清新；盛唐诗歌则气象恢宏、意境高远，堪称唐诗发展之巅峰；中晚唐诗歌虽不乏佳作，但总体上呈现出颓势，逐渐走向苍凉沉郁。这一演变轨迹既与唐代社会政治经济的变迁密切相关，也映射出不同时期诗人的精神面貌和审美取向。准确把握唐诗嬗变的阶段性特点，剖析每一阶段诗歌演进的内在动因，对于深入理解唐代诗歌的发展规律具有重要意义。

一、初唐诗歌的特点

初唐时期，正值隋唐之际，承上启下，文学上呈现出一种革故鼎新、蓬勃向上的气象。诗歌创作在继承六朝诗歌传统的基础上，力图摆脱齐梁以来的绮靡之风，追求质朴清新、自然洒脱的诗风。这种诗歌观念的转变，与初唐时期思想文化的变迁密切相关。

随着科举制度的建立，儒家思想重新占据主导地位。初唐诗人多出身进士，

---

① 罗时贵. 论胡应麟对唐诗格调的批评 [D]. 宁夏大学，2014：56-58.

深受儒家伦理观念的影响。他们崇尚淡泊名利、安贫乐道的生活态度，强调在诗歌创作中体现儒家的温柔敦厚之风。陈子昂在《与东方左史虬修竹篇序》中提出"文章道德，义之舆也，载人而行，未曾少停"，就是主张文学应当成为弘扬道德的载体。宋之问也在《荆州张记室启》中强调"学贵能文，文贵知道"，认为诗文创作要以弘扬儒家伦理为己任。在这种观念的影响下，初唐诗人普遍重视诗歌的伦理教化作用，抒写诗作时也多强调平易质朴，革除齐梁诗歌的绮丽风格。

与此同时，初唐时期也是道教与佛教迅速发展的阶段。老庄思想的虚无主义色彩与佛教的出世意识在诗坛产生了深远影响。不少诗人大量吸收道家思想，追求返璞归真、与自然合一的人生境界。王绩在《野兴》诗中写道"白云从龙去，青山与我闲"，表达了诗人摆脱世俗羁绊、追求精神自由的愿望。佛教的空灵禅意也彰显在诗人的吟咏中，王昌龄《从军行》"青海长云暗雪山，孤城遥望玉门关"的苍茫意境，即寄寓着深沉空灵的禅宗意味。道佛思想的影响使得初唐诗歌在格调上趋向空明冲淡，与齐梁诗歌的绮丽风格形成鲜明对比。

在创作主体方面，初唐时期出现了一批杰出诗人，他们对初唐诗歌革新作出了重要贡献。王勃以初唐四杰之首的身份享誉诗坛，他在《滕王阁序》中展现的博大深邃与昂扬激越的胸襟，开创了初唐诗歌新风；卢照邻、骆宾王、杨炯等人也以其博学多才闻名于世，在诗歌语言、物体描写等方面都进行了有益的探索。陈子昂倡导"文章千古事，得失寸心知"的诗歌主张，强调诗歌创作要言之有物，反对空洞的堆砌辞藻。宋之问更是以其质朴清新的山水田园诗独树一帜，在《渡汉江》诗中所描绘的"山随平野尽，江入大荒流"的壮阔意境，成为初唐山水诗的经典范本。上述诗人的创作实践，无疑为初唐诗风的形成奠定了坚实基础。

就创作内容而言，初唐诗歌呈现出多样化的特点。一方面，描写大自然山水的诗作大量涌现，诗人开始将视角投向宇宙自然，抒发朴素真挚的情感。陈子昂的《登幽州台歌》前不见古人，后不见来者，念天地之悠悠，独怆然而涕下一句，以苍茫悲壮的笔触描绘出人类在天地间渺小而孤独的处境，成为山水诗的名篇佳句；另一方面，反映现实人生、关注普通民众疾苦的诗歌创作也逐渐增多。骆宾王的《在狱咏蝉》借咏物抒发身陷囹圄的悲愤之情，张若虚的《春江花月夜》则通过描绘迷离的春江夜色，寄寓了自己潦倒悲凉的身世之感，二者均从侧面折射出诗人对现实人生的观照。值得一提的是，初唐诗人在创作中还表现出浓厚的儒家忧国忧民意识。陈子昂在《感遇诗》三十八首中，以"兵戈乱百姓，干戈劳万民。岂无兵革时，安得不丧身"的诗句抒发济世安民的政治抱负。这种忧国忧民的情怀也在王绩、沈佺期等人的诗作里得到充分体现。

在艺术表现上，初唐诗歌力图摆脱齐梁诗歌华美浮靡的语言风格，提倡平易质朴，突出诗歌的自然味道。陈子昂、宋之问等诗人都极力倡导言之有物，反对堆砌辞藻。陈子昂在《与东方左史虬诗》中说文章合为时而著，歌诗合为事而作，强调诗歌应摹其事而写其意，做到诗肇其义，而文依其势。这种重视诗歌内容、突出自然本色的主张，对初唐诗风的形成产生了重要影响。在描写自然物象时，初唐诗人善于从实际生活中提炼意象，用朴实无华的语言表现最纯粹的诗意。如沈佺期的《古意诗》写道"白日淡晶晶，春风袅袅袅。远山含青气，近水度绿杨"，语言洗练自然，意境清新明丽。在叙事抒情方面，初唐诗歌也多采用白描手法，摒弃铺排渲染，直抒胸臆。如卢照邻在《长安古意》中写道"三月三日天气新，长安水边多丽人"，不加雕琢，直言俊逸，给人以清新自然之感。

需要指出的是，尽管初唐诗人在革新诗风方面做出了诸多努力，但在艺术表现上仍不可避免地受到齐梁诗风的影响。有些诗人虽提倡自然质朴，但在创作实践中却不免尚有铺陈烘染的毛病存在。如卢照邻在《长安古意》中所写"洛阳女儿花满头，低梳垂鬓坐石头"一句，在语言上就稍显雕琢，与其主张的平易朴实有些差距。此外，在思想内容上，初唐诗歌虽强调反映现实人生，但也不可避免地流于老生常谈，缺乏鲜明的个性化色彩。总的来看，初唐诗歌在革故鼎新的过程中尚属探索阶段，其在思想性、艺术性方面都还有待进一步深化和提升。

综上所述，初唐诗歌在唐代文学发展中具有开创性意义。诗人在思想观念和艺术表现上的变革，奠定了此后唐诗发展的基调。一方面，儒道佛三家思想在诗歌创作中交相辉映，催生出空明冲淡的诗歌意境，成为唐诗的重要特色；另一方面，初唐诗人提倡返璞归真、怡情山水的创作主张，重视对普通民众生活的关注，这些无疑拓展了盛唐诗歌的表现空间。尽管初唐诗歌在革新的过程中还存在着诸多局限，但瑕不掩瑜，它毕竟为盛唐诗歌的繁荣发展铺就了道路。对初唐诗歌特点的把握，不仅有助于我们从整体上认识唐诗的发展脉络，而且对于我们全面理解中国古典诗歌的演变轨迹，也具有重要的学术价值。

那么，初唐诗歌的革新对后世产生了哪些深远影响？这种影响如何体现在中晚唐诗人的创作实践中？对这些问题的深入探讨，将有助于我们在更广阔的时空维度中审视初唐诗歌的历史地位。同时，初唐诗人在革故鼎新过程中所展现的探索精神和创新勇气，对于我们今天传承和弘扬中华优秀传统文化，实现文学创作的现代转型，也具有重要的启示意义。这些都是值得我们在研究中不断深化的问题。随着学界对初唐诗歌的持续关注和研究，我们对这一时期诗歌的认识必将不断深入，从而推动整个唐诗研究实现新的突破。

二、盛唐诗歌的成就

盛唐时期，是中国古典诗歌发展的巅峰阶段。这一时期，无论是在思想内容还是艺术表现上，诗歌创作都达到了前所未有的高度。诗人以博大的胸襟和炽热的情感，抒发对人生、自然、社会的感悟，创造出一大批气势恢宏、境界高远的不朽名篇。这些诗作不仅体现了盛唐时期社会的繁荣昌盛，也昭示着中华民族精神的蓬勃向上。

盛唐诗歌之所以能达到如此高峰，与其所处的时代背景密不可分。这一时期，唐王朝国力强盛，政治清明，经济繁荣，文化昌盛，为文学艺术的发展提供了良好的社会环境。统治阶级提倡开明的文化政策，儒家思想成为主导思潮，与此同时道教与佛教也得到广泛传播，多元文化交相辉映。加之科举制度的进一步完善，大批怀揣诗书梦想的寒门子弟得以入仕，形成了一个学识渊博、视野开阔的文人群体。正是在这样一个政治清明、经济繁荣、文化昌盛的时代条件下，李白、杜甫、王维、孟浩然等杰出诗人才得以脱颖而出，凭借其非凡的才华与境界缔造了一个诗歌的黄金时代。

在盛唐众多杰出诗人中，李白无疑是最负盛名的代表。他笔落惊风雨，诗成泣鬼神的磅礴气势，犹如一轮耀眼的太阳光芒四射，照亮了整个盛唐诗坛。李白诗歌的一大特色，就在于他善于将浪漫主义想象与现实主义相结合，表现出一种超凡脱俗的浪漫情怀。在《蜀道难》中，诗人通过对蜀道艰险的生动描绘，抒发了"噫吁嚱，危乎高哉！蜀道之难，难于上青天"的慷慨悲歌，表现了一种欲穷千里目，更上一层楼的进取豪情。在《梦游天姥吟留别》里，诗人则展现了"飞流直下三千尺，疑是银河落九天"的瑰丽想象，抒发了"安能摧眉折腰事权贵，使我不得开心颜"的洒脱情怀。诗人笔下雄浑飘逸、变幻莫测的意象，无不表现出一种笑傲人世、心旷神怡的潇洒气度。正如清人邱嘉穗在《李杜诗传》中所评："太白诗，以浊为清，以颠为醒，忽而迷离，如坠烟海，忽而开朗，若睹青天"。这种超然物外、洒脱不羁的精神气质，成为李白诗歌的灵魂，也成为盛唐诗歌的一面旗帜。

与李白并称盛唐双杰的杜甫，则以其深邃博大、沉郁顿挫的现实主义诗风著称于世。一方面，杜诗最鲜明的特点，是饱含忧国忧民的现实关怀。他致君尧舜上，再使风俗淳的济世情怀，使其诗歌始终洋溢着强烈的时代责任感。安史之乱后，诗人创作了大量反映民生疾苦的诗篇，如《三吏》《三别》等，借书写流离失所之悲抒发国事蹉跎、生民涂炭之慨，以入木三分的笔触刻画出那个动荡不安的时代；另一方面，杜诗在艺术表现上也独具特色。诗人善于在概括中见细微，在细微中见宏大，时而纤巧灵动，时而雄浑厚重，显示出一种深厚的文化内蕴和非凡的艺术功力。正如明代胡应麟在《诗薮》中所言："杜诗无一字无来历，无一句无妙悟，无一篇无血泪"。字字句句皆凝聚心血，发人深省。如果说李白诗歌代表了盛唐浪漫主义诗风的话，那么杜甫则以其深沉博大的现实主义精神，为盛唐诗坛树立了另一座丰碑。

除李杜之外，王维、孟浩然也是盛唐诗坛耀眼的星辰。他们共同开创了盛唐山水田园诗派，对山水自然情有独钟，笔下勾勒出一幅幅美轮美奂的画卷。王维擅长将诗、画、禅三者融为一体，在看似平淡无奇的景物描写中蕴含着丰富的哲理意味。如《辋川闲居赠裴秀才迪》中"寒山转苍翠，秋水日潺湲"的秀美景致，寄托着诗人归隐山林的悠然心境。孟浩然诗歌则多吟咏山水野趣，抒发返璞归真的情怀。如在《春晓》诗中，诗人以"春眠不觉晓，处处闻啼鸟。夜来风雨声，花落知多少"的质朴语言，勾勒出一派春光融融、鸟语花香的美好意境。[①] 王孟诗歌对后世文人吟咏山水产生了广泛影响，与李杜激越慷慨的风格一起，共同彰显着盛唐诗歌的多元化品格。

盛唐时期，女性诗人的创作也达到了一个新的高峰。女冠子鱼玄机以沉郁顿挫的笔调著称，如"碧梧桐，老叶婵娟。卷荷香，残阳院。早凉天，不放人圆"。将惆怅迷离的心绪注入秋日萧索的景物中，读来令人唏嘘不已。而以香奁体诗著称的薛涛，则以香软缠绵的笔调抒写闺怨相思之情，如"庭院暗雨乍歇，一树梨花，数声杜宇"，几处蛮蛮语切句，轻盈曼妙，极尽温婉缠绵之致。女性诗人以细腻独到的审美视角，丰富了盛唐诗歌的表现内容，也为唐代文学增添了新的亮色。

盛唐诗歌在艺术表现上善于展现宏阔壮美的自然景观，抒发昂扬喷薄的情感，形成了一种雄浑飘逸、气势恢宏的盛唐气象。"会当凌绝顶，一览众山小"的傲然之姿，"长风破浪会有时，直挂云帆济沧海"的豪迈激越之情，在诗人笔下得到了淋漓尽致的展现。与此同时，盛唐诗人对声律韵律的运用也达到了炉火纯青的地步。他们在五言、七言诗的创作上精益求精，讲究声情并茂，善于将情感物化为一个个动人的意象，给人以视觉与听觉的双重享受。如王维《送元二使安西》中"渭城朝雨浥轻尘，客舍青青柳色新"。"劝君更尽一杯酒，西出阳关无故人"，读来朗朗上口，诗中轻尘、青柳、酒杯、阳关等鲜明意象，[②] 勾勒出一幅令人神往的边塞风光图，抒发了诗人惜别怅然之感。盛唐诗人在声情与意象的融合方面的卓越成就，标志着中国古典诗歌在艺术表现上达到了一个新的高峰。

但是，盛唐诗歌的繁荣发展也存在着一些值得警惕的问题。随着时代的发展，盛唐后期诗坛逐渐呈现出百花齐放、风格多样的局面，不可避免地出现了流于形式雕琢、过分追求技巧的弊端。有的诗人专事声律工巧，热衷于拈花惹草、咏物写景，缺乏真挚的情感；有的诗人则极多调和，言不及义，实质空洞，难登大雅之堂。这些都反映出盛唐时期诗歌在繁荣发展的同时也面临着转型的需要。

---

① 汪丽琴. 小议王维与孟浩然山水田园诗比较——诗人自我形象的隐与显 [J]. 安徽文学（下半月），2009（07）：100-101.

② 孙红霞. 从功能对等角度看唐诗英译的不可译性——以《许渊冲唐诗三百首》英译本为参照 [D]. 华北水利水电大学，2021：45-47.

综合来看，盛唐时期是中国古典诗歌发展的黄金时代。诗人以卓越的才华和远大的胸襟抒写时代，勾勒出波澜壮阔的盛世画卷。李白、杜甫、王维、孟浩然等诗人以其独特的艺术个性和丰富的作品，形成了各领风骚、异彩纷呈的创作局面，共同缔造了中国诗歌史上的一个高峰。无论是那恢宏雄奇、消散简淡的诗歌意象，还是那跌宕多姿、圆润典雅的艺术表现，都昭示着盛唐诗歌在中国乃至世界文学史上的崇高地位。同时，我们也要看到，盛唐诗歌的繁荣发展本身就预示着转型的必然。诗歌创作的精神内涵，必然随着社会发展而日益丰富；艺术表现的手法，也必然随着时代变迁而推陈出新。中晚唐时期，随着社会动荡和人心浮躁，诗人笔下开始流露出苍凉悲愤的现实主义色彩，并在艺术表现上呈现出日趋繁复的特点，由此开启了诗歌发展的又一阶段。因此，准确把握盛唐诗歌成就的同时，我们也要将其置于唐诗发展的大背景下加以考察，既要发掘其在主题表现和艺术技巧方面的开拓性贡献，也要分析其面临的问题与挑战，这样才能全面认识盛唐诗歌在整个唐诗发展中所处的历史方位。

纵观古今，对盛唐诗歌的接受从未停止。宋代诗人将唐诗视作楷模，明清文人对盛唐诗歌更是推崇备至。即使到了现代，我们依然能从盛唐诗篇中感受到昂扬向上的时代气息，领略到那些大诗人高瞻远瞩的艺术视野。这种穿越时空的魅力，彰显着盛唐诗歌作为民族文化瑰宝的恒久价值。它不仅为后世诗歌的发展提供了丰富的滋养，也为我们认识和把握中国文化的博大精深提供了一把钥匙。在新的时代条件下，如何继承和弘扬盛唐诗歌的精神内涵，将其与时代的要求相结合，推动中国诗歌艺术的现代转型，将是一个值得我们深入思考的问题。相信随着学界研究的不断深化，盛唐诗歌必将散发出更加夺目的光彩，成为中华民族宝贵的精神财富。

三、中晚唐诗歌的流变

中晚唐时期，是唐代诗歌从繁荣走向衰落的转折阶段。这一时期，唐王朝经历了安史之乱的动荡，统治基础遭到严重削弱，藩镇割据，政治腐败，经济凋敝，社会动荡不安。在这样一个大背景下，诗坛也发生了深刻的变化。中晚唐诗人普遍感受到时代的压抑和生活的困顿，由盛唐的昂扬向上转而呈现出一种苍凉悲愤的现实主义色彩。与此同时，诗歌的艺术表现也日趋繁复，讲究技巧，风格渐趋多样化。整体而言，中晚唐时期是一个承前启后的过渡时期，诗歌创作虽不乏佳作，但总体上已显露出时代的沧桑之感。

就诗歌内容而言，中晚唐诗人笔下流露出强烈的忧患意识。肃宗、代宗时，唐王朝虽略有中兴，但藩镇割据的局面并未根本改观。加之宦官专权，军阀跋扈，政局动荡不安。诗人对国事多所感慨，常借咏史怀古抒发忧国忧民之情。如杜牧的《阿房宫赋》通过对阿房宫的描绘，讽刺统治者奢靡腐败，揭露时弊，可谓用心良苦。刘禹锡的《乌衣巷》更是直抒胸臆，"朱雀桥边野草花，乌衣巷口夕阳斜。旧时王谢堂前燕，飞入寻常百姓家"，对时世之沧桑，旧日之兴衰发出慨叹。中晚唐诗人的忧国忧民情怀，显示出他们睿智的政治眼光和深沉的社会责任感，给沉郁顿挫的中晚唐诗坛注入了一股清流。

除忧国忧民外，中晚唐诗人的创作还体现出浓重的伤时感世之情。时局动荡，仕途坎坷，饱受折磨的诗人普遍感到人生困顿，世事无常。李商隐的《锦瑟》更是代表作，诗中"庄生晓梦迷蝴蝶，望帝春心托杜鹃"的意象，生动形象地表现了诗人理想破灭后的迷惘和彷徨。[①] 中晚唐诗人笔下的哀感顽艳、惆怅伤悲之情，反映出他们面对残酷现实时复杂多变的心理状态，也为这一时期诗歌注入了浓郁的浪漫主义色彩。

在艺术表现上，中晚唐诗歌呈现出多样化发展的特点。盛唐时期形成的浪漫主义和现实主义诗风在这一时期得到了进一步的发展，同时又出现了更多新的流派和风格。元和体是中唐时期形成的重要诗体，以元稹、白居易为代表，他们提出文章合为时而著，诗歌合为事而作的创作理念，强调诗歌应关注现实，反映民生。这种平易近人的创作风格对中唐诗坛产生了广泛影响。与此同时，以李贺为代表的浪漫主义诗歌也异彩纷呈。李贺善于在诗中营造奇特瑰丽的意象，如"银床飘叶梦，铁马踏花行"的哥特式想象，在中唐诗坛可谓别树一帜。而皮日休、陆龟蒙等人的香奁体诗，则在盛唐宫体诗的基础上更加讲究形式技巧，风格偏于绮艳

---

① 王燕萍. 略论古代诗歌的抒情方法 [J]. 海南广播电视大学学报，2013，14（01）：32-35.

妩媚。总的来看，中晚唐时期是诗歌流派蔚为大观、艺术表现手法多元化的时期，这种创作局面反映了时代精神的复杂多变，昭示了诗歌由盛转衰的发展态势。

在晚唐，诗歌的哀感和颓废色彩进一步加重，绝望和愤世嫉俗的情绪成为这一时期诗歌的基调。时局混乱，党争不断，令诗人对现实产生深深的失望。司空图在《喜外弟卢纶见宿》中写道："世间遥望空云山，几向前愁醉几还"，道出了诗人在乱世中的苦闷心情。贾岛的《忆江南》更是悲凉哀婉，将诗人的失意之感发挥到了极致："白云回望合，青霭入看无"。诗人在迷蒙的山水景致中感受人生的虚幻与苍凉，对仕途的坎坷和生活的困顿发出切肤之叹。晚唐诗人的悲观情绪虽失之偏颇，但也反映出他们对时局的深切忧虑和对理想的执着追求，表现了诗人的社会责任感，值得我们深思。

就诗歌语言而言，晚唐时期出现了晚唐体这一独特诗风。晚唐体讲究语言工巧，渲染氛围，风格阴柔哀婉，代表诗人有李商隐、温庭筠等。他们的诗歌继承发展了盛唐山水田园诗和边塞诗的创作传统，但表现手法更加细腻雕琢，意境更加幽邃朦胧。如温庭筠的《梦江南》："千万恨，恰似一江春水向东流"。在柔美的笔触中透露出无限衷肠。晚唐体对五代至宋初的诗歌创作产生了深远影响，为花间词的兴盛埋下了伏笔。然而，过分追求语言技巧，也在一定程度上束缚了诗人的性灵，导致某些诗作言不及意，假藻虚浮。晚唐体诗歌的繁复妩媚，反映了这一时期诗坛日趋式微的创作倾向。

中晚唐诗坛还呈现出诗歌题材日益扩大的特点。这一时期的诗人已不满足于咏物言志、吟风弄月，而是积极地将触角延伸到更广阔的领域。边塞诗是这一时期的代表。诗人通过游历边疆，亲身感受战地生活，在诗中抒发报国壮志和建功立业的雄心，如王昌龄的《出塞》"秦时明月汉时关，万里长征人未还。但使龙城飞将在，不教胡马度阴山"等诗句，气势磅礴，慷慨悲壮。咏史怀古诗也在这一时期蔚为大观，诗人常常借历史人物和故事，寄托自己的政治理想和人生感慨，如李商隐的《隋宫》别出心裁，将身世之感与亡国之恨巧妙糅合，令人回肠荡气。中晚唐诗歌题材范围的拓展，突破了盛唐诗歌所局限的世界，显示出诗人开阔的艺术视野和丰富的人生阅历。

纵观中晚唐诗歌的发展历程，我们可以看出，尽管诗歌的总体创作趋势是从繁荣走向衰落，但在这一过程中，诗人以他们的才华和努力，为诗歌的革新作出了诸多贡献。无论是元白诗派对现实主义创作传统的继承与发展，还是李贺等诗人在浪漫主义诗风上的拓新，抑或晚唐诗人在语言技巧方面的精益求精，都体现了唐诗在嬗变中砥砺前行的勃勃生机。可以说，正是中晚唐诗人前赴后继的探索，才最终推动了唐诗由单一走向多元，由简约趋向繁复的转型过程，并由此开启了宋诗新纪元的大幕。

从更广阔的历史视野来看，中晚唐诗歌的发展轨迹，既折射出唐王朝由盛转衰的历史走势，也反映了时代发展对文学创作提出的新的要求。在安史之乱后动荡不安的时代背景下，诗人普遍感受到强烈的忧患意识，加之诗歌创作自身的发展规律，要求突破前人的藩篱，寻求革新，由此形成了中晚唐诗歌独特的审美风貌。这种变化轨迹启示我们，文学创作必须紧扣时代脉搏，回应现实要求，方能不断焕发生机与活力。同时，对传统的继承和发展，也要在坚守民族文化根基的前提下，实现推陈出新、革故鼎新。中晚唐诗人在艰难的时代条件下对诗歌艺术执着的追求，对今天我们建设社会主义文艺、实现中华民族伟大复兴，依然具有重要的启示意义。

就中晚唐诗歌研究的学术史而言，古往今来，众多学者对这一时期诗歌的成就和局限有过精辟论述。欧阳修在《六一诗话》中指出，中晚唐诗人承袭李杜，而不及李杜之博大精深，已流于偬薄。这一评价视角虽有局限，但也切中了中晚唐诗歌在语言技巧上过分雕琢的问题。宋代诗论家严羽则在《沧浪诗话》中提出诗有别才，肯定了中晚唐诗人在拓展题材、革新手法方面的贡献。这为后世研究中晚唐诗歌价值提供了新的思路。到了近代，学者刘师培在《中唐以后诗之变迁》一文中系统梳理了中晚唐诗歌的发展脉络，分析了诗歌嬗变的原因，为唐诗研究拓宽了新的视野。总的来看，古往今来的学者虽然观点各异，但都从不同侧面揭示了中晚唐诗歌的时代特征和艺术成就，为我们全面认识这一时期的诗歌发展提供了重要参考。

中晚唐诗歌所呈现出的独特面貌，是时代发展和诗歌自身嬗变共同作用的结果。在动荡不安的社会背景下，诗人以复杂多变的心态抒写时代，思想内容日益走向多元化。同时，面对前人难以逾越的艺术高峰，他们在语言和意象方面不断革新，追求形式技巧的精进。中晚唐诗歌虽未能达到盛唐时期的艺术高度，但体现出诗人孜孜不倦地探索精神。这种精神在唐诗发展史乃至整个中国古典诗歌史上都弥足珍贵。它昭示着一个民族不断追求卓越、勇于创新的文化品格，为我们认识和把握中华优秀传统文化的精髓提供了重要启迪。

第二节　宋代诗歌的承续与创新

宋代诗歌发展的一个重要特点，是对唐诗传统的继承和发展。[①] 宋代诗人一方面努力学习和掌握唐人诗歌的技法，追慕盛唐诗歌的艺术风范，另一方面又力图在唐诗基础上推陈出新，寻求突破。欧阳修熔经史百家之言于一炉的主张，苏轼的学杜而过杜的理念，都体现出宋人在继承唐诗的同时不断革新的努力。正是在对唐诗的学习和突破中，宋诗逐渐形成了区别于唐诗的独特风貌。[②] 北宋诗歌理性蔚醇、风格多样，南宋诗歌则呈现出婉约阴柔的审美取向。这种创新与突破，既彰显了宋代诗人的文化品格和审美追求，也昭示着宋诗在唐诗基础上达到的新的艺术高度。

一、北宋诗歌的特点

北宋时期，承五代而起，诗歌创作出现了一系列新的特点和趋势。总体而言，北宋诗歌在继承唐诗传统的基础上，力图实现革新，形成了区别于唐诗的独特风貌。这种风貌一方面体现在诗歌内容上的拓展与深化，另一方面则体现在艺术表现手法的精进与多样化。北宋诗歌的发展，既有其特定的时代背景，也有其内在的审美逻辑，二者交织影响，共同推动了北宋诗歌的繁荣与转型。

---

① 金华.《岁寒堂诗话》的"类互文性"特征 [J]. 重庆第二师范学院学报，2017，30（05）：68-71.
② 李刚. 诗歌语言的陌生化——宋诗话中的语言批评 [J]. 华中师范大学，2002　：23-25.

就诗歌内容而言，北宋时期理学的兴起对诗歌创作产生了深远影响。[①]北宋中期，程颢、程颐兄弟阐发天理，开创性地提出天理流行学说，强调个体修养对于实现社会理想的重要性。到南宋，朱熹进一步集大成，在存天理，去人欲的旗号下建立起理学的完整体系。在理学的影响下，诗人普遍意识到文学应承担起弘道启蒙的社会责任。因此，诗歌创作开始更多地关注现实人生，着力表现君子人格，诗歌内容日益体现出浓厚的伦理意识和人文关怀。

欧阳修是北宋诗坛的领军人物，他提出文章须与时相称的文学主张，认为文学应关注现实，反映时代精神。在《醉翁亭记》中，欧阳修借吟咏山水之美，寄寓济世安民之志，流露出强烈的社会责任感。其弟子梅尧臣也热衷于体物言志，在《陵园妾》组诗中，诗人通过生动的笔触刻画了宫女的悲惨命运，表达了对民生疾苦的深切同情。欧梅诗派所倡导的文以明道创作理念，对北宋诗坛产生了广泛而深远的影响，推动了诗歌内容的现实转向。

王安石是又一位对北宋诗坛产生重要影响的大家。他一生致力于改革，力图通过变法维新改善民生，其诗歌创作也充满了忧国忧民的家国情怀。如在《泊船瓜洲》诗中，诗人以"京口瓜洲一水间，钟山只隔数重山"的壮阔视野，抒发了"春风又绿江南岸，明月何时照我还"的悲怆与无奈，充分表达了诗人报国无门的苦闷心情。[②]苏轼等人也深受王安石诗歌的影响，形成了江西诗派，他们的诗歌多慷慨悲凉，笔力雄健，为北宋诗坛增添了鲜明的现实主义色彩。

除却表现社会理想外，北宋诗人还善于在诗歌中抒写个人情志。司马光在《西江月》中写道"问君能有几多愁，恰似一江春水向东流"，将满腹心事付诸流水，笔触细腻婉转，尽显诗人怀才不遇的苦闷。石延年的《苏武庙》则通过苏武牧羊的典故，抒发诗人不得志时的壮志难酬，如"边草无穷日色暮，引来幽恨似轻尘句"，哀婉顿挫，发人深省。这种凄清哀婉的抒情风格在北宋诗坛颇为流行，成为区别于盛唐诗歌的一大特色。

在山水田园诗创作方面，北宋诗人也别具特色。王禹偁、林逋等人继承并发

---

① 孔妮妮. 南宋的学术发展与诗歌流变 [D]. 上海：复旦大学，2005：79-81.
② 胡玉尺. 两宋京口诗歌研究 [D]. 湖南科技大学，2017：70-71.

展了王维的山水诗传统，讲究景语双清，追求诗情与画意的完美结合。如王禹偁在《西湖》诗中所写"湖光秋月两相和，潭面无风镜未磨"。"芰荷光里藕丝长，宿鸟池边独眠梦句"，将秋日西湖美景刻画得烂漫多姿，令人神往。而林逋的《山园小梅》更是名篇，诗人笔下"疏影横斜水清浅，暗香浮动月黄昏"的梅花意象，恬淡空灵，在北宋诗坛独树一帜。这种寄情山水的创作倾向，体现了北宋文人的隐逸情结，丰富了北宋诗歌的意境内涵。

就艺术表现手法而言，北宋诗歌在继承唐人风骨的基础上，又呈现出新的特点。西昆体诗歌是其中的代表。以杨亿为首的西昆诗人创作的诗歌，讲究声律和谐，体物入微，善于在白描中见精神。如白居易在《池上篇》中所写"小娃撑小艇，偷采白莲回"。"不解藏踪迹，浮萍一道开"，通过生动的场景描写，勾勒出一派恬静闲适的氛围，给人以美的感受。西昆体对后世江西诗派影响很大，苏轼等人的许多诗作都能看到其痕迹。与此同时，北宋诗人还不断拓展题材，创新意象，力图在用典造句方面推陈出新。王安石的《渔家傲》中"松江鱼味美，不减鲈鲍鱼"的比喻，便十分新颖别致。苏轼在《水调歌头》中则用"不知道有多远，仍旧如我在中原"的想象，巧妙地抒发了对亡妻思念。北宋诗人在用典造句上的匠心独运，使得这一时期诗歌的艺术性大为提高。

诗歌语言的革新，是北宋诗歌的又一特点。欧阳修提出文章以才为主，以情为副诗文但有性情即好，不必雕刻的主张，强调诗歌语言要率真自然，反对堆砌藻饰。在这一文学理念的影响下，北宋诗歌在继承晚唐花艳缛丽风格的同时，逐渐趋向质朴平实。梅尧臣的俊逸说盛唐，清峻说晚唐，消散说大历，沉着说开元一语，便是对北宋诗歌语言风格转变的精辟概括。苏轼的诗更是语言飞动跌宕，呈现出一种洒脱豪迈的独特风貌，如大江东去，浪淘尽，千古风流人物的千古名句，朴实无华而气势磅礴，成为北宋诗歌语言的典范。

总的来看，北宋诗歌呈现出承继与创新并举、内容与形式兼备的多元化发展态势。这种发展态势一方面得益于时代环境的变迁，如理学的兴起推动了诗歌内容的现实转向，科举制度的完善促进了诗人群体的壮大，印刷术的发展加速了诗歌的传播交流。另一方面，则缘于诗歌自身发展的必然要求，唐诗繁荣三百年，已趋于模式化，北宋诗人要在前人高峰的基础上有所突破，就必须在题材、意象、语言等方面不断革新，由此形成了北宋诗歌灵活多样的独特风貌。

尽管北宋诗歌在许多方面都取得了长足进步，但其发展也存在一些值得警惕的倾向。理学的兴盛虽然推动了诗歌内容的深化，但也导致某些作品流于说理，缺乏想象力。诗坛逐鹿，使得不少诗人热衷于标新立异，在语言技巧上过分追求，诗歌趋于繁复艰涩。这些问题都在一定程度上影响了北宋诗歌的进一步发展。

纵观北宋诗歌的发展历程，我们可以看到一代诗人孜孜不倦地探索。他们在唐诗的基础上因革损益，推动诗歌在思想内容和艺术表现上不断深化，由此开创了宋诗发展的新局面。欧阳修、苏轼等杰出诗人以其卓越才华和远大抱负，为宋诗的繁荣发展树立了一座又一座丰碑。而他们身上所体现的忧国忧民情怀，至今仍熠熠生辉，是一笔宝贵的精神财富。

从更广阔的视野审视，北宋诗歌的嬗变反映了中国古典诗歌发展的内在规律。诗歌要传之久远，必须立足时代，扎根人民，在继承优秀传统的基础上不断革故鼎新。唯其如此，方能激发生生不息的创造力，铸就经典传世的辉煌成就。北宋诗人在艰难的时代条件下，仍然坚持文以载道、诗以言志的创作理念，在推陈出新中孜孜以求诗道，这种高尚情操和不懈追求，值得我们学习和发扬。

对北宋诗歌的研究，历来是学界关注的重点。南宋严羽在《沧浪诗话》中指出，北宋时期诗有专门，各树一帜，肯定了北宋诗坛流派林立、百花齐放的发展态势。明代高棅在《唐宋诗举要》里详细品评了欧阳修、苏轼等北宋大家，认为他们是自唐以后一人而已。这些评论虽不乏溢美之词，但也反映出古代学人对北宋诗歌成就的推崇备至。到了近现代，学者开始用现代文学理论方法研究北宋诗歌，如朱东润先生在《宋诗概说》中系统梳理了北宋诗歌的发展脉络，论述了北宋诗歌的基本特点，开拓了宋诗研究的新视野。总的来看，历代学者对北宋诗歌的重视，充分体现了这一时期诗歌在文学史上的重要地位，其所提供的研究视角和方法，也为我们深入把握北宋诗歌的时代意义提供了有益启发。

北宋诗歌的发展，折射出中国古典诗歌发展的一般规律。任何一个文学样式，从形成到繁荣，再到高峰，都要经历不断的嬗变过程。激流勇进、推陈出新是这一过程的重要特征。只有在继承和创新中，诗歌艺术才能不断焕发出新的生机与活力。北宋诗人在唐诗辉煌成就的基础上，将诗歌的触角深入时代与社会的方方面面，在革故鼎新中实现了北宋诗歌的繁荣发展。这种执着追求和锐意创新的精神，不仅是宋诗得以独树一帜的关键，也昭示着一个民族生生不息、自强不息的文化品格，为我们立足时代、繁荣文艺提供了宝贵启示。

二、南宋诗歌的变化

南宋时期，诗歌发展出现了新的变化。这种变化一方面是北宋诗歌发展的延续，另一方面则明显受到时代环境的影响。从总体上看，南宋诗歌在思想内容上日趋深刻，在艺术表现上更加多元，形成了区别于北宋的独特风貌。对南宋诗歌变化轨迹的考察，不仅有助于我们把握宋诗发展的完整脉络，而且对于理解古典诗歌演进的内在规律，也具有重要的启示意义。

就诗歌内容而言，南宋时期理学的全面确立，对诗歌创作产生了深刻影响。南宋中期，朱熹集二程理学之大成，建立起完整的理学体系。在存天理，灭人欲的旗号下，理学家们强调个体修养对于实现社会理想的重要性。受此影响，诗人普遍意识到文学创作应担负起弘扬道德、启迪民智的社会责任。因此，南宋诗歌更加关注现实人生，着力抒发忧国忧民情怀，思想性和哲理性日益增强。

陆游是南宋诗坛的代表人物。他一生力主抗金北伐，诗作中处处流露出家国情怀。如在《示儿》诗中，诗人以"王师北定中原日，家祭无忘告乃翁"的誓言，表达了收复失地、报效国家的坚定决心。在艺术表现上，陆游善于融理学义理于诗歌创作之中。他的名作《游山西村》以"莫笑农家腊酒浑，丰年留客足鸡豚"的乡村景象为背景，寄寓了天理流行、民生乐利的理想，同时也生动体现了诗人淳朴乡野的审美情趣。陆游的诗歌创作对南宋诗坛产生了广泛而深远的影响，推动了诗歌内容的理学化和现实化。

杨万里是南宋另一位重要诗人。他秉承欧阳修的文学主张，在诗歌创作中力求突破前人窠臼，追求清新质朴的诗风。杨万里的田园诗尤为著名，如在《晓出净慈寺送林子方》中，诗人以"毕竟西湖六月中，风光不与四时同"的妙笔，勾勒出杭州清丽秀美的湖光山色，抒发了返璞归真的生活理想。在用典方面，杨万里更是匠心独运，善于化用典故，赋予诗歌新的意蕴。[①]如"镜湖三百里，菡萏发荷花"一句，便巧妙化用了《楚辞·湘夫人》望涔阳兮极浦，横大江兮扬灵的意象，抒发了诗人的政治抱负。杨万里的诗歌体现了南宋诗人在革新诗歌内容和形式上所做的种种尝试，在当时诗坛产生了很大影响。

就艺术表现而言，南宋诗歌呈现出繁复与简约并存的特点。一方面，江西诗派余绪尚存，不少诗人仍热衷于声律技巧，讲究辞藻堆砌，这在陈与义、刘克庄等人的作品中表现得较为明显；另一方面，以姜夔为代表的格律诗开始兴起，提倡诗歌要言之有物，反对空洞的形式雕琢。姜夔在《论诗三十首》中提出"语必险怪、字必瑰奇"的主张，强调诗歌应出新意、出奇思，为后世格律诗的发展指明了方向。

在山水田园诗创作方面，南宋诗人也别具特色。范成大、尤袤等人继承并发展了北宋山水诗的传统，更加注重在山水景物描写中融入哲理思辨，体现理学家宇宙人生的思考。范成大在《四时田园杂兴》组诗中所写"昼出耘田夜绩麻，村庄儿女各当家。童孙未解躬耕织，也傍桑阴学种瓜"的田园风光，不仅细腻传神地再现了农家生活的点点滴滴，也寄寓了诗人天理流行、民生乐利的理想。南宋山水田园诗在北宋基础上进一步拓展了诗歌表现的领域，为宋诗的发展增添了浓墨重彩的一笔。

爱国诗歌是南宋诗歌的又一亮点。自北宋灭亡，南宋偏安江南后，南宋诸帝除赵构外，大都苟且偷安，消极避战。面对国土沦丧、民不聊生的困境，许多诗人倍感忧国忧民之痛，纷纷在诗歌创作中抒发报国壮志和建功立业的雄心。文天祥的《正气歌》以雄浑之笔写下"哲人日已远，典型在夙昔。风檐展书读，古道照颜色"的千古名句，抒发了诗人临难不屈、视死如归的爱国情操。陆游的《小重山·昨夜寒蛩不住鸣》则以哀婉凄婉的笔调，表达了国势衰微、报国无门的悲愤之情。这些诗作虽然难挽狂澜于既倒，但给南宋诗坛注入了一股悲壮的力量，彰显了中华民族不畏强暴、自强不息的精神。

---

① 张雁. 古诗的色彩 [J]. 语文教学与研究，2007(17) ：45-47.

　　南宋诗歌继承了北宋诗歌的优良传统，同时又呈现出许多新的特点。理学化倾向和忧患意识的加强，推动了诗歌思想性和现实性的提高；诗歌形式和语言的变化，体现了南宋诗人在推陈出新方面的努力；爱国诗歌的兴盛，则昭示着诗人家国情怀的升华。这些变化既反映了时代发展对文学创作的影响，也体现出南宋诗人对新的美学追求的不懈探索。需要指出的是，尽管南宋诗歌在许多方面都取得了长足进步，但其发展也面临着诸多困境。理学的过度强调，导致一些诗作流于说理，缺乏想象力和生命力。金元战乱频仍，诗人创作心情沉重，诗歌趋于晦涩难懂。这些问题在一定程度上制约了南宋诗歌艺术上的进一步提升。

　　从更广阔的视野审视，南宋诗歌的嬗变轨迹折射出中国古典诗歌发展的普遍规律。诗歌要传之久远，必须扎根于广大人民群众的生活实践之中，在继承优秀传统的基础上因时而变、推陈出新。只有始终站在时代前沿，以人民为中心，诗歌创作才能获得强大的生命力，铸就不朽的艺术经典。南宋诗人面对异族统治的严峻挑战，在探索和守正中坚持以诗言志、荷担家国使命，这种高尚情操和使命担当，至今仍发人深省。

　　通过宋诗发展的历史脉络，我们可以清晰地看到一个诗歌观念与时俱进、艺术形势日趋成熟的演进轨迹。北宋诗人在唐诗辉煌成就的基础上，力图变革创新，开创了宋诗崭新的艺术局面。到南宋时期，诗歌内容的现实性和思想性进一步加强，艺术表现更加繁复多样，爱国诗歌异彩纷呈，由此形成了南宋诗歌的独特风貌。宋代诗歌的发展，一方面体现了中国古典诗歌发展的一般规律，另一方面也昭示着在特定时代条件下诗人执着探索、锐意创新的艺术追求。这种精神对于我们今天建设社会主义文艺，实现中华民族伟大复兴，仍具有重要的启示意义。对南宋诗歌的研究，历来是学界关注的重点。许多学者从不同角度分析了南宋诗歌在内容和形式上的突破，如朱东润先生在《宋诗概说》中专门论述了南宋诗歌的时代特征，认为南宋诗坛出现了内容革新和形式革新两个值得注意的倾向。胡云翼先生在《南宋诗论》中则系统梳理了南宋诗坛的审美取向，揭示了南宋诗歌发展脉络中蕴含的美学意义。这些研究成果从不同侧面展现了南宋诗歌的价值，为我们深入把握这一时期诗歌发展的特点提供了重要参考。

总之，南宋诗歌发展过程中所呈现的变化，是诗歌自身发展的必然要求，也是时代发展和社会变迁在文学创作中的集中反映。透过南宋诗歌嬗变的背后，我们可以深刻体悟到文学创作必须顺应时代潮流，回应现实要求，在继承和创新中不断焕发生机与活力的普遍规律。这一规律今天仍具有现实意义。只有立足新时代，把握新要求，在传承和弘扬中华优秀传统文化的过程中，实现创造性转化和创新性发展，我们才能不断推进社会主义文艺事业的繁荣，为实现中华民族伟大复兴提供强大的精神动力。这是新时代赋予我们文学工作者的光荣使命，我们必须以更加昂扬的斗志，更加执着的追求，去开创中国文学艺术发展的崭新局面。

三、宋诗对唐诗的继承与发展

宋代诗歌发展的一个显著特点，就是对唐诗传统的继承和发展。一方面，宋代诗人高度推崇唐诗，视之为楷模，努力学习和掌握唐人诗歌的题材内容和艺术技巧；另一方面，他们又没有止步于对唐诗的模仿，而是力图在唐诗的基础上推陈出新，形成自己独特的诗歌风貌。宋诗在对唐诗的继承和发展中逐渐走向成熟，最终达到了与唐诗并峙的艺术高度。对这一过程的考察，不仅有助于我们把握宋诗发展的内在逻辑，而且对于认识中国古典诗歌发展的一般规律，也具有重要的启示意义。

宋代诗人对唐诗的继承，首先体现在对唐诗精华的吸收与转化上。在宋代诗人看来，唐诗堪称古典诗歌的巅峰，集中体现了中国诗歌的美学理想。因此，宋代诗人普遍重视对唐诗的学习和模仿。即便是力主革新的欧阳修，也常常研读唐人诗集，他在《六一诗话》中言："少喜为诗，闻太白善诗，而未睹其集，至永叔为馆阁校书郎，以家藏杜少陵集惠然，始得之，反复诵读，殆皆能记"。可见其对唐诗的喜爱与崇尚。苏轼、黄庭坚等人虽然提出学杜而过杜，但在创作实践中，仍以杜甫等唐人名篇为模拟对象，力图在唐人风骨的基础上有所突破。由此可见，对唐诗精华的吸收，是宋诗得以走向成熟的重要基础。

具体来看，宋代诗人对唐诗的继承主要体现在以下几个方面：

其一，宋代诗人继承并发展了唐人擅长的诗歌体裁。如山水田园诗，是盛唐诗人如王维、孟浩然开创并推至高峰的诗歌样式。宋代诗人在这一基础上加以发展，使其题材内容更加丰富，意境营造更加细腻。王禹偁、林逋等人以描写江南秀美景致见长，如王禹偁在《新晴野望》中所写"空山新雨后，天气晚来秋。明月松间照，清泉石上流"等句，清新明丽，给人以美的感受。[①]这些作品显然得益于王维独坐幽篁里，弹琴复长啸。深林人不知，明月来相照的意境。再如边塞诗，是盛唐至中唐时期的显学，陈子昂、王昌龄等人的名篇脍炙人口。王昌龄的青海长云暗雪山，孤城遥望玉门关。黄沙百战穿金甲，不破楼兰终不还等诗句，以苍茫悲壮的笔调抒发了报国壮志，成为千古传诵的名句。宋代诗人如王之道、张俊等延续了这一传统，在诗中书写成边生活，抒发爱国情怀，同时也融入了宋人特有的忧患意识，形成了沉郁顿挫的独特风格。

其二，宋代诗人继承并发展了唐人在艺术表现方面的成就。如在声律技巧方面，唐诗可谓登峰造极，诗人讲究声情并茂，以精致的意象塑造出动人的意境。宋代诗人深谙此道，并在唐人基础上有所创新。如西昆体诗人杨亿等擅长五言诗的创作，他们模仿初盛唐诗人的语言风格，在继承中又融入了自己细腻的观察和体验，使得诗歌的意境更加空灵悠远。苏轼的诗歌语言更是独步天下，如"会当凌绝顶，一览众山小"等千古名句，雄浑厚重，气势磅礴，堪与李白的"飞流直下三千尺，疑是银河落九天"相媲美，可谓集唐诗之大成。再如在铺陈结构方面，唐人诗作多采用起承转合的结构模式，环环相扣，曲尽其妙。宋代诗人在吸收唐人经验的基础上，进一步拓展了这种结构方式，使之更加灵活多变。如苏轼的《水调歌头》，以"明月几时有，把酒问青天"开篇，继而写望月怀人，思绪飞扬，进而收笔于"人有悲欢离合，月有阴晴圆缺，此事古难全。但愿人长久，千里共婵娟"的哲理慨叹，结构严谨而又曲折有致，在唐人诗作的基础上别具新意。总之，宋代诗人在声律、意象、结构等诗歌语言形式方面，无不以唐诗为师，力求青出于蓝而胜于蓝。

其三，宋代诗人继承并发展了唐人笔下的诗歌意象。唐诗以丰富多样的意象著称，这些意象往往寄寓着诗人的情志，给人以美的感受。如李白笔下的"黄河

---

① 杨晨玥. 论王维诗歌"诗中有画"的艺术特色［J］. 青年文学家，2023（09）：91-93.

之水天上来，奔流到海不复回""孤帆远影碧空尽，唯见长江天际流"等意象，一个突出壮阔雄浑，一个突出空远流动，都极具画面感，令人难以忘怀。宋代诗人在继承唐人意象的基础上，又赋予其新的内涵。如竹意象，在王维笔下常象征高洁孤傲的情操，如"咬定青山不放松，立根原在破岩中。千磨万击还坚劲，任尔东西南北风"等句，将竹子的品格描绘得淋漓尽致。到了苏轼笔下，竹子更多地被赋予了不畏艰险、百折不挠的精神内涵，如"宝剑锋从磨砺出，梅花香自苦寒来"等句，便是用竹喻志的典型。可见宋人在继承唐诗意象的过程中，往往能化古为新，赋予其新的思想内容，极大地丰富了诗歌表现的张力。

在继承唐诗传统的过程中，宋代诗人还表现出鲜明的时代特色。宋代理学的兴起，对诗歌创作产生了深远影响。程颢、朱熹等理学家强调存天理，去人欲，将儒家伦理推向极致。受此影响，不少诗人热衷于在诗歌创作中体现理学义理，抒发忧国忧民情怀。江西诗派领袖黄庭坚的诗作中常见大道中庸天理流行等理学术语，体现出浓厚的说理色彩。陆游更是将理学家的济世情怀发挥到了极致，其诗作时时流露出忧国忧民之意，如"位卑未敢忘忧国，事定犹须待阖棺"等句，可谓诗中有诗，言外有言。这种融理学义理于诗歌创作之中的倾向，是宋诗区别于唐诗的显著特点。它一方面拓展了诗歌表现的思想内容，另一方面也在一定程度上束缚了诗人的思想，导致某些作品流于空疏说教。这一弊端到南宋后期更为明显，值得我们反思。

印刷术的广泛运用，是宋代文化的又一大特点。印刷术的普及，极大地促进了诗歌的传播交流。宋代士大夫往往集诗会友，互相唱和，大大活跃了诗歌创作的氛围。同时，坊刻本诗集的大量出现，也为诗人提供了更多学习借鉴的机会。苏轼曾言："观书破万卷，下笔如有神"。他的诗歌创作就极大地得益于对前代诗歌的博览旁涉。从这个角度看，宋诗对唐诗的继承，从很大程度上得益于印刷技术发展所带来的便利。这一技术条件的革新，客观上推动了宋诗在唐诗基础上的拓展与深化。

概言之，宋诗在继承唐诗的过程中，体现出温故知新的文学创作规律。宋代诗人并没有满足于对前人的模仿，而是力图在学习借鉴的基础上推陈出新，走出一条古为今用、推陈出新的道路。他们或继承唐人诗歌体裁加以发展，或吸收唐诗艺术经验融会贯通，或转化唐诗意象赋予新意，由此形成了独具特色的宋诗风貌。同时，宋诗在继承唐诗的过程中，也打上了鲜明的时代烙印。理学的兴起使诗歌的思想内容更加丰富，但也滋生了某些弊端；印刷术的普及为诗歌的传播交流提供了便利，客观上也推动了宋诗在唐诗基础上的拓展。总之，宋诗与唐诗的关系是一种承继与创新的辩证统一，二者相得益彰，共同推动了中国古典诗歌的发展。

纵观宋诗发展的历史，我们可以清晰地看到中国古典诗歌发展的一般规律。任何文学样式要获得生命力，都必须在继承优秀传统的基础上不断创新，方能推陈出新，再创辉煌。宋代诗人正是在批判继承唐诗的过程中砥砺前行，不断探索，最终在唐诗基础上达到了新的艺术高峰。这种艺术上的自觉和勇气，是中华民族宝贵的文化遗产，也是新时期文学创作必须秉承的优良传统。今天，我们要繁荣发展社会主义文艺，同样需要发扬古为今用、推陈出新的创新精神，在继承革命文艺优良传统的基础上，以高度的文化自信和文化自觉，努力创造无愧于我们这个伟大时代的文学经典。这是时代赋予我们的光荣使命，我们必将在创造性转化和创新性传承中华优秀传统文化的过程中，谱写中国特色社会主义文艺事业的崭新篇章。

第三节　唐宋诗歌的比较

将唐诗与宋诗进行比较，考察二者在题材内容、表现手法、艺术风格等方面的异同，是深入把握唐宋诗歌特质的重要路径。总体而言，唐诗气势恢宏、意境高远，善于表现宏阔壮美的自然山水和昂扬蓬勃的人生情怀；宋诗则更加注重个人化的情感抒发，擅长描摹世俗生活，呈现出雅俗共赏的审美特征。将二者置于比较视野中考察，不仅能够凸显唐宋诗歌各自的独特魅力，也有助于揭示中国古典诗歌演进的内在逻辑。同时，这种比较研究对于我们反思文学传统与时代社会

的关系，进而实现中华优秀传统文化的创造性转化和创新性发展，也具有重要的
启示意义。

一、唐宋诗歌在题材上的异同

唐宋诗歌是中国古典诗歌发展的两座高峰。两个时期的诗歌创作在继承发展
的基础上，都形成了自己独特的艺术风貌。将唐宋诗歌放在一个比较的视野中加
以考察，对二者在题材内容上的异同进行系统梳理，不仅有助于我们更加全面地
把握唐宋诗歌的特质，而且对于认识中国古典诗歌发展的内在规律，也具有重要
的启示意义。

总体而言，唐宋诗歌在题材选择上呈现出既有传承又有变革的特点。一方面，
许多在唐代诗坛独领风骚的题材在宋代诗坛依然备受青睐；另一方面，宋代诗人
又努力拓展题材范围，使诗歌内容更加丰富多样。在继承和创新的过程中，宋诗
逐渐形成了区别于唐诗的鲜明特色。[①]

就传统题材的继承而言，山水田园诗、边塞诗、怀古诗等在唐宋两代诗坛都
占有重要地位。盛唐时期，山水诗大家辈出，王维、孟浩然等人笔下的自然山水
绮丽多姿，体现出返璞归真的隐逸情怀。这一传统为宋代山水诗人所继承，如王
禹偁、林逋等人都善于在山水景物的描写中寄寓情志，抒发对淡泊宁静生活的向
往。其中尤以苏轼的山水诗最负盛名，如"竹杖芒鞋轻胜马，谁怕？一蓑烟雨任
平生"等句，将山水与人生思考巧妙融合，表现出豁达旷达的心胸气度。可见山
水田园题材经久不衰的生命力。

边塞诗同样是唐宋诗歌的重要题材。唐代是一个强盛的时代，军事上频有征
战，因此边塞诗在盛唐空前繁荣。诗人或亲历战阵，或想象边塞，在诗中抒发建
功立业的宏图壮志。陈子昂的"男儿本自重横行，天子非常赐颜色"、高适的"燕
山月似钩，闻见幽燕骑，愁聚碧山头"等千古名句，无不体现出唐代诗人的满腔
激情和报国之志。到了宋代，虽然疆域略有收缩，但边塞诗创作的热情不减。王
禹偁、范仲淹、陆游、文天祥等诗人都有气势磅礴的名篇佳作。尤其南宋时期，

① 李刚 . 诗歌语言的陌生化——宋诗话中的语言批评 [D]. 华中师范大学，2002：23-24.

诗人面对金兵铁蹄的践踏，在诗中倾诉刻骨铭心的亡国之痛，抒发收复失地的强烈信念，形成了一种沉雄悲愤的独特风格。如陆游在《书愤》中所吟"早岁那知世事艰，中原北望气如山。楼船夜雪瓜洲渡，铁马秋风大散关"等句，将山河破碎、家国沦丧之痛发挥得淋漓尽致，成为宋代爱国诗歌的典范。

怀古咏史诗在唐宋两代也是诗人乐于表现的题材。面对历史长河，诗人往往生发感慨，借古讽今，抒发自己的政治理想和人生感悟。杜甫的"朱门酒肉臭，路有冻死骨"、白居易的"忧黎元之多难兮，哀王室之离分"等句，无不给人以深刻的警示。李商隐的历历开元事，分明在目前更是透过历史的镜鉴反思当下，发人深省。与之相比，宋代诗人的咏史怀古之作则更多带有理学意味。如苏轼的《石钟山记》借探访遗迹，感慨尧舜之抱负，"文武之功业，岂非积累此山中，垂为后世法乎？"表达出济世安民的儒家理想。陆游在《金错刀行》中则慷慨悲歌，"山川满目泪沾衣，不逐宫门恨不归。天下英雄谁敌手？曹刘。生子当如孙仲谋"，既抒发了沉痛的亡国之恸，也寄寓了诗人报国无门的苦闷心情。总之，借咏史怀古抒发忧国忧民情怀，是唐宋诗人的共同选择。

在继承传统题材的同时，宋代诗人在题材内容上也有诸多开拓。理学化倾向的增强，使得诗歌内容更多地关注现实人生，体现瀣厚的哲理性。如程颢的"清晨入古寺，初日照高林"等句，在山林景致中寄寓玄理，给人以无穷的思索和启迪。朱熹的许多诗作也充满儒家伦理的说教意味，在艺术性上虽略有不足，但在拓展诗歌题材方面无疑具有重要意义。

宋诗对市井生活和民间风俗的关注，也是对唐诗题材的重要拓展。随着城市经济的发展和市民阶层的兴起，日常生活题材开始大量进入诗人的视野。以北宋都城汴梁为代表，其繁华热闹的街市景象频频出现在诗人笔下，如梅尧臣在《汴京杂咏》中对琳琅满目的市井风物的生动刻画，韩琦在《金陵杂咏》中对民间风土人情的细致描绘，都极大地丰富了诗歌表现的内容。此外，宋代诗人对女性题材和闺怨诗的表现，也是对唐诗的突破。温庭筠、李煜、李清照等人善于以细腻的笔触抒写男女之情、闺中之怨，如"寒蝉凄切，对长亭晚，骤雨初歇""玉颗珊珊下月轮，殿前拾得露华新"等句，无不给人以美的感受。这种婉约缠绵的抒情风格，在唐代虽已有所体现，但到宋代却达到了炉火纯青的地步。可以说，宋代诗人对女性题材的青睐，是对唐诗表现内容的极大丰富，同时也奠定了婉约派诗歌的创作基础。

当然，唐宋诗歌在继承传统题材的过程中，也出现了某些值得警惕的倾向。理学化倾向的过分强调，使得某些诗作流于说教，缺乏想象力和审美情趣。市井风俗的过度渲染，有时也会导致诗歌庸俗化、世俗化。这些弊端在宋诗中已有所体现，到南宋后期更为严重，值得我们反思。将唐宋诗歌置于比较视野中考察，我们可以看到，宋诗在继承唐诗传统题材的基础上，又在诸多方面有所拓展，呈现出明显区别于唐诗的特色。理学化倾向的增强，市井生活和民间风俗题材的引入，女性题材的广泛表现，都极大地丰富了宋诗的内容，也预示着诗歌审美趣味的变迁。这一变化既折射出时代发展的烙印，也体现出宋代诗人不懈探索的创新精神。

从更广阔的视野来看，唐宋诗歌题材的嬗变，反映了中国古典诗歌发展的普遍规律。一方面，任何文学样式要获得持久生命力，都必须立足传统，根植于民族母题；另一方面，文学又必须紧扣时代脉搏，在不断丰富和发展母题的过程中焕发时代风采。宋代诗人正是在继承唐诗优秀传统的基础上，努力拓宽题材视野，最终实现了宋诗的繁荣和升华。这种在继承中求变革、在坚守中谋发展的文学精神，不仅是古代诗人留给我们的宝贵遗产，也是当代文学创作必须恪守的价值追求。

新时代的文学创作要真正实现繁荣发展，同样需要我们在继承革命文艺优良传统的基础上，以开放包容的文化视野，努力反映新时代的伟大实践，书写人民群众的火热生活。只有扎根于人民群众，诗歌才能获得取之不尽、用之不竭的创作源泉。同时，对外来文化和当代文化的吸收，对传统母题的革新，也是推动诗歌创作与时俱进的重要途径。在这个意义上，唐宋诗歌发展的历史经验，对于我们建设社会主义文艺，实现中华民族伟大复兴，仍然具有重要的启示意义。我们必将在不断探索中坚守诗歌的人民性，在创造性转化和创新性发展中焕发时代风采，谱写新时代诗歌发展的华彩乐章。

二、唐宋诗歌在风格上的差异

唐宋诗歌是中国古典诗歌发展的两座高峰。尽管宋诗在很大程度上是对唐诗的继承和发展，但就诗歌风格而言，二者却呈现出明显的差异。将唐宋诗歌置于比较视野中加以考察，对其风格特点进行系统梳理，不仅有助于我们更加全面地把握唐宋诗歌的审美旨趣，而且对于认识中国古典诗歌演进的内在规律，也具有重要的启示意义。

总体而言，唐诗风格多以豪放、飘逸见长，体现出诗人昂扬向上的精神风貌和宏阔非凡的艺术构思。这种风格特点与盛唐时期强盛的国力、开明的政治、繁荣的经济是分不开的。诗人面对充满生机的太平盛世，自然而然地在诗歌创作中抒发激昂慷慨的情怀。李白、杜甫等诗人的代表作，无不挟风骚之思，写激昂之词，给人以阳刚挺拔、气势磅礴之感。如李白的"长风破浪会有时，直挂云帆济沧海""飞流直下三千尺，疑是银河落九天"等千古名句，无不展现出诗人笔落惊风雨、诗成泣鬼神的磅礴之力。杜甫诗歌虽时有沉郁顿挫之感，但"会当凌绝顶，一览众山小"的傲然之姿，"出师未捷身先死，长使英雄泪满襟"的慷慨悲歌，同样体现出一种大气磅礴的阳刚之美。这种雄浑豪迈的盛唐气象，成为唐诗的重要审美特质，也成为后世诗人景仰和追慕的典范。

与唐诗不同，宋诗的基调则以平和、淡雅见长，体现出诗人睿智通达的人生态度和细腻委婉的艺术表现。这种风格转变与宋代政治、经济、文化发展的总体趋势是密不可分的。[①] 宋代虽建立了统一的封建国家，但统治基础并不稳固，军事上连年征战，政治上党争迭起，再加上理学的兴起对人性提出了种种束缚，这些都使得宋代文人普遍怀有忧国忧民之感，个人精神也趋于内敛收缩。因此，沉郁顿挫、含蓄蕴藉便成为宋诗的主要基调。苏轼的"大江东去，浪淘尽，千古风流人物""回首向来萧瑟处，归去，也无风雨也无晴"等名句，将苍茫的人生感慨与深沉的政治忧患巧妙地糅合在一起，给人以悠远深邃之感，堪称宋诗婉约风格的典范。即便是豪放派诗人如陆游，其诗歌也常流露出一种苦闷悲凉之感，如"山围故国周遭在，潮打空城寂寞回""醉里挑灯看剑，梦回吹角连营"等，无

---

① 张帆帆. 宋代山水散文研究 [D]. 济南：山东大学，2018：341-344.

不给人以沧桑巨变后的苍凉之感。

当然，唐宋诗歌在总体风格上的差异，绝非截然对立，而是呈现出复杂的交织态势。唐诗并非只有豪放一派，陈子昂、王维等人的田园诗也体现出恬淡闲适的意境；宋诗中也不乏昂扬激越之作，尤其到南宋末年，面对金兵铁骑，陆游、文天祥等爱国诗人笔下又出现了慷慨悲歌、气吞山河的作品，如陆游的"王师北定中原日，家祭无忘告乃翁""暖风熏得游人醉，直把杭州作汴州"等，可谓英雄泪尽，壮怀激烈。概而言之，唐宋诗歌在风格上虽有差异，但彼此间更多的是相互借鉴和影响，呈现出你中有我、我中有你的融合态势。

造成唐宋诗歌风格差异的原因是多方面的。除前述时代背景外，诗人的个人经历、性情志趣等，无疑也深刻影响了其诗歌风格。如李白仗剑走天涯，放浪形骸，其诗自然也就溢满浪漫洒脱的情怀；杜甫生逢乱世，饱经坎坷，其诗也就更多地体现出忧国忧民的现实主义精神。再如苏轼性情豁达，善于玩世不恭，因而其诗也就更多地展现出不拘一格、洒脱不羁的个性；陆游壮怀激烈，一生力主北伐，故其诗也就笔锋犀利，慷慨悲歌。诗人的个性化风格与其经历阅历、性情志趣往往是一致的。从这个角度看，唐宋诗歌风格的差异，既体现了时代发展的总体趋势，也印证了诗人创作个性的独特魅力。

在艺术表现上，唐宋诗歌风格的差异也十分明显。唐诗讲究声情并茂，善于在感性直觉的基础上营造悠远空灵的意境。无论是王维的《竹里馆》、孟浩然的《春晓》，还是王昌龄的《芳草碧色》、杜甫的"两个黄鹂鸣翠柳"，无不给人以美的感受。唐人诗句多洗练空灵，语言质朴自然，如王维"空山不见人，但闻人语响。返景入深林，复照青苔上"等句，几乎没有一个铺陈堆砌的字眼，却给人以幽深悠远之感。与此形成鲜明对比的是，宋诗则更注重在理性思辨的基础上构建意境，诗句多工于雕琢，语言也趋于繁复丽密。范成大在《四时田园杂兴》中写道："昼出耘田夜绩麻，村庄儿女各当家。童孙未解供耕织，也傍桑阴学种瓜"，字里行间便体现出诗人深沉的社会关怀和人生感悟。这种在理性思辨中升华诗境的创作倾向，正是宋诗区别于唐诗的显著特征。

需要指出的是，从唐至宋，诗歌风格的演变也存在着某些值得警惕的倾向。

宋诗在创作过程中过于强调理性思辨，有时会导致诗歌失之于空疏。尤其到南宋后期，诗坛空前繁荣，但诗歌日趋形式化，诗人热衷于辞藻技巧的堆砌，而忽视了抒情言志的本质要求。这一弊端在南宋词坛尤为明显。如秦观、晏殊等人的词虽佳句迭出，但也不免过于讲究声律技巧，情感表达略显单薄。对这种流于形式的创作倾向，我们不能不保持高度警惕。

将唐宋诗歌置于比较视野中加以考察，我们可以看到，宋诗在很大程度上继承了唐诗的优秀传统，但在风格上又呈现出鲜明特色，体现了中国诗歌审美趣味的发展变迁。豪放与婉约，激昂与沉郁，直抒胸臆与理性思辨，构成了唐宋诗歌创作的基本张力。这种张力的形成，既有时代发展的必然性，也有诗人个性才情的偶然性，二者交织互动，造就了唐宋诗歌的独特魅力。对这一规律的把握，无疑有助于我们更加全面地认识唐宋诗歌在中国文学发展史上的地位和价值。

纵观古今，唐宋诗歌风格的嬗变，折射出中国古典诗歌创作的普遍规律。一方面，诗歌必须扎根于时代土壤，回应现实要求，方能获得强大的生命力；另一方面，诗人的独特个性和艺术才情，又赋予诗歌以鲜活的气息和独特的魅力。二者相互依存，缺一不可。从这个角度看，继承唐宋诗歌的优秀传统，必须立足于时代，也必须充分彰显诗人的个性风采。这对于新时期诗歌创作大有启发。我们要在马克思主义指导下，以人民为中心，在生动反映新时代的伟大实践中不断推进诗歌创作，同时又要发扬诗人的个性张力，在继承传统的基础上不断革新，最终实现诗歌的时代性和艺术性的完美统一。只有这样，我们才能不断开创中国特色社会主义诗歌发展的新境界，为实现中华民族伟大复兴凝聚起磅礴的精神力量。

三、唐宋诗歌在艺术手法上的影响

唐宋诗歌作为中国古典诗歌发展的高峰，不仅在思想内容和艺术风格上各具特色，而且在艺术手法的运用上也呈现出明显的差异。这种差异一方面体现了诗歌创作在继承发展中的必然趋势，另一方面也深刻影响了后世诗歌的流变。将唐宋诗歌置于比较视野中加以考察，对二者在艺术手法上影响与被影响的关系进行系统梳理，不仅有助于我们更加透彻地认识唐宋诗歌的审美特质，而且对于把握中国古典诗歌发展的内在规律，也具有重要的启示意义。

就语言风格而言，唐诗尤其是盛唐诗歌多以质朴豪放见长。诗人热衷于大气磅礴的场面描写，善于通过洗练空灵的诗句营造悠远淡泊的意境。如王维的大漠孤烟直，长河落日圆行到水穷处，坐看云起时等名句，语言质朴自然，意境空明澄澈，给人以简约醇厚之感。李白的飞流直下三千尺，疑是银河落九天孤帆远影碧空尽，唯见长江天际流等诗句，更是气势恢宏，笔力遒劲，反映出诗人傲视天地的磅礴之力。[①] 这种质朴洗练、大气恢宏的语言风格，成为盛唐诗歌的重要艺术特征。

宋诗在语言风格上与唐诗形成了鲜明对比。宋代诗人普遍重视在创作中对语言进行精雕细琢，诗句多华丽工巧，富于理性思辨。即便是北宋大儒如欧阳修，其诗歌语言也时见藻饰堆砌，如"日暮鱼龙舞，春涨鸥鹭飞""落叶他乡树，寒灯独夜人"，虽工于雕饰，但略显纤巧。南渡以后，宋诗语言的矫饰化倾向更加明显。姜夔的词作如昨夜星辰昨夜风，画楼西畔桂堂东一种相思，两处闲愁，堆金砌玉，炼字炼句，极尽绮丽缛巧之能事。这种在精工之中见匠心的语言特点，成为南宋诗词的显著标志。

造成唐宋诗歌语言风格差异的原因是多方面的。唐代是一个政治强盛、经济繁荣的时代，诗人面对如此盛世，自然而然地要抒发磅礴慷慨的胸襟，因而诗歌语言也趋于质朴洗练。宋代则是一个山河破碎、战乱频仍的时代，诗人普遍感时伤世，加之理学的兴起强调存天理、灭人欲，这些都使得诗歌语言趋于含蓄蕴藉。同时，宋代科举考试盛行，诗赋也是主要考察内容，这在客观上助长了诗人在创作中对辞藻技巧的追求，诗歌语言遂呈现出繁复艳丽的特点。从这个角度看，唐宋诗歌语言风格的差异，既折射出时代发展的总趋势，也体现出创作主体审美情趣的变迁。

在意象经营方面，唐诗善于通过洗练空灵的意象传达诗歌意蕴，营造空明悠远的艺术境界。"明月松间照，清泉石上流""两个黄鹂鸣翠柳，一行白鹭上青天"，诸如此类的名句比比皆是。诗人往往在动中见静、在有限中透露无限，给

---

① 李金凤. 文学语言的艺术特征及实现 [J]. 安徽文学（下半月），2010（11）：72-73.

人以美的感受。宋诗则更注重通过典雅新奇的意象反映人生哲理，诗中时见比兴寄托，意在言外。如苏轼在《题西林壁》中写道："不识庐山真面目，只缘身在此山中"，以庐山喻人生，蕴含着深邃的哲理意味。又如他在《饮湖上初晴后雨》中写"水光潋滟晴方好，山色空蒙雨亦奇"，从湖光山色的变幻中领悟人生，耐人寻味。可以说，唐诗更偏重于直觉感受，宋诗更侧重于理性思考，这种差异从二者的意象经营中可见一斑。

就写作技法而言，唐诗尤其是盛唐诗歌讲究气势，善于通过夸张比喻、排比复沓等手法渲染恢宏阔大的场面，抒发慷慨悲壮的情怀。如杜甫在《兵车行》中写道："车辚辚，马萧萧，行人弓箭各在腰。耶娘妻子走相送，尘埃不见咸阳桥"，通过一系列排比复沓，生动再现了送别的悲壮场面。又如李白在《行路难》中写"长风破浪会有时，直挂云帆济沧海"，以海上行船喻人生坎坷，气势磅礴，令人荡气回肠。相比之下，宋诗则更讲究含蓄蕴藉，注重通过对仗工整、辞藻华丽等手法表达诗人的情志。苏轼的诗如"十年生死两茫茫，不思量，自难忘""回首向来萧瑟处，归去，也无风雨也无晴"，对仗工整，韵律和谐，给人以细腻委婉之感。南宋诗人如陆游，其诗作对仗更加讲究，甚至到了以险求工的地步，如"山围故国周遭在，潮打空城寂寞回""醉里挑灯看剑，梦回吹角连营"等，堆金砌玉，炼字炼句，虽工却也流于技巧。

尽管唐宋诗歌在艺术手法上存在差异，但彼此间更多的是相互影响、融会贯通。唐诗并非铁板一块，陈子昂、王维等人的田园诗也讲究精雕细刻；宋诗中也不乏气势磅礴之作，尤其到南宋爱国诗人如陆游、文天祥笔下，又出现了不少慷慨悲歌、气吞山河的名篇。而且，无论是唐人还是宋人，在创作中都非常注重诗歌声律的和谐，对诗歌韵律的把握可谓炉火纯青。杜甫的"两个黄鹂鸣翠柳，一行白鹭上青天"，韵律铿锵，朗朗上口；苏轼的"竹杖芒鞋轻胜马，谁怕？一蓑烟雨任平生"，读来也是朗朗上口，韵味十足。总的来看，唐宋诗歌在艺术手法的运用上，既有明显差异，更有许多相通之处，呈现出互相借鉴、彼此影响的复杂关系。

纵观唐宋诗歌发展历程，我们可以清晰地看到一个诗歌艺术日臻成熟、日益精进的演进轨迹。宋代诗人在唐人开创的基础上，进一步丰富和发展了诗歌的艺术手法，形成了更加细腻曲折的表现方式。这一方面得益于时代的发展，知识日益增长，审美趣味愈加细腻；另一方面也与宋代诗人孜孜不倦地探索密不可分。正是凭借对前人艺术经验的继承和发展，宋诗才最终在唐诗的基础上达到了一个新的艺术高峰。诚然，宋诗在创作中对技巧的过分讲究，有时也会流于堆砌甚至做作，但瑕不掩瑜，宋人在艺术表现上所作出的种种尝试，无疑极大地拓展了中国古典诗歌的表现空间。

从更广阔的视野来看，唐宋诗歌艺术的嬗变，折射出中国古典诗歌发展的普遍规律。一方面，诗歌艺术必须立足于时代，紧跟审美趣味的变迁，方能焕发出新的活力；另一方面，对前人艺术经验的继承和发展，是实现诗歌自身的超越和提升的必由之路。唯其如此，诗歌才能在传承创新中不断走向成熟。这一规律对于当代诗歌创作依然具有启示意义。我们要立足新的时代条件，深入生活，不断进行艺术探索，在继承优秀传统的基础上推陈出新。同时，我们还要努力吸收和借鉴人类文明创造的一切优秀成果，不断拓宽诗歌表现的视野，提升诗歌创作的艺术品位。只有这样，我们才能真正打造出无愧于历史、无愧于人民的诗歌经典，为实现中华民族的伟大复兴凝聚磅礴的精神力量。这是历史赋予我们这一代文学工作者的神圣使命，我们必将在创造性继承和创新性传承中华优秀传统文化的道路上阔步前行。

第三章　唐宋词的流变与继承

　　词，作为一种独特的文学样式，是中国古典诗歌的重要组成部分。它萌芽于唐代，发展于五代，繁荣于两宋，历经唐宋时期数百年的流变，最终形成了一种独具魅力的艺术样式。唐宋词在继承和发展中，不仅在体制、题材、意境等方面实现了创新，也在很大程度上改变了中国文学的审美风貌。

　　纵观唐宋词的发展历程，我们可以清晰地看到一个词体在创作实践中不断成熟、日臻完善的演进轨迹。萌芽于唐代的词，初为依附于音乐的歌辞，内容以闺怨男女之情为主，形式较为单一；至五代，词的体制日益完备，题材渐次拓宽，抒情方式趋向多样化；到两宋时期，词的艺术表现达到了巅峰，出现了大量的名家名作，形成了婉约、豪放并峙的独特风格。词体在唐宋时期的嬗变，既折射出时代审美情趣的变迁，也深刻影响了此后数百年词乃至整个中国文学的发展走向。

　　对唐宋词流变与继承关系的探讨，不仅有助于我们把握词体发展的内在规律，也为认识中国古典诗歌演进的一般特点提供了绝佳的样本。通过梳理唐宋词在创作实践中的承继关系，分析词体发展背后的动因，我们可以深入认识文学样式形成发展的复杂机制。同时，对唐宋词所呈现出的审美趣味、价值追求的考察，也有助于我们领悟古代文人独特的生命情怀和人格理想，进而为新时代文学创作提供有益的启示。基于此，本章拟围绕唐宋词的流变与继承展开系统探讨，力求揭示这一文学样式演进的内在逻辑，并由此引发对中国古典诗歌发展规律的思考。

第一节　唐代词的起源与发展

词最初起源于唐代，与燕乐、清乐等一起，是伴随着外来音乐传入中原并被逐渐本土化的产物。早期的词，基本上是配合音乐演奏而成的歌辞，内容多抒发男女之情，形式较为单一。不过，在音乐与文学的互动中，词体在创作实践中逐渐发展，至中晚唐出现了温庭筠《更漏子》、韦庄《菩萨蛮》等脍炙人口的名作。这些作品无论在题材内容还是形式技巧上都有了长足进步，意味着词开始作为一种独立的文体类型进入人们的视野。对唐代词起源与发展脉络的考察，不仅可以帮助我们把握词体形成的一般规律，也从一个侧面反映出唐代社会审美情趣的嬗变。因此，弄清唐代词的发展状况，对于理解词乃至整个唐代文学的演进具有重要意义。

一、唐代词的起源

词，作为中国古典诗歌的重要组成部分，有着悠久而独特的发展历程。然而，对于这一文体的起源，学界长期存在着不同看法。究竟词最初是如何形成的？它与当时的社会文化背景有着怎样的关联？对这些问题的探讨，不仅有助于我们准确把握词体形成的特定轨迹，也为深入理解隋唐五代文学演变的总体面貌提供了重要参照。

目前，关于词的起源，学界主要存在两种观点：一种观点认为词是在民间歌曲的基础上形成和发展起来的，另一种观点则强调词与外来音乐的密切关系，尤其是受到龟兹乐、燕乐等的直接影响。持第一种观点的代表人物是王国维，他在《人间词话》中提出：盖词之始，本出于民间歌谣。这一观点强调词的本土渊源，认为词与民歌、乐府等中国固有文体一脉相承。持第二种观点的代表人物则有严迪昌等，他在《唐宋词通论》中指出：词起源于唐代，是和奏弹燕乐的乐工歌女演唱的歌辞。这一观点突出了域外音乐对词体形成的影响，强调异质文化与本土文化碰撞融合的结果。

对以上两种观点，我们不必截然对立，而应该辩证地加以分析。诚然，词作为依附歌唱的文体，其形成发展离不开本土民歌乐舞的土壤。唐以前的相和歌辞、齐梁民歌等，在题材内容、表现手法上都对词的形成产生了重要影响。上邪陌上桑孟姜女迷神引等在民间广为传唱的乐府民歌，无疑是词的先声。不过，民歌对词的影响主要体现在内容题材层面。就词特有的音乐性和歌唱性而言，外来音乐的传入恐怕才是决定性因素。

自西汉开通丝绸之路以来，中原地区与西域诸国在经济、文化等领域的交流日益频繁。沿着这条跨越东西的文明通道，波斯、天竺、高昌等地的音乐文化也随之传入。安国乐龟兹乐高昌乐等异域音乐在隋唐时期广泛流行，与本土音乐产生了复杂的融合与碰撞。词的形成，很大程度上正是这种文化交流所催生的产物。以龟兹乐为例，这种源自今新疆库车一带的西域音乐，在初盛唐时期深受统治阶层和文人学士的喜爱。据记载，唐玄宗就十分推崇龟兹乐，并多次派人前往龟兹学习音乐，其中的伎乐进献者施洛畅就对唐代宫廷燕乐的形成产生了重要影响。施洛畅所作的一些歌辞，如《春莺啭》春日迟迟花烂漫，红褪残英闻晓莺等，在形式上已具有词的雏形，对后来温庭筠等人的创作产生了直接影响。

燕乐的兴盛，为词体的形成准备了必不可少的条件。所谓燕乐，是指盛行于唐代宫廷宴会和文人雅集中的一种音乐形式。它吸收了龟兹乐、高昌乐等异域音乐因素，经过文人的改造加工，形成了一种新的审美样式。燕乐最显著的特点，就是音乐旋律优美动听，歌辞语言流利精炼。这种音乐性和歌唱性，正是词区别于诗赋的根本所在。

随着燕乐在宫廷和士大夫阶层中的广泛流行，依附歌唱的文体样式逐渐成型。白居易在《琵琶行》序中所说的今俗以琵琶筝笛合奏，遏腔犯调，呜呜然不可言，因为长短句，以其声断而续，名为诗余，指的就是这类文体。所谓因为长短句，是说根据乐曲旋律的抑扬顿挫来断续歌辞；以其声断而续，则说明这类作品完全依附于音乐演奏。可见，燕乐的兴盛为词体提供了现成的音乐土壤。

词最初形成的标志，是晚唐五代出现的一些脍炙人口的作品。如温庭筠的《菩萨蛮》"小山重叠金明灭"，韦庄的《清平乐》"金风细细"等，在内容题材和形式技巧上都较前代歌辞有了很大突破。温词善写闺情，语言清丽婉转；韦词则体物入微，抒情委婉含蓄。二者均以音乐性和歌唱性见长，充分体现了词作为诗余的独特性质。正是在这个意义上，我们可以说温庭筠、韦庄奠定了词体的基本样式，对词的发展方向产生了决定性影响。

需要指出的是，尽管温、韦是词体形成的代表人物，但在他们之前，已经有不少作品具备词的雏形。如刘禹锡的《竹枝词》"山桃红花满上头，蜀江春水拍山流"，张志和的《渔歌子》"西塞山前白鹭飞，桃花流水鳜鱼肥"等，无不体现出浓郁的音乐性和歌唱性，在内容风格上也与温、韦词有相通之处。由此可见，词作为一种文体样式的形成，实际上是一个复杂的历史过程。从根本上说，它是多种因素交织影响的结果。

从音乐文化的角度看，域外音乐的传入尤其是燕乐的兴盛，为词的形成提供了不可或缺的养料。倘若没有波斯、龟兹等地悠扬多变的异域音乐，就不可能孕育出富于变化的词牌曲调；倘若没有当时士大夫阶层对燕乐的推崇和创作，就不可能形成温、韦词那种细腻委婉的艺术风格。可以说，没有外来音乐的影响，就不会有作为独立文体的词。正是在域外文化的激荡下，词的艺术生命才最终孕育而生。

从社会文化的视角看，词的起源也与晚唐以来的世风嬗变密切相关。唐代中后期，统治阶层日趋腐朽，士人精神渐失崇高，这种社会风气必然影响到文学创作的旨趣。词体抒情表现得细腻婉约、温柔缠绵，某种程度上正是这一时期士人生活和精神状态的真实写照。同时，唐末藩镇割据，战乱频仍，现实的苦闷也使得文人更倾向于吟咏个人身世之感，词体小道的特点由此凸显。总的来看，词的起源既有音乐文化的必然性，也深深打上了时代精神的烙印。

纵观词的起源，可以看到中国古典诗歌发展的一般规律。任何文学样式的形成，都不是孤立的事件，而是复杂的社会文化力量交织作用的结果。从音乐与诗歌的互动角度看，域外音乐的传入与本土音乐的融合，是词得以形成的关键所在。这一过程本身，也反映了中华文明在发展中不断吸收外来文化、实现自身转化的历史特点。同时，文学创作又必然受到社会风气和时代精神的影响。词体的起源，既体现了晚唐文人的审美情趣，也折射出那个动荡不安时代的特殊氛围。总之，透过词的形成这一关键节点，我们完全可以管窥中国古典诗歌演进的诸多面向。

　　作为一种独特的文体样式，词经历了一个从无到有、从初创到逐渐成熟的发展过程。尽管对词的起源仍存在不同看法，但域外音乐的影响、燕乐的兴盛以及时代风气的嬗变，无疑是词得以形成的决定性因素。理解了这些，我们才能准确把握词体的艺术特质，进而探寻其在整个诗歌发展谱系中的地位。对今天的文学创作而言，词的起源也提供了重要启示。任何文体样式要获得生命力，都必须立足于时代，回应现实，在不同文化的交融中实现自我革新。唯其如此，文学创作才能拥有广阔的发展空间。这一规律对于繁荣发展社会主义文艺，建设中国特色的话语体系，都具有重要的参考价值。

二、唐代词的体制

　　在探讨唐代词的起源时，我们已经提到词最初是依附于音乐而产生的文体样式。这种特点决定了词在形成之初，在体制上就与诗赋有着明显区别。如果说诗赋体现的是一种相对自由的创作样式，那么词的创作则必须遵循特定的音乐旋律和歌唱套路。换言之，词的体制从根本上是由音乐所决定的。随着词体的发展，这种以音乐为本的创作规律日益突出，并最终形成了词所特有的体制样式。对唐代词体制的考察，不仅有助于我们深入理解词的艺术特质，也为把握其在整个诗歌发展谱系中的地位提供了重要参照。

　　词体形成的标志，是晚唐五代出现的一批依歌而作的作品，如温庭筠的《菩萨蛮》、韦庄的《清平乐》等。这些作品无论在内容还是形式上，都已初具词体特色。就形式而言，它们皆由特定的音乐曲调决定句式长短、平仄韵律，并最终形成固定的词牌。所谓词牌，指的就是词的乐曲名称，如《菩萨蛮》《清平乐》等。每一词牌都有相对固定的格式，包括曲牌名、词牌格律（平仄）、词牌句数、字数等。作为词人，必须严格按照词牌的格律要求来写作。正是这种协律的创作方式，才造就了词在体制上的基本特点。

　　以温庭筠的《菩萨蛮》为例，这首词的上片四句，下片五句，共九句，字数依次为5、5、5、5、5、5、4、6、6。平仄格律为：平平仄仄平，仄仄平平仄。

仄平平仄仄，平平仄仄平。平平平仄仄，〇仄平平仄。仄平平，仄仄〇平平仄仄。可以看到，作者在写作时必须严格遵照这一格律，才能谱成音乐。倘若平仄有误，即便内容再好，也难以协调歌唱。可见，协律是词区别于诗赋的根本所在。也正因如此，有学者指出：律词之兴，实即音乐之府。词牌格律的形成，与当时盛行的燕乐关系密切。前面提到，燕乐是唐代宫廷宴会和文人雅集中流行的一种音乐形式。它吸收了西域音乐的因素，旋律优美动听，最能体现词的歌唱性和音乐性。据沈义父的《乐府古题要解》记载，燕乐中有二十八调，如《渔歌子》《蝶恋花》《江城子》《更漏子》等，后来都成为词人喜爱的词牌。美国学者杨宪益在《乐府群珠》中指出，词牌格律的奠定，与唐宋时期各地管弦系统的发展密切相关。这进一步说明，词的格律化过程本质上是一个词与音乐相互渗透、不断磨合的过程。

词牌格律的形成，对词体的发展产生了深远影响。它不仅规范了词的创作，也在客观上促进了词的独立和成熟。一方面，有了固定格律的约束，词的创作就更加讲究声情并茂、语乐交融，这极大地提升了词的艺术表现力；另一方面，在格律的引导下，词逐渐摆脱了对音乐的严格依附，逐步走向独立发展的道路。宋代词人张炎在《词源》中说：自唐以来，词体日繁，然皆因曲制辞。至宋而词成一家之言，虽协音律，而不受音律之限。可见至宋代，词在保持音乐性的同时，已经成为独立的文体样式，这与词牌格律的形成密不可分。

需要指出的是，尽管词牌格律对词的创作起到规范作用，但在唐五代，词格的约束还不够严格。温庭筠、韦庄等人的创作，在平仄韵律上尚存在一些参差。即便是在词体最为成熟的宋代，词人的创作也往往不拘一格。苏轼的词虽然典雅醇厚，但也常有逸出格律的地方。这说明词作为一种富于变化的文体样式，其体制在形成过程中是一个从松散到日渐规范的过程。同时，词体在最终定型的过程中，也吸收了不少诗歌的因素，出现了不少词牌与诗体互渗的现象。如《蝶恋花》中有诗余，《水龙吟》中有乐府，都反映了词体对诗歌的借鉴。总之，唐代词的体制尽管形成了基本框架，但还不够成熟定型，这为宋词的发展留下了广阔的创作空间。

综上所述，唐代词的体制是以音乐和歌唱为本的。在燕乐等外来音乐的影响下，词逐渐形成了自己独特的格律样式，即所谓的词牌。词牌格律对词的创作起到了规范作用，客观上推动了词体的独立和成熟。不过，唐代词格的约束还不够严格，词人创作往往还带有随意性。这种不彻底的规范状态，既体现了词体形成过程中的复杂性，也为宋词的发展提供了广阔空间。透过唐代词体制的形成，我们不仅看到了词由初创到逐步走向成熟的发展脉络，也深化了对中国古典诗歌演进规律的认识。

对于今天的文学创作而言，唐代词体制的形成也提供了一些启示。它告诉我们，任何文体样式的发展，都必须在继承传统的基础上，充分吸收新的文化因素，不断丰富和完善自身。同时，文学创作还要与时代的审美需求相结合，在与其他艺术形式的交融中实现自我革新。只有这样，文学才能真正焕发生机，获得持久的生命力。这对于新时期繁荣发展社会主义文艺、构建中国特色话语体系，无疑具有重要的启示意义。我们唯有立足于中华优秀传统文化的深厚土壤，以开放包容的姿态广泛吸收人类文明的一切优秀成果，在创造性转化和创新性发展中打造引领时代的精品力作，才能不断开创社会主义文艺繁荣发展的新局面。

三、唐代词的代表作家

唐代是词体由起步走向成熟的关键时期。尽管这一时期词的创作还处于起步阶段，但已经涌现出一批对词体发展具有开创意义的作家。通过对这些作家的考察，不仅可以帮助我们深入把握唐代词发展的基本脉络，也有助于理解词体在整个古典诗歌演进中的独特地位。本节将重点探讨温庭筠、韦庄、李煜三位集大成者，力求通过对其创作实践的分析，揭示唐代词发展的内在规律。

温庭筠是最早将词体推向成熟的代表人物。他出身于文学世家，精通音律，在创作中善于将诗词与音乐相结合，开创了花间一派。其代表作有《菩萨蛮》《更漏子》等。温词最突出的特点是语言华丽精致，善于通过细腻的物象描写来传达委婉缠绵的情感。如"春湿玉阶青冉冉，芳草碧色映楼台，红药阑边莺对语，碧纱窗外燕交飞"，物象与情感交融，给人以如诗如画的美感。这种婉约凄艳的意境，成为温词的重要标志，深刻影响了花间词人的创作。需要指出的是，尽管温词对词体的成熟具有开创意义，但其内容还主要局限于男女之情的吟咏，艺术表现的丰富性还有待提高。这在客观上反映出词体在唐代的发展还不够成熟，有待进一步拓展。

韦庄是承继温庭筠的另一位重要词人。他出身寒微，但天资颖悟，在创作中更加注重形式技巧和意象经营。韦词最突出的特点是意象精巧，往往能在实写中寄寓深沉的情感。如"金陵城上西楼，倚清秋。万里云帆何处，天涯目断西江流"，写景抒情，情景交融；又如"燕子来时新社，梨花落后清明"，以时令景物喻人世沧桑，寄托身世之感。此外，韦词在题材上也有所拓展，如借《秦妇吟》咏史怀古，抒发兴亡之慨；又如《桃源忆故人》，化用陶渊明典故，体现出士人的隐逸情怀。可以说，韦庄在题材内容和意象经营方面都较温庭筠更进一步，标志着词体表现力的提升。但总体看，其创作内容还是以抒情为主，审美情趣也带有浓重的唯美色彩，这在一定程度上局限了词体的表现空间。

李煜是唐代词的集大成者。他是南唐国主，却是一代词宗。由于政治上的失败，李煜遭到宋太祖的俘虏，最终客死异乡。坎坷的身世遭遇，使得李煜词充满了苍凉悲怆的情感基调。如"问君能有几多愁，恰似一江春水向东流"，而今识尽愁滋味，欲说还休，无不透露出诗人的满腹衷肠。与温、韦词相比，李煜词最突出的特点是感情真挚，体验深刻。他善于将个人的身世之感与盛衰兴亡的慨叹融为一体，字里行间流露出一种亘古无尽的苍凉之感。同时，李煜词在艺术表现上也臻于化境。他善用比兴手法，以景传情，给人以含蓄蕴藉之美。如"娥娥红粉妆，花枝腰舞斜风细雨中"，以舞女喻国土沦丧之悲；"落日楼头，断鸿声里"，则化用项羽典故，抒发亡国之恸。这种典雅丰富的意象世界，是温、韦等词人难以企及的。因此有学者评价说：南唐李后主词，形象丰满，感情真挚，旋律铿锵，体物入微，冠绝古今。由此可见，李煜词在内容表现和艺术经营上都达到了唐代词的最高成就，某种意义上已经具备了宋词的艺术特质。正是在这个意义上，我们说李煜不仅是唐代词的集大成者，也是承前启后的关键人物。

通过对温庭筠、韦庄、李煜三位唐代词人的考察，我们可以清晰地看到词体在唐代的发展脉络。从温词到韦词，再到李煜词，内容题材不断拓展，艺术表现日臻成熟，创作个性愈加鲜明。这一发展过程本身，深刻揭示了唐代词在继承与创新中走向繁荣的内在规律。当然，尽管唐代词已呈现出勃勃生机，但其发展还不够成熟全面，存在着偏重抒情言志、内容题材比较单一的局限。这在客观上反映出词体在唐代还处于蓄势待发的萌芽阶段，有待在更广阔的时空中实现新的突破。

对唐代词代表作家创作实践的考察，不仅可以帮助我们把握词体发展的脉络，而且对深化对中国古典诗歌演进规律的认识也具有重要意义。透过温庭筠、韦庄、李煜的创作，我们可以看到，作为一种文体样式，词的发展必须立足于音乐，又要摆脱音乐的束缚，在诗化和声情之间找到平衡。任何文体要获得持久生命力，关键在于不断拓宽内容，丰富表现力。唐代词人对词体形式的孜孜探索，对艺术表现的精心经营，正是这种创新精神的体现。这种在继承基础上锐意进取的创作风格，对于我们建设社会主义文艺、实现中华民族伟大复兴，具有重要的启示意义。

当代文学要实现繁荣发展，同样需要发扬唐代词人的创新精神。这就要求我们在继承优秀传统的基础上，以高度文化自觉，立足时代，着眼现实，不断拓展文学表现的广度和深度。文学创作要植根于人民的火热生活，揭示社会生活的本质，表现人民群众的喜怒哀乐。只有紧跟时代脉搏，回应现实关切，艺术才能焕发出持久的生命力。而这种扎根生活又面向未来的文学品格，恰恰是当代作家应该具备的基本素养。在这个意义上，对唐代词代表作家的研究，对于引领新时期文学创作，具有重要的借鉴价值。此外，温庭筠、韦庄、李煜身上体现的家国情怀，对于今天的文学创作也具有重要启示。李煜虽然身为亡国之君，却能"致君尧舜上，再使风俗淳"——《破阵子》，流露出一种先天下之忧而忧的济世情怀。这种将个人命运与国家、民族命运紧密相连的价值追求，是中华民族的宝贵精神财富。在实现中华民族伟大复兴的征程上，广大文学工作者应该继承和弘扬这种家国情怀，在作品中积极反映时代精神，抒发人民心声。这是一个作家应尽的社会责任，也是一个作家的精神追求。

总之，通过对唐代词代表作家的考察，我们可以深入把握词体在唐代的发展脉络。从温庭筠到李煜，唐代词经历了一个从起步到日渐走向成熟的过程。这一过程既体现了词体自身的艺术规律，也深刻影响了此后中国古典诗歌的发展走向。

唐代词人在创作中所展现的文化品格和价值追求，对于我们立足新时代，繁荣发展社会主义文艺，具有重要的启示意义。今天，我们要继承和弘扬唐代词人协音律、叩心灵的创作理念，立足时代，扎根生活，在文学创新中展现中国精神、凝聚中国力量，为实现中华民族伟大复兴的中国梦贡献自己的力量。这是时代赋予我们的光荣使命，我们必将在文学创作的道路上阔步向前。

第二节 宋词的兴盛与特点

进入宋代，词的创作迎来了全面繁荣期。无论是创作主体还是接受群体，都呈现出空前活跃的状态。北宋苏轼、柳永等人笔下的豪放词，气势磅礴，洋溢着积极入世的儒家理想；南宋李清照、姜夔等人的婉约词，体物入微，抒写哀婉幽怨的情感。这种迥异风格的并存，构成了宋词发展的独特景观，也昭示着宋代文人审美趣味的分化。与此同时，宋词在体制和内容上的拓展也达到了前所未有的广度和深度。慢词的大量创作，使得词的叙事性、议论性日益凸显；田园风物、历史典故的融入，又极大拓宽了词的表现领域。这些变化共同推动宋词走向成熟，最终实现了词体的高度完善。对宋词繁荣发展的考察，不仅有助于我们把握词体演进的内在逻辑，也为深入认识宋代文人的生命体验和审美追求提供了难得的个案。

一、宋词的繁荣

宋代是词体发展的全盛时期。经过唐五代的孕育和酝酿，词在宋代迎来了空前繁荣。无论是创作主体还是接受群体，都呈现出前所未有的活跃态势。就创作实践而言，宋代词坛星光璀璨，名家辈出，形成了多元并蓄、百花齐放的发展局面。欧阳修、苏轼、辛弃疾、李清照等一大批杰出词人以其卓越才情和独特风格，推动词体达到了艺术表现的巅峰。从整体上看，宋词呈现出诗化和文人化的显著特点，词的艺术品位和审美旨趣较唐代有了大幅度提升。正是在这个意义上，我们说宋代是词的鼎盛时期，对词体发展具有里程碑意义。对宋词繁荣及其成因的探讨，不仅有助于我们把握词体演进的内在逻辑，而且对于认识古典诗歌发展的普遍规律，也具有重要的启示意义。

宋词繁荣的首要标志，是创作队伍的壮大。据学者初步统计，宋代共有词人2200余位，留存词作14500余首，词人数量和作品总量均远超唐五代时期。词在宋代的繁荣，某种意义上得益于科举制度的推行。科举取士为词人群体注入了新鲜血液，使词坛呈现出空前活跃的局面。李清照、辛弃疾等著名词人本身就是科举出身，他们将词作为寄托情志的重要方式。当时士大夫阶层无论身居庙堂还是闲居江湖，都热衷于词的创作，出现了所谓无宰相而不能词的盛况。这在客观上推动了创作主体的多元化发展，为宋词的繁荣提供了重要前提。

与此同时，词的接受群体在宋代也发生了重要变化。随着商品经济发展和城市繁荣，市民阶层逐渐兴起，开始成为词的重要欣赏者和消费者。士大夫词人与普通民众之间的审美互动，促进了词的世俗化倾向。这集中体现在宋词题材的拓展上。士大夫阶层在词中抒写亡国之恸，发出力拔山兮气盖世的呐喊；市民百姓则在词中畅叙离愁别绪，传达莫道不消魂的情愫。宋词审美旨趣的分化，促进了词体题材和内容的丰富多样，使其获得了更加广阔的表现空间。

除了创作和接受主体的变化，宋词繁荣的另一重要标志是艺术表现力的提升。宋代文人大多精通诗词，他们善于将诗歌创作的经验移植到词中，使词的语言更加精致，意象更加丰富，意境更加空灵。以苏轼的《水调歌头》为例，诗人在词中写道："明月几时有？把酒问青天。不知天上宫阙，今夕是何年"。将酒与月融于一体，营造出苍茫悠远的意境。又如李清照在《声声慢》中咏梧桐："寻寻觅觅，冷冷清清，凄凄惨惨戚戚"。乍暖还寒时候，最难将息。通过对梧桐落叶的细致刻画，传达出词人内心的忧伤和惆怅。宋词在语言和意象方面的经营，极大地提升了其表现力，成为宋代繁荣发展的重要表现。

宋词繁荣的原因是多方面的。从政治角度看，宋代统一的封建国家为词的发展提供了稳定的环境。尽管宋代存在党争之祸，但总体上相对安定，利于文人创作的自由表达。从文化角度看，宋代理学的兴起也对词的创作产生了重要影响。程颢、朱熹等理学家提出存天理，去人欲的主张，强调个人修养对社会理想的重要性。受此影响，宋词呈现出浓重的理学色彩，普遍关注现实人生，着力抒发家国情怀。欧阳修有不为五斗米折腰的傲骨，陆游有位卑未敢忘忧国的担当，辛弃疾更是勇于直把杭州作汴州的豪迈。这种忧国忧民情怀的凸显，是宋词区别于唐五代的重要特点。

当然，宋词的繁荣也与时代风气密切相关。宋代文人普遍有修身齐家、济世安民之志，他们热衷于在词中抒发理想抱负，咏叹人生哲理。苏轼有"大江东去，浪淘尽，千古风流人物"的慷慨，辛弃疾有"众里寻他千百度，蓦然回首，那人却在灯火阑珊处"的感慨。这些脍炙人口的名句，无不饱含着词人的人生感悟和精神追求。正是在时代风气的推动下，宋词才形成了区别于唐五代词的独特风貌。

印刷术的广泛运用，在客观上也推动了宋词的繁荣。活字印刷的普及，使词的传播和交流更加便利。宋代词人往往借助笔记、尺牍、别集等多种载体进行词的创作和传播。这在一定程度上拓宽了词的接受空间，使词逐渐成为士大夫生活中不可或缺的一部分。同时，印刷业的发展也为文人的词学研究提供了有利条件。众多的词话词论得以面世，极大地推动了词学理论的建设。

通过以上分析可见，宋词的繁荣是多种因素交织影响的结果。统一的政治格局、兴盛的理学文化、高尚的士人风骨，再加上印刷技术的进步，共同形塑了宋词的时代特点。透过宋词繁荣的历史图景，我们可以深刻体会到政治、经济、文化等因素对文学发展的深层影响。这对于今天全面繁荣发展社会主义文艺，构建中国特色话语体系，无疑具有重要的启示意义。

当今中国正处于实现中华民族伟大复兴的关键时期。文艺事业作为实现民族复兴的重要组成部分，必须紧跟时代步伐，回应现实关切，在传承中华优秀传统文化的基础上推陈出新。这就要求我们以高度的文化自觉和文化自信，立足新时代，扎根人民，在创新性转化和创造性传承中华优秀传统文化的过程中，不断推进文艺创作。只有把社会主义核心价值观融入文艺创作的血脉，以人民为中心，以精品为目标，我们才能创作出无愧于我们这个伟大时代的优秀作品。总之，宋词的繁荣集中体现了词体发展由量变到质变的飞跃。经过唐五代的孕育，词在宋代获得了全面发展，创作主体和接受对象空前壮大，艺术表现力日臻完善。宋词繁荣的背后，是政治、经济、文化等多种因素交织影响的结果。对这一过程的考察，不仅为我们深化对词乃至整个中国古典诗歌发展规律的认识提供了重要启示，而且为新时代繁荣发展社会主义文艺、建设社会主义文化强国提供了宝贵经验。

二、豪放词与婉约词

宋词的繁荣，不仅体现在创作队伍和作品数量的空前壮大上，更体现在艺术风格的多元化发展上。总体而言，宋词呈现出豪放、婉约两大流派鼎立的发展态势。这种创作倾向的分野，既反映了时代风气的嬗变，也折射出文人心态的变迁。透过宋词豪放与婉约的异同，我们不仅可以深入把握宋代士人的精神风貌，也能更加立体地认识词体发展的内在逻辑。

豪放一派是以苏轼、辛弃疾为代表的。他们的作品多慷慨悲壮，洋溢着积极入世的儒家理想。苏轼是北宋豪放词的集大成者。他政治上力主革新，文学上善于创新。其词作气势磅礴，寄托了改革图强、济世安民的远大抱负。如在《念奴娇·赤壁怀古》中，苏轼写道："大江东去，浪淘尽，千古风流人物。故垒西边，人道是，三国周郎赤壁。乱石穿空，惊涛拍岸，卷起千堆雪。江山如画，一时多少豪杰"。通过对赤壁古战场的描绘，抒发了对民族英雄的崇敬之情和慷慨激昂的爱国热情。苏词在当时就产生了广泛影响，形成了苏门四学士的词坛盛况，标志着豪放词的正式形成。

辛弃疾是南宋豪放词的代表。他一生坎坷，怀才不遇，但始终不改爱国热忱，以词抒发报国无门的苦闷和渴望收复失地的信念。辛词慷慨悲壮，笔锋激越，代表作如《永遇乐·京口北固亭怀古》："千古江山，英雄无觅，孙仲谋处。舞榭歌台，风流总被，雨打风吹去。斜阳草树，寻常巷陌，人道寄奴曾住。想当年，金戈铁马，气吞万里如虎"。词人通过对三国故事的咏叹，抒发了欲建功立业而不得志的悲愤之情。辛词对后世产生了深远影响，与苏轼并称为苏辛，体现出宋代豪放词的最高成就。

婉约一派则以柳永、李清照为代表。他们的作品多缠绵悱恻，善于抒发个人身世之感和闺阁相思之情。柳永是北宋婉约词的奠基人。他出身寒微，仕途不遂，因而格外善于在词中吟咏个人的悲欢离合。其词柔婉隽永，韵味悠长，如"衣带渐宽终不悔，为伊消得人憔悴"——《凤栖梧·广陵散》、"酒未到，情却透，一回顾，十余年"——《八声甘州》等，都生动地传达了词人淡淡的伤感和惆怅。柳词对宋词婉约风格的形成产生了重要影响，可谓是婉约派的滥觞。

李清照则是南宋婉约词的集大成者。她出身书香世家，少年时期的生活优裕安逸，婚后与夫婿赵明诚琴瑟和鸣。金兵入侵后，李清照颠沛流离，生活陷入困顿。坎坷的身世遭遇，不仅磨砺了李清照的意志，也使其词作的情感表现空前深化。李词善于在日常生活的点滴中提炼意象，抒发女性细腻幽微的内心体验，如"寻寻觅觅，冷冷清清，凄凄惨惨戚戚"——《声声慢·寻寻觅觅》、"梧桐更兼细雨，到黄昏、点点滴滴。这次第，怎一个愁字了得"——《点绛唇》等，字字句句都沁人心脾，发人深省。李清照的创作成就，堪称婉约词发展的巅峰，对后世产生了深远影响。

从本质上看，豪放与婉约两种风格虽然各有侧重，但并非泾渭分明。许多词人的创作都体现出豪放与婉约并蓄的特点。如晏几道尽管以婉约著称，但也有"直把千山扫空"的豪迈；辛弃疾虽以豪放见长，但也不乏深情似海，问相逢初度，是何年纪的柔婉。可以说，豪放与婉约在宋词中是相互融合、彼此贯通的，共同推动了宋词艺术表现力的空前提升。

造成宋词豪放婉约分野的原因是多方面的。从社会政治的角度看，宋代理学的兴起对词人的创作产生了重要影响。北宋时期，儒家经世致用的理念盛行，许多词人怀有入世报国之志，词作自然流露出慷慨激昂的豪放气势。而南宋时期，理学转向空疏，词人的人生体验也日趋复杂，因而更倾向于在词中吐露个人的身世之感，遂形成了婉约阴柔的基调。从词人个性的角度看，每个创作主体的性格气质、生活经历都有所不同，这必然影响到他们的艺术取向。如苏轼自负风流，仕途坎坷，其词自然流露出不羁洒脱的情怀；而李清照生性敏感多情，经历坎坷，其词则更多体现出一种楚楚可怜的凄婉之美。总之，豪放婉约之分既折射出宋代文人群体的复杂性，也深刻影响了宋词的艺术面貌。

需要指出的是，宋词豪放婉约的分野在一定程度上也反映出这一时期文人心态的裂变。北宋时期，士大夫普遍有经世报国之志，因而词作常流露出慷慨悲歌的时代精神。及至南宋，理学渐趋空疏，文人的人生理想日益破碎，遂导致词坛愈发迷恋伤春悲秋式的吟咏。这种个人主义倾向的泛滥，在客观上也束缚了文人的视野，使词作流于轻薄纤弱。辛弃疾在《贺新郎》中曾讽刺当时的词风："近日词臣，亦无陈迹可寻。小儿女总愁春。赋得伤高怀远几时穷？看试手、补天难。休说梦难酬，事不成。归马悠悠，醉猿啼"。词人的这种忧虑和批评，反映出当时词坛创作的某些弊端。这对我们今天的文学创作，也不无警示意义。

从更广阔的视野来看，宋词豪放与婉约的分野及其影响，折射出中国古典诗歌发展的某些普遍规律。一方面，文学创作必然打上时代的烙印，因应时代风气而呈现出不同的艺术风貌。宋代士大夫的复杂心态和多元追求，是词体风格分化的深层原因；另一方面，优秀的文学作品又往往能跳出时代的局限，以永恒的艺术魅力打动后世读者。宋代苏辛、柳李诸家之所以能够流芳后世，关键就在于他们以真挚的情感和卓越的才情升华了个人体验，表现出了共同的人性内涵。这为今天的文学创作提供了重要启示。

新时代的文学创作，必须把个人情怀与时代呼声紧密结合，既要关注现实，表现时代，又要立足人民，塑造经典。文学作品只有根植于人民的生活实践之中，以生动的艺术形象塑造有血有肉的鲜活形象，才能获得持久的生命力。这就要求我们广大文学工作者深入生活，扎根人民，在火热的社会实践中汲取营养，创作出无愧于我们这个伟大时代的文学佳作。

总之，宋词豪放与婉约的分野，是时代变迁与个性张力交织作用的结果。透过这种风格流派的形成，我们可以深入把握宋代文人的复杂心态，也可以更加立体地认识词体发展的内在逻辑。作为中国古典诗歌的重要组成部分，宋词以其多样化的艺术表现和永恒的审美魅力，为我国文学宝库增添了瑰丽的色彩。对宋词豪放婉约分野的考察，不仅可以帮助我们深化对古典诗歌发展规律的认识，而且对于引领新时代文艺创作，推动社会主义文艺繁荣发展，也具有重要的借鉴意义。今天，站在实现中华民族伟大复兴的新起点上，广大文艺工作者应当从宋词豪放婉约的典范中汲取智慧和力量，以人民为中心，以精品为目标，在传承和弘扬中华优秀传统文化的过程中，书写新时代的华彩篇章，为提升国家文化软实力、实现中国梦的伟大实践作出新的更大贡献。

三、宋词在题材与意境上的拓展

宋词的繁荣发展，除了在豪放婉约风格形成上取得突破外，在题材内容和意境营造方面也实现了前所未有的拓展。与唐五代词相比，宋词无论在表现领域还是艺术境界上，都呈现出多元丰富、浑融圆熟的特点。这种创作上的拓展，一方面得益于宋代社会经济的繁荣和士人视野的开阔，另一方面也与宋代文人在词体创作上的不懈探索密不可分。对宋词题材意境拓展的考察，不仅有助于我们深入把握宋词的审美特质，也为认识词体演进的内在逻辑提供了重要参照。

就题材内容而言，宋词最显著的特点是表现领域空前拓宽。唐五代时期，词的主要内容还局限于男女之情、宴游娱乐等方面，至宋代，词的题材则覆盖了社会生活的方方面面。从国家兴亡到个人身世，从山水田园到历史怀古，宋代词人以敏锐的洞察力和细腻的笔触，将千姿百态的人间世相纳入词的表现范围，使词的内容极大丰富。其中，现实题材的拓展尤其引人注目。宋代社会的繁荣和士人视野的开阔，使得文人普遍关注现实人生，力图在词中抒发济世安民的理想抱负。因此，咏叹时事、关注民生成为宋词的重要内容。如王安石在《桂枝香》中写道："登临送目，正故国晚秋，天气初肃。千里澄江似练，翠峰如簇"。通过描绘金陵形胜，抒发遗民之慨，显示出士人的家国情怀。又如陆游在《秋夜将晓出篱门迎凉有感》中写道："三万里河东入海，五千仞岳上摩天。遗民泪尽胡尘里，南望王师又一年"。字里行间满是对金兵铁蹄下百姓疾苦的悲悯。这些词作所体现的忧国忧民情怀，已经远远超出了词的传统内容，在拓展词的表现领域的同时，也极大地提升了词的思想性。

与时事民瘼相比，田园风物也是宋词十分关注的对象。宋代士大夫普遍具有返璞归真、亲近自然的生活理想。因此，在宋词中，咏叹山水田园几乎成了文人的必修课。如苏轼在《西江月·花底一壶酒》中写道："花底一壶酒，月下几人眠。醉后起来回望，数点萤火是渔船"。以朴素的笔墨勾勒出淡泊闲适的意境。

又如陆游在《卜算子·咏梅》中写道："驿外断桥边，寂寞开无主。已是黄昏独自愁，更著风和雨"。词人将对梅花的咏叹与自身身世之感巧妙融合，使诗情画意中透露出一丝苍凉。通过对自然景物的吟咏，词人不仅抒发了个人的情志，也传达出一种悠然脱俗的生活理念。

　　与山水田园相伴随的，是宋词对传统题材如历史人物、爱情婚姻等的继承和深化。宋代文人博古通今，嗜好咏史怀古，因此历史人物和故事在宋词中占有重要地位。如辛弃疾在《永遇乐·京口北固亭怀古》中，通过对周瑜等三国英雄的吟咏，抒发了建功立业的宏大理想。再如柳永在《望海潮·东南形胜》中，通过描述祖逖、谢安等人的历史轶事，寄托了个人的仕宦之感。宋词对历史题材的开掘，在拓展词的表现空间的同时，也赋予词以更加厚重深邃的文化内涵。

　　除了题材内容的拓展，宋词在意境营造上也达到了前所未有的高度。宋代文人在创作中讲究词为心声，善于在有限的篇幅中营造空灵蕴藉的艺术意境。这种诗化倾向使得宋词的意境较唐五代更加空明含蓄，给人以余韵悠长之感。

　　以婉约词而言，宋代词人更善于通过对景写情、托物言志的方式，在优美的意象中寄寓深沉的情感。如李清照在《声声慢》中写道："寻寻觅觅，冷冷清清，凄凄惨惨戚戚"。乍暖还寒时候，最难将息。以伤感的笔调描绘梧桐树在风雨中飘零的情景，借物抒情，极尽哀婉凄清之致。再如晏几道在《临江仙》中写道：欧阳公作《蝶恋花》，有"深深深几许"之句，予酷爱之。类似的例子在宋词中比比皆是。词人们善用比兴手法，在自然景物的吟咏中透露情思，既继承了唐五代词婉约、含蓄的特点，更在此基础上将意境的营造推向极致。

　　就豪放词而言，宋代词人擅长将慷慨悲壮的情感融入壮阔的景象描写之中，营造出气势恢宏的意境。如辛弃疾在《西江月·夜行黄沙道中》中写道："明月别枝惊鹊，清风半夜鸣蝉。稻花香里说丰年，听取蛙声一片"。夜色苍茫，月明星稀，稻花飘香，蛙声阵阵，寥寥数笔勾勒出一幅秋夜田园图，又寄寓着丰收的喜悦。词人淡泊宁静的胸襟在壮阔的意境中跃然纸上。再如苏轼在《水调歌头》中写道："明月几时有？把酒问青天。不知天上宫阙，今夕是何年。我欲乘风归去，又恐琼楼玉宇，高处不胜寒。起舞弄清影，何似在人间？"苏词将思妇的相思之情与空明澄澈的月夜意象巧妙融合，抒情写景浑然一体，给人以悠远空灵之感，堪称豪放词意境营造的典范。

宋词在题材与意境上的拓展，既体现了时代风貌对词体发展的影响，也深刻反映了文人创作理念的变迁。随着社会的发展和文人视野的拓宽，词人们逐渐突破了词的传统内容，力图在有限的篇幅中纳入更多元的人生体验，表现更加丰富的社会内容。这在客观上推动了词的表现力的提升，使其在承担抒情言志功能的同时，也日益彰显出鲜明的时代内涵。与此同时，宋代文人普遍具有诗化词的创作意识，他们在词作中更加注重营造空明含蓄的意境，力图以余音袅袅，不绝如缕的艺术魅力打动读者。正是在这种诗词交融中，宋词才最终达到了意境营造的巅峰，以至于有宋人评价：词至苏、辛而眼界始大，气象始舒，议论始赡，故能充百代之口实，究千载之下味。

当然，宋词在题材意境上的拓展也遇到了某些瓶颈。部分词人在创作中徒事雕琢辞藻，热衷于堆砌典故，使词的内容趋于单薄，意境流于空洞。尤其到南宋后期，词坛习气大行，词人们大多沉湎于伤春悲秋的吟咏，难以跳出狭隘的个人情感，使得词的创作出现某种程度的衰颓。这种弊端在客观上反映出宋代士人精神世界的裂变，值得我们警惕。

总的来看，宋词在题材拓展和意境深化方面的成就是十分突出的。一方面，宋代文人突破了词的传统内容，将更加广阔的社会内容纳入词的表现范围，极大拓宽了词的表现空间；另一方面，宋人在创作中更加注重诗化词的意境营造，使得宋词在形式精巧的同时，更富丰富的文化蕴涵。这种创作上的革新，不仅推动了词体艺术表现力的提升，也为中国诗歌发展开拓了新的领域。

站在新时代的历史方位，回望宋词在题材与意境拓展上的成就，我们依然可以汲取诸多有益的启示。一方面，宋代词人突破传统樊篱，力图在有限的篇幅中展现社会人生的博大内涵，这种艺术上的勇气和担当，对于引领新时期文艺创作依然具有重要的借鉴价值。今天，我们要繁荣发展社会主义文艺，同样需要发扬这种革故鼎新、与时俱进的创新精神，在坚持以人民为中心的基础上，积极回应时代主题，在继承优秀文化传统中推陈出新，不断推进中国特色社会主义文艺的发展；另一方面，宋词意境营造所体现的诗化品格和文化内蕴，对于提升国家文化软实力，增强中华文化感召力，也具有重要意义。文学作品只有根植于深厚的文化土壤，以高远空灵的艺术意境打动人心，才能焕发出穿越时空的永恒魅力。广大文学工作者应当从宋词大家的成功实践中汲取营养，以文化自信为底气，在传承和弘扬中华优秀传统文化中实现文艺创作的新发展、新飞跃。

第三节　宋词对唐词的继承与发展

词体在唐宋时期的发展，从根本上说是一个继承和创新的过程。一方面，以温庭筠、韦庄为代表的唐代词人开创了词体发展的基本方向，形成了词的体制样式，这些成果无疑是宋词得以繁荣发展的重要基础；另一方面，宋人在继承唐人经验的同时，又不断革新词的内容和形式，使词的表现力得到极大提升。这种继承和发展的关系，集中体现在词牌和词调的开拓、词的抒情方式的深化以及词的审美旨趣的转变等方面。对宋词在唐词基础上的种种突破，不仅反映出时代审美情趣的嬗变，也从根本上决定了词体的发展方向。因此，系统梳理宋词对唐词的继承与创新，对于把握词乃至中国古典诗歌发展的内在规律，具有重要的学术价值。同时，这一考察也有助于我们深化对文学传统与文学革新关系的认识，进而为新时期文学创作实践提供有益的启示。

一、宋词对唐代词牌的继承

宋词的繁荣，不仅体现在题材拓展、意境深化等方面，更体现在对前代词体的继承和发展上。从根本上说，宋词是在吸收唐五代词创作经验的基础上，实现艺术表现的升华与完善的。这种继承关系集中体现在词牌的使用上。词牌，作为词赖以依存的音乐形式，对词的格律、声情、意境等方面具有决定性影响。宋代词人在创作中，不仅大量使用唐五代已有的词牌，而且在前人基础上不断革新，使得不少词牌焕发出新的艺术光彩。对宋词对唐代词牌继承发展的考察，不仅有助于我们把握词体演进的内在逻辑，而且对于认识中国古典诗歌的发展规律，也具有重要的启示意义。

就词牌的使用而言，宋词对唐五代可谓继承有加。据学者考证，在宋代流传的八百多个词牌中，约有五分之一来自唐五代。这些上承唐五代的词牌，多为小令短调，是宋代词人喜爱使用的词牌类型。如菩萨蛮谒金门浣溪沙清平乐南乡子阮郎归等，无不在唐五代已有定型，到宋代则被反复使用，产生了大量的名作佳构。以浣溪沙为例，此调始见于唐代温庭筠词，至五代冯延巳、毛熙震词中已臻完善，宋代苏轼、秦观、李清照、辛弃疾等都有这一词调的名作传世。宋人对于唐五代词牌的继承，充分体现出词体发展的一脉相承，二者在形式技巧等方面存在着紧密的血脉联系。

当然，宋人在使用唐五代词牌时，并非简单的因袭，而是努力在前人基础上推陈出新。通过对同一词牌作品的比较，我们可以发现，宋词在艺术表现方面往往更胜一筹。如菩萨蛮，此调始见于温庭筠词，温词以柔婉悱恻见长，如"小山重叠金明灭，鬓云欲度香腮雪。懒起画蛾眉，弄妆梳洗迟。照花前后镜，花面交相映。新帖绣罗襦，双双金鹧鸪"。辞藻华美、声情并茂，在婉约一路开创先河。及至宋代，欧阳修词已明显不同："雨过西楼晴未晞，湿云天黑沈沈垂"。"忽闻歌吹，乱花如绮。游丝横路，细雨濛濛"。"正梨花飘过粉墙低，石榴花褪残红衣"。语境空明淡雅，景语俱工，寓情于景，堪称婉约词的典范。可见，宋人对于唐五代词牌的继承，并非简单因袭，而是力图实现艺术表现的深化。

除了对唐五代词牌的继承，宋代词人还不断拓展、创新词牌，使得词的表现力得到极大丰富。据学者统计，唐五代创制的词牌约 120 个，而宋代新创的词牌则达 600 余个。这些新词牌中，既有在原有词调基础上改造、分化的，又有全新制造的。如以小令为主的渔家傲望江南卜算子等，就是在唐五代词牌基础上演变而成的。南唐冯延巳有渔歌子，赞咏渔人生活，节奏明快流畅，开创了歌咏自然山水的词体传统。宋人借鉴其意，略加改造，遂成渔家傲；另一方面，文人词的兴盛，又促使慢词大量出现。水调歌头、满江红、念奴娇等都属此类。这些长调慢词突破了词的音乐性，更多体现了诗性的抒情特征，成为文人抒发胸臆、寄寓怀抱的载体。苏轼词大江东去，浪淘尽，千古风流人物"但愿人长久，千里共婵娟"，辛弃疾"词众里寻他千百度，蓦然回首，那人却在，灯火阑珊处"等，都以慢词曲尽其妙，给人以回味无穷之感。正是在继承和创新的辩证中，宋词的表现力才得以极大提升。

值得注意的是，不少宋代新创词牌在命名上仍秉承了唐五代的传统。唐五代时期，由于词多与燕乐、清商配合演唱，命名上常取自乐曲名或歌词，如菩萨蛮迷神引杨柳枝玉楼春等。宋人在创制新词牌时，沿用了这一命名方式，如水龙吟破阵子绮罗香眼儿媚等，都延续了唐五代词牌朴素浅白、通俗易懂的特点。词牌命名上的传承，体现了词体演进过程中形式因素的继承，这也构成了宋词与唐词内在联系的一个侧面。

需要指出的是，尽管宋词在创新词牌方面有诸多建树，但总体上词牌音乐性的弱化倾向已经显现。宋人所作慢词，其音乐性大都不如唐五代的小令短调。再加上词坛风气的嬗变，文人们更热衷于在词中言志抒情，词的歌唱属性逐渐式微。南宋姜夔甚至提出以词为诗的主张，反映的正是这种词体演进的大势所趋。总的来看，宋词在继承唐人词牌的基础上，通过不断创制新的词牌，极大拓展了词的表现空间。尽管其间也出现了词的音乐性弱化的倾向，但瑕不掩瑜，词牌在唐宋词发展中始终扮演了重要角色。

透过宋词对唐代词牌的继承与发展，我们可以清晰地看到中国古典诗歌演进的普遍规律。任何文体要获得生命力，既要立足传统，又要推陈出新。宋词正是在继承唐五代经验的基础上，努力拓宽词牌，革新内容，最终实现了词体的繁荣与升华。这种在传承中实现创新的发展逻辑，不仅是词体演进的成功密码，也是中国古典诗歌发展的普遍规律。从这个意义上说，对宋词词牌继承与创新的考察，对于今天繁荣发展社会主义文艺，建设社会主义文化强国，仍具有重要的启示意义。

面对新时代、新使命、新征程，我们要坚持以人民为中心的工作导向，在传承中华优秀传统文化的基础上推陈出新，在继承革命文艺优良传统的基础上与时俱进，让当代文艺创作展现时代风貌、反映人民心声、引领社会风尚。文艺工作者应该从宋词大家的成功实践中汲取智慧，以高度的文化自觉和文化自信，把社会主义核心价值观融入文艺创作的血脉，创作出无愧于我们这个伟大时代的精品力作。只有扎根中国大地，吸收一切优秀文化营养，我们的文艺创作才能形成鲜明的中国风格、中国气派，焕发出穿越时空的永恒魅力。

宋词对唐代词牌的继承是宋词发展的基础。从温庭筠到苏轼，从婉约词到豪放词，从小令到慢词，宋词无不在唐五代创造的基础上精益求精，实现了艺术形式与内容的飞跃。这种继承性与创造性的辩证统一，构成了词体演进的内在逻辑。对这一过程的把握，不仅有助于我们深入理解词乃至整个中国古典诗歌的发展规律，而且对于今天的文艺创作实践，仍具有重要的借鉴价值。广大文艺工作者应当从宋词的发展历程中获得启迪，在传承和弘扬中华优秀传统文化中焕发时代风采，用文艺的力量推动社会主义文化繁荣，为实现中华民族伟大复兴的中国梦凝聚不竭动力。

二、宋词在抒情方式上的深化

宋词在继承唐词的基础上，不仅在词牌创制等形式方面实现了发展，更在抒情方式上达到了前所未有的深度。这种深化主要体现在两个方面：一是抒情主体的拓展，二是抒情手法的丰富。透过宋词抒情方式的嬗变，我们不仅可以把握词体演进的内在逻辑，也能深入领会中国古典诗歌发展的普遍规律。

就抒情主体而言，唐五代词主要抒发男女之情，词人大多从第三者的视角去捕捉、再现闺阁女子的喜怒哀乐。这在一定程度上局限了词的抒情视角。至北宋，随着士大夫阶层日益成为词的主要创作群体，词的抒情视角逐渐转向词人自身。士大夫开始将个人的人生感悟、政治抱负寄寓到词中，以词抒发内心的真情实感。苏轼是这方面的代表。他在词中真切地记录了自己坎坷的身世之感，如"十年生死两茫茫，不思量，自难忘。千里孤坟，无处话凄凉"。字里行间透露出词人怀才不遇的苦闷和惆怅。苏轼还常在词中抒发济世安民的政治理想，如"老夫聊发少年狂，左牵黄，右擎苍，锦帽貂裘，千骑卷平冈。为报倾城随太守，亲射虎，看孙郎"。慷慨悲歌，昂扬激越，将士大夫入世报国的儒家理想发挥得淋漓尽致。词人在创作中将视角对准自我，以词传志，以词言情，极大地拓宽了词的抒情范围，使词的表现力得到空前提升。

抒情主体的转换在女性词人身上体现得尤为突出。宋代女性词人以自身的独特体验，开拓了词的抒情空间。代表人物如李清照，她在词中真切地记录了自己的身世之感，抒发了女性特有的细腻情思。如"寻寻觅觅，冷冷清清，凄凄惨惨戚戚。乍暖还寒时候，最难将息"诗人以女性特有的细腻敏感，将身世之感与梧桐落寞的意象巧妙结合，抒发出词人莫可名状的惆怅。宋代女性词人以自我为中心的抒情方式，丰富了词的表现内容，也为词坛开辟了一方新天地。

除抒情主体的拓展外，宋词在抒情手法上的丰富也达到了新的高度。宋人普遍具有诗化词的创作倾向，他们在词中更注重营造空明澄澈的意境，以含蓄蕴藉的笔调传达心中情思。这种诗化、意象化的抒情方式使得宋词在婉约缠绵中更富文化意蕴，在直抒胸臆中更见余韵悠长。如晏几道在《鹊桥仙》中写道："纤云弄巧，飞星传恨，银汉迢迢暗度。金风玉露一相逢，便胜却人间无数。柔情似水，佳期如梦，忍顾鹊桥归路！两情若是久长时，又岂在朝朝暮暮"。诗人没有直接抒情，而是借用鹊桥意象，在虚实结合中传达离愁别绪，意境空明悠远，堪称词中绝唱。再如姜夔在《扬州慢·淮左名都》中写道："淮左名都，竹西佳处，解鞍少驻初程。过春风十里，尽荠麦青青。自胡马窥江去后，废池乔木，犹厌言兵。渐黄昏，清角吹寒，都在空城"，全词以苍凉的笔调，借古城荒芜的景象抒发亡国之恸，触景生情，寄慨深远，给人以强烈的震撼。宋代词人丰富多样的抒情技巧，使词的表现力得到空前提升，这也成为宋词别具一格的独特标志。

对宋词抒情方式深化的考察，还需结合词体演进的大背景加以把握。从本质上说，词的抒情方式之所以能在宋代实现突破，与当时的时代风气密不可分。北宋是一个经济繁荣、文化昌盛的时代。物质基础的丰厚使士大夫获得更多探索人生、吟咏性情的机会。同时，理学的兴起又使士人的精神视野空前开阔，尚意好学之风日盛。在这样的社会文化语境中，词人们自然而然地将更多笔墨投向自我，在词中抒发个人的真切感受。而宋词的音乐性弱化，某种程度上也有利于词人将重心从音乐形式转向抒情言志，文人更注重在词中寄寓胸臆，抒发性灵。正是在这种时代大背景的推动下，宋词的抒情方式才得以不断深化，最终上升到一个新的艺术高度。

从更广阔的视野来看，宋词抒情方式的拓展，体现了中国古典诗歌发展的普遍规律。一方面，诗歌要获得强大生命力，必须立足现实人生，表现时代精神。宋词正是扎根于时代沃土，从士大夫的复杂人生体验出发，用丰富多样的抒情方式再现那个时代的种种侧影。抒情方式的革新，不仅推动了词体自身的发展，也极大拓宽了中国诗歌的表现空间；另一方面，文学创作要达到上乘境界，还必须充分吸收和转化传统文化养分。宋词在抒情方式上的突破，很大程度上得益于宋人深厚的文化素养。尤其是诗化词的倾向，体现了诗歌与词的交融互鉴，二者相得益彰，共同推动了宋代文学的繁荣。可以说，宋词抒情技巧的成熟，不仅得益于创作主体的拓展，更得益于中华优秀传统文化的滋养。

当然，宋词在抒情方式上的拓展也遇到了瓶颈。到南宋后期，随着统治阶级的腐朽没落和理学的空疏化，词坛习气日盛。不少词人专注于辞藻技巧的雕琢，热衷于堆砌典故，却忽视了真情实感的抒发。部分作品题材内容趋于单薄，过分强调个人化的情感体验，缺乏时代内涵。这种创作上的弊端，在客观上反映出南宋士人精神世界的萎缩，在一定程度上制约了词体的进一步发展。对此，我们不能不引以为戒。

综上所述，宋词在抒情方式上较唐词实现了深化和拓展。从抒情主体的转换到抒情手法的创新，宋词无不体现出别具一格的时代特点。这种抒情方式的突破，既推动了词体自身的发展，也极大拓宽了中国古典诗歌的表现空间。透过宋词抒情方式的嬗变，我们可以深切感受到文学创作必须扎根于时代沃土，又要充分吸收传统文化养分的普遍规律。这一规律对于繁荣发展社会主义文艺，建设社会主义文化强国，仍具有重要的启示意义。

今天，我们正处在实现中华民族伟大复兴的新征程上。在这样一个伟大的时代，文艺创作理应承担起以文化人、以文育人的神圣职责。我们要从宋词丰富多样的抒情方式中汲取养分，努力拓宽文学表现的广度和深度。这就要求广大文艺工作者扎根生活，关注现实，将个人情怀与时代呼声紧密结合，创作出思想精深、艺术精湛、制作精良的优秀作品。同时，我们还要发扬中华民族博大包容的文化品格，以开放的姿态借鉴和吸收人类创造的一切文明成果，使我们的文艺创作在民族性和世界性的交融中展现独特魅力，书写新的辉煌。只有不断深化抒情，丰富表现，我们的文艺事业才能生生不息，绽放出更加绚丽的时代光芒。

总之，宋词抒情方式的深化，是词体演进过程中具有里程碑意义的关键环节。透过这一环节，我们不仅可以把握词体发展的内在规律，更可以洞悉中国古典诗歌演变的普遍逻辑。这种诗学智慧对于新时代繁荣发展社会主义文艺，推动社会主义文化大发展大繁荣，仍具有重要的参考价值。广大文艺工作者应当从宋代词人的创作实践中获得启迪，牢记为时代画像、为时代立传、为时代明德的使命，以高度的文化自觉和文化自信投身波澜壮阔的新时代文艺创作，为实现中华民族伟大复兴的中国梦凝聚强大精神力量。

三、宋词在艺术表现上的创新

宋词在继承唐词的基础上，不仅在题材内容、抒情方式等方面实现了拓展和深化，更在艺术表现手法上达到了前所未有的高度。这种创新主要体现在形式与内容高度融合、意象与情感巧妙交织等方面。宋代词人在创作中展现出极强的艺术感悟力和语言表现力，将词的艺术性提升到了一个新的境界。透过宋词在艺术表现上的创新，我们不仅可以领略词体发展的独特轨迹，也能深切感受到中国古典诗歌演进的普遍规律。

就形式与内容的关系而言，宋词呈现出空前的和谐统一。在唐五代词中，由于词的形式还处于发展完善阶段，内容与形式往往给人以参差错落之感，艺术感染力有所欠缺。及至北宋，随着词体日臻成熟，文人们开始注重在形式中寄寓情志，力求词的音乐旋律与思想情感浑然一体。尤其是苏轼，他的词不仅继承了晚唐温庭筠、韦庄词的曲折婉转，更注重在曲折婉转中蕴含豪放奔放之气。如"大江东去，浪淘尽，千古风流人物"，"但愿人长久，千里共婵娟"等名句，无不将苏轼的人生感悟、亘古情怀与词的旋律韵律巧妙结合，浑然天成，已达到了情景交融的艺术境界。再如辛弃疾的《南乡子·登京口北固亭有怀》："何处望神州？满眼风光北固楼。千古兴亡多少事？悠悠。不尽长江滚滚流。年少万兜鍪，坐断东南战未休。天下英雄谁敌手？曹刘。生子当如孙仲谋"。短短三十字，沉郁顿挫，气势磅礴，将亡国之恨与复国之志熔铸于声情并茂的旋律中，可谓达到了形神兼备的艺术高度。

与此同时，宋词在语言表现方面也更加讲究精雕细琢。唐五代时期，由于词尚未完全脱离唱歌的实用功能，许多作品在语言上更注重通俗晓畅。及至宋代，随着创作主体日益文人化，词人们对语言材料的提炼和运用达到了炉火纯青的地步。宋词善于在浅近流畅中蕴藏丰富的文化底蕴，在清丽秀美中透露惊心动魄的情感体验。正是语言的精益求精，才使得宋词的意境更加空明悠远，艺术感染力也大为提升。如周邦彦在《六丑·落花》中写道："乳燕飞华屋。悄无人、桐阴转午，晚凉新浴。手弄生绡白团扇，扇手一时似玉。渐困倚、孤眠清熟。帘外谁来推绣户？枉教人、梦断瑶台曲。又却是、风敲竹。写女子午睡初醒，见落花纷飞，不禁触景生情"。词人没有直抒胸臆，而是通过对闺中女子行止神态的细致描摹，传达离愁别绪，给人以含蓄蕴藉之感。再如李清照的《声声慢·寻寻觅觅》，更是语言表现的范例："寻寻觅觅，冷冷清清，凄凄惨惨戚戚。乍暖还寒时候，最难将息。三杯两盏淡酒，怎敌他、晚来风急？雁过也，正伤心，却是旧时相识。满地黄花堆积。憔悴损，如今有谁堪摘？守着窗儿，独自怎生得黑？梧桐更兼细雨，到黄昏、点点滴滴。这次第，怎一个愁字了得！"诗人以精切的语言，白描闺中女子的孤寂凄清，不着一个愁字，却将满腹愁绪尽数道来，可谓语简意赅，字字千钧。

宋词艺术表现的另一重大突破，是意象经营方面的创新。诗歌历来重视意象，李白句飞流直下三千尺，疑是银河落九天被誉为诗句之祖，足见古人对意象表现力的推崇。宋人继承并发展了这一传统，将意象经营推到了一个新的高度。在宋词中，意象往往不再是单纯的物象描摹，而是寄寓着词人的主观情思，体现出一种物我交融、情景交融的美学特征。如苏轼的《定风波·三月七日沙湖道中遇雨》："莫听穿林打叶声，何妨吟啸且徐行。竹杖芒鞋轻胜马，谁怕？一蓑烟雨任平生。料峭春风吹酒醒，微冷，山头斜照却相迎。回首向来萧瑟处，归去，也无风雨也无晴。"词中竹杖芒鞋一蓑烟雨斜照等意象，无不寄寓词人洒脱旷达的胸襟，在飘逸的韵律中营造出空灵澄澈的意境。再如辛弃疾的《水龙吟·登建康赏心亭》："楚天千里清秋，水随天去秋无际。遥岑远目，献愁供恨，玉簪螺髻。落日楼头，断鸿声里，江南游子。把吴钩看了，栏杆拍遍，无人会，登临意。休说鲈鱼堪脍，尽西风，季鹰归未？求田问舍，怕应羞见，刘郎才气。可惜流年，忧愁风雨，树犹如此！"全词以清秋断鸿落日西风等萧瑟凄凉的意象为经，将亡国之恨与报国无门的苦闷交织在一起，意境苍茫悲壮，令人扼腕长叹。宋代词人将诗化词的创作理念发挥到了极致，使得词的言外之意更加悠长，给人回味无穷之感。

意象经营上的创新与宋词音乐性的弱化密不可分。唐五代时期，词多为歌者所作，偏重音乐性和歌唱性，意象的运用往往只是点缀。及至宋代，随着创作主体的文人化，词逐渐摆脱了音乐的束缚，诗歌性日益彰显。文人词人更善于在有限的语境中大量使用意象，通过意象的经营表现丰富的情感。可以说，宋词意象创新与音乐性弱化是互为因果、相辅相成的。意象经营的突破，既是宋词艺术成就的重要标志，也对此后诗词的发展产生了深远影响。

总的来看，宋词在艺术表现上的创新，体现了词体发展必然要经历的由感性到理性、由单一到多元的演进过程。这一过程本身与时代的嬗变密切相关。北宋经济繁荣，城市发达，士大夫群体日益壮大，种种时代因素交织，推动了文人将个人化的思想情感与丰富的人生阅历融入词中，表现手法也随之日趋成熟。尤其是南渡以后，士大夫的复杂心绪更加需要借助词来宣泄，对词的艺术表现也提出了更高要求。在这种时代背景下，宋代词人发挥自身才情，突破前人窠臼，以精湛的语言技巧塑造丰富的意象，使词的艺术性达到了巅峰。这充分体现出文学创作必须扎根时代沃土，回应时代呼唤的普遍规律。

当然，宋词艺术表现的创新也遇到了瓶颈。到南宋后期，统治阶级日趋没落，文人心态日益悲观。部分词人热衷于堆砌辞藻，追求形式技巧，而忽视了真情实感的流露。意象经营上走向繁琐，甚至堆砌典故，使词的内容趋于单薄。艺术表现上的弊端，从一个侧面反映出南宋士人精神境界的萎缩，值得我们警惕。

纵观宋词艺术表现的创新历程，我们可以深切感受到任何一种文学样式要获得持久生命力，都必须在继承传统的基础上不断推陈出新，用丰富多样的表现手法再现蕴藏于时代中的人生百态。宋词的发展轨迹昭示我们：文学创作必须植根于广大人民群众的生活实践，关注现实，表现时代，而这种现实关怀和时代精神又必须借助生动鲜活的艺术形象加以呈现。只有在继承和创新的辩证法中，文学的艺术魅力才能充分彰显。这一规律对于新时期的文艺创作依然具有启示意义。

当代中国正经历着全面建设社会主义现代化国家新征程。在这一伟大进程中，广大文艺工作者理应高擎时代大旗，讴歌新时代，书写新史诗。这就要求我们在艺术表现上突破陈规，革故鼎新。既要继承和弘扬中华优秀传统文化，又要用鲜活的当代语言讲好中国故事。要像宋词那样，在丰富多彩的时代图景中提炼意象，在千姿百态的人间烟火中升华情感，创造出无愧于我们这个伟大时代的艺术经典。只有把思想性、艺术性、观赏性紧密结合，中国文艺事业才能在传承创新中阔步向前，绽放出更加绚丽的时代光彩。

回望宋词艺术表现的成就，对个人的文学创作实践也大有裨益。宋词的意象经营和语言表现无不彰显着文人词人高超的艺术修为。这昭示今天的文学工作者，要成就一流的艺术，必须具备深厚的文化底蕴和创新的艺术眼光。只有不断提升自身的文化修养，用心体味时代的律动，善于从纷繁复杂的生活中提炼形象，我们才能创作出思想精深、艺术精湛的优秀作品，在文学创作的道路上行稳致远。

总之，宋词在艺术表现上的创新，是词体发展过程中具有里程碑意义的重大突破。它不仅将词的艺术性提升到了一个前所未有的高度，也昭示着中国古典诗歌由感性到理性、由单一到多元的演进规律。这种诗学智慧和艺术魅力，对于新时代繁荣发展社会主义文艺，推动社会主义文化大发展大繁荣，仍具有重要的启示意义。[①]

---

① 曾宪章. 困境与突围：关于基层文艺批评的价值思考 [J]. 湖北职业技术学院学报，2017，20(04)：56-60.

第四章　唐宋散文的演变

散文，作为中国古典文学的重要组成部分，在唐宋时期经历了由盛到衰、再由衰而盛的发展过程。唐代散文在初盛唐古文运动的推动下，呈现出蓬勃向上的发展态势，柳宗元、韩愈等古文大家辈出，开创了散文发展的新局面。然而，这一势头在唐后期日渐衰微，直至宋初，散文仍未见起色。直到北宋中期，欧阳修、苏轼、王安石等人掀起古文复兴运动，推动散文走向新的高峰，出现了一大批文质兼美的散文佳作。可以说，唐宋散文演变轨迹既折射出中国古代社会发展的总体趋势，也体现出士人创作观念与审美情趣的嬗变。

纵观唐宋散文的演变历程，我们可以清晰地看到一种文体在创作实践中不断发展、日臻成熟的轨迹。唐宋时期，散文经历了先盛后衰、再盛的发展过程。这一过程不仅体现了散文自身的艺术规律，也深刻影响了此后中国散文乃至整个文学的发展走向。对唐宋散文流变规律的把握，不仅有助于我们深化对古代文学发展脉络的认识，也能为当下文学创作提供有益启示。透过对唐宋散文演变的考察，我们可以领悟到任何一种文体样式要获得持久生命力，既要传承，又要创新，必须立足于时代，扎根于人民，在继承优秀传统的基础上推陈出新，方能焕发出穿越时空的艺术魅力。这对于新时期繁荣发展社会主义文艺，建设社会主义文化强国，都具有重要的借鉴价值。

第一节　唐代散文的发展脉络

唐代是中国古典散文发展的重要阶段。这一时期，散文经历了由初唐的蓬勃发展到中晚唐的逐渐衰落的演变过程。初盛唐时期，在古文运动的推动下，韩愈、柳宗元等人力图复兴两汉散文的质朴风格，使散文呈现出蓬勃向上的发展态势。然而这一势头未能持续，至晚唐时，散文日趋式微。唐代散文的发展轨迹，既受到时代思潮的影响，也深刻反映了文人创作观念的变迁。透过唐代散文发展脉络的梳理，我们可以深入把握散文自身的演进规律，为理解唐代文学的总体图景提供参照。

一、初唐的散文

初唐时期，随着隋唐政权的稳固和经济的恢复，文学发展出现了新的气象。在散文领域，初唐散文家们力图摆脱六朝以来华丽浮靡、辞藻堆砌的文风，开始强调文章内容的充实和语言的质朴，由此开创了唐代散文发展的新局面。他们的探索和实践，为盛唐古文运动的兴起奠定了重要基础。

就散文内容而言，初唐散文呈现出崇尚质朴、追求自然的总体特点。初唐散文家普遍认为文章应当体物而不滥，因事而喻，追本而察，沿流而讨，强调散文创作应扎根现实，关注自然万物，用朴素的语言反映真实的情感。这种崇尚自然质朴的创作倾向，在一定程度上纠正了六朝散文脱离实际、堆砌辞藻的弊端，为散文注入了新的生机。如陈子昂在《与东方左史虬修竹篇序》中所言"盖文章，经国之大业，不朽之盛事的主张"，反映了初唐文人欲借文章经世致用的创作理念。

魏征是初唐散文的代表人物。他提出傲宕不羁，轻薄不实，巧诋害道，此六朝之陋也（《上太宗皇帝书》），批判了六朝散文浮艳失实的流弊，强调散文应当体格清通，辞义明晰，立意深远。这一主张对初唐乃至整个唐代散文的发展产生了深远影响。他的《谏太宗十思疏》从政治伦理的高度，以朴实恳切的语言规劝帝王，成为谏议散文的典范。再如褚亮的《合浦珠》，以质朴的笔调记述合浦珠的产地和采集过程，体现了初唐散文崇尚自然朴质的艺术特色。

除了内容上的变革，初唐散文在文体样式上也有所拓展。骈文仍是初唐散文的主流。一些作家在骈文创作中力求革新，逐渐突破声律的束缚，使文章更加典雅高洁。如上官仪的《泰山铭》以四字句骈体写就，气势磅礴，笔力遒劲，影响了李华等人的骈文创作。同时，古文体散文在初唐也有发展。虽然数量不多，但质量上乘，成就突出。上述魏征、褚亮的作品均为古文代表。陈子昂是初唐古文的集大成者。他的《与东方左史虬书》奠定了唐代书札体的基本模式；《感遇诗序》则以质朴动人的语言抒发情志，给人以含蓄蕴藉之感，堪称唐代抒情散文的开山之作。总的来看，初唐在骈文创作的基础上，古文获得了一定发展，二者并行不悖，共同推动了散文的繁荣。

初唐散文革新的背后，是时代风气和士人心态的变化。一方面，初唐统治者崇尚儒术，提倡文治天下，重文轻武，营造了有利于文学发展的社会环境。文人们摆脱了门阀制度的束缚，纷纷投身创作，形成了崇文尚学的社会风尚；另一方面，面对初唐政治清明、社会安定的大好形势，文人普遍怀有济世安民之志，希望通过文章建功立业。这种入世情怀使得文人更加关注现实，重视散文的社会功用。陈子昂有言昔仲尼厄而作春秋，诗人穷而赋下里巴人。故文章者，穷而后工，当于穷悴之际，思古之治乱者也。这种穷则思变的意识，正是初唐散文家的典型心态。可以说，初唐文人的现实关怀和济世情怀，推动了散文创作理念和艺术手法的变革。

初唐散文在革新的同时也存在着一些不足，内容上虽然强调质朴无华，但有些作品在摒弃铺张扬藻的同时也失之太过简陋。艺术手法上，部分作家虽然力图突破骈俪对偶的束缚，但在行文中仍不同程度地受其影响，未能完全摆脱六朝散文的流弊。这些问题在客观上反映出散文革新是一个循序渐进的过程，也为盛唐古文运动的兴起提供了现实动因。

就传播影响而言，初唐散文成就虽不及盛唐，但其革新意义却不容忽视。陈子昂、魏征等人开创先河，为唐代散文树立了崇尚自然、讲求实用的创作理念。这种理念一方面纠正了六朝散文脱离实际、华而不实的弊端，另一方面也为后世树立了散文明道经世的价值追求。苏洵在《文论》中推崇陈子昂，称唐之文章，肇自子昂，可见初唐散文对后世的深远影响。从更广阔的视野来看，初唐散文家力求变革、突破前人藩篱的探索精神，对整个中国古代散文的发展都具有重要意义。这种在继承传统基础上力求创新的意识，始终是中国古代散文发展的重要动力。

纵观初唐散文的发展，可以看到中国古典散文演变的基本规律。[1] 任何文学样式要获得生命力，既要立足传统，又要突破樊篱，力求在内容和形式上推陈出新，最终实现了散文的复兴。这种在传承基础上力求变革的发展逻辑，是中国古代散文发展的重要规律，对当代文学创作仍具有启示意义。

对于当下文学创作而言，初唐散文崇尚质朴、回归自然的创作倾向，对于纠正某些作品空洞华丽、脱离实际的弊端大有裨益。文学创作应立足现实土壤，关注时代脉搏，在反映社会生活的同时抒发真挚情感，以质朴生动的语言打动读者，这是任何时代文学创作都应坚守的原则。同时，初唐散文家怀有忧国忧民之志，希冀通过文章匡正时弊、济世安民的价值追求，对于今天广大文学工作者坚持文艺为人民服务的宗旨，践行举旗帜、聚民心、育新人、兴文化、展形象的使命任务，也具有重要的借鉴意义。我们要继承和发扬初唐散文家的优良传统，坚持以人民为中心的创作导向，创作更多无愧于我们这个伟大民族和伟大时代的优秀作品。

总之，初唐散文在唐代散文发展史上具有开创性意义。初唐散文家在革故鼎新中所体现出的进取精神和忧患意识，对整个唐代乃至后世散文的发展都产生了深远影响。尽管其间也存在着诸多不足，但正如章学诚所言文无定法，惟新是贵，初唐散文对前人和时代的突破，其价值远在局部缺陷之上。透过初唐散文的发展，我们可以深切领会到文学创作必须扎根时代，关注现实，在继承优良传统的基础上不断推陈出新的发展规律。

二、盛唐古文运动

盛唐时期，唐代散文创作进入全盛阶段。这一时期，以韩愈、柳宗元为代表的古文运动方兴未艾，极大地推动了散文创作的繁荣，出现了一大批文质兼美的散文佳作。古文运动倡导散文在继承《史记》《汉书》优秀传统的基础上，革新内容，力求直抒胸臆，言之有物。这场文学革新运动在唐代散文发展史乃至整个

---

[1] 李晓虹. 20世纪散文思潮的演变 [J]. 广播电视大学学报（哲学社会科学版），2004(01)：9-12, 33.

中国古代散文史上都具有里程碑意义。①

　　韩愈是古文运动的倡导者和领袖人物。他早年醉心佛老之学，后来转而推崇儒家思想，力图复兴儒学。韩愈在《进学解》中明确提出文所以载道的文学主张，强调文章应该成为阐发儒家思想的工具。他还提出古文以载言，不欲文而诗（《答李翊书》），主张散文应该恢复质朴自然的风格。在创作实践中，韩愈摒弃骈文声律的束缚，提倡言之有物，直抒胸臆。他的散文气势磅礴，慷慨悲凉，感情真挚动人。如《祭十二郎文》采用铺叙的手法，叙述与侄儿从小相伴成长的情景，在悲痛欲绝中表达了对亲人的无尽哀思，是唐代哀祭文的代表作。韩愈的杰出贡献还在于大力提倡古文，主张散文应该继承先秦两汉质朴典雅的风格。他的《古文》一文明确指出要忘言以求其意，意得而言可忘也，强调散文要突出思想内容，不拘泥于辞藻声律。在韩愈的带动下，古文创作逐渐成为盛唐文坛的主流。《古文运动六家集》收录了韩愈、柳宗元、李翱、皇甫湜等人的散文作品，成为古文运动的一面旗帜。可以说，韩愈开创先河，奠定了古文运动的基调，对整个古文运动都具有决定性影响。

　　除韩愈外，柳宗元、李翱、皇甫湜等人也是古文运动的重要参与者。柳宗元与韩愈一样强调散文要言之有物，不事雕琢。但他的散文风格与韩愈迥异，语言清新典雅，感情细腻真挚。他在《非国语》中提出散文欲其汪洋闳肆，韵语欲其清切缜密的主张，倡导散文要直抒胸臆、明白晓畅。柳宗元的散文多为纪行抒情之作，带有浓郁的地域特色。如《始得西山宴游记》描绘襄阳山水之胜，寄寓诗人淡泊恬静的情怀，语言清丽秀美，立意空远飘逸，给读者以美的享受。李翱的散文善于铺叙，叙事详备完整，如《复闻记》系统叙述唐肃宗至德宗时期的政局变迁，条理清晰，文笔流畅，成为唐人叙事散文的范本。皇甫湜的散文刚健有力，善于议论。如《铭石鼓山隐居》借隐逸生活感慨行年四十有余，处身孤危之域，耳闻目见，靡不毛骨悚然，字里行间充满忧国忧民的情怀。这些作家以各自不同的风格参与到古文运动中，与韩愈一起推动了古文散文的繁荣发展。

　　就影响范围而言，古文运动不仅影响了唐代文坛，也深刻影响了后世散文创

---

① 卢华. 元结文学思想研究 [D]. 济南：山东大学，2006：56-59.

作。欧阳修推崇韩愈，在《六一诗话》中盛赞韩文"文起八代之衰，而道济天下之溺"，将韩愈视为散文革新的先驱。苏轼在《潮州韩文公庙碑》中更是推崇备至，认为"自汉以来，六百余年，唯韩子翕然道学，光临文章，而规矩于后学。"在苏轼看来，韩愈不仅开创了散文创作的新局面，更树立了文章经世致用的典范。到了明代，唐宋八大家古文运动的发起者茅坤在《唐宋八大家文钞》序言中说："盖自国初，文渐弊，至唐而极。韩退之、柳子厚实心砥砺以振之，而文道稍通。"这段话将韩愈、柳宗元视为挽救唐代散文衰颓的中流砥柱。可见韩愈、柳宗元等人的文学革新，对后世产生了深远影响。

古文运动之所以能产生如此重大影响，与当时的时代背景密切相关。盛唐时期，统一的帝国为文化事业的繁荣提供了稳定的环境。加之统治者推崇儒学，弘扬德治，儒家经世致用的理念得到空前弘扬。韩愈等人正是顺应了这一思想潮流，以儒家文以载道的理念指导文学创作，力图通过散文宣扬儒家思想，针砭时弊。这种现实关怀使得古文运动一开始就打上了鲜明的时代烙印。同时，唐代科举制度的进一步完善，客观上为古文运动培养了大批人才。进士科取士重视文学创作，产生了一大批饱读诗书、学识渊博的进士，如韩愈、柳宗元等人都出身进士，他们共同推动了古文运动的发展。由此可见，盛唐时期的文化政策和人才选拔机制，为古文运动的兴起创造了有利条件。

需要指出的是，古文运动虽然极大地推动了散文创作的繁荣，但也存在着某些局限。内容上，古文散文大多宣扬儒家思想，缺乏思想的多元性和包容性。形式上，虽然古文散文摆脱了骈俪对偶的束缚，但在音韵和辞藻方面仍有所讲究，未能完全回归质朴自然。这在客观上反映出古文运动是在批判骈文的基础上逐步发展起来的，其间难免存在过渡性。

从更广阔的视野来看，古文运动所体现的革故鼎新精神，是推动中国古代散文发展的重要动力。散文要获得强大生命力，既要继承优秀传统，又要突破前人藩篱，这是散文发展的普遍规律。古文运动正是基于对时代的深刻洞察，对前人的批判继承，最终实现了散文的复兴。这种继承与创新并存、互为条件的辩证法，不仅是古代散文得以不断发展的重要规律，也是一切文学发展的普遍逻辑。

　　透过古文运动，我们也能深切感受到文学必须扎根于现实土壤，回应时代呼唤的道理。韩愈等人之所以能引领一场轰轰烈烈的文学革新，关键就在于他们准确把握了时代的脉搏。在盛唐这样一个思想解放、百花齐放的时代，文人普遍具有济世安民的抱负，迫切需要一种形式灵活、直抒胸臆的文体样式，古文散文恰好迎合了这一需求。反观宋代，理学逐步走向僵化，科举制度日趋完备，文人创作日益程式化，这种环境下散文的创新发展就受到了一定制约。由此可见，文变染乎世情，兴废系乎时序，任何文学样式的发展，都不能脱离特定的历史条件。[①]只有准确把握时代脉搏，与时俱进，文学的生命力才能充分彰显。

　　从文人创作的角度看，古文运动倡导者以高度的文化自觉，力图通过散文创作回应现实，彰显士人的家国情怀和入世理想，这种精神对当下文学创作和文化建设都具有重要启示。当代文学要真正实现繁荣发展，也必须深入生活，扎根人民，用心用情讴歌新时代，书写新史诗。这就要求广大文学创作者心怀国之大者，将个人理想与民族复兴的宏伟事业紧密结合，创作出思想精深、艺术精湛、制作精良的优秀作品。文学工作者只有胸怀家国，心系人民，在传承中华文化基因、讲好中国故事中彰显使命担当，才能不断推动文学事业实现新的发展。

　　盛唐古文运动是唐代散文发展史乃至中国古代散文发展史上的重要事件。这场文学革新运动开创了散文创作的新局面，极大地推动了古文散文的繁荣，引领散文实现了由骈文向古文的成功转型。韩愈等人在革故鼎新中展现出的进取精神和忧患意识，至今仍是文学创作者应当秉承的宝贵品格。对古文运动的考察，不仅可以帮助我们深化对唐宋散文演进规律的认识，对于推动新时期中国特色社会主义文艺事业繁荣发展，也具有重要的借鉴价值。在实现中华民族伟大复兴的征程上，广大文学工作者要深入生活，扎根人民，努力创作出无愧于我们这个伟大民族和伟大时代的优秀作品，为凝聚中国力量、振奋民族精神提供强大的文化滋养和精神动力。

---

　　① 徐冬．王充闾历史文化散文研究［D］．华中师范大学，2016：34-35.

三、晚唐的骈文

韩柳古文运动虽然极大地推动了唐代散文的繁荣，但在唐后期，骈文再度兴盛，逐渐成为文坛主流。这种现象一方面反映了古文运动影响力的衰减，另一方面也折射出晚唐士人在政治、文化等方面发生的深刻变化。对晚唐骈文复兴现象的考察，不仅有助于我们深入把握唐代散文演进的完整脉络，也为认识文学与社会发展的关系提供了绝佳个案。

就创作状况而言，晚唐骈文呈现出初盛的态势。这一时期，不少作家开始重新追慕齐梁骈文，讲求声律对偶，力求在形式技巧上锤炼文章。柳宗元在《答韦中立论师道书》中曾言："古之为文章也，炼其字，谨其言而已。今之文章，则字必双，句必对：婉转承接，繁缛纤丽，无处不有，复以愤慨嚣尘，排气切问，若将造天宫殿阙，其辞势正要似此"，这段话生动批评了晚唐文坛骈俪对偶的文风。与盛唐自然质朴的散文相比，晚唐骈文更加注重辞藻的雕琢，讲求声律的和谐，给人以华丽精致之感。如皮日休的《东山月中桂》，用工整的骈句描写东山赏月，诗情画意盎然："白露沾芳草，秋风抚石楠。一轮皓魄上，四壁玉屏寒。"声律铿锵，对仗工整，体现了骈文形式的成熟。再如张蠙的散文《望蓟门》，以偶对排比描绘边塞山川的宏伟壮阔："东极朝宗，西临沙漠。雄关万里，险隘千重。关门外牙帐，塞上胡烟"，读来节奏明快，韵律和谐，极富音乐美感。这种对语言形式的精心雕琢，成为晚唐骈文的显著特点。

从内容上看，晚唐骈文的题材较之前代更加广泛。除传统的山水游记、名胜咏怀等内容外，还出现了大量的应试文章和公文范本。如苏味道所作的《六尺牍》，专门为科举应试提供模板，内容涉及朝廷、方略、伦理、史论等，成为当时士子习文的重要范本。再如李商隐的《五等诸侯论》，针对藩镇割据问题提出五等封建的主张，可视为一种政论文体。这些作品虽不乏议论，但辞藻仍相对繁复，带有鲜明的骈文色彩。从中可以看出，晚唐骈文在题材选择上已不囿于山水咏物，而是力图切近现实，反映时事，这种内容取向的转变在客观上拓宽了骈文表现的领域。

值得注意的是，虽然晚唐骈文在形式技巧上趋于繁复，但仍不乏情感真挚、言之有物的上乘之作。如陆龟蒙的《出关诗序》，抒发诗人出塞从戎的慷慨激昂之情，读来令人荡气回肠。序言云："夫边城荒榛，穷岁寒暑，三军劳矣。而躬操戈矛，手执干戈，誓死不旋踵者，其唯素臣之节欤！"字里行间充满了报国热忱和慷慨激昂的英雄气概。李商隐的骈文《重答谢中书书》，则借唱和之机抒发胸中壮志："商隐不佞，早慕雄豪，晚节愈坚，虽万乘召，必不变矣"，字句铿锵有力，情感真挚动人。这些作品在两字、四字骈俪的形式中注入了真挚的情感和深刻的思想，是晚唐骈文的上乘之作。

晚唐骈文复兴的原因是多方面的。就政治而言，唐后期统治集团日趋腐朽，政局动荡，藩镇割据，边疆战乱频仍。在这种背景下，统治者不再像盛唐那样以儒治天下，而是更多地借助佛道思想麻痹人心。相应地，士人的经世理想也逐渐破灭，转而追求形式的华丽和技巧的精湛。骈文的兴盛，从一个侧面反映出文人在理想信念破灭后的无奈。就文化而言，佛道思想在晚唐的广泛传播，客观上助长了文人的厌世情绪和虚无主义倾向。他们不再关注现实，而是更多地陶醉于华丽辞藻的堆砌和形式技巧的追求。这种脱离现实的创作倾向，必然导致散文日趋形式化。同时，科举考试的僵化也在一定程度上加剧了这一趋势。晚唐科举逐渐固化为以诗赋取士的模式，骈俪对偶遂成为八股文的雏形。为应对科举，士子们专注于辞藻技巧的追求，而忽视了散文的思想内涵，这客观上也促进了骈文的泛滥。

需要指出的是，尽管晚唐骈文在当时十分盛行，但其影响力远不及初盛唐时期的古文。皮日休曾对当时骈俪之风提出批评："顷尝论古文，以谓惟淡乃真，粹然象外，始可言文。今世渐薄，斤斤务华，至于连偶百韵，始谓工矣。何其陋也！"可见当时已有识之士对这种骈文之风深感不满。到了宋代，欧阳修、苏轼等人在复古运动中对骈俪之文更是严词批判，力图恢复散文质朴自然的本色。由此可见，晚唐骈文虽一度甚嚣尘上，但并未改变唐宋散文古文化、书面化的发展大势。

透过晚唐骈文复兴的现象，我们可以深切感受到文学与社会政治、文化等因素的复杂关联。一方面，文学创作必然打上时代的烙印。晚唐社会的动荡和文人理想的破灭，是骈文兴盛的深层原因。脱离现实、追求形式，是文人在信念动摇后的必然选择。因此，批评晚唐骈文，绝不能脱离那个特定的时代背景；

另一方面，外部环境虽然对文学有重要影响，但文学自身的发展规律才是根本。从大的角度看，骈文在晚唐的复兴只是暂时的逆流，古文化、书面化仍是散文发展的必然趋势。正如鲁迅所言：自从韩愈、柳宗元倡导古文，文坛的革命总算是成功了。虽然在他们以后的晚唐五代，尚有复古的挣扎，然而大势到底是挡不住的。可见文学虽不能完全脱离时代，但其内在的发展逻辑仍然是最根本的决定性因素。

从创作实践的角度看，晚唐骈文所体现的脱离现实、追求形式的倾向，对当下文学创作无疑具有警示意义。今天中华民族正处在伟大复兴的关键时期，文学创作理应紧扣时代脉搏，书写人民奋斗史诗。这就要求广大作家不断增强现实主义精神，把心思和精力放在如何创作出思想精深、艺术精湛的优秀作品上，而不是拘泥于表面形式的雕琢。只有扎根人民，贴近生活，文学才能焕发出强大的生命力。相反，如果脱离群众，脱离现实，文学必然会变得空洞乏味，最终被时代所抛弃。晚唐骈文的复兴，恰恰为这一文学规律提供了反面教材。

总之，晚唐骈文是唐代散文发展演变过程中的特殊环节。一方面，它反映了古文运动式微后文人精神的彷徨；另一方面，它又标志着骈文这一古老文体在唐代的回光返照。尽管晚唐骈文在形式技巧上趋于繁复，但仍不乏情真意切的上乘之作。骈文在晚唐的兴盛，既折射出社会环境对文学的影响，也体现出文学发展自身的规律。对晚唐骈文复兴现象及其影响的考察，不仅有助于我们深化对唐代散文乃至整个古代散文演变规律的认识，更能为今天的文学创作提供有益的警示和启迪。作为新时代的文学工作者，我们要从晚唐文人脱离现实、追求形式的教训中汲取智慧，自觉坚持以人民为中心的创作导向，把提高作品的思想性、艺术性作为不懈追求，努力创作出无愧于我们这个伟大民族和伟大时代的优秀作品。在中华民族伟大复兴的壮阔征程中，文学必将在传承民族文化基因、凝聚奋进力量中彰显不可替代的独特作用。

第二节　宋代散文的变革

进入宋代，随着科举制度的完善和程朱理学的兴起，散文出现了新的变化。北宋中期，欧阳修、苏轼等人发起唐宋八大家古文运动，倡导辞质兼美，推动散文出现复兴。相较于唐代散文质朴清新的总体风貌，宋代散文呈现出议论化和抒情化并重的新特点。文人们普遍希冀通过散文创作抒发情志，讨论治道，散文的内涵因此得到极大拓展。可以说，宋代散文的变革，既是对前代散文传统的继承发展，更是对散文内容和形式的革故鼎新。对宋代散文变革的考察，不仅可以揭示这一时期文人的精神风貌，也为认识古代散文发展的内在规律提供了绝佳个案。

一、北宋古文运动

经过唐代古文运动和晚唐骈文复兴，散文在唐宋之交逐渐呈现出书面化和文人化的倾向。然而直至北宋中期，散文在内容和形式上仍未达到高峰。这一时期，欧阳修、苏轼等人发起的北宋古文运动，开启了宋代散文变革的先声，使散文成为士大夫抒发情志、经世议政的重要载体。这场文学革新运动不仅极大地推动了宋代散文的繁荣，也对后世散文乃至整个文学的发展产生了深远影响。

欧阳修是北宋古文运动的倡导者和领军人物。他提出文起八代之衰，而道济天下之溺的文学主张，强调文章应该具有经世致用的功能。同时，他也批评时文淫于声律，则伤其情；竭于文律，则伤其体的弊端。在欧阳修看来，文章要忠实于内心，言之有物，力求写出情感的真挚性，表达思想的深刻性。在创作实践中，他力图恢复散文简约质朴的本色，摒弃晦涩艰深的习气。他的散文气韵生动，立意深远，《醉翁亭记》《朋党论》等篇章流传千古，堪称古文的典范。欧阳修的文学主张和创作实践，确立了北宋古文运动的基调，为宋代散文的变革开拓了道路。

在欧阳修之后，王安石、曾巩、苏轼等人继起而发展之，使北宋古文运动达到了高峰。王安石的散文多讨论国计民生，在质朴冲和中蕴含着深沉的情感和深邃的思想，代表作如《游褒禅山记》《伤仲永》等。曾巩的文章多反映社会现实，抒发忧国忧民之情，代表作如《寄秘书晁监简》《谏院题名记》等。而苏轼则将宋代散文的变革推向顶峰。他继承发展了欧阳修的文学主张，提出"文章合为时而著，歌诗合为事而作"，强调散文应关注现实，表现时代精神。在创作实践中，苏轼笔锋峭拔，气势雄浑，《赤壁赋》《前赤壁赋》等篇章跌宕昂扬，浑然天成，宛如"大江东去，浪淘尽"般磅礴大气。苏文以其恣肆奔放，情致深邃的艺术特色，将北宋古文运动的创作实践推向了高峰。

与此同时，北宋古文家们的文学主张也在蔚然成风。司马光在《进古文释义状》中指出古文能明道行道，"所以释天下之惑，辅天下之治者也"，强调古文在启迪民智、辅佐政教方面的重要作用。他还主张恢复西汉、东汉的古文，反对时文过于雕琢的弊端。司马光的主张体现了北宋文人经世致用的思想倾向，也反映出他们对散文功能的深刻认识。可以说，文以明道的理念是北宋古文运动的重要口号，深刻影响了整个北宋散文的发展走向。

就影响范围而言，北宋古文运动不仅开创了宋代散文的新局面，也对后世产生了深远影响。[①] 南宋爱国诗人陆游曾高度评价欧阳修的文章，认为其文起八代之衰的主张实现了散文的复兴。到了明代，唐宋八大家的文章被奉为楷模，《唐宋八大家文钞》的编选就是明证。[②] 清代桐城派古文更是直接宗法欧阳修，方苞、刘大櫆等人都尊称欧阳修为宗师。由此可见，北宋古文运动的文学革新对于此后数百年散文发展的影响。

北宋古文运动的兴起，既与当时的时代背景密切相关，也得益于北宋文人自觉的文学革新意识。一方面，北宋相对开明的政治环境为文学创作提供了较为宽松的氛围。统治者提倡儒学，推崇以文治国，士人地位得到提高，他们普遍具有忧国忧民的情怀，希望通过文章建言献策、匡扶正义。这种社会环境激发了文人参与政治、关注现实的热情；另一方面，科举制度的进一步完善，为古文运动输送了大批英才。北宋科举不仅考经义，也重视时务策的写作，这就要求士子关心国计民生，这在客观上推动了古文创作的繁荣。士大夫阶层的壮大和社会责任感的增强，是古文运动得以兴起的重要基础。

---

① 韩芳. 论韩愈、欧阳修以古文为时文的理论取向 [J]. 扬州大学, 2013：26-28.
② 宋娟. 古文运动、科举与"唐宋八大家"[J]. 北方论丛, 2005(02)：62-65.

　　同时，我们也看到北宋文人强烈的文学革新意识。面对唐末以来文风日下、文章空疏的局面，欧阳修等人敏锐地意识到文学的经世作用，希望通过恢复古文的质朴传统来扭转文风，实现文学的变革。在他们看来，文学不是闭门造车的玩物，而应该成为士大夫言志抒情、经世济民的有力工具。正是出于这种文学使命感，他们才会身体力行，矢志不渝地推动古文革新。没有北宋文人自觉的文学觉醒，就不会有北宋古文运动的轰轰烈烈。

　　当然，北宋古文运动在取得巨大成就的同时，也存在一些局限。内容上，北宋散文大多议论说理，情感表达略显不足。同时，士大夫阶层的政治诉求过于浓重，某些作品也流于说教。艺术表现上，北宋古文虽然力求质朴无华，但有些作品在摒弃骈俪对偶的同时，也略显枯燥乏味。这从一个侧面反映出文学革新本身是一个复杂而曲折的过程，在革故鼎新的同时，如何坚守文学的审美本质，是一个值得深思的问题。

　　透过北宋古文运动，我们可以看到文学发展的一般规律：文学要获得生命力，既要扎根于现实土壤，回应时代呼唤，又要在继承优秀传统的基础上推陈出新。北宋古文运动正是顺应了时代要求，自觉回归散文质朴传统，创造性地开拓了散文的新境界。这种革故鼎新、与时俱进的精神，是文学发展的重要推动力。同时，优秀的文学作品还应该情感真挚，言之有物，在观照现实的同时不忘人性的光辉。这启示我们在推动文学革新的过程中，如何坚守文学的审美旨归。

　　从文人创作的角度看，北宋文人笔下流露的家国情怀和忧患意识，对于当下文学创作和文化建设依然具有重要启示。当代作家要扛起民族复兴的时代大任，就应该自觉坚持以人民为中心的创作导向，把个人理想与国家、民族的前途命运紧密结合，创作出思想精深、艺术精湛、制作精良的优秀作品。只有胸怀"国之大者"，才能不断推动文学事业发展，书写中华民族伟大复兴的时代华章。

　　总之，北宋古文运动是宋代散文发展进程中的关键一环。这场文学革新运动既是对唐代古文传统的继承和发扬，也是对时弊文风的批判和革新。北宋古文家在革故鼎新中所焕发的文化自觉和文学担当，至今仍是文学工作者应当秉承的宝贵品格。北宋古文运动对散文发展的推动作用和深远影响，不仅为我们深入认识宋代文学的演进规律提供了个案参照，也为新时期推动文学繁荣发展提供了宝贵启示。当代作家只有扎根人民，聚焦现实，在传承和弘扬民族文化中彰显家国情怀，才能真正担负起时代赋予的神圣使命，创作出无愧于我们这个伟大民族、伟大时代的文学经典。相信在党的领导下，中国文学事业必将乘时代东风，奋力前行，在民族复兴的恢宏史诗中谱写出更加壮丽的篇章。

二、唐宋八大家

在北宋古文运动的推动下，宋代散文出现了空前繁荣的景象。韩愈、柳宗元、欧阳修、苏洵、苏轼、苏辙、王安石、曾巩等人的散文创作达到了极高的艺术成就，他们被后世并称为唐宋八大家，成为宋代文坛的中流砥柱。唐宋八大家的提法最早见于明代茅坤所编的《唐宋八大家文钞》，反映出时人对这八位散文家的推崇备至。透过对唐宋八大家的考察，我们不仅可以深入把握宋代散文的审美风貌，也能进一步认识散文在宋代的变革脉络。

就创作个性而言，唐宋八大家各具特色，艺术风格迥然不同。韩愈善于词锋犀利的议论，笔端常流露出慷慨悲凉的情怀，代表作如《原道》《师说》等。柳宗元的散文冲淡自然，不事雕琢，如《小石潭记》《钴鉧潭记》都以清新的笔调描绘山水景致，给人以悠然出尘之感。欧阳修的文章多讨论政治，气势磅礴，慷慨悲凉，关注现实社会生活，代表作如《五代史伶官传序》等。苏洵、苏轼、苏辙三父子的文章世称三苏文，其中尤以苏轼成就最高。苏轼文章纵横恣肆，笔锋峭拔，如《赤壁赋》《晁错论》等作，无不给人以震撼人心的力量。王安石的散文冲淡质朴，蕴含着忧国忧民的情怀，如《游褒禅山记》《伤仲永》等。曾巩散文多反映社会现实，抒发济世安民之志，如《墨池记》《寄秘书晁监简》等。

唐宋八大家风格各异，但他们的文学主张却殊途同归，都强调散文应关注现实，文质兼美。韩愈提出文以明道的文学主张，他在《答李翊书》中说："古之为文者，文以明道也"，强调文章应阐发思想，启迪民智。柳宗元在《童区寄传》中也说："辞以足言为工，义以尽理为工"，主张文章应言之有物，达意尽理。欧阳修反对时文雕琢藻饰的习气，倡导文章应该明道。他在《与吕仲鲁书》中说：

"大凡文章须本于道，然后文理可得而明，气力可得而深"，明确提出文章应该体现儒家伦理。苏轼则提出了"文章合为时而著，诗歌合为事而作"的著名主张，强调文学应该反映现实生活，表现时代精神。王安石的文学观体现在《上仁宗皇帝言事书》中，他说："臣尝以为文章非徒属缀而已也，必有以广道而辅教化"，认为文章应阐发道理，辅助教化。曾巩也强调文以载道，他在《上欧阳修书》中说："古之立言者，必有补于世。主张文章要有益于社会"。总之，唐宋八大家虽然艺术风格迥异，但在以文言道、经世致用的文学理念上却高度一致。这种社会责任感和现实关怀，成为宋代散文的一大特色，也促进了散文在思想内容和艺术表现上的变革。

就文学影响而言，唐宋八大家的散文革新对后世产生了深远影响。明清古文家对唐宋八大家推崇备至。归有光在《文章指南》中说："宋之文，惟韩愈、苏轼、曾巩、王安石为最"。方苞、姚鼐等桐城派古文家更是以韩愈、欧阳修、苏轼等人为楷模，推崇他们文质兼美的写作原则。清代《四库全书总目提要》将唐宋八大家与汉代司马迁、班固并列，称：自汉而下，惟唐宋八大家文为可传"。可见唐宋八大家在散文发展史上的崇高地位。而在现代，鲁迅、周作人、朱自清等大家也无不受到唐宋八大家的影响。鲁迅在《而已集·题记》中说："汉以后散文，当推宋人，宋人中则以欧苏为最"。由此可见，唐宋八大家的文章不仅是宋代散文的高峰，也是整个中国古代散文的典范，对后世影响深远。

唐宋八大家所引领的散文变革，与当时的时代背景密切相关。北宋相对开明的政治环境，是散文得以走向繁荣的客观条件。统治者提倡儒学，鼓励士大夫参与政治，形成了较为宽松的文化环境，利于散文创作的发展。而科举制度的进一步完善，为宋代散文输送了大批人才。苏轼、王安石、曾巩等人都出身于科举，他们的文章无不展现出士大夫的责任意识和济世情怀。再者，理学的兴起对宋代文人的价值取向产生了重要影响。程颢、朱熹等理学家提倡存天理，去人欲，强调个人修养和社会责任，这一思潮深刻影响了唐宋八大家的文学观，使他们更加重视散文的现实作用。总之，北宋的政治、文化环境为唐宋八大家的成长提供了良好的土壤，他们所引领的散文变革也浸润着时代的印记。

　　当然，唐宋八大家的文章在艺术表现上也存在某些局限。内容上，他们的文章大多议论说理，重视思想的表达，但在情感抒发方面相对薄弱。同时，部分作品也难免流于说教，艺术感染力有所欠缺。这在一定程度上反映出宋代士大夫普遍具有的理性化倾向。形式上，他们力求文质兼美，反对时文过分雕琢的弊端，但有些作品在强调古朴典雅的同时，也不免流于单调乏味。这些问题在欧阳修、苏轼等人的散文中已初露端倪，到南宋后期愈演愈烈。因此，对唐宋八大家的成就，我们既要充分肯定，也要辩证看待。

　　透过唐宋八大家的文学实践，我们可以深刻认识到文学发展的普遍规律。一方面，优秀的文学作品必须扎根于现实土壤，紧扣时代脉搏。唐宋八大家对现实的关注和对社会的责任感，是他们文章经世致用、启迪民智的重要基础。这启示我们，无论何时，文学都不能脱离现实，必须深深扎根于人民群众之中，反映时代的要求，表达人民的心声；另一方面，文学作品还要兼顾思想内容与艺术表现的统一，力求文质兼美、情理交融。唐宋八大家对散文革新所做的探索和尝试，为后世树立了文质兼美的典范，值得我们认真学习和借鉴。

　　对于新时代的文学创作而言，唐宋八大家身上展现的家国情怀和忧患意识，依然具有重要的借鉴意义。当代作家要承担起民族复兴的时代使命，就必须自觉地把个人理想融入国家和民族的前途命运之中，在潜心创作的同时积极发出时代的声音。只有胸怀"国之大者"，把人民放在心中最高位置，创作出思想性、艺术性、观赏性俱佳的优秀作品，才能无愧于伟大的时代，无愧于人民的重托。这既是时代赋予当代文学工作者的光荣使命，更是利用文学助推民族复兴的必然要求。

　　总之，唐宋八大家是宋代散文变革的中流砥柱，他们以文章经世致用的文学理念和文质兼美的艺术追求，将散文的思想性和艺术性提升到了一个全新的高度。唐宋八大家的文学实践不仅开创了宋代散文发展的新局面，也为后世树立了难以逾越的典范。透过对唐宋八大家的考察，我们既可以深入把握宋代散文演进的规律，也能领悟古代散文发展的普遍逻辑。这对于引领新时期文学创作继往开来，推动社会主义文艺百花齐放，都具有重要的启示意义。在实现中华民族伟大复兴的征程上，广大文学工作者要自觉担负民族复兴的神圣使命，坚持以人民为中心的创作导向，把提高作品的思想性、艺术性、观赏性作为不懈追求，在传承和弘扬中华优秀传统文化中书写无愧于新时代的不朽篇章，为实现中国梦的伟大实践凝聚起磅礴的精神力量。

三、宋代散文的特点

在北宋古文运动和唐宋八大家的推动下，宋代散文呈现出别具一格的时代特征。相较于唐代，宋代散文在思想内容和艺术表现上都发生了明显的变化，呈现出议论化、理性化的鲜明倾向。对宋代散文特点的把握，不仅有助于我们深入理解散文在宋代的演变规律，也为认识古代散文发展的内在逻辑提供了绝佳的个案。

就思想内容而言，宋代散文最突出的特点是议论性的增强。与唐代散文多抒情言志不同，宋人散文更多地将笔墨着眼于现实社会，热衷于议论说理，力图通过言说己见来影响世道人心。欧阳修的散文多议论政事得失，抒发济世安民之志，如《朋党论》痛陈朋党之害，笔锋犀利，天下之患，在于朋党一语道出了时弊的症结所在。司马光的《谏院题名记》通过叙事说理，讨论谏官的作用，认为谏官应当直言极谏，补过拾遗，在所不辞，彰显了士大夫的忧国忧民情怀。苏轼的散文议论错落有致，纵横捭阖，常将玄理融入叙事议论之中，给人以理趣兼备之感。如《晁错论》通过对汉代晁错的评说，论证唯正直以自任，勇猛以矫世的处世哲学。王安石的散文也多讨论国计民生，语言质朴无华，蕴含着深沉的情感和深邃的思想。如《游褒禅山记》通过游览褒禅山寄寓忧国忧民之情，尔来四十有三年矣。吾妻来，而吾有女，吾女来而吾有孙云云，坦露了人生苦短、聚散无常的感慨。这些篇什，无不体现出宋代散文将议论说理作为表达重心的基本特征。

与议论化相伴随的，是宋代散文理性色彩的增强。唐人散文重在抒情言志，作者往往倾注主观情感，给人以酣畅淋漓之感。宋人散文则更多地凭借理性思辨来透视人生，论析世道，在情感的抒发上略显节制。即使是叙事状物，宋人也喜欢发挥议论，翔实说理，使作品透露出浓郁的说理色彩。如欧阳修《醉翁亭记》借叙写醉翁亭的景致抒发感慨，但在景与情的描绘中又时时穿插议论。若夫日出而林霏开，云归而岩穴暝，晦明变化者，山间之朝暮一段看似写景，实则寄寓着深邃的人生哲理。再如苏轼在《石钟山记》中记游览之所见所感，随处可见议论："故凡人之有身，无适而非学也。凡世之大化，无时而非师也。譬之草也，虽盛必枯；木也，虽茂必悴。四时代谢，物理盈虚，往者已矣，来者方至"，将事理融于叙事之中，显示出强烈的说理意味。朱熹评价苏轼散文学问议论其中，可谓切中要害。这种将情感抒发与理性思辨相结合的表现方式，构成了宋代散文区别于唐代的鲜明特征。

宋代散文的另一显著特点是文体样式的多样化。唐代散文以骈文和古文为主，到了宋代，散文的体式更加丰富，出现了序跋、题记、论、说、箴铭等多种文体。这些文体形式在内容上侧重说理议论，篇幅上较为简短，是宋人适应时代要求而创造的新的载体形式，客观上推动了散文题材和内容的拓展。欧阳修的《六一诗话》以诗论体讨论诗歌创作，开创了诗话体的先河。苏轼的《题画诗》将题跋说理与欣赏评论结合起来，开辟了题跋文学的新天地。司马光的《进献唐书表》则是表奏体的典范。这种文体样式的多样化现象，一方面反映出宋代文人创作视野的开阔，另一方面也从侧面体现出宋代士大夫广泛参与政治和社会生活的时代特点。在北宋相对自由开明的文化氛围中，文人们积极讨论国计民生，抒发己见，催生出多姿多彩的散文文体，极大地丰富了宋代散文的表现力。

尽管宋代散文普遍呈现出议论化和理性化的特点，但在艺术表现上仍然丰富多样，各家风格迥异。欧阳修散文慷慨激昂，笔锋常带感情色彩。如《五代史伶官传序》叙述伶官之诞生缘由，笔端洋溢着对腐朽政治的愤懑之情。苏轼文章豪放洒脱，善用夸张比喻，想象奇特，如《赤壁赋》乱石穿空，惊涛拍岸，卷起千堆雪之句，将磅礴壮阔的景象刻画得淋漓尽致。王安石散文冲淡平实，不事雕琢，给人以质朴无华之感，入木三分。如《游褒禅山记》叙游山经历，语言朴实无华，却蕴含着深沉的情感和深邃的思想。这种文风各异、百花齐放的创作局面，是宋代散文的一大特色，也是宋代文坛繁荣发展的重要标志。

总的来看，议论化、理性化和文体多样化构成了宋代散文的基本特征。这些特征一方面与宋代社会政治、文化环境密切相关，另一方面也体现出文人创作观念的变化。北宋相对开明的政治环境为散文创作提供了宽松的氛围，文人普遍关注现实，热衷议论，力图通过文章建言献策、匡扶正义。同时，理学的兴起也推动了士大夫理性精神的发展，使他们更加重视文章的说理性和思想性。在这种时代背景下，散文必然呈现出独特的时代特征。可以说，宋代散文是时代精神的集中反映，其特点之形成有着深刻的社会和文化根源。

当然，宋代散文在取得巨大成就的同时，也存在着某些局限。[①]议论说理的增多，在丰富散文内容的同时，也在一定程度上削弱了文章的文学性。有些作品过于强调思想的阐发而忽视了情感的抒发，流于说教和形式主义。即使是苏轼的作品，有时也不免如此。从更广阔的视角来看，宋代散文过分强调文以载道，某种程度上束缚了文学的想象力和创造力，预示着散文将告别辉煌时代的征兆。因此，对宋代散文的特点，我们要辩证地加以分析，既要看到其成就，也要直面其局限。

回望宋代散文嬗变的轨迹，我们既可以清晰地把握到散文在宋代的演进规律，也能深刻领悟到文学发展所遵循的普遍逻辑。一方面，文学创作必然受到社会政治、文化等因素的影响和制约。宋代散文的议论化、理性化倾向，很大程度上是士大夫热衷议政、笃信理学的必然结果。因此，文学批评要深入分析作品产生的时代背景，不能脱离特定的历史语境；另一方面，文学又有自身的发展规律。任何文学样式的发展，归根结底要看其能否准确把握时代脉搏，表现时代精神。宋代散文对现实人生的关注，对社会政治的议论，体现了宋代文人的使命意识和济世情怀。正是对时代要求的积极回应，才使宋代散文获得了强大的生命力。[②]这启示我们，文学要发展，作家要进步，必须深入生活，扎根人民，用心用情讴歌新时代，书写新史诗。

站在新时代的历史方位，宋代散文家笔下洋溢的家国情怀和忧患意识对我们仍然具有重要启示。在实现中华民族伟大复兴的征程中，广大文学创作者理应自觉肩负民族复兴的时代使命，把个人理想与国家、民族、人民的利益高度统一起来，创作出无愧于我们这个伟大民族、伟大时代的精品力作。只有胸怀"国之大者"，

---

① 黄晖. 中国比较文学研究百年 [J]. 海南师范学院学报（人文社会科学版），2002 （02）：45-50.

② 魏继洲. 言说、意义及其关联——简论语言秩序与民族性格的统一性 [J]. 广西社会科学，2004(12)：129-132.

心系人民，我们的文学创作才能展现出恢宏的时代气象，为民族复兴凝聚磅礴的精神力量。这既是时代赋予当代作家的光荣职责，更是文学自身的神圣使命。

总之，议论化、理性化和文体多样化构成了宋代散文的基本特征。这些特征的形成既有其特定的时代背景，也深刻影响了此后散文乃至整个文学的发展走向。透过对宋代散文特点的考察，我们既可以深切领会到散文在宋代的嬗变规律，也能进一步把握中国古代散文演进的内在逻辑。这无疑为我们立足新时代，推动社会主义文艺繁荣发展，提供了重要启示。身处两个一百年奋斗目标的历史交汇期，广大文学工作者要立足时代，扎根人民，把提高作品的思想性、艺术性、观赏性作为不懈追求，以文学的力量推动民族复兴的伟大实践，为实现中国梦注入澎湃的精神动力。相信在党的领导下，我国文学事业必将在传承创新中焕发出更加夺目的时代光彩，书写出无愧于我们这个伟大民族、伟大时代的崭新篇章。

第三节　唐宋散文的影响

唐宋散文的演变，对后世散文乃至整个文学的发展都产生了深远影响。明清散文深受唐宋散文的影响，缜密的议论、醇厚的情感、恢宏的气势，在归有光、王夫之等散文名家笔下都得到了充分体现。可以说，没有唐宋散文艺术性和思想性的双重开拓，就不会有明清散文的辉煌成就。而唐宋散文家们在创作中所彰显的忧国忧民情怀、济世安民理想，也深刻影响了一代又一代中国知识分子的价值追求和精神风貌，成为中华民族宝贵的精神财富。由此可见，对唐宋散文影响的评估，不仅关乎文学发展脉络的认识，更关涉民族精神谱系的传承。立足当下，探究唐宋散文影响的现实意义，对于我们坚定文化自信，涵养社会主义核心价值观，都具有重要的启示作用。

一、唐宋散文在文体上的互动

唐宋散文作为中国古代散文发展的高峰，不仅在各自时期取得了非凡的艺术成就，而且在文体形式上也呈现出复杂的互动关系。这种互动一方面体现为唐宋散文在承继发展中的因革损益，另一方面也展现出散文文体在两代交替中的绵延与变迁。对唐宋散文文体互动关系的考察，不仅有助于我们把握古代散文发展的内在规律，也为认识中国文学演进的普遍逻辑提供了重要参照。

从总体上看，宋代散文是在继承唐代散文的基础上加以变革和发展的。韩愈、柳宗元等人开创的古文运动，奠定了此后散文发展的基调。这种古文传统一直延续到北宋，成为欧阳修、苏轼等人所推崇的典范。欧阳修在《昌黎先生集序》中推崇韩愈文起八代之衰，而道济天下之溺，肯定了韩愈复兴古文的历史功绩。苏轼更是尊韩愈为文章正宗，他在《潮州韩文公庙碑》中说：自汉以来，六百余年，唯韩子翕然道学，光临文章，而规矩于后学。先生不出，谁能继之？由此可见宋人对唐代古文复兴运动的高度评价。这种对前代散文传统的继承，是宋代散文得以进一步发展的重要基础。然而，宋代散文对唐代的继承绝非简单的模仿，而是在批判吸收的基础上加以革新。这种革新首先体现在散文内容的拓展上。唐人散文多抒情言志，即便是韩愈的古文，也更多地体现为个人情志的表达。到了宋代，散文呈现出鲜明的议论化、经世致用的时代特征。欧阳修、王安石、苏轼等人的散文，无不充满了对社会政治、民生疾苦的讨论，力图通过文章建言献策、匡扶正义。这种将议论说理作为散文重心的创作取向，极大地丰富和深化了散文的思想内涵。从这个角度看，宋代散文是在继承唐代散文抒情传统的基础上，实现了文体内容的重大突破。

就文体形式而言，宋代散文在继承唐代古文、骈文等已有文体的基础上，又创造出许多新的文体样式。北宋政论散文蔚然成风，王安石、司马光的奏议体散文都堪称典范。苏轼的游记散文如《石钟山记》《游褒禅山记》等，开创了记游文学的新境界。史论散文如司马光的《家范》等，也是宋代的独创。这些新的散文样式的出现，一方面得益于北宋相对开放活跃的政治文化环境，另一方面也体现出宋代士大夫博学多识、善于创新的文化素养。宋人在革新散文内容的同时，也注重拓展散文的表现形式，由此推动了散文文体的多样化发展。

当然，宋人在继承和发展唐代散文文体的过程中，也不可避免地面临着新的挑战。理学的兴起虽然推动了散文内容的深化，但有时也会束缚文人的思想，使作品流于空疏说教。即便是在苏轼那样卓越的文学家笔下，也偶尔会出现这种倾向。文体样式的繁复也埋下了矫揉造作的隐患。到南宋后期，一些作家过于讲究形式技巧，热衷于堆砌藻饰，使散文日趋浮靡。这种流于形式的创作倾向，在客观上削弱了宋代散文在唐宋散文互动中的地位。

透过唐宋散文的文体互动，我们可以清晰地看到文学发展的一般规律。任何文学样式要获得持久生命力，既要继承前人的优秀传统，又要根据时代的要求加以革新。正是由于宋代文人在批判继承唐代散文的基础上力求变革，才推动了宋代散文的繁荣。这种在继承基础上的创新，是宋代散文得以在唐代散文的高峰上实现又一高峰的关键所在。因此，文学创作既要立足传统，又要着眼当下；既要坚守文体特质，又要不断拓展表现力。唯其如此，方能在继承和创新的辩证互动中实现文学的生生不息、永续发展。

同时，唐宋散文文体的互动也启示我们，文学的发展离不开相对宽松、开放的政治文化环境。北宋文人之所以能取得文体创新的丰硕成果，很大程度上得益于当时民主开明的政治氛围。士大夫可以放开手脚抒怀议政，文体形式因而呈现出多元繁荣的景象。而到了南宋，统治集团的愈发腐朽和文化环境的日益僵化，则在一定程度上制约了散文文体的进一步开拓。由此可见，文学要繁荣，创作要兴盛，必须有一个相对自由、包容的文化土壤。

对于当代文学创作而言，唐宋散文文体互动所揭示的发展规律和经验教训依然具有重要启示意义。一方面，我们要充分认识到优秀文学传统的当代价值。唐宋散文巨匠们锐意创新、兼容并蓄的文化品格，无疑是新时代文学工作者应当发扬光大的。只有博采众长、推陈出新，才能创造出无愧于我们这个伟大时代的文学经典；另一方面，我们也要充分认识到文学发展的社会条件。繁荣文学事业，建设社会主义文化强国，必须营造一个崇尚创新、鼓励创造的良好氛围。只有在宽松自由的环境中，文学创作才能迸发出更加绚丽的光彩。

当然，继承和创新的辩证法并非易事。如何在传承民族文化基因、坚守中华美学精神的同时，又激发出作家创造的活力和动力，是一个任重道远的时代课题。

这就要求广大文学工作者增强文化自觉和文化自信，努力提升文学创新的能力和水平。要深入生活，扎根人民，从火热的社会实践中汲取营养，创作出思想精深、艺术精湛、制作精良的优秀作品。同时也要勇于突破陈规，敢于标新立异，在题材、内容、形式、手法等方面积极探索，力求实现中国文学的历史性突破、开创文学发展的崭新局面。

唐宋散文文体的互动反映了中国古代散文发展的普遍规律，即在继承优秀传统的基础上不断革故鼎新。宋代散文正是在对唐代散文法古而不泥古的过程中实现了自身的繁荣发展。这种继承与创新的辩证统一，既是宋代散文得以在唐代散文高峰基础上实现又一高峰的关键，也是中国古代文学发展的重要规律。它为当代文学创作提供了一个绝佳的参照系。立足新时代，面对民族复兴的宏伟使命，广大文学工作者唯有在传承和弘扬中华优秀传统文化中推陈出新，才能真正肩负起时代赋予的神圣职责，为实现中华民族伟大复兴的中国梦贡献自己的智慧和力量。相信在党的领导下，通过文学工作者的不懈努力，我国文学事业必将迎来更加灿烂辉煌的明天，为增强国家文化软实力、彰显中华文化魅力作出新的更大贡献。

二、唐宋散文在美学风格上的差异

唐宋散文不仅在文体形式上呈现出复杂的互动关系，在美学风格上也有显著的差异。这种差异一方面反映出唐宋两代文人的审美趣味和艺术追求，另一方面也体现出散文创作在两代交替中的继承和变革。对唐宋散文美学风格差异的考察，不仅有助于我们深入把握唐宋散文特质，也为认识中国古代散文乃至整个文学的演进规律提供了重要参照。

就总体风格而言，唐代散文呈现出浪漫主义和现实主义并驾齐驱的特点。[①]抒情言志是唐人散文的重要特色。无论是韩愈的昂扬慷慨，还是柳宗元的冲淡闲远，都透露出诗性的浪漫色彩。即便是在论事说理时，唐人也善于在理性分析中融入感性认识，笔端洋溢着真挚的情感。正如鲁迅所言：汉而下至唐，文章之变，愈形愈饰耳。韩愈倡为古文，慷慨有以作，然亦所谓文人论政耳。可见唐人散文

---

① 王燕. 愿君多采撷 [J]. 陕西教育（教学版），2012(03)：29-32.

在现实关怀中仍不乏浪漫主义色彩。与此相比，宋代散文则呈现出鲜明的现实主义倾向。宋人更侧重于思想内容的表达，力图通过散文阐发己见、讨论世道，议论说理的成分明显加重。欧阳修在《朋党论》中字字珠玑，句句铿锵，彰显出理性说理的优势，开创了议论散文的先河。苏轼《赤壁赋》气势磅礴，慷慨悲凉，将个人遭际与社稷兴亡融为一体，给人以强烈的亲切感和现实感，堪称现实主义散文的典范。宋代散文强调文以明道文以载道，具有鲜明的经世致用色彩。从这个角度看，宋代散文较之唐代，在美学风格上呈现出由浪漫走向现实的总体趋势。

唐宋散文审美风格的差异，还体现在语言风格方面。唐代散文推崇简约质朴，讲究自然天成。韩愈提倡辞必己出，不用古人语，强调散文创作要出新意、用新词，反对拾人牙慧。柳宗元散文也以质朴无华见长，给人以冲淡自然之感。即便是在对偶工整的骈文中，唐人也力求在形似中见出神似，不为形式所羁绊。而到了宋代，散文在继承唐人质朴传统的同时，又呈现出不同的语言特色。欧阳修虽然反对诗文堆砌藻饰，但他自己的文章却也不乏精心雕琢的痕迹。苏轼的散文更是变化多端，时而奔放洒脱，时而沉郁顿挫，无不给人以精致典雅之感。这种风格上的差异，既与时代背景密切相关，也折射出文人创作个性的迥异。唐代散文家多为博学鸿儒，他们熟谙韩柳古文，擅长诗词歌赋，因而散文往往浸润着诗性的韵味。而宋代散文家多为仕宦儒士，他们关注经世致用，善于在议论说理中体现才识，遂使宋散文呈现出理性化、书面化的语言风格。

唐宋散文在叙事方式和结构布局上，也呈现出明显的差异。唐人散文大多采用直接抒情或叙事抒情的表达方式，结构多为串联式的铺陈。柳宗元《小石潭记》通过细致入微的景物描写，抒发玄远空灵的情致，给人以美的感受；始余在官日久，无所用心。属当泽畔，欣然有会，行不欲疾。石潭之乐，渔者之心等句，更是将情融于景，直抒胸臆。这种直接抒情和叙事抒情的方式在唐代散文中比比皆是。而宋代散文则在这些表达方式的基础上，又有新的开拓。议论说理日益成为宋人散文的主要表达方式。欧阳修《原征》通过对征伐的利弊得失、成败兴衰的反复论证，得出虽有神武，不如乐天，虽有乐天，不如务教的结论。苏轼散文更擅长在叙事状物中发议论，从形散而神不散，在恣肆纵横中见出章法。如《石钟山记》以游记为主线，穿插议论，举重若轻，入木三分，成为记游文学的典范。宋人散文还更加注重文章的结构布局，善于运用总分总、层进式等结构形式，使文章在形散神聚中彰显巧思。

宋代散文美学风格的形成，与当时的时代背景密不可分。北宋政治相对开明，百家争鸣，为散文注入了勃勃生机。士大夫普遍关心国计民生，热衷议论政事，体现出担当大任、经世济民的人生理想，这必然要求散文在内容上言之有物，形式上文质兼美。理学的兴起更是推动了宋人理性精神的发展，程颢、朱熹等人提出存天理，灭人欲的主张，强调个体应承担起济世安民的社会责任。受此影响，欧阳修、苏轼等文坛领袖自觉地将个人修养与国家命运、社稷安危联系在一起，力图通过文章阐发济世之道、匡时解难。在这种背景下，散文必然呈现出鲜明的现实主义倾向和深刻的理性色彩。此外，北宋科举制度的变革，士大夫阶层的壮大，也为散文注入了新的活力。众多饱学之士投身创作，推动了散文题材和表现手法的革新。所有这些因素交织在一起，共同铸就了宋代散文区别于唐代的独特面貌。

宋代散文较之唐代在美学风格上虽有深化和拓展，但也不可避免地遇到了新的挑战。理性说理的强化在丰富散文内涵的同时，也在一定程度上导致了书面化、概念化倾向。即便是在苏轼那样集大成者的笔下，有时也难免过于追求形式的工整和章法的巧妙。这种流于形式的弊端到了南宋后期愈演愈烈，文风日趋浮靡。从这个角度看，宋代散文在突破唐代散文藩篱、开拓美学空间的同时，也为后世散文的式微埋下了隐患。

透过唐宋散文美学风格的差异，我们可以看到散文乃至整个文学发展的内在规律。一方面，文学创作必然受到时代环境和社会思潮的影响。散文从唐代的抒情言志到宋代的议论说理，从唐代的质朴自然到宋代的典雅精致，无不打上了时代的烙印。因此，考察不同时期散文的美学风貌，必须将其放到特定的历史语境中去把握，从更加宏阔的视角去认识散文演变的内在逻辑；另一方面，任何文学样式要保持恒久的生命力，既要对时代有所回应，又要坚守自身的独特品格。唐宋散文之所以能在历史长河中熠熠生辉，关键就在于它们始终以人民为中心，回答时代提出的重大命题。无论是唐人慷慨悲歌的浪漫情怀，还是宋人入木三分的现实关怀，都体现了中华民族崇高的精神追求。这为今天的文学创作提供了宝贵的启示。

身处两个一百年奋斗目标的历史交汇期，广大文学工作者肩负着神圣的时代使命。我们既要继承和弘扬唐宋散文家们锐意创新、经世济民的优良传统，又要紧紧围绕时代主题，书写火热的社会生活，塑造光辉的英雄形象，创作出无愧于我们这个伟大民族、伟大时代的经典之作。唯有如此，才能不断推动社会主义文艺繁荣发展，才能为实现中华民族伟大复兴的中国梦提供强大的精神动力和文化支撑。这是历史赋予当代文学工作者的光荣任务，我们务必不辱使命、不负重托。

三、唐宋散文在文化内涵上的变化

唐宋散文在文化内涵上也发生了深刻的变化。这种变化一方面反映出唐宋时期社会文化的嬗变，另一方面也体现出士大夫精神世界的转折。唐宋散文文化内涵的考察，不仅为我们深入把握唐宋散文的思想特质提供了一个独特视角，也为认识中国古代士大夫的精神谱系提供了重要参照。

在文化语境方面，唐代是一个崇尚浪漫主义的时代。这一时期，无论是诗歌、散文还是绘画，都洋溢着奔放洒脱的浪漫气息。在思想文化领域，儒释道三教并驾齐驱，互相交融，形成了多元包容的文化氛围。这种时代风尚必然影响到文人的精神气质和价值取向。韩愈的散文慷慨激昂，志向远大，跌宕起伏间展现出一种悲天悯人的博大情怀。柳宗元的文章冲淡闲远，寄寓着老庄天地与我并生，万物与我为一的超脱情致。即便是晚唐的柳宗元，也洋溢着鸣凤在竹，美人之所息兮；"山水满目，岂无情而不极？"的浪漫主义激情。综观唐代散文，无不充盈着一种洒脱飘逸的浪漫精神，成为那个伟大时代的真实写照。

相形之下，宋代则是一个回归理性的时代。随着理学的兴起，儒家思想成为这一时期的主导思潮。程颐、朱熹等理学家强调存天理、去人欲，对文人的人生态度产生了重要影响。加之宋代科举制度的完善，士大夫阶层的壮大，整个社会呈现出空前的理性化倾向。在这种环境下，宋人的散文创作发生了深刻变化。欧阳修在《五代史伶官传序》中慷慨陈词，对五代十国时期的腐朽统治进行了深刻揭露和精辟批判，字里行间洋溢着入世济民的儒家理想。苏轼的散文纵横捭阖、博大精深，《赤壁赋》中所展现的亘古悲凉，《晁错论》中所阐发的济世哲学，无不体现出深沉的现实关怀和人文情怀。北宋散文家们普遍具有济世安民的政治抱负，他们或论政陈策，或针砭时弊，在散文中投射出强烈的社会责任感。这种文化内涵的转变，既折射出宋代文人精神世界的变迁，也昭示着中国古代士大夫价值观念的嬗变轨迹。

士大夫价值取向的转变，还体现在唐宋散文对人生境界的不同诠释上。唐人散文多展现出超脱旷达的人生态度。陶渊明采菊东篱下，悠然见南山的闲适，王维行到水穷处，坐看云起时的淡泊，都代表了唐人的精神境界。在唐代散文家笔下，隐逸山林、笑傲红尘往往成为他们追求的人生理想。即便是饱经风霜的柳宗元，也常在山水之游中体味人生，寄寓精神的自由。而到了宋代，士大夫的人生境界发生了微妙变化。理学家推崇修身、齐家、治国、平天下的入世哲学，士大夫普遍将个人理想与国家、民族、天下的命运联系在一起。欧阳修一生致力于改革弊政，励精图治，在仕途坎坷中坚守信念、奋发有为的精神在他的散文中得到充分体现。苏轼虽然仕途多舛，但大江东去，浪淘尽，千古风流人物的壮怀激烈，生动展现了士大夫家国情怀和天下兴亡的忧患意识。北宋名臣王安石、司马光的散文也无不体现出经世民的政治抱负。总的来看，宋代散文所折射的人生境界，已经从唐代的超脱旷达转向入世济民，反映出士大夫阶层社会责任感的增强。

唐宋散文文化内涵的变迁，还体现在对传统文化资源的不同继承上。唐代散文家面对庞杂的文化遗产，在继承传统的同时又力求革新。韩愈提出文以明道的文学主张，既体现出对儒家文所以载道理念的继承，又力图改变六朝以还骈文浮靡、仿佛的文风，开创文起八代之衰的新局面。柳宗元的散文冲淡自然，返璞归真，对魏晋风骨有所承袭，但艺术表现上已臻化境。唐代散文家在文化资源的继承和发展中，展现出恢宏开阔的文化视野和深厚的文化素养。而宋代散文家则更加注重文化资源的转化，尤其是理学话语的吸收。欧阳修、苏轼等人的散文中频见天理、人欲、存天理，去人欲等理学术语，体现了宋人对儒家文化的推崇。值得注意的是，随着理学的深入人心，宋代后期散文家对传统资源的继承出现了某些偏颇，有的作品在注重义理的同时，不免流于概念化、说教化，生动性和感染力有所减弱。总的来看，宋代散文较之唐代，在文化内涵上更加体现出儒家思想的主导地位，但在继承传统的过程中，如何既坚守文化根基，又实现创造性转化，则有待进一步探讨。

纵观唐宋散文文化内涵的嬗变，既有社会政治、文化等外部因素的影响，也有士大夫精神世界变迁的内在原因。总的来看，这种嬗变反映了中国古代知识分子在时代变迁中的价值取向和人生追求。从超脱旷达到入世济民，从浪漫主义到理性主义，唐宋士大夫经历了一个从个人理想到社会理想的精神转型。这种转型与宋代理学兴起、科举制度完善密切相关，同时也折射出士大夫阶层在政治地位和社会责任上的变化。可以说，唐宋散文文化内涵的变迁，既体现了中国古代士大夫精神风貌的丰富性，也昭示着中华优秀传统文化在时代发展中不断调适、与时俱进的生命力。

对于当代文学创作而言，唐宋散文文化内涵的嬗变轨迹具有重要的启示意义。一方面，优秀的文学作品必须植根于民族文化沃土，弘扬中华民族伟大的精神品格。唐宋散文家笔下洋溢的浩然正气、经世济民的忧患意识，生动展现了中华民族崇高的精神追求，是当代文学创作必须传承和发扬的。只有扎根中华文化，我们的文学创作才能获得取之不尽、用之不竭的滋养；另一方面，文学创作又必须紧跟时代步伐，回应现实关切。唐宋散文文化内涵的变迁，从根本上说是对时代呼唤的积极回应。这启示我们，新时代的文学创作要发展，就必须自觉地把个人理想与国家、民族、人民的利益高度统一起来，用心用情讴歌伟大时代，书写人民的奋斗史诗。唯有如此，我们的文学创作才能彰显出恢宏的时代气象，为实现中华民族伟大复兴凝聚起强大精神力量。

综上所述，唐宋散文在演变过程中，在文体形式、美学风格、文化内涵等方面都发生了深刻变化。唐代散文继承魏晋风骨，又力图以古文复兴唐文，形成了质朴典雅、浪漫主义与现实主义兼备的独特风貌。宋代散文在唐散文的基础上，因应时代呼唤，革故鼎新，呈现出鲜明的议论化、理性化特点，在文体样式、表现手法上实现了新的突破。透过唐宋散文的嬗变，我们可以清晰地看到中国古代散文发展的脉络，深切领会到文学创作必须扎根于生活沃土、回应时代诉求这一文学发展的普遍规律。

　　对于新时代的文学创作而言，唐宋散文所昭示的发展规律和精神风骨，依然具有重要的启示意义。广大文学工作者必须坚持以人民为中心的创作导向，把个人理想与国家、民族、人民的利益高度统一，创作出思想精深、艺术精湛、制作精良的优秀作品。只有植根于人民，书写火热生活，弘扬真善美，才能真正成为时代的号角、人民的代言，为实现中华民族伟大复兴提供强大的精神动力。这既是时代赋予当代文学的光荣使命，更是中国文学传统在新的历史条件下的创造性转化和创新性发展。

第五章　唐宋戏曲的发展

　　戏曲，作为中国文学史上独具魅力的文学样式，其发展脉络可追溯至唐宋时期。萌芽于隋唐，勃兴于两宋，唐宋戏曲不仅奠定了戏曲艺术的基本格局，也开创了文人参与戏曲创作的先河，对后世戏曲的发展产生了深远影响。从初唐的参军戏，到盛唐的俳优、歌舞，再到宋代的杂剧、南戏，唐宋戏曲在历史的舞台上次第登场，呈现出蔚为大观的发展景象。透过对唐宋戏曲流变轨迹的梳理，我们不仅可以领略先民艺术智慧的结晶，也能进一步认识中国古代文学演进的内在逻辑，为今天戏曲艺术的传承发展提供有益启示。

第一节　唐代戏曲的萌芽

　　唐代是中国戏曲艺术的萌芽时期。尽管这一时期尚未形成成熟的戏曲样式，但俳优、参军戏、歌舞等已具备了早期戏曲的雏形特征。这些早期形态虽然还带有浓重的娱乐性质，但在音乐、舞蹈、滑稽等表演元素的结合上已初见端倪，为此后戏曲艺术的发展奠定了重要基础。对唐代戏曲萌芽阶段的考察，有助于我们准确把握戏曲发展脉络的源头，深入理解戏曲艺术形成的内在机制，对于认识戏曲发展的一般规律具有重要意义。

一、参军戏

　　参军戏是唐代戏曲萌芽阶段的重要代表。所谓参军戏，即由隋唐时期的军旅文娱演变而来的一种说唱形式。它融合了音乐、舞蹈、滑稽等表演元素，以夸张的语言和动作讽刺时弊，体现出浓郁的草根色彩和喜剧精神，在唐代社会广为流行。

参军戏的起源可追溯至隋代。据史书记载，隋文帝开皇年间，宫廷设置娱乐机构梨园，广招歌舞音乐人才。梨园演员大多由军旅子弟充任，被称为梨园弟子。他们在军营和宫廷中进行歌舞演出，主要目的是调剂军旅生活，娱乐统治阶级。这种军旅文娱形式到了唐代逐渐发展为参军戏。唐代诗人元稹在《连昌宫词》中写到"灯绣幄，箫鼓声繁，参军巧笑"，梨园子弟朱唇莹的场景，生动再现了参军戏的演出盛况。

就表演形式而言，参军戏融合了歌唱、舞蹈、说唱、滑稽等多种艺术手段。演员通过夸张的语言动作，粗鄙的装扮，讽刺丑化那些残暴愚昧、贪婪好色的统治者形象，表达普通民众对现实的不满。如唐代古乐府《参军谣》中写道："心猿意马参军事，东涂西抹广莫知。夜暗帐中通醉胆，半床黄裙带与垂"。通过对参军荒淫无度私生活的揭露，鞭挞了统治阶级的腐朽。正是这种以讽刺喜剧为主要特征的表演形式，使参军戏深受民众欢迎，成为唐代社会独具魅力的艺术样式。

参军戏的内容主要来源于民间传说和社会生活。唐代诗人白居易在《新乐府·舞马》诗中曾描述参军戏的内容："参军戏，旧传奇。绿珠履，朱素衣。马长嘶，骑郎醉，被堕鞭垂地"，这首诗通过参军骑马狂奔、落鞭在地的情节，讽刺了统治阶级的骄奢淫逸。此外，参军戏还常取材于民间传说，如《杨花牧羊儿》讲述牧羊女与梁山伯的爱情故事，《木兰从军》歌颂巾帼英雄木兰替父从军的事迹。这些广为流传的民间题材，经过艺人的编排演绎，形成了参军戏丰富多彩的剧目内容。参军戏在表演过程中还常穿插武戏、滑稽戏等表演形式，以增强舞台效果。如敦煌石窟的壁画中，就有骑在假马上的演员表演武戏的画面，体现出参军戏丰富的表演形式。再如唐代崔令钦《教坊记》中记载了一种滑稽戏咩儿，即模仿小羊叫声的滑稽表演，常与参军戏同台演出。参军戏对武戏、滑稽戏等表演形式的吸收，极大丰富了其艺术表现力，为宋元南戏、杂剧的出现提供了重要支撑。

尽管参军戏属于唐代戏曲的萌芽形态，但其在艺术上已体现出戏曲的诸多特征。音乐性是参军戏的重要特点。表演中伴有弦索等乐器，演员一边弹唱，一边舞蹈，体现出明显的说唱特色。参军戏还具备了一定的戏剧冲突性，如《参军谣》中丑化了统治阶级形象，揭示了官逼民反的社会矛盾，虽然略显粗浅，但已初步体现出戏剧性的萌芽。参军戏还借助道具服饰来塑造人物，如《舞马》中的绿珠履，朱素衣，反映出化妆夸张的艺术特点。总之，作为唐代戏曲的雏形，参军戏已具备了歌舞、音乐、表演等戏曲要素，为宋元戏曲的发展奠定了基础。

参军戏的兴盛，与唐代独特的政治文化环境密不可分。盛唐时期，政治开明，经济繁荣，为参军戏的发展提供了良好的社会土壤。统治者提倡因俗施教，允许民间艺人进入宫廷和官府表演。唐玄宗就曾在宫中设置梨园，广招优伶，大大推动了参军戏的发展。再如著名诗人白居易，曾在忠州刺史任上招募优伶数百人，令其学习参军戏，可见参军戏受到文人雅士的喜爱。晚唐藩镇割据，战乱频仍，也为参军戏提供了更多讽喻时政的素材，使其艺术内涵更加丰富。总之，唐代开放包容的文化环境，是参军戏得以广泛流行、不断发展的重要条件。

参军戏的流行，对唐代文学和艺术也产生了深远影响。不少诗人受到参军戏的启发，创作了带有讽刺意味的作品。如白居易的讽喻诗，元稹的讽喻诗，都吸收了参军戏尖锐幽默的艺术风格。参军戏的说唱艺术，又影响了唐代文人的音乐创作。如白居易《新乐府·井底引银瓶》"寒泉绕舍流，疏竹翠烟过"，就吸收了民间歌谣的说唱形式。可以说，参军戏的兴盛，推动了唐代文学和艺术的拓新，也丰富了唐代的文化生活。

当然，参军戏作为唐代戏曲的萌芽形态，在艺术上还存在一些局限。表演形式相对简单，故事情节也比较单一，人物塑造还不够丰满，抒情性略显不足。同时，参军戏也难免流于低俗和粗鄙，艺术品位有待提高。这些问题的存在反映出唐代戏曲还处于发展的初级阶段，有待在继承传统的基础上不断革新。尽管如此，参军戏毕竟开创了戏曲艺术发展的先河，其独特的艺术魅力值得我们认真品味。

透过参军戏的发展，我们可以清晰地看到戏曲这一艺术样式从萌芽到发展的轨迹。戏曲发端于民间，在民众生活中吸取营养。滑稽喜剧的精神，说唱演绎的形式，丰富多彩的表现手段，无一不深深植根于老百姓的审美需求。参军戏正是在民间文化的沃土中孕育生成，并在与社会生活的互动中不断发展，最终形成独具魅力的艺术样式。这种由下而上、由俗及雅的发展逻辑，构成了戏曲艺术发展的内在规律。可以说，参军戏的发展历程，昭示着一个普遍的艺术发展法则，那就是艺术必须扎根人民，从人民生活中汲取营养，方能焕发出蓬勃的生命力。这一法则，对于今天戏曲艺术的创新和发展，依然具有重要的启示意义。

二、俳优

俳优，作为唐代戏曲萌芽期的另一种重要表演形式，以其诙谐幽默的表演风格和贴近百姓生活的艺术特点，深受唐代民众的喜爱。考察俳优的发展历程，不仅可以帮助我们深入认识唐代戏曲艺术的发展脉络，也为我们理解戏曲艺术的基本规律提供了重要启示。

关于俳优的起源，学界尚存在一些争议。一般认为，俳优是中国古代滑稽表演艺术在唐代的进一步发展。史书记载，早在先秦时期，民间就流行优这一表演形式。优人以滑稽夸张的语言动作逗乐观众，在民间集会、祭祀活动中广受欢迎。这种喜剧表演形式经过漫长演变，至唐代发展为成熟的俳优艺术。

唐代俳优以滑稽夸张的表演技巧见长。表演时，演员往往戴上假面，身着奇装异服，极其夸张喜剧效果。如在敦煌石窟壁画中，就有身着滑稽服装、手舞足蹈的俳优形象。

语言则是俳优表演的另一重要手段。俳优善于通过误读、双关等喜剧语言制造笑料，调侃时弊。总之，俏皮幽默的语言和夸张的表演技巧，构成了俳优艺术的显著特点。

在表演内容上，俳优多取材于现实生活，反映社会民情。他们或歌颂民间英雄，或揭露时弊黑暗，常在嬉笑怒骂中表达普通百姓的心声。敦煌石窟出土的几百件唐代俳优艺人画像，为我们提供了大量生动素材。其中有演员装扮成穷苦书生，边走边念长安米贵，苦了我也，反映民不聊生的社会现实。白居易《俳优颂》借俳优之口，对儒家仁义礼智信质疑，对当时的名教虚伪进行了辛辣讽刺。可见，批评时政、揭露社会矛盾，是俳优表演的重要内容。这种现实主义的艺术特点，使俳优获得了广大民众的喜爱。

寻根溯源，俳优的蓬勃发展与唐代独特的时代背景密不可分。唐代经济繁荣，都市商业发达，为俳优提供了广阔的表演空间。长安、洛阳等都市是俳优活动的中心。据记载，长安城内就有东西两市，每逢节庆，优伶杂技，通宵达旦，热闹非凡。繁华的都市生活，为俳优艺术注入了活力。加之统治者提倡因俗施教，允许民间艺人自由表演，也为俳优艺术的传播创造了条件。此外，唐玄宗本人酷爱声色艺术，经常招募优伶入宫献艺。在皇家的提倡下，俳优艺术得到了长足发展。可见，唐代开明的政治文化环境，是滋养俳优艺术的沃土。

俳优艺术的独特魅力，对唐代诗歌创作产生了重要影响。不少诗人将俳优题材融入诗歌创作，以喜剧的艺术手法抒发情感。如白居易多以俳优为题，在诙谐幽默中寄寓对现实的讽喻。元稹《连昌宫词》也以俳优主题，抒发身世之感。温庭筠《商女》更是直接模仿俳优口吻，展现洒脱不羁的人生态度。总之，俳优的表演形式和喜剧精神，极大地丰富了唐代诗歌的表现力，为诗歌注入了喜剧因素。

尽管俳优在唐代达到了高度繁荣，但其发展也面临着一些制约。作为下层艺人，俳优在社会地位上难以与文人士大夫相提并论。加之表演多在街头巷尾进行，缺乏固定的场所，演出环境简陋。这在一定程度上限制了俳优艺术的进一步提升。俳优表演重在搏众取乐，在思想内涵上略显单薄。有些表演流于低俗、粗鄙，艺术品位有待提高。这也成为俳优艺术的一大局限。但瑕不掩瑜，俳优凭借其独特的艺术魅力，在唐代民众中产生了广泛影响，并为宋元南戏的兴起奠定了基础。

透过俳优发展的脉络，我们可以看到戏曲艺术内在的发展规律。戏曲植根于民众生活，在与世俗社会的互动中不断发展。俳优之所以能在唐代蓬勃兴盛，根本原因在于它贴近百姓生活，用通俗幽默的艺术形式反映社会民情，传达普通民众的心声。这种扎根人民、书写时代的现实主义精神，是戏曲艺术永葆生命力的不竭源泉。今天，我们要推动戏曲艺术的繁荣发展，就必须大力弘扬这种现实主义传统，创作出思想精深、艺术精湛、镌刻时代印记的优秀作品。只有始终坚持以人民为中心的创作导向，我们的戏曲事业才能不断迈上新的台阶。

回望俳优在唐代的发展历程，我们既要看到它在艺术上取得的丰硕成果，也要直面其存在的局限。俳优虽在表演形式上臻于成熟，但在戏剧冲突、人物塑造等方面尚显单薄。要实现戏曲艺术的进一步发展，还须在继承传统的基础上不断革新，在融合多种艺术形式中提升品位，努力创造出无愧于新时代的戏曲经典。相信在广大戏曲工作者的不懈努力下，我们的戏曲事业必将迎来更加灿烂辉煌的明天。

三、歌舞

歌舞，作为一种综合性表演艺术，在唐代戏曲萌芽期占有重要地位。它集音乐、舞蹈、杂技等多种艺术形式于一体，以优美的歌喉和曼妙的舞姿娱乐观众，在唐代宫廷和民间均有广泛流传。通过对唐代歌舞艺术的考察，我们不仅可以深入认识这一时期戏曲的发展概貌，也能进一步把握中国戏曲由萌芽走向成熟的演变轨迹。

唐代歌舞艺术可追溯至隋唐之际的宫廷燕乐。隋炀帝设立政歌署，广招声乐舞蹈人才，形成了庞大的歌舞队伍。这些歌舞艺人大多从属于梨园，分散在各个坊曲，日夜歌舞以娱乐帝王贵族。唐代沿袭此制，设置教坊，管理宫廷歌舞。史书记载，唐玄宗开元年间的梨园歌伎多达三万余人，可见其规模之庞大。宫廷歌舞是唐代歌舞艺术的重要组成部分，对民间歌舞的发展也产生了重要影响。

在唐代，歌舞艺术在民间得到了长足发展。长安、洛阳等大都市的坊曲和青楼是民间歌舞的主要载体。当时，坊曲林立，歌舞升平。白居易在《琵琶行》中描绘了这样的盛况："座中泣下谁最多，江州司马青衫湿"，可见歌舞在当时的影响力。民间歌舞的表演形式丰富多样。或独唱，或对唱，或歌舞兼备，艺术形式更加世俗化。表演内容也不拘一格，题材广泛，常取材于民间传说和世俗生活。如描写梁山伯与祝英台故事的《梁祝》，再现牛郎织女爱情传说的《天河配》，都是广为传唱的民间歌舞。

唐代歌舞的表演形式呈现出以下特点：歌舞结合是唐代歌舞的显著特征，舞姿往往与歌词相配合，以加强表现力。如敦煌壁画中的反弹琵琶舞，歌词与舞姿紧密结合，共同刻画人物形象。又如描绘昭君出塞的《昭君怨》，舞蹈动作娴雅委婉，歌词凄婉悱恻，共同塑造了一个柔弱多情的少女形象。可见，唐代歌舞艺术已经开始注重歌舞的有机结合，增强艺术感染力。

歌舞动作潇洒飘逸，富于变化也是唐代歌舞的一大特点。如描写逍遥宫仙境的《天香谱》，舞姿左袖欲飞鸞，右袖欲飞羽，灵动飘逸，令人心驰神往。唐代诗人李白在《清平调词三首》中描绘了这样的舞姿："云想衣裳花想容，春风拂槛露华浓""若非群玉山头见，会向瑶台月下逢"。可见其变化多姿，引人遐思。潇洒多变的歌舞动作成为唐代歌舞的一大审美追求。

乐器伴奏是唐代歌舞的另一显著特点。唐代乐器种类繁多，既有横吹竖吹管乐，也有弹拨乐器。歌舞表演往往配合丝竹管弦，营造出优美动听的艺术效果。值得注意的是，唐代歌舞还广泛吸收西域乐器，如琵琶、箜篌等，极大丰富了歌舞伴奏的音乐形式。敦煌壁画中的反弹琵琶舞，就体现出这一特点。乐器伴奏的运用，标志着唐代歌舞在音乐性方面的进一步提升。

就题材内容而言，唐代宫廷歌舞多歌颂统治者的功德，表达欢娱享乐之情。如天宝年间杨贵妃擅长的《霓裳羽衣曲》，本为西凉乐舞，经唐玄宗改编后，成为歌颂贵妃美貌才情的乐章，在宫廷广为流传。宫廷歌舞还常以想象和幻想入词，如《天香谱》描绘逍遥宫瑶池仙境，抒发神仙羽化之思。总体而言，唐代宫廷歌舞以歌功颂德、娱乐为主，较少反映社会现实。

相比之下，唐代民间歌舞则更多反映百姓生活，抒发世俗情感。如表现忠贞爱情的《梁祝》，借梁山伯与祝英台的悲欢离合，抒发男女间的痴心爱恋。再如描写宫女惆怅的《菩萨蛮》，以小山重叠金明灭，鬓云欲度香腮雪喻宫女青春易逝，怨恨难消。这些作品取材于民间生活，以夸张生动的艺术手法抒写世俗百态，体现出浓郁的生活气息。可以说，现实主义倾向是唐代民间歌舞的突出特点，这对唐代文学艺术的发展产生了重要影响。

就创作主体而言，唐代歌舞由专业歌伶创作和表演。教坊是宫廷歌舞的创作中心，名师名伶大都集中于此。如著名琵琶歌舞家李龟年，就曾长期在教坊任职，改编创作了大量乐舞。歌舞在民间的传播，则主要通过青楼乐伎。她们本是声色艺人，却也能编创歌舞，如花间子温庭筠笔下的菩萨蛮，就是这类作品的代表。

可见，无论教坊伎乐还是青楼乐伎，都是唐代歌舞的主要创作和表演群体。唐代文人骚客也常参与歌舞创作。不少诗人乐于为歌伎填词助乐，如李白的《菩萨蛮》《清平调》，白居易的《琵琶行》，都是脍炙人口的唐代歌舞。文人填词，无疑提升了歌舞的文学性，为唐诗的创作注入了新的活力。与此同时，歌舞以其独特的艺术魅力也深深吸引着文人骚客，成为他们竞相描摹的对象。如李益的《江南曲》，岑参的《马防君舞剑器》，都生动再现了歌舞场景，抒发了文人的审美情趣。唐代歌舞与诗歌创作的交融互动，极大丰富了这一时期文学艺术的内涵。

透过唐代歌舞发展的缩影，我们可以清晰地看到中国戏曲由萌芽走向成熟的艺术轨迹。歌舞是戏曲的重要组成部分，在唐代臻于完善，各种表演形式熔为一炉，为宋元南戏的勃兴准备了条件。尽管唐代歌舞在情节和人物塑造方面还略显单薄，但其在歌舞融合、乐器运用等方面所取得的进展，毕竟为戏曲的最终形成奠定了基础。可以说，没有唐代歌舞艺术的繁荣，就不会有宋元时期戏曲的辉煌。

从更广阔的视野审视，唐代歌舞的发展历程，也折射出中国古代表演艺术的某些特质。综合性是中国古代表演艺术的显著特点，歌舞、杂技、讲唱等多种艺术形式相互交融，共同构筑了灿烂的艺术殿堂。趣味性则是古代表演艺术的另一重要特征，歌舞艺人善于通过曼妙的舞姿、夸张的表情博得观众欢心，在娱乐大众的同时也陶冶了审美情操。再者，中国古代表演艺术还具有鲜明的世俗性，它扎根于社会生活，直面百姓疾苦，在娱乐中寄寓对现实的讽喻。总之，综合性、趣味性、世俗性构成了中国古典表演艺术的基本品格，而这些特质在唐代歌舞中都得到了充分体现。

唐代歌舞艺术虽然灿烂辉煌，但也曾受到统治阶级的打压。安史之乱后，朝廷为挽救财政危机，大肆裁汰教坊，宫廷歌舞因而一度陷入低谷。会昌年间，唐武宗甚至诏令禁绝声乐，悉放乐工，歌舞几近绝迹。尽管如此，在民间广泛流传的歌舞并未就此湮灭，反而愈加根植于民众生活，最终推动了戏曲的诞生。如同鲁迅在《中国小说史略》中所言："宫廷崇尚，民间因之；厌而遣之，民间亦莫之废；又听之，又厌之，民间终莫之废"，可见，民间才是推动戏曲发展的根本动力。而唐代歌舞艺术之所以历久弥新，生命力如此顽强，根本原因在于它始终与人民同在，用群众喜闻乐见的方式抒发民生疾苦，反映时代风云。这对于今天戏曲艺术的发展，仍然具有重要启示意义。只有把人民作为文艺创作的主体，热忱描绘人民群众的喜怒哀乐，我们的戏曲事业才能实现可持续发展，焕发出更加绚丽的光彩。

第二节　宋代戏曲的繁荣

进入宋代，随着都市经济的繁荣和市民阶层的兴起，戏曲迎来了蓬勃发展的全新局面。这一时期，杂剧、南戏先后登上文坛舞台，成为宋代文人创作的重要样式。宋代戏曲在题材内容上更加丰富，在艺术表现上也臻于成熟，雕梁画栋、细腻生动的艺术特色初步形成。更为重要的是，戏曲开始成为文人抒情言志的重要载体。无论是北宋的张汝霖，还是南宋姜夔，都在戏曲创作上取得了不俗的成就。文人阶层的广泛参与，推动了戏曲文学性的提升，为后世文人戏曲的发展开辟了道路。

一、杂剧的兴起

杂剧，作为宋代戏曲发展的主要样式，在宋代文化生活中占有重要地位。它起源于民间，经过文人的加工润色，最终成为集文学性、音乐性、表演性于一体的综合艺术。杂剧的兴起不仅标志着宋代戏曲进入繁荣发展期，也预示着元杂剧的勃兴。对宋杂剧形成发展的考察，不仅有助于我们深入认识宋代戏曲发展的脉络，也为把握中国戏曲由萌芽走向成熟的历史进程提供了重要参照。

关于杂剧的起源，学界尚存在不同看法。一般认为，北宋时期的参军戏是杂剧产生的前身，而金代院本又为杂剧的形成准备了条件。南宋陈振孙在《直斋书录解题》中明确提到杂剧本北曲，说明杂剧在南宋时已基本成型。更多学者则认为杂剧正式形成于金元之际，这一时期的《张协状元》《谢天香》等剧，体现出杂剧情节连贯、结构完整的艺术特征，标志着杂剧体制的最终确立。

　　杂剧在宋代的迅速发展与北宋社会环境密不可分。北宋商品经济繁荣，都市文化昌盛，为杂剧提供了良好的成长土壤。当时，城市娱乐场所林立，说唱艺人、俳优歌伎往来其间，促进了民间歌舞艺术的繁荣。皇帝和文人雅士也颇为重视歌舞演剧，宋徽宗在内廷设立鱼龙舞，广召歌妓舞姬，促进了宫廷杂剧的发展。在政治相对稳定、经济持续繁荣的背景下，杂剧艺术逐步走向成熟。

　　从题材内容来看，宋代杂剧多取材于民间传说和世俗生活。北宋范仲淹《东坡梦》，明确提到东坡演剧，俱是风流。可见，反映男女之情的作品在北宋时就已经出现。同时，也出现了不少歌颂英雄豪杰、讽喻时政的剧目。如南宋陆游在《老学庵笔记》中记载了一个叫《正旦自缢》的杂剧，意在讽刺时弊。再如金代院本《汉宫秋》以汉武帝为主人公，借历史题材影射现实。总的看来，宋代杂剧取材广泛，内容丰富，具有鲜明的世俗色彩和现实主义倾向。

　　宋杂剧在艺术形式上日臻完善。音乐、歌舞、对白相结合的表演样式逐步定型。如金代王国维在《宋元戏曲史》中提到，北宋大晟府杂剧虽传奇之文，而用乐隶歌之。说明宋杂剧已经具备了相当成熟的唱念形式。北宋文人王安石创作的杂剧《明妃曲》，分惜香入室步月惜别出塞念归六折，句式整齐，音韵和谐，在发展杂剧音乐性方面迈出了重要一步。在文学性方面，宋杂剧也颇见建树。南宋时杂剧文本日益丰富，情节连贯，人物形象生动，如陈与郊的《杨贵妃故事》，塑造了一个渴望自由、反抗桎梏的杨贵妃形象，文学性已臻上乘。总之，多元艺术形式的融合，促进了杂剧的迅速发展。

　　文人阶层的广泛参与，是宋杂剧繁荣的重要原因。宋代文人普遍重视杂剧创作，热衷于填词度曲，这为杂剧注入了文人意趣，极大提升了杂剧的文学品位。北宋王安石、晏几道等文坛领袖都有杂剧传世。王安石的《明妃曲》婉转抒情，晏几道的《灌园叹》感伤身世，都是宋杂剧的代表作。就连理学家朱熹，也创作有《扬州梦》一剧。文人阶层对杂剧的青睐，推动了宋代文人剧作的勃兴，这在客观上也推动了杂剧艺术水平的提高。

　　女性也是宋杂剧创作的重要力量。她们或抒发闺怨，或描摹市井，多有上乘之作。北宋豪放词人李冶，其词作《鹧鸪天》犀利讽刺时政，被改编为杂剧搬上舞台。南宋婉约词人李清照亦有杂剧传世，如《渔家傲》一剧，曲调柔婉动听，抒写相思之情，堪称佳构。可见，女性对宋代杂剧的繁荣同样功不可没。

技艺高超的艺人，为杂剧的演进奠定了基础。宋代戏曲演员多出身民间，通过师徒传授掌握表演技能。宋人刘克庄《北窗炙輠录》中记载，金朝名优张三笑在南宋临安开设戏班，收徒传艺，极大繁荣了杂剧表演。著名理学家朱熹在《朱子语录》中也盛赞元代名优祝江川的表演艺术：一出《琵琶》，妙绝古今。可见艺人的精湛技艺对杂剧发展的重要推动作用。

综合而言，创作主体的多元化，是宋杂剧繁荣发展的重要特征，也是中国戏曲后继繁荣的关键所在。一方面，民间艺人、市井百姓是杂剧的主要创作和欣赏群体，他们将生活中的苦辣酸甜注入剧作，赋予杂剧以强烈的现实主义色彩；另一方面，文人、士大夫对杂剧的参与，又极大提升了杂剧的文学品位，增强了杂剧的思想性和艺术性。正是民间与文人的交相辉映，造就了宋杂剧独特的艺术魅力，也预示着元杂剧的辉煌。

尽管宋杂剧达到了历史上的顶峰，但在某些方面仍存在局限。就内容而言，宋杂剧还不乏庸俗低级之作，诸如《汗衫袴》等淫亵猥亵剧目的存在，在一定程度上影响了杂剧的文学品位。从艺术形式上看，宋杂剧的唱念还较为简单，以宫调为主，曲牌单一，有待进一步丰富完善。再者，宋杂剧演出形式也较为粗陋，没有固定舞台，演员脸谱和行头也不够成熟。这些问题的存在反映出宋杂剧仍处于发展的上升阶段，预示着戏曲体制尚有完善的空间。

回望宋代，商品经济、都市文化的繁荣无疑是杂剧勃兴的经济基础，而文人阶层的广泛参与，则为杂剧注入了文人意趣，是杂剧文学性和艺术性日臻完善的关键。这启示我们：戏曲要实现良性发展，必须植根于社会生活，反映人民呼声；同时又要广泛吸收各方文化营养，在继承传统的同时，努力实现艺术创新。

纵观宋杂剧的发展历程，我们既要肯定它为元杂剧的勃兴准备了条件，又要直面其在内容和形式上的局限。杂剧体制的最终形成，尚有待于元代。但宋杂剧在题材、音乐、表演等方面的探索，毕竟推进了戏曲综合性艺术的发展，由此揭开了中国戏曲史崭新的一页。

二、南戏的流行

南戏，又称南曲、南音，是宋代戏曲繁荣发展的又一重要标志。作为盛行于南方的地方戏曲样式，南戏在宋代广为流行，与北方杂剧并驾齐驱，成为当时戏曲舞台上的主角。对南戏的考察，不仅有助于我们全面认识宋代戏曲的发展图景，也为理解中国戏曲由南及北、由地方到全国的演进轨迹提供了重要参照。

有学者认为南戏起源于唐代的参军戏，如王国维在《宋元戏曲史》中指出，南戏盖犹北曲之由参军戏而出也。更多学者则主张南戏本源于民间歌舞。宋人周密在《武林旧事》中记载，南宋临安大内和士大夫家中，常有打南戏的演出，反映出南戏在民间的广泛流行。当时民间流传的剪灯走索舞霓裳等，都被认为是南戏的雏形。可见，尽管对南戏的具体起源尚无定论，但其与民间歌舞关系密切则是共识。

南戏在南宋时臻于成熟，有唱工、乐工、笑工（演员）分工协作的表演系统，又有相对固定的声腔音乐和表演程式，已具备了独立剧种的基本要素。据史载，南宋后期，温州、建阳、福州等地相继成立乐户，对南戏演员实行专业化、世袭化的管理，促进了南戏的职业化发展。同时，大量南戏剧本问世，体现出完整的故事情节和细腻的人物刻画，最具代表性的如高则诚的《琵琶记》，塑造了一个重情重义、宁死不从的蔡伯喈形象，堪称南戏之典范。宋末元初，南戏名家辈出，如王和卿、张友奎、陈时可等，均为南戏的繁荣发展作出了重要贡献。

音乐性是南戏最鲜明的特征。南戏善于将南方民歌小调与宫廷雅乐相结合，形成独特的声腔风格。其基本曲调均根源于南方民间音乐，俗称弦索，分为"正宫""商调""角调"等声腔，各具风格。如"霓裳羽衣"一曲，旋律柔婉舒缓，多用于抒情；"出队子"一曲，节奏轻快，常用于场面调度。南戏还善于用曲牌联套的形式推进情节，一出戏至少要唱数十个曲牌，最多时可达一二百个。曲牌联套既丰富了音乐形式，又加强了戏剧的抒情性，体现出浓郁的江南风味。正是凭借细腻动听的音乐，南戏在南宋时风靡一时。

南戏的题材内容多取材于民间传说和市井生活，如《王魁》《张协状元》等，都是对民间故事的改编。同时，南戏还善于从文人笔记、话本小说中汲取养分，高则诚《琵琶记》即脱胎自唐代陈鸿的《谢小娥传》。从现存最早的南戏剧本《张协状元》来看，其情节曲折动人，人物形象饱满生动，已体现出较高的文学性。这种注重现实生活、贴近百姓的题材内容，是南戏区别于宋杂剧的重要特征。

女性是南戏创作和演出的重要参与者，这在当时颇为罕见。如担任南戏导演的陈时可，就是一位女性。据元人贾仲名《南戏辩证》记载，陈时可导演的戏妇女小儿之辈，无不谙熟。可见女性在南戏传播中的关键作用。此外，南戏《张协状元》《杀狗勾》等剧中，都有大量女性角色出场，塑造了众多生动鲜活的女性形象。这些无不体现出南戏对女性生活的关注，对女性命运的同情。这种现象的出现，既与南宋崇奢尚靡的时风有关，也反映出南戏的世俗化特点。

文人参与是南戏繁荣发展的重要推动力。许多文人热衷于南戏创作，亦工亦商，极大繁荣了南宋戏曲市场。前文提到的高则诚，是南宋著名诗人，却以南戏《琵琶记》名垂青史。据明人徐渭《南词叙录》记载，高则诚一生作南戏五百余种。南戏名家王和卿也是文人出身，其所作《玉镜台》《蝴蝶梦》均为脍炙人口的佳作。文人的参与不仅提升了南戏的文学品位，也推动了戏曲走向成熟。

从舞台演出看，南戏已初具戏曲表演的雏形。表演上讲究以动传情，如《张协状元》中，书生在风雪夜访友人，以迎风冒雪状，颇为传神。化装上已有专门的行头和脸谱，《永乐大典戏文三种》中的南戏人物，便是梳着高髻、搽着粉面。这些都标志着南戏在表演艺术上的进步。但总的看来，南戏的表演程式及舞台机制还不够完善，如没有固定的表演场地，大多只是席地搭台，演出环境相对简陋。这些不足之处，有待后世进一步完善。

南戏在促进地域文化交流方面发挥了重要作用。南宋时，南戏北上，与北曲相互渗透、逐渐融合，最终形成了元杂剧。如元代《张协状元》，就吸收了不少南戏因素。一些南戏演员如魏良辅，还直接参与了元杂剧的创作演出。这种南北戏曲的交流融合现象，丰富了元杂剧的表现力，同时也将南方文化带向北方，拓宽了北方观众的艺术视野。由此可见，南戏在中国戏曲艺术走向成熟的过程中扮演了重要角色。

回溯南戏的发展历程，我们可以发现这样一些规律：戏曲要获得强大生命力，必须扎根于本土文化，吸收民间艺术的营养。南戏之所以异军突起，与其根植南方民间歌舞传统密不可分。这提示我们，戏曲要实现良性发展，必须立足于本民族文化沃土，在继承优秀传统的基础上不断推陈出新。

当代戏曲工作者要以南戏为镜鉴，深入挖掘各地丰富的民间艺术资源，在戏曲创作中融入本土文化元素，使之产生新的艺术生命力。只有如此，我国的戏曲事业才能百花齐放、繁荣兴盛。同时，南戏对女性生活的关注、对人物细腻入微的刻画，也值得今人借鉴。在新时代，我们要进一步拓展戏曲表现的广度和深度，着力塑造有血有肉、栩栩如生的舞台形象，创造出贴近生活、反映时代的优秀戏曲作品。唯有如此，才能不负人民的期待，唱响新时代的最强音。宋代戏曲，南戏的流行是其发展图景中不可或缺的重要组成部分。作为南方地方戏曲的代表，南戏以其细腻动听的音乐、贴近生活的内容赢得了普通民众的喜爱，同时也推动了戏曲艺术的繁荣发展。南戏的兴盛，既是宋代都市经济和文化繁荣的产物，更预示着元代南北戏曲交流融合的大势所趋。它所代表的艺术成就和文化品格，是我国戏曲艺术宝库中的一颗明珠，熠熠生辉。

二、宋代戏曲的特点

宋代是中国戏曲发展的关键时期。相较于唐代戏曲的萌芽状态，宋代戏曲无论是在内容题材还是艺术形式上，都呈现出全新的面貌。杂剧和南戏的兴起，标志着宋代戏曲进入了繁荣发展期。同时，宋代戏曲在继承唐代歌舞、参军戏等艺术形式的基础上，又呈现出许多鲜明的时代特点。对这些特点的把握，不仅有助于我们深入认识宋代戏曲的历史地位，也为全面理解中国戏曲发展的内在规律提供了重要参照。

就题材内容而言，现实主义倾向是宋代戏曲的显著特点之一。不同于唐代歌舞的娱乐性，宋代戏曲更加注重表现现实生活，反映社会风貌。杂剧方面，现存最早的金代《张协状元》，塑造了一位不畏权贵、刚直不阿的状元形象，剧中对科举制度的讽刺，对官场黑暗的揭露，无不体现出浓厚的现实主义色彩。南戏中，高则诚的《琵琶记》通过蔡伯喈的悲惨遭遇，控诉了门阀制度的罪恶，同情底层民众的苦难。再如一些南戏反映市井生活，如《勘头巾》，粗俗滑稽，却也带有鲜明的世俗气息。宋代戏曲扎根现实的倾向，既反映了市民阶层日益壮大的社会现实，也体现出文人创作视角的转变。

审美情趣世俗化，是宋代戏曲的另一特点。唐代歌舞讲究雅致风流，宋代戏曲则更加贴近百姓生活，强调通俗晓畅。不少杂剧直接取材于民间传说和世俗故事，如《崔护雪夜送炭》《张亮写状》等，都在民间广为流传。南戏也多取材于市井琐事，如《杀狗劝》讲述一个屠夫的离奇遭遇，通过市井小人的悲欢离合折射世态人情。宋代戏曲还善于用方言、俚语增强喜剧效果，如《西厢记诸宫调》中的落话，俗语连篇，妙趣横生。宋代戏曲世俗化的审美取向既顺应了时代大众化的文化需求，也拓宽了戏曲的表现空间，最终推动了元杂剧的勃兴。

音乐性的加强，是宋代戏曲的重要特征。宋杂剧吸收唐代燕乐、大曲的音乐因素，结合北曲新声，逐步形成了「北剧」的音乐体制。杂剧音乐讲究曲调、板式与情节的契合，善于渲染气氛、烘托人物性格。如《张协状元》中状元初登场，唱"端正好"曲，秋风渭水荷花晚，折得莲蓬待海棠，高亢洒脱，一下勾勒出书生的飒爽英姿。而南戏更是以细腻柔婉的音乐见长。南戏声腔如"梅子黄时""算粮"等脍炙人口，极富地方特色。如关汉卿《单刀会》中"川拨棹"唱段风摆柳绵绵刮地，雨打梨溶溶滴泪，娓娓道来，尽显江南风情。可以说，宋代戏曲对音乐的重视，极大提升了其抒情性和艺术感染力。

文学性的提高，标志着宋代戏曲在艺术上的进一步成熟。无论是北杂剧还是南戏，在剧作文本方面都呈现出细腻生动、曲折动人的艺术特色。特别是南戏，文辞优美，诗意盎然。如高则诚《琵琶记》中的唱词新翻胡部新声调，管咽弦嘶拨不休，读来铿锵悦耳，堪称南戏的经典唱段。宋杂剧也不乏文采斐然之作，白朴《梧桐雨》借悲秋寄慨，辞藻华丽，笔锋酣畅。宋戏的文学性提高得益于文人阶层的广泛参与。无论是北杂剧的关汉卿，还是南戏的王实甫、白朴，都是当时颇有文名的文人。他们将诗文创作的经验引入戏曲，力求诗、词、曲的完美结合，极大丰富了戏曲的艺术表现力。

综合性是宋代戏曲的另一鲜明特点。宋代戏曲集歌、舞、音乐、杂技于一体，呈现出异彩纷呈的综合艺术景观。如南戏多采用打躬水袖等舞蹈表演，杂剧则常穿插武打、翻跌等杂技。不同艺术形式的交相辉映，使戏曲舞台愈发丰富多彩。同时，唱、念、做、打等表演程式的协调配合，也标志着宋代戏曲在舞台艺术上的进一步成熟。这种综合性特征为元杂剧全面吸收和继承宋代戏曲的艺术成果奠定了基础。

娱乐性是贯穿宋代戏曲始终的主导特征。宋代虽然文人参与戏曲创作，但总的看来，戏曲仍是市民阶层喜闻乐见的娱乐形式。杂剧多演于勾栏瓦肆，供百姓游乐；南戏则盛行于歌坊妓院，为士大夫助兴。即便是文人创作，也不乏诙谐滑稽之作。如南戏《古瓮记》，便是一出让人捧腹的笑剧。宋代戏曲的娱乐性特点，既顺应了城市娱乐的需求，也体现出戏曲扎根民间、服务大众的艺术旨归。这一特点，对后世戏曲发展产生了深远影响。

尽管宋代戏曲取得了令人瞩目的艺术成就，但其发展也存在某些局限。就思想内容而言，宋代戏曲还缺乏深刻的社会批判精神，现实主义的锋芒尚不够锐利。从艺术形式看，宋杂剧的一人分饰数角、南戏的坐唱等，都显得较为粗陋，表演程式还有待进一步完善。此外，宋代戏曲尚未形成固定的舞台空间，没有专门的表演场所，演出环境相对简陋。这些不足，反映出宋代戏曲还处在由萌芽走向成熟的过渡阶段，有待元代杂剧的进一步发展。

回望宋代，商品经济和都市文化的繁荣，为戏曲艺术提供了肥沃的生长土壤。而戏曲自身，又在继承唐代歌舞优秀传统的基础上，通过不断吸收民间艺术和文人创作的营养，最终实现了惊人的发展，创造出辉煌灿烂的艺术成就。这昭示我们，戏曲要实现良性发展，既要扎根人民生活，汲取传统文化的精华，又要积极回应时代呼唤，在继承基础上勇于创新。

第三节　唐宋戏曲的关系

唐宋戏曲虽然分属不同的发展阶段，但二者之间却存在着千丝万缕的联系。

宋代戏曲在很大程度上是对唐代歌舞、滑稽艺术的继承和发展。无论是表演形式，还是艺术特点，宋代戏曲都能从唐代艺术中找到渊源。同时，宋代戏曲在吸收唐代艺术养分的基础上，又在题材内容、表演艺术等方面实现了新的突破，使戏曲的文学性、舞台性得到空前提升。这种继承与创新的辩证统一，构成了唐宋戏曲发展的内在逻辑，也预示着戏曲艺术在历史长河中不断革故鼎新的发展前景。

一、宋戏对唐代艺术形式的吸收

宋代戏曲艺术的繁荣发展，与其继承和吸收唐代艺术形式密不可分。宋戏在形成过程中，广泛汲取了唐代诸多艺术样式的营养，这些不同艺术形态交织融合，共同孕育出宋戏的独特风貌。

参军戏是唐代兴起的一种说唱艺术形式，由武士表演，结合故事、动作、歌舞等要素，颇受时人欢迎。宋戏吸收了参军戏的表演形式，充分利用武打、歌舞等夺人眼目的元素，塑造了一批性格鲜明的武将形象，如《春秋配》中的项羽、《龙虎风云会》中的徐达等。同时，参军戏中夸张诙谐的表演手法，也被宋戏继承，用于刻画滑稽角色，增强喜剧效果。如宋杂剧《陈州粜米》《调风月》等，都运用了夸张的表情、动作来塑造丑角，令人捧腹。

俳优是唐代的一种说唱艺人，善于扮演各色人物，模仿其言谈举止。宋戏大量吸收俳优的表演技巧，戏曲演员在表演时，通过变换语音、神态、动作来塑造人物，使之性格鲜明，形象生动。如南戏《张协状元》中张协智斗李克用、《刘知远白兔记》中刘知远面见唐明皇等，无不运用形似神似的表演，刻画了栩栩如生的舞台形象。俳优善于通过细节动作表现人物心理，这一特点也为宋戏所继承，如宋杂剧《西厢记》惊艳一折中崔莺莺敛袖推杯的动作设计，微妙地表现出莺莺见生客时的矜持与慌乱心理。

歌舞是唐代十分发达的艺术形式，宋戏广泛吸收唐代歌舞的表现手法，将音乐、舞蹈与戏剧有机结合，使之成为情节推进、渲染气氛、抒发情感的重要手段。如宋杂剧《荆钗记》《玉镯记》都巧妙地将歌舞融入剧情，歌以寄情，舞以传意，大幅提升了艺术感染力。宋代戏曲还吸收了唐代部分乐舞的曲调，并在此基础上加以改造，形成了宋戏特有的宫调声腔，代表剧目如《落子记》《赵氏孤儿》等。

　　总之，唐代戏曲艺术异彩纷呈，不同艺术形态各擅胜场。宋代戏曲在发展过程中，兼收并蓄，博采众长，将唐代参军戏的表演形式、俳优的表演技巧、歌舞的抒情功能等广泛吸收，与宋代文化相融合，最终孕育出集说唱、动作、歌舞、音乐于一体的宋杂剧与南戏。宋戏对唐代艺术形式的继承与发展，是一个兼容并包、推陈出新的过程。正是在这种继承与创新中，宋代戏曲走向了成熟，绽放出绚丽多姿的艺术光彩，在中国戏曲发展史上，写下了浓墨重彩的一笔。

　　宋代戏曲家在继承唐代艺术遗产时，并非简单照搬模仿，而是经过了再创造的过程。他们根据宋代审美情趣与社会心理，对所继承的艺术形式进行了改造与提炼，去其糟粕、取其精华，最终形成契合时代精神的宋戏艺术。如宋杂剧吸收唐代歌舞的抒情功能，却摒弃其纷繁露骨的形式，尽量做到节制含蓄，曲尽其妙。南戏则对唐传奇予以改造，将其篇幅压缩，情节集中，更突出戏剧冲突，强化人物性格。可以说，宋戏家在博采众长中，始终坚持法古而不泥古的原则，努力实现古今之变的艺术追求。

　　宋戏对唐代艺术形式的吸收，还体现在戏曲创作与欣赏理念上。唐代文学推崇文以明道诗以言志的创作理念，宋代戏曲家在吸收这一思想时，却赋予其新的内涵。他们强调戏曲的社会教化功能，认为通过塑造历史人物，可以弘扬忠孝节义的品德；通过讽刺时弊，可以揭露社会的丑恶现象。如关汉卿《窦娥冤》通过窦娥的悲惨遭遇，控诉了官府的昏庸与不公。白朴《墙头马上》则通过丑角的讽刺，抨击了宦官专权的流弊。宋戏家还从唐代文学批评中，吸收了识虚师心的欣赏理念，提倡戏曲欣赏要用心体会，以直觉来把握其中的情韵意趣，这为宋戏接受打开了更为宽阔的思想空间。

　　综上所述，宋戏广泛吸收了唐代参军戏、俳优、歌舞等艺术样式，经过改造与提炼，与宋代时代精神相融合，逐步形成了自身的艺术特色。这种继承不是简单的模仿，而是一个兼容并蓄、推陈出新的过程，体现了宋戏家　法古而不泥古的艺术追求。同时，宋戏在对唐代艺术形式予以创造性转化的同时，还吸收了唐代文学创作与欣赏理念，强调戏曲的教化作用与识虚师心欣赏，由此开辟出戏曲创作的广阔天地。总之，正是得益于对唐代艺术瑰宝的继承与发展，宋戏才得以独树一帜，在中国戏曲史上，写下灿若星河的华彩篇章。

二、宋戏在题材内容上的拓展

宋代戏曲在继承唐代艺术形式的基础上，在题材内容方面也进行了深入拓展，出现了许多前所未有的新变化。这些变化体现在宋杂剧和南戏两个戏曲样式上，它们打破了唐代戏曲题材的局限，将视野投向更为广阔的现实生活，展现出空前的丰富性与多样性。

宋杂剧在题材选择上，呈现出杂的特点，题材涉及面极为宽广。一方面，现实题材大量出现，反映了北宋都市生活的方方面面。如《张协状元》《陈州粜米》等，描绘了时人的生活百态与市井风情；另一方面，历史题材广泛涌现，上至商周，下至近代，纵览历史长河。如关汉卿《单刀会》取材三国，《感天动地窦娥冤》取材唐代，展现出宋人格外关注前朝历史的倾向。神话传说、笔记志怪等题材也被宋杂剧广泛吸收，如白朴《梧桐雨》改编自唐传奇，再现鬼怪情缘；施惠《竹叶舟》源自宋代笔记，托物言情。宋杂剧还出现了不少反映现实政治的讽喻作品，如孔文卿《包待制三勘蝴蝶梦》影射宋徽宗为政昏庸。总之，宋杂剧对现实生活的审视空前深入，题材拓展至前所未有的广度。

南戏在题材内容上，既继承宋杂剧开拓现实的倾向，又表现出更加浓郁的抒情性与浪漫色彩。在现实题材方面，南戏同样关注市井生活，但着眼点多在男女情爱。如《琵琶记》以乞丐之女赵五娘的坎坷身世为线索，演绎了一段动人的爱情故事。《荆钗记》《玉镯记》等，也都以才子佳人的爱情故事为主线，歌咏男女情爱之美。在历史题材方面，南戏特别钟情于英雄传奇，如《千金记》塑造了薛仁贵的军旅生涯，《精忠旗》歌颂了岳飞的爱国情怀，洋溢着浪漫主义色彩。神话传说题材在南戏中更是比比皆是，如《白兔记》讲述了嫦娥奔月的神话，《荆钗记》融入了孟姜女哭长城的传说。总的来看，南戏对宋杂剧题材内容进行了承继，但更注重抒发个体情志，着力渲染梦幻浪漫的意境。

值得注意的是，宋代戏曲在题材拓展的过程中，形成了一些固定的母题与类型。

如才子佳人题材,在宋杂剧《西厢记》、南戏《琵琶记》《荆钗记》等作品中重复出现,成为宋戏的重要题材类型。再如流落题材,宋杂剧《陈州粜米》《裴少俊北齐佳偶》,南戏《赵贞女蔡二郎》等均以主人公流落他乡的遭遇为线索,展开情节。这些固定母题的形成,显示出宋代戏曲创作逐渐走向程式化、类型化的趋势。

宋代戏曲题材内容的拓展,还体现在对唐传奇等文学样式的吸收与改编上。宋杂剧和南戏都汲取了唐传奇的题材资源,在继承的基础上,对其进行了戏曲化的改造。如南戏《杜十娘怒沉百宝箱》取材于唐传奇《杜十娘传》,将其由传奇体改编为南戏,增强了人物形象的丰满性和情节的戏剧张力。宋戏《谢天香》《玉镯记》等也都从唐传奇中选取题材加以改编,使之更契合戏曲表演的需要。除唐传奇外,宋人笔记小说、话本等也是宋戏改编的重要源泉,如宋杂剧《碾玉观音》《乌盆记》等即取材于宋代笔记,从中撷取有戏剧冲突的情节加以整合提炼。可以说,正是通过对多种文学样式的吸收与改编,宋代戏曲极大地丰富了自身的题材内容。

宋代戏曲题材内容的拓展,还与宋代特有的文化语境密切相关。北宋经济的繁荣,都市生活的兴起,催生了都市市民阶层及其审美情趣,宋杂剧对现实生活的广泛关注,正是顺应了这一文化需求。南宋偏安后,士大夫的故国之思与身世之感日益强烈,遂渲染出南戏那种梦幻浪漫的意境。同时,宋代文人的审美风尚也影响了宋戏的题材选择与情感内涵。如南戏对女性形象的着力刻画,与南宋豪放词的兴盛有着内在联系。总之,宋代戏曲题材内容的拓展,与其所处的时代语境可谓息息相通。

需要指出的是,尽管宋代戏曲在题材内容上不断推陈出新,但仍存在一定局限性。就宋杂剧而言,其题材虽涉及面广泛,但在反映现实生活时,更多着眼于世情风俗,对深层社会矛盾的揭示尚显不足。就南戏而言,虽然抒情性突出,但人物内心刻画还不够深入,心理描写仍显粗疏。这些局限性一定程度上制约了宋戏艺术的进一步发展。

综上所述,宋代戏曲无论是宋杂剧还是南戏,都在题材内容上实现了广泛拓展。它们将视野投向更为辽阔的现实生活,涉及政治、经济、文化、民俗等诸多领域;同时广泛吸收唐传奇、宋代笔记等文学样式,对其进行改编,极大丰富了题材的广度与深度。在题材拓展过程中，宋戏还形成了一些固定母题与类型，呈现出程式化、类型化特征。不过，宋戏题材内容的拓展仍存在局限，对现实社会的揭示、人物内心的刻画尚嫌单薄。但瑕不掩瑜，宋戏在唐代基础上实现的题材突破，不仅满足了宋代审美需求，也为元明清戏曲的繁荣发展奠定了扎实基础。

三、宋戏在表演艺术上的提升

宋代戏曲在表演艺术上也实现了新的突破与提升。无论是宋杂剧还是南戏，都在角色塑造、表演程式、舞台美术等方面，形成了自身的独特风格，推动了中国戏曲表演艺术的发展。

在角色塑造方面，宋代戏曲打破了唐代参军戏单一武士扮演的局限，出现了丰富多样的人物形象。宋杂剧塑造了诸如张协、窦娥、陈季常等个性鲜明的艺术形象，他们或智慧机敏，或悲愤不屈，栩栩如生地展现在舞台之上。如《张协状元》中，张协沉着应对李克用的诘问，机智周旋，塑造了一位足智多谋的状元郎形象。南戏则更注重刻画男女主人公的情感世界，《琵琶记》中的赵五娘、《荆钗记》中的李亚仙，无不以细腻真挚的情感打动观众。可见，宋戏在角色塑造上走向了多元化，人物形象变得更加丰满、立体。

宋代戏曲还在表演程式上实现了重要突破。表演程式是戏曲表演的基本技巧与规范，宋代戏曲家在实践中逐步探索，形成了一整套独特的程式。如科作为宋杂剧表演的基本单元，强调以夸张、诙谐的动作表现人物性格。又如做这一宋杂剧特有的表演程式，突出以动作塑造人物，如《陈州粜米》中陈季常的背供、《裴少俊》中裴少俊的斗鸡，都是做的典型运用。南戏则在宋杂剧四折子的基础上，发展出了自己的表演程式，强调以歌舞贯穿全剧，音乐、舞蹈、动作浑然一体。如《荆钗记》中李亚仙的天仙舞、《白兔记》中嫦娥的奔月舞，都以优美动人的歌舞赢得了观众喝彩。

宋代戏曲表演艺术的提升，还体现在角色行当的分工日益精细。宋杂剧形成了生、旦、净、末、丑等基本行当，南戏又在此基础上细分出小生、正旦、花旦、老旦等。行当分工的细化，有利于表演艺术的专业化发展。各行当演员通过长期的艺术实践，摸索出适合本行当的表演技巧，从而推动了宋戏表演的精进。如宋杂剧《乌盆记》中，净角紫燕飞以粗犷豪迈的唱腔塑造了李衮的形象；南戏《拜月记》中，生角王瑞以声情并茂的唱腔刻画了董永的痴情。

舞美艺术的进步，是宋代戏曲表演得以提升的又一重要因素。宋代经济的繁荣，为戏曲舞台装置的精进提供了物质基础。据《东京梦华录》等文献记载，宋代戏台搭建趋于精巧，景物布置日臻完善。如《东京梦华录》载，开封府的瓦舍勾栏绣幕锦茵，珠翠叠映，世所罕见，可见其舞台布景之华丽。在服饰道具方面，宋代也颇为讲究，《陈州粜米》中陈季常身穿绣袍，《杜十娘》中杜十娘头戴金钗，无不给人以强烈的视觉冲击。声光效果也有重要进步，如《乐府杂录》载宋杂剧演出时或鼓吹，或歌舞，《剧说》记南戏演出以鼓吹、钟鼓为节，表明宋戏已能根据情节需要，配以恰如其分的音乐与打击乐。总之，舞美艺术的提升，为宋戏塑造了一个绚丽多彩的舞台空间，使表演更具感染力。

值得一提的是，女性开始活跃于宋代戏曲舞台，并以精湛的表演技艺赢得了观众的喝彩。在唐代，女性还很少登台表演，但到了宋代，随着社会风气的开放，女演员越来越多地参与到戏曲演出中来。据《武林旧事》记载，宋代杭州的勾栏瓦肆中，每日都有女艺人登台献艺。这些女演员不仅歌喉娇嫩，舞姿曼妙，而且颇具表演天赋，尤其擅长扮演花旦角色。如宋代名妓李师师，就以扮演《荆钗记》中的李亚仙出色，被誉为花旦宗师。女性的加入，为宋代戏曲注入了新的活力，女性角色的塑造也变得更加细腻传神。

宋戏表演艺术的提升，与宋代文人的积极参与密不可分。不少文人如邢昺、白朴等，都热衷于撰写杂剧剧本。他们对剧本的文字、音律提出了更高要求，剧本的文学性、艺术性得到提高，也为表演艺术的进步奠定了基础。一些文人还直接参与戏曲表演，发挥自身的艺术才华。如南渡诗人辛弃疾，曾自编自导自演杂剧《江东白苎》，将其满腔爱国热情倾注舞台。文人的参与，提升了戏曲的文化品位，也推动了表演艺术的精进。[①]

---

① 赵兴勤. 宋代说唱伎艺的互为渗透 [J]. 中原文化研究，2016，4(01)：89-97.

需要指出的是，尽管宋代戏曲在表演艺术上取得了长足进步，但仍存在一定不足。如宋杂剧的表演，在注重细节刻画的同时，也出现了过度夸张的倾向，人物塑造还流于程式化；南戏虽然音乐性突出，但重歌舞而轻人物性格塑造的弊端也有所显现。这些问题在一定程度上影响了宋戏表演艺术的进一步提升。

总的来看，宋代戏曲在继承唐代艺术的基础上，表演艺术实现了全方位的突破。无论是角色塑造的丰富多元，表演程式的日臻完善，行当分工的精细化，还是舞美艺术的蓬勃发展、女性艺人的活跃演出，无不标志着宋戏表演的长足进步。尤其是在文人的推动下，宋代表演艺术走向成熟，形成了自身的审美风格，为中国戏曲表演树立了一座里程碑。当然，宋戏表演也还存在程式化、技巧化的局限，有待后世继续完善。但瑕不掩瑜，宋代所开创的表演艺术成就，无疑极大推进了中国戏曲的发展，并对元明清乃至当代戏曲产生了深远影响。

综上所述，唐宋戏曲的发展轨迹清晰地展现在世人眼前。唐代戏曲萌芽初生，虽尚未形成成熟完整的艺术样式，但参军戏、俳优、歌舞等表演形态的出现，为宋代戏曲的勃兴埋下了伏笔。宋代戏曲则迎来了辉煌的繁荣期，宋杂剧和南戏两大剧种异彩纷呈，题材内容日益丰富，表演艺术突飞猛进，并逐步形成了相对成熟的审美特征。纵观唐宋戏曲的发展历程，我们可以清晰地看到宋戏与唐戏之间的深刻关联。宋戏正是在吸收、承袭唐代艺术养分的基础之上，实现了戏曲艺术的崛起。宋代戏曲家并非简单模仿唐代艺术形态，而是经过改造、提炼，赋予其新的内涵，使之适应了宋代审美情趣与文化语境。正是在传承与创新的辩证互动中，宋戏开辟了一片崭新的艺术天地。

唐宋之际，是中国戏曲发展史上一个承前启后的关键时期。唐代为宋戏的勃兴准备了丰沛的养料，宋代则将戏曲艺术推向了一个前所未有的高度。这种历史范式的深刻内涵，在于让我们认识到戏曲艺术发展的连续性与创新性。任何一个新的艺术样式的诞生，都不是无源之水、无本之木，而是在前人积累的基础上，结合时代需求加以革故鼎新，由此形成承继关系。这一深刻启示，对于我们今天创新发展戏曲艺术，仍具有十分重要的指导意义。

第六章　唐宋小说的流变

小说作为中国古代文学的重要组成部分，在唐宋时期经历了重大的嬗变。唐代传奇开创了小说的新局面，其细腻的人物刻画、曲折的故事情节、华丽的言语风格，开启了小说艺术的新境界。五代时期，传奇创作风格出现分化，或细腻刻画人物心理，或侧重历史题材，为宋代小说的发展奠定了多元化的基础。宋代小说则呈现出更加繁荣多姿的景象。话本的兴起，拓宽了小说的叙事视野，志怪、逸事等类型进一步发展，宋代小说的现实主义品格愈发彰显。唐宋时期政治、经济、文化的变迁，深刻影响了小说创作的发展轨迹。通过梳理唐宋小说的流变脉络，既有助于我们把握小说艺术发展的内在规律，也能深化我们对唐宋社会文化变迁的认识。本章拟从唐代小说的发展、宋代小说的繁荣以及唐宋小说的比较这三个方面，对唐宋小说的流变进行系统考察，以期揭示这一时期小说发展的基本图景。

第一节　唐代小说的发展

唐代是中国古代小说发展的重要时期。传奇作为唐代小说的代表样式，以其独特的艺术魅力，开创了小说叙事的崭新局面。除传奇外，唐代的志怪小说、轶事小说也各具特色，构成了唐代小说欣欣向荣的多元景观。通过分析这些不同类型小说的艺术特点，我们不仅能把握唐代小说的发展脉络，也能深入领略盛唐时期繁荣昌盛的社会图景和多元包容的文化风貌。

一、唐代传奇

唐代传奇是中国小说发展史上一座里程碑。作为唐代小说的代表样式，传奇以其独特的艺术魅力，开启了小说叙事的崭新境界。它不仅是唐代繁荣文化的重要组成部分，也深刻影响了后世小说的发展走向。

传奇小说兴起于盛唐时期，其诞生与当时政治清明、经济繁荣、文化昌盛的大背景密不可分。据鲁迅《中国小说史略》统计，唐代共有传奇小说约 200 篇，主要集中于开元、天宝年间。这些传奇小说以精巧的结构、生动的细节、多样的题材，展现出别具一格的艺术特色。

在题材内容上，唐传奇可谓包罗万象，上至宫廷贵胄，下至市井小民，涉及社会生活的方方面面。如《霍小玉传》讲述了名妓霍小玉与李益的爱情故事，再现了盛唐繁华靡丽的都市生活；《游仙窟》则描绘了理想化的神仙世界，抒发了人们对美好生活的向往；《长恨歌传》取材于唐玄宗与杨贵妃的爱情，体现出盛世背后的危机；《李娃传》刻画了一位歌姬的悲惨遭遇，揭示了门第观念对爱情的戕害。除此之外，唐传奇还涉猎了军旅生活、商贾风貌等题材，如《柳毅传》描绘了一位武将的传奇人生，《杜子春传》则刻画了一位富商的心路历程。总之，唐传奇以其丰富多彩的题材内容，全景式地再现了盛唐社会的风情万种，也折射出那个时代人们的价值观念。

在人物塑造方面，唐传奇可谓独树一帜。它突破了史传人物形象单薄、模式化的局限，以细腻入微的笔法，塑造了个性鲜明、血肉丰满的艺术形象。如《霍小玉传》中的霍小玉，既有妖妃的风情万种，又有真挚执着的情感，呈现出灵与肉、情与欲的复杂性。再如《李娃传》中的李娃，坚贞不屈、宁死不从，体现出市井女性的人格尊严。而《谢小娥传》中的谢小娥，则以复仇勇士的形象出现，彰显了女性的反抗精神。唐传奇通过对人物细节刻画、心理描摹，塑造了一个个有血有肉、栩栩如生的艺术形象。人物形象的丰满化，是唐传奇在人物塑造上的一大突破。

唐传奇在叙事方式上也独具匠心。它往往以设置悬念、制造期待的手法，吸引读者注意力，增强情节的吸引力。如《枕中记》采用了梦中梦的叙事结构，《南柯太守传》则运用了时间错置的手法，两部作品都给人以奇幻离奇之感。同时，唐传奇也善于通过细节描写渲染气氛，如《莺莺传》中莺莺晓起，新梳洗，当晨鸟啼，微风拂面的描写，生动再现了女主人公的秀丽风姿。唐传奇还常常采用倒叙、插叙等手法，打破时空的线性结构，增强情节的悬念感，如《虬髯客传》开篇即交代人物下场，而后再层层揭示其缘由。唐传奇叙事上的独到之处，极大地提升了小说的艺术感染力。

唐传奇的语言风格也颇具特色，善于熔骈散于一炉，汇文白于一体。如《枕中记》开篇即：云开元中，有洛阳卢生，早丧偶，惟长女名英婉，许字邻人李生。女笄，会李生病卒。卢氏哀毁，誓不他适。骈散结合，简洁流畅。又如《霍小玉传》中小玉性爱山水，尝晓行，独坐林际的描写，亦显示出传奇语言的灵动与含蓄。有的作品则善用比兴手法，如《柳毅传》称主人公气概山岳，轩昂丰茂，见之者奇之，将人物气度比作高山，颇具艺术感染力。语言风格的多样化，赋予了唐传奇更加丰富的艺术表现力。

除了上述艺术特色外，唐传奇还有一个鲜明的思想倾向，即对人性美好的赞颂与对理想人格的追求。在封建专制与门第观念的桎梏下，唐传奇作家往往通过笔下人物的喜怒哀乐，抒发自己对美好情感的向往。如《霍小玉传》对男女主人公真挚爱情的歌颂，《谢小娥传》对女性反抗的赞赏，《红线传》对志士节操的颂扬，无不寄寓着作者的人生理想。同时，唐传奇也常对现实的阴暗面予以批判和揭露，如《杜子春传》讽刺了富商的贪婪，《崔慎思传》则揭露了宦官的专横跋扈。这种积极向上的价值取向与现实批判精神，是唐传奇鲜明的思想特征。

唐传奇的影响是深远的。它不仅为宋代话本、元代杂剧、明清小说提供了丰富的题材资源，而且开创了小说细致入微描写人物心理、设置曲折情节的先河，为后世小说的发展奠定了重要基础。同时，唐传奇格局小巧、篇幅简短的特点，也对后世小说特别是短篇小说的发展产生了重要影响。此外，唐传奇所体现的人文关怀精神，以及对理想人格的追求，也深深影响着后世文人的审美情趣和价值取向。明代小说家冯梦龙在《喻世明言》《警世通言》的编撰中，就明显受到了唐传奇的影响，其所选入的不少篇章，都继承了唐传奇的叙事传统。

需要指出的是，尽管唐传奇取得了巨大的艺术成就，但仍存在一些局限性。如部分作品仍不免脱离现实、耽于想象的倾向，对现实生活的批判性也不够深刻。有些作品对待门第观念也显得过于消极，未能充分彰显人性的尊严。这在一定程度上限制了唐传奇对现实的反映力度。但瑕不掩瑜，唐传奇毕竟开创了小说叙事的新局面，其艺术成就无可非议。

唐代传奇以其丰富的题材内容、生动的人物形象、精巧的叙事结构、灵动的语言风格，极大地拓展了小说叙事的艺术空间。它不仅折射出盛唐时期繁荣昌盛的社会图景，也体现了那个时代人们的价值诉求，蕴含着积极向上的人生理想。尽管唐传奇尚存在一些不足，但它毕竟开创了古代小说的新纪元，对后世小说产生了深远影响。今天，我们重温唐传奇，仍能从中汲取丰富的艺术营养，领略先人高超的叙事技巧与深邃的人性洞察。这正是唐传奇不朽魅力之所在。它不仅是中国小说发展道路上一座巍然矗立的丰碑，更是人类文学宝库中一颗璀璨夺目的明珠，熠熠生辉，恒久传诵。

二、唐代志怪小说

唐代志怪小说是唐代小说的重要组成部分，与唐传奇一起构成了唐代小说的双峰。与侧重世情描写的唐传奇不同，志怪小说主要记述神鬼怪异之事，呈现出独特的艺术风貌。它源于魏晋以来的志怪传统，在唐代得到了进一步的发展，呈现出类型多样、内容丰富的特点。

从内容上看，唐代志怪小说主要包括述鬼志怪、佛道传奇、异闻逸事等类型。述鬼志怪是唐代志怪小说的主流，代表作品有《酉阳杂俎》《玄怪录》等。这类作品多记述鬼怪异事，如《酉阳杂俎》卷一《吴氏女》，讲述吴氏女被鬼附身的故事；卷十三《巩仙传》，记述巩州人陈宣遇仙的经历。佛道传奇则多叙述佛道神迹，如《冥报记》专门记载因果报应的故事，《广异记》也多见佛道故事。异闻轶事则侧重记述奇闻逸事，多见于笔记小说，如《唐逸史》《龙城录》等，记述了不少奇人异事。唐代志怪小说的内容广博，反映了唐人丰富的精神世界。

从思想内涵上看，唐代志怪小说蕴含着丰富的文化意蕴。述鬼志怪类小说，多体现出唐人在生死问题上的思索。唐人笃信鬼神，认为人死后魂魄不灭，仍以鬼的形式存在。不少志怪小说记述人鬼之间的种种故事，反映了唐人对生死的困惑与思考。如《异苑》卷二《雷豫章》，记述雷豫章被阴差勾魂，死而复生的经历。这类故事背后，实寄寓着唐人对生命意义的探寻。另一方面，佛道传奇类作品弘扬了佛教、道教的宗教理念，阐释了善恶报应、轮回转世等思想，对唐人的宗教信仰产生了重要影响。异闻轶事类作品则从侧面反映了盛唐时期社会生活的多元性，记载了不少奇人异士的传奇经历，折射出唐代社会的包容性与开放性。

从艺术特色上看，唐代志怪小说继承了六朝志怪的写作传统，同时也有所创新。在叙事方式上，唐代志怪小说多采用简洁明快的白描手法，语言朴实无华，与唐传奇华丽的辞藻形成鲜明对比。唐代志怪小说还善于通过细节描写营造神秘诡异的气氛，引发读者的想象。如《稽神录》卷二《王文度》，写王文度夜宿古庙，仰见大悬胆，滴沥成昼。骷髅森罗，白骨磔磔，臭不可近，几处细节即勾勒出一个阴森恐怖的环境，令人毛骨悚然。在故事情节上，唐代志怪小说也较六朝有所创新，情节更为曲折离奇。如《广异记》卷十二《崔液》，叙述崔液屡次遇鬼的奇异经历，故事波澜起伏，扣人心弦。

唐代志怪小说的叙事视角，也颇具特色。不少志怪小说采用了第一人称的叙事视角，增强了故事的真实感与代入感。如《集异记》卷上《虞伯生》，开篇即云隋大业中，予家于荆州江陵县，以叙述者的视角讲述虞伯生的离奇遭遇。还有的小说采用了多视角的叙事方式，从不同人物的视角展现事件，提供了多侧面的观察视角，如《玄怪录》卷二《卢生》，先从卢生友人的视角讲述卢生怪异的举止，继而又转入卢生视角，叙述其如何被鬼附身。叙事视角的多样化，提升了志怪小说的艺术表现力。

在人物塑造上，唐代志怪小说虽不及唐传奇细腻，但也刻画了不少性格鲜明的形象。尤其是一些女性形象，如《续玄怪录》卷下《张公艳》中的张公艳，貌美善舞，最终舍弃凡尘修得正果；《异闻录》卷六《李寄》中的尼姑，机敏聪慧，善于识破妖魔把戏。这些女性形象各具特色，展现了唐代志怪小说在人物塑造上的努力。

与唐传奇相比，唐代志怪小说在艺术成就上虽稍逊一筹，但其独特的美学价值仍不容忽视。它以神鬼世界为叙事背景，记述了不少奇异的想象，反映了唐代繁盛时期社会生活的多元与包容，也体现出唐人在宗教信仰、人生哲学等方面的多元思考。同时，志怪小说简洁质朴的语言风格、神秘诡异的意境营造，也别具魅力，对后世小说产生了重要影响。如明清小说《聊斋志异》，就吸收了唐代志怪小说的诸多特点，将志怪传统推向了新的高峰。

当然，唐代志怪小说也存在着一些局限。其视野多局限于神鬼世界，对现实生活的反映不够充分；部分作品仍流于想象，缺乏理性色彩；在叙事技巧、人物刻画上尚不及唐传奇细腻，这些都在一定程度上影响了志怪小说的艺术高度。但志怪小说毕竟为唐代小说提供了另一种叙事可能，其独特的美学魅力仍值得肯定。

唐代志怪小说与唐传奇一起，构成了唐代小说的双子星座。它继承了六朝志怪传统，又有所创新，呈现出类型多样、内容广博的特点。述鬼志怪、佛道传奇、异闻逸事等不同类型，反映了唐人丰富的精神世界和多元的文化心理。志怪小说简约质朴的语言、曲折离奇的情节、神秘诡异的意境，也别具魅力。尽管不乏想象荒诞、视野局限的弊病，但瑕不掩瑜，志怪小说独特的艺术个性，深化了唐代小说的意蕴内涵，也对后世小说产生了重要影响。

三、唐代小说的特点

唐代小说与唐诗、唐赋并称唐代文学三绝。它不仅数量众多，内容丰富，而且在艺术表现上也达到了相当的高度，形成了自身鲜明的特点。总结起来，唐代小说主要有以下几个方面的特点：

题材内容广泛，反映时代风貌。唐代小说涉及题材广泛，上至帝王将相，下至市井小民，反映了唐代社会生活的方方面面。在现实题材方面，唐传奇以细腻的笔触描摹了宫廷生活、市民生活、商贾生活等，再现了盛唐时期繁荣昌盛的社会景象。如《霍小玉传》生动刻画了盛唐长安的豪奢生活，《枕中记》则描绘了洛阳富家女的悠闲生活。在神鬼题材方面，志怪小说则主要记述神仙鬼怪之事，如《酉阳杂俎》《玄怪录》等，反映了唐人丰富的想象力和多元的文化心理。总的来看，唐代小说以其丰富的题材内容，广泛反映了盛唐社会的历史风貌，也折射出唐人的价值观念与审美情趣。

重视人物刻画，塑造经典形象。唐代小说较之以前有了长足进步，其中一个重要表现即是对人物形象刻画的重视。唐传奇善于刻画人物的性格特点，通过细节描写、心理刻画等手法，塑造了一系列生动鲜明的艺术形象。如《霍小玉传》中霍小玉机敏善变、风情万种的妓女形象，《莺莺传》中崔莺莺聪慧伶俐、善解人意的女性形象，都栩栩如生，成为千古传诵的经典形象。即使是在志怪小说中，也不乏生动的人物形象，如《柳毅传》中正直勇敢的柳毅，《谢小娥传》中机智善变的谢小娥，都给人以深刻印象。可以说，唐代小说开创了中国古代小说重视人物刻画的先河，为宋元小说人物形象的塑造奠定了基础。

叙事结构严谨，布局巧妙精致。唐代小说在叙事方面也有诸多创新，较之前代更加严谨精致。唐传奇善于设置悬念，制造戏剧冲突，情节往往曲折动人，引人入胜。如《李娃传》中李娃入宫、李寿辞官寻妻的情节安排，扣人心弦，既合情合理，又引人入胜。《游仙窟》则善于通过细节描写渲染氛围，写柳毅寻仙时忽闻丝竹之音，又闻歌吹之声，为下文柳毅遇仙埋下伏笔。唐代志怪小说情节也较前代丰富，如《绿衣女》通过窃钗情节制造悬念，《崔慎思》以崔慎思三入冥府的经历为线索，情节曲折动人。总的来看，唐代小说布局严谨，结构精致，在情节设置上颇具匠心。

语言风格多样，文白兼美并蓄。唐代小说的语言运用也达到了很高的水平，呈现出多样化的特点。就语言形式而言，唐代小说兼有文言和白话两种，而且善于将二者糅合，形成了文白兼美的语言风格。如《枕中记》开篇云开元中，洛阳卢生，早丧偶，惟长女英婉，许字邻李生，语言质朴简洁，却不失文采。《莺莺传》中莺莺与张生的对话，也多用白话，情真意切，富有生活气息。就修辞运用而言，唐代小说善用比喻、夸张、排比等多种修辞手法，语言优美华丽。如《虬髯客传》形容李靖身长九尺，腰大十围，夸张手法突出人物的非凡身材。《霍小玉传》称小玉清脆妖娆，光艳逼人，比喻手法生动传神。语言的多样化运用，使唐代小说的表现力大为提升。

思想内涵深刻，蕴含人生哲思。唐代小说并非只是单纯的故事叙述，而是蕴含了深刻的思想内涵。写实性作品往往体现出积极向上的价值取向，歌颂善良、正直、勇敢等优良品质。如《崔慎思》颂扬了崔慎思临难不惧、宁死不屈的高尚品格，寄寓了作者的人生理想。《谢小娥传》歌颂了谢小娥智勇双全，惩恶扬善的侠义精神，体现了正义必胜的信念。神魔志怪作品则体现出唐人对天命、报应、生死等形而上问题的思索。如《柳毅传》通过柳毅的仙界遭遇，探讨了人世与仙界的差异，体现出唐人的世界观与人生观。《南柯太守传》则借淳于棼梦任南柯太守的故事，揭示了人生如梦、富贵如幻的哲理。这些作品以小见大，于奇幻传奇中寄寓深刻的人生哲思，彰显了唐代小说的思想深度。

影响深远久远，奠基后世小说。唐代小说的成就是空前的，它为后世小说的发展奠定了坚实的基础。就文言小说而言，唐传奇开创的以文言为主要表现手段、侧重写人写事的传统，对后世文言小说产生了深远影响。宋代话本、明代短篇小说无不承袭了唐传奇的衣钵，故事情节曲折、环境描写细腻、人物刻画生动，皆得益于唐传奇的开拓。就白话小说而言，唐代志怪小说简洁质朴的语言风格，也深刻影响了后世的话本、平话等通俗小说样式。此外，唐人笔记体小说对宋代笔记也有重要影响。总之，唐代小说集大成之际，也是开风气之先，对后世小说的发展具有承前启后的历史意义。

唐代小说继承了前代小说的优秀传统，又在题材内容、人物刻画、叙事艺术、语言风格等方面有所创新，形成了自身鲜明的特点。它以广阔的题材反映了唐代社会生活，以生动的笔触塑造了诸多经典形象，以精致的结构营造了引人入胜的故事，以华美的语言抒发了丰沛的情感，以深刻的内涵表达了独特的人生感悟。这些特点使唐代小说成为中国小说发展史上一座里程碑式的高峰，在中国文学宝库中熠熠生辉。

四、宋代小说的繁荣

宋代是中国古代小说发展的高峰时期。话本小说的崛起，标志着宋代小说步入繁荣发展的新阶段。话本以通俗易懂的语言、引人入胜的情节吸引了广大民众，题材涵盖市井生活、公案侠义等广阔领域。同时，笔记小说、志怪小说在宋代也得到了长足发展，呈现出类型多样、叙事活泼的特点。透过宋代小说的发展，我们既能感受到这一时期经济繁荣、市井兴盛的时代气息，也能洞察士大夫阶层思想意识的变化。宋代小说之所以能达到空前的高度，正是得益于其对时代精神的敏锐把握。

（一）话本小说的兴起

在宋代社会经济繁荣、文化昌盛的大背景下，小说创作迎来了空前的繁荣景象。其中最引人注目的，当属话本小说的兴起。话本是在唐代传奇和俗讲的基础上发展起来的一种通俗小说样式，它以口头讲述为主要传播方式，以鲜明的故事情节吸引听众，在宋代城市里广为流行，成为最具生命力的小说样式。

话本小说兴起的时代背景，是宋代都市经济的繁荣和市民阶层的兴起。[①]宋代城市商贸发达，市民生活日益丰富，催生了对通俗文学的巨大需求。茶馆、瓦肆、勾栏等场所成为市民休闲娱乐的重要去处，说话人凭借声情并茂的表演，吸引了大量的听众。正是在这种历史条件下，话本应运而生，成为市民阶层喜闻乐见的小说样式。

从内容上看，话本小说涉及题材广泛，上至帝王将相，下至市井小民，反映了宋代社会生活的诸多侧面。在历史题材方面，话本对真实历史与想象虚构进行结合，增强了故事的传奇色彩。如宋末话本《燕青博鱼》，以北宋名将狄青之子燕青为主人公，讲述他在渔港智擒王伦的传奇故事。《杨家将》《岳飞》等话本，也取材于北宋抗辽抗金的历史，吸引了许多爱国志士。在世情题材方面，话本则以细腻的笔触描绘市井生活百态，反映了市民阶层的喜怒哀乐。如《西山一窟鬼》讲述市民廖贡遇鬼的奇异经历，《武三思》则揭露了官府衙役的贪婪与黑暗。公案题材也是话本的拿手好戏，如《囊判司马貌断狱》《错斩崔宁》等，都以曲折离奇的案情吸引读者。总之，话本以丰富多彩的题材，反映了宋代社会生活的诸多层面。

---

① 赵晓芳. 视觉文化冲击与浸润下的文学图景—论世纪之交中国文学的图像化走势 [D]. 华中师范大学，2008：87-89.

在人物塑造方面，话本小说也颇有建树。它塑造了众多个性鲜明、栩栩如生的艺术形象，这些形象大多根植于现实生活，因而带有浓厚的生活气息。如《王安石三难苏学士》中的苏轼，机敏幽默，捍卫尊严，展现了其不畏权贵的高尚人格。《西山一窟鬼》中的廖贡，嫉恶如仇，智勇双全，体现出市民阶层的正义感。《宋四公大闹禁魂张》中的包拯，明察秋毫，胆大心细，成为众多公案小说的经典形象。可以说，宋代话本开创了小说塑造现实人物的新局面，也丰富了中国古代小说的人物画廊。

话本小说在叙事方式上也独具匠心，形成了一套适应口头表演的叙事程式。话本小说开篇往往设置悬念，吸引读者注意力，如《碾玉观音》开篇写这碾玉观音，深藏在行唐县尧山福庆寺，从来不轻易示人，这是什么缘故？一开始就制造悬念，引发读者好奇。在故事发展过程中，话本小说善于设置波澜起伏的情节，制造戏剧冲突，如《错斩崔宁》错杀忠良的故事情节，跌宕起伏，引人入胜。话本的结尾往往点题升华，阐释故事的主题思想，如《武则天四门听政记》结尾点明天下岂有女人做天子之理，深化了故事内涵。此外，话本还常在故事中穿插说话人的议论，拉近与听众的距离，调动听众情绪，这也是话本独特的叙事方式。

话本小说的语言具有浓郁的口语化特点，读来朗朗上口，易于记诵。这与话本主要依靠说话人口头讲述的传播方式密不可分。为了吸引听众，话本在语言上尽量通俗易懂，文白夹杂，许多口语化词汇和韵语都被运用其中。如《黄鲁直鬼说登徒子好色赋》写黄庭坚说起诗赋来，口若悬河，谈锋莫当，生动形象，极具口语味。话本还经常使用夸张、比喻等修辞手法，增强语言的表现力。如《宋四公大闹禁魂张》写包拯见到奸臣潘仁美尸体，恨不得食其肉，寝其皮，形象地表现了包拯对奸臣的憎恶之情。总之，口语化的语言风格成为宋代话本小说的显著特点，对后世俗文学影响深远。

话本小说凭借曲折动人的故事情节、鲜活生动的人物形象吸引了广大民众，同时也蕴含着深刻的社会内涵。它或揭露时弊、讽刺腐朽，或宣扬善良、弘扬正义，鲜明地体现出市民阶层的价值诉求。如《崔衙内重婚》讽刺官僚阶层的荒淫无度，揭露封建礼教的虚伪；《乔太守乱点鸳鸯谱》则宣扬男女婚姻自由，批判封建包办婚姻的罪恶。这些作品以喜闻乐见的方式传播先进思想，在启迪民智、涵育新风等方面发挥了重要作用。

宋代话本的兴起，标志着中国小说发展进入了一个崭新阶段。它打破了此前文言小说的局限，使小说创作从士大夫阶层走向平民百姓，极大拓展了小说的表现领域和读者群体。话本以通俗的语言、生动的故事吸引了众多民众，成为宋代最具生命力的小说样式。它的兴起，一方面反映了宋代城市经济繁荣、市民文化昌盛的时代特点，另一方面也深刻影响了后世俗文学的发展走向。元代杂剧、明清小说无不吸取了话本的养分，话本开创的许多叙事程式也为后世沿用。可以说，没有宋代话本就没有后世俗文学的繁荣，它以其厚重的文化价值，在中国文学发展史上占有重要地位。

由于宋代话本主要依靠口头流传，因而保存至今的作品十分有限，我们对宋代话本的认识也主要依靠明清时期的话本选集，如洪楩编《清平山堂话本》、凌濛初编《初刻拍案惊奇》《二刻拍案惊奇》等。这些选本虽然基本保留了宋代话本的风貌，但在内容和文字上难免有所改动，因此要准确把握宋代话本的原貌尚有一定难度。但从现存的这些作品来看，宋代话本无疑代表了当时小说创作的最高水平，其在中国小说发展史上的开创意义和现实影响是不容忽视的。

宋代话本小说继承了唐代小说的优秀传统，又根植于宋代都市生活，形成了一种新的小说样式。它以丰富多彩的内容、鲜活生动的形象、曲折动人的情节，赢得了广大民众的喜爱。话本的兴起，是宋代社会生活和市民意识的产物，也对后世俗文学产生了深远影响。尽管由于历史的原因，许多宋代话本已难寻其踪迹，但从现存的明清话本选本中，我们依然能领略到宋代话本的独特魅力。这种魅力穿越时空，历久弥新，是中国文化宝库中的一颗明珠，也是中国小说发展道路上一座巍然矗立的丰碑。

（二）笔记小说的流行

宋代小说的繁荣景象，除了表现在话本小说的兴起上，还体现在笔记小说的流行上。笔记小说，是指以笔记形式记录见闻轶事、描写人情世态的一种小说样式。它源于先秦时期的家书家传，经过魏晋南北朝的发展，到唐代已初具规模。

进入宋代，随着经济的繁荣、文化的昌盛，笔记小说出现了空前绝后的繁盛景象，涌现出一大批优秀作品，在小说发展史上写下了浓墨重彩的一笔。

笔记小说在宋代之所以能蓬勃发展，与其独特的创作方式密不可分。不同于话本小说主要依靠口头传播，笔记小说主要以文字记录的方式存在。这种书面创作使得它能吸引众多文人学士参与创作。事实上，宋代文人醉心于笔记写作，将见闻轶事、奇谈趣录纷纷记录下来，正是推动笔记小说繁荣发展的重要因素。据学者统计，单宋代笔记作品就达 1200 余种，数量之多，远超其他朝代。可见，笔记小说在宋代受到了前所未有的重视。

宋代笔记小说在内容上，涉及领域广泛，包罗万象。朝政典故、士人掌故、市井琐事、奇闻逸事，无不被笔记小说囊括其中。宋人旺盛的创作热情，使得笔记小说几乎涵盖了宋代社会生活的方方面面。如《东轩笔录》记载了宋朝的典章制度、名臣逸事；《容斋随笔》则侧重描写民间传闻逸事；《夷坚志》专门记述奇异神怪之事；《梦粱录》则以临安繁华景象为描写对象。通过这些形形色色的笔记，宋代社会的历史风貌被淋漓尽致地展现出来。

笔记小说虽以真实见闻为记录对象，却也充满想象和虚构的成分。宋人在笔记小说创作中，常常将见闻传闻与想象虚构相结合，使作品更加引人入胜。如洪迈的《夷坚志》，既有对日常生活的如实记录，也有大量神怪志人的故事；沈括的《梦溪笔谈》，既有科学技术方面的记述，也有不少稗官野史的内容。现实与虚构的交织，体现出宋代文人在笔记创作上的匠心独运，也极大丰富了笔记小说的内容。

与话本小说侧重情节相比，笔记小说更注重细节描写。宋代笔记作者多为博学多才之士，他们对社会生活有敏锐的观察力，能捕捉到常人忽略的细节。在笔记小说中，作者常常对人物容貌、语言、神态，以及环境气氛进行细致入微的刻画，给读者以身临其境之感。如《清波杂志》中对西湖美景的描绘，细致入微，令人心驰神往。《容斋随笔》记载苏轼、黄庭坚唱和的情形，刻画细腻传神，仿佛将读者带入其中。细节描写的广泛运用，成为宋代笔记小说的一大艺术特色。

宋代笔记小说的叙事视角更加多元化。作者或以第一人称的视角讲述自身经历，或以第三人称的视角记录他人故事，或将不同视角交替使用，使叙事更加灵活生动。如《梦溪笔谈》主要以第一人称视角展开叙述，《夷坚志》则常在故事中穿插作者的议论评点，《容斋随笔》有时又集多种视角于一篇之中。叙事视角的多样化，使笔记小说的表现力大为提升，也拓宽了读者的阅读视野。

笔记小说的语言风格亦呈现出多元化特点。由于笔记小说多出自文人学士之手，其行文自然也体现出文人的语言风格。有的笔记行文古朴凝练，如《梦溪笔谈》《夷坚志》；有的笔记则语言生动活泼，如《东轩笔录》《清波杂志》；有的笔记甚至文白夹杂，别具风味，如《山谷外集》。语言风格的多样化，反映出宋代文人在笔记创作上的探索，也为笔记小说增添了无穷魅力。

除了上述艺术特色外，宋代笔记小说还有一个突出特点，即蕴含着丰富的思想内容。宋代文人学士多有经世济民之志，他们创作笔记，既是为了记录见闻，也是为了抒发己见，流露对社会现实的认识和思考。如欧阳修在《新五代史》中通过评论前朝兴亡，揭示治乱兴衰的历史规律；王安石在《三恕堂笔谈》中提出变法主张，剖析时弊。即使在记述日常琐事的笔记中，也常蕴含作者的议论观点。如宋祁在《景文笔记》中记载乞丐行乞轶事，流露出对贫苦百姓的同情；洪迈在《夷坚志》中大量记述冤案奇冤，表达了对司法不公的批判。这些笔记虽只是零星片段的记录，却折射出宋代文人的人生态度和价值取向。正是凭借着深刻的思想内涵，宋代笔记小说才具有不朽的艺术魅力。

宋代笔记小说用细腻的笔触书写了宋代社会的众生相，也传递了宋代文人的人生感悟。它以真实可信的形式，记录了史书难以记载的种种细节，成为宋代社会生活的一面镜子。同时，它也体现了宋代文人旺盛的创作热情和惊人的想象力，极大拓展了小说表现的空间。可以说，没有宋代笔记小说的繁荣，就难以真正领略宋代小说的辉煌。正如鲁迅所言：宋之小说，发达极矣，种类繁多，洋洋大观。宋代笔记小说灿若星河，共同构筑了宋代小说史的壮丽图景。

笔记小说的流行，也为宋代小说的整体繁荣奠定了重要基础。它培养了广大读者的阅读兴趣，促进了小说创作的蓬勃发展。不少笔记中的奇闻逸事，后来被改编成话本小说，成为小说创作的重要源泉。如《清平山堂话本》中多篇小说，即是从笔记中改编而来。可以说，笔记小说与话本小说一起，共同推动了宋代小说的繁荣发展。当然，宋代笔记小说也存在着一定局限。其内容庞杂，良莠不齐，有些作品流于记录琐碎的见闻，缺乏严谨的思想和缜密的结构；有些作品则过于注重想象和虚构，偏离了笔记体小说述而不作的基本原则。这些问题在一定程度上影响了宋代笔记小说的文学价值。但瑕不掩瑜，宋代笔记小说开辟了小说创作的广阔天地，其艺术魅力和思想价值仍然值得我们高度评价。

总之，宋代笔记小说极大丰富了小说的表现内容，拓展了小说的艺术空间。它以独特的笔记形式，真实记录了宋代社会生活的点点滴滴，也抒发了文人学士的人生感悟，集真实性与文学性于一体，在小说发展史上具有承前启后的重要地位。尽管它尚存在一些不足，但这丝毫无损于它在宋代小说史乃至中国小说史上的重要地位。时至今日，宋代笔记小说仍然熠熠生辉，吸引着一代又一代读者去品味它的无穷魅力。正如学者所言，宋代笔记小说于吐属纤悉之中，往往能道尽人生。它是宋代灿烂文化的重要组成部分，也是中华民族文学宝库中一笔巨大的精神财富。

五、宋代小说的特色

宋代小说的繁荣，是中国小说发展史上的一个高峰。无论是话本小说的兴起，还是笔记小说的流行，都标志着宋代小说在题材内容、表现形式等方面实现了前所未有的拓展与丰富。从总体上看，宋代小说呈现出鲜明的时代特色，在中国古代小说的发展进程中，具有承前启后的重要地位。

一是宋代小说的现实主义品格得到了极大彰显。不同于唐代小说侧重想象和虚构，宋代小说更加关注现实生活，努力反映社会的方方面面。这种现实主义倾向，与宋代市民阶层的兴起密切相关。话本小说多取材于市井生活，通过对世态人情的描绘，再现了宋代城市的繁荣景象。如《林四娘》描绘了市民阶层婚姻生活的细节，反映了宋代市民的婚恋观念；《武大郎醉打潘金莲》则通过武大郎夫妻的悲欢离合，揭示了宋代城市手工业者的生活状态。即使在笔记小说中，也有大量篇章记载市井掌故、世态民情。如宋江的《梦粱录》，详细记述了临安城的市容民俗，勾勒出南宋都城的众生相。现实主义品格的彰显，使宋代小说更加贴近生活，也为后世现实主义小说的发展奠定了基础。

二是宋代小说在人物形象塑造上更加丰满生动。唐代小说虽不乏个性鲜明的人物，但在形象丰满度上尚有欠缺。宋代小说则更加注重人物的个性刻画，塑造了大量栩栩如生的艺术形象。话本小说中的人物，无论是市井小民还是帝王将相，都有血有肉，极富个性特征。如《杨思温买牢》塑造了一个正直善良的狱卒形象，《西山一窟鬼》塑造了一位勇斗强权的平民英雄形象。笔记小说虽以真人真事为描写对象，但在人物刻画上也颇费笔墨。如王安石在《三恕堂笔谈》中对司马光的描写，刻画细腻入微，将司马光的为人处世表现得淋漓尽致。人物塑造上的突破，提升了宋代小说的文学价值，也深化了小说对人性的思考。

三是宋代小说的叙事方式更加灵活多样。宋代小说家在吸收唐代小说叙事经验的基础上，进一步拓展了小说叙事的维度，形成了一系列新的叙事模式。如话本小说常采用楔子引入故事，设置悬念，令人听得入迷；在情节安排上，善于制造冲突，推动故事发展；在叙事视角上，或以第三人称全知视角展开叙述，或以第一人称亲历视角推进情节，灵活多变。笔记小说的叙事也颇具特色，善于直接抒发议论，发人深省；有时又集议论、记事、抒情于一篇，变化多端。叙事方式的日益成熟，显示出宋代小说在艺术表现上的精进，也极大拓展了小说叙事的可能性。

四是宋代小说呈现出文白兼美的语言风格。与唐代小说多用骈俪华美的文言不同，宋代小说在语言运用上更加贴近口语化、民间化。这种变化在话本小说中表现得尤为突出。话本小说以通俗的白话文为主要表现手段，常见口头语、民间语汇的运用，读来朗朗上口，极富生活气息与时代特色。如《碾玉观音》中却说那宋朝时，有个行脚和尚的开篇白，粗犷质朴，显示出鲜明的口语化特点。即使是笔记小说，在语言上也更加强调简洁明快，如沈既济的《任氏传》，行文明快流畅，不事雕琢。文白相间、雅俗共赏的语言风格，既有利于小说的通俗化传播，也为后世白话小说的发展提供了先导。

五是宋代小说具有浓郁的市民意识和人文情怀。宋代小说是市民阶层兴起的产物，自然也体现着市民意识的觉醒。在话本小说中，我们常常看到市民阶层对现实社会的批判，对理想人格的歌颂。如《王安石三难邵学士》对权贵阶层的讽刺，《裴度还带》对不法官吏的揭露，无不弘扬着市民意识中蕴含的平等、正义理念。笔记小说虽多出自文人学士之手，但也充满人文关怀。如欧阳修在《新五代史伶官传序》中对伶人阶层的同情，洪迈在《夷坚志》中对冤案的关注，都显示出士大夫阶层的人文情怀。市民意识和人文情怀的融入，赋予了宋代小说深刻的思想内涵，也使其更具现实批判力量。

六是宋代小说体现出鲜明的时代特色。宋代小说无不打上了时代的烙印，既反映了当时的社会现实，也吸收了当时的文化养分。如宋代商品经济的繁荣，成为话本小说描绘市井生活的现实基础；理学思想的兴盛，则促使小说更加注重伦理道德的宣扬；通俗文化的发展，又为小说的世俗化趋势提供了契机。宋代小说与时代的紧密结合，使其更加充满生机活力，也彰显了小说作为时代的镜像、历史的见证的重要价值。

诚然，宋代小说在取得巨大成就的同时，也存在一些不足之处。话本小说虽强调现实描写，但有时也流于粗浅，对复杂的社会问题缺乏深入思考；笔记小说虽善于议论说理，但有些作品则过于琐碎杂乱，文学性不足；在情节设置、人物塑造上，有些作品也还不够成熟老练，有待进一步提高。这些局限性在一定程度上影响了宋代小说的文学成就，但也为后世小说的发展提供了借鉴和启示。

纵观宋代，小说创作可谓异彩纷呈。话本、笔记两大样式的勃兴，标志着小说进入了一个崭新的发展阶段。它们以丰富多彩的题材内容、生动鲜明的人物形象、灵活多样的叙事方式、通俗质朴的语言风格，再现了宋代社会的历史图景，也传递了市民阶层的价值诉求。尽管尚存在一些不足，但瑕不掩瑜，宋代小说以其旺盛的生命力，独特的艺术魅力，为中国古代小说的发展谱写了浓墨重彩的一笔。

宋代小说的辉煌成就，不仅为后世小说的繁荣奠定了坚实基础，也极大地丰富了中国文学的艺术宝库。时至今日，宋代小说仍然散发着历久弥新的艺术光彩，启迪着一代代文学创作者的艺术灵感。它不仅见证了宋代社会生活的多姿多彩，也铭刻下人性善恶美丑的永恒主题。阅读宋代小说，我们不仅能领略到古人的智慧结晶，也能从中汲取创作的营养，从而推动新时期小说艺术的发展。这正是宋代小说不朽魅力之所在，也是其不可忽视的现实意义所在。

第二节　唐宋小说的比较

将唐宋小说置于一个共同的视野中进行考察，能够帮助我们更加清晰地把握这两个时期小说发展的异同。从传奇到话本，从志怪到轶事，唐宋小说在题材内容、叙事方式、思想内涵等方面呈现出诸多差异，折射出唐宋两代社会的变迁。但同时，唐宋小说也存在着某些共通之处，如对人性的关注、对理想人格的追求等，彰显了中华民族永恒的精神追求。通过比较分析，我们能够更加立体地认识唐宋小说的流变轨迹，领会小说艺术发展的内在规律，并从中汲取富有现实意义的启示。

一、唐宋小说在题材上的承继

唐宋小说虽分属不同时代，但在题材内容上却有着千丝万缕的联系。宋代小说并非凭空产生，而是在继承唐代小说题材的基础上得以蓬勃发展的。从总体上看，宋代小说在现实题材、历史题材、神魔题材等方面，都能找到唐代小说的影子。这种题材上的承继，既体现了小说创作的连续性，也显示出宋代小说在吸收传统、推陈出新方面的努力。

现实题材是唐宋小说最重要的共同题材之一。唐代传奇虽然也涉及神仙鬼怪等虚幻题材，但其中不乏现实生活的真切描写。如元稹的《莺莺传》以长安城的歌妓生活为背景，再现了盛唐都市的繁华景象；白行简的《李娃传》则刻画了洛阳倡女李娃的悲惨遭遇，对唐代社会的阴暗面进行了揭露。这些现实题材的作品，无疑为宋代小说提供了重要的范本。宋代话本小说正是在这一基础上，进一步拓展了现实题材的广度与深度。如《杨思温买牢》以买卖人口的社会丑恶现象为切入点，再现了宋代城市底层民众的悲惨生活；《黄秀才徼灵玉莲》则描写了一位穷秀才与民间女子的爱情故事，反映了市民阶层的婚恋观念。类似这样取材于现实生活的作品，在宋代小说中比比皆是。可以说，唐代小说开创的现实主义传统，在宋代话本小说中得到了更加充分的彰显。

　　历史题材同样是唐宋小说的共同关注点。唐代小说家很早就意识到，将历史事件与虚构想象相结合，能够极大提升小说的吸引力。如陈鸿的《长恨歌传》取材于唐玄宗与杨贵妃的爱情故事，在史实的基础上加以艺术加工，塑造了凄美动人的爱情悲剧；沈既济的《枕中记》则通过南柯一梦的故事，影射了唐玄宗时期的政治腐败。这些作品为历史题材在小说中的运用，开辟了广阔的空间。宋代小说家继承了这一传统，创作了大量取材于历史的作品。如《岳飞》《梁山伯与祝英台》分别取材于岳飞抗金和梁祝爱情的历史故事，歌颂了民族气节和至高无上的爱情；《宋太祖龙虎风云会》《包待制智勘后庭花》等，则分别演绎了宋太祖的创业之路和包拯的断案故事，体现出宋人对北宋历史的怀念之情。通过对历史题材的继承和发展，宋代小说极大拓展了小说表现的疆域，也更加彰显了小说的社会功能。

　　神魔题材是唐宋小说的另一大共同点。盛唐时期，志怪小说异常繁荣，涌现出《集异记》《玄怪录》等一系列优秀作品。这些作品大多记述人鬼狐仙之事，满足了当时人们的好奇心理，也折射出唐人丰富的想象力。如《任氏传》讲述了任氏与狐仙私通的故事，体现了唐人对神秘世界的向往；《柳毅传》则通过柳毅的离奇遭遇，探讨了人生意义的哲学命题。志怪小说开辟的神魔世界，成为宋代小说汲取养分的重要源泉。宋代文人笔记中，记载了大量稀奇古怪的志人志事，如洪迈的《夷坚志》，记述了诸多奇异的故事，在文人中广为流传。话本小说中也不乏神魔题材的影子，如《陈希夷五场梦》讲述了一个凡人梦游仙境的故事，宣扬了道教的修真理念。神魔题材在宋代的延续，既体现了宋人想象力的勃发，也见证了唐宋小说在题材上的一脉相承。

　　应该看到，尽管宋代小说在题材上继承了唐代的诸多因素，但也并非简单的重复，而是有所发展与创新。最显著的变化，就是宋代小说更加关注现实，更加贴近民众生活。无论是话本小说对市井生活的描绘，还是笔记小说对奇闻轶事的记录，都体现出了鲜明的现实意识。相比之下，唐人小说虽然也有现实内容，但在想象和夸张上却更胜一筹。正是通过对唐代小说题材的继承与超越，宋代小说实现了内容上的拓展与深化。

另外，宋代小说在继承唐代小说题材的同时，也呈现出了自身的特点。最突出的一点，就是宋代小说更加重视社会伦理道德的宣扬。受理学思想的影响，宋代文人普遍有济世安民之志，而小说则成为他们寄托理想、抒发情感的重要载体。因此，宋代小说大多带有浓厚的说理色彩，潜移默化地向读者传递伦理规范。如话本小说中的《陈桥驿》《王安石三难苏学士》等，无不体现出宋代文人的忠君爱国思想；笔记小说如洪迈的《夷坚志》，也常见惩恶扬善、崇尚道德的故事。道德说教虽然在一定程度上影响了宋代小说的文学性，但也凸显了宋人独特的时代风貌。

宋代小说虽然在题材上继承了唐代因素，但这种继承也存在局限性。首先，宋代小说对唐代题材的继承是有选择的，更加侧重世俗化、通俗化的内容，而对唐代小说中的华丽想象、玄幻色彩则有所淡化。这在一定程度上影响了宋代小说艺术表现的丰富性。其次，宋代小说虽然在题材上有所创新，但毕竟难以同唐代小说相提并论。唐代小说家凭借个人才华，创造了大量脍炙人口的经典形象和情节，如《柳毅传》中的柳毅、《枕中记》中的卢生等，都堪称千古传诵的典范。宋代小说则更多地关注现实生活，在艺术想象上略有逊色，难以达到唐人小说的高度。这也是宋代小说在创作上的一大遗憾。

总的来看，唐宋小说在题材内容上呈现出明显的承继关系。宋代小说广泛吸收了唐代小说的养分，在现实题材、历史题材、神魔题材等方面都能找到唐代小说的影子。这种继承，为宋代小说的繁荣发展奠定了重要基础。同时，我们也应看到，宋代小说并非简单模仿，而是努力实现了题材内容的拓展与深化。尤其是宋代小说更加关注现实生活，体现出浓厚的世俗色彩，在一定程度上实现了对唐代小说的超越。当然，宋代小说的局限性也不容忽视，其在艺术想象力、经典形象塑造等方面，尚难与唐人小说分庭抗礼。但瑕不掩瑜，从总体上看，宋代小说对唐代题材的继承与发展，极大地丰富了古代小说的内涵，也为后世小说的发展提供了重要借鉴。正是在这种继承与创新的辩证互动中，唐宋小说共同构筑起中国古代小说发展的高峰，为中国文学史留下了极为宝贵的财富。

二、唐宋小说在叙事手法上的发展

唐宋小说在题材内容上既有传承，又有发展，这种承继关系在叙事手法上表现得尤为明显。宋代小说在继承唐代叙事艺术的基础上，进一步拓展了叙事的维度，将小说的表现力提升到了一个新的高度。从总体上看，宋代小说对唐代叙事方式的吸收与创新，主要体现在情节设置、人物塑造、细节描写等几个方面。

情节设置是小说叙事的关键所在。唐代小说家很早就意识到，曲折多变的情节对吸引读者兴趣至关重要。因此，唐人小说往往设置悬念，制造波澜，给人以强烈的阅读期待。如《枕中记》通过梦中梦的复杂情节，曲折展现了人生如梦、富贵如幻的哲理；《霍小玉传》则通过离合悲欢的故事，刻画了霍小玉曲折动人的人生经历。宋代小说继承了这种复杂的情节设置，并在此基础上有所发展。尤其是话本小说，更加善于通过跌宕起伏的情节吸引听众。如《碾玉观音》通过一连串的悬念设置，引出碾玉观音的来历；《裴度还带》则以环环相扣的案情，曲折再现了裴度的断案过程。同时，宋代小说还常采用因果报应等模式来设置情节，突出强调善恶有报的伦理价值。如《三现身包龙图断冤》讲述了包拯的神奇断案，最终实现了恶有恶报、善有善报的因果循环。由此可见，宋代小说在唐代基础上，进一步强化了情节设置的作用，使小说更具吸引力。

人物塑造是体现小说叙事水平的另一重要方面。唐代小说虽不乏生动的人物形象，但在塑造的广度和深度上尚有欠缺。宋代小说则更加注重人物刻画，塑造了一大批个性鲜明、栩栩如生的艺术形象。如《西山一窟鬼》塑造了一个嫉恶如仇、机智勇敢的化身人物廖贡，《杨思温燕山逢友》塑造了聪颖正直的杨思温形象。宋代小说在人物塑造上的进步，与其更加关注现实生活密不可分。宋代小说往往立足现实，从日常生活中提炼典型人物，做到了以小见大。同时，宋代小说还善于通过细节刻画来丰富人物形象。如《史弘肇龙虎君臣会》通过弘肇对茶的品鉴，侧面烘托了他的学识渊博；《蒋兴哥重会珍珠衫》则通过珍珠衫的细节描写，生动刻画了蒋兴哥的重情重义。这些细节描写虽然并不起眼，但在人物塑造上却发挥了重要作用。

细节描写是小说叙事的重要手段。宋代小说在这方面表现得尤为出色。与唐代小说相比，宋代小说更加注重通过细节渲染气氛，烘托情绪。如《昆仑奴》在写昆仑奴盗宝时，详细描绘了他的行动过程：却说昆仑奴头戴白范阳毡笠儿，身穿土布褊衫，腰系环绦，足踏草鞋，步月徐行。行不数里，见一坟茔树木丛杂，心中暗喜。通过这些细节的铺陈，将盗宝时的紧张气氛渲染得淋漓尽致，读来让人眼前仿佛就有一个昆仑奴的形象。宋代小说善于在细节处着眼，以小见大，极大地提高了叙事的表现力。

叙事视角的转换也是宋代小说的叙述特点之一。唐代小说多采用全知视角，对人物和事件进行客观描述。宋代小说在沿用这一视角的同时，开始尝试采用多元化的叙述视角，从不同人物的角度展现故事，突出人物的内心世界。如《陈希夷五场佳梦》分别以陈希夷和淫僧的视角展开叙述，借淫僧之口揭示陈希夷的虚伪本质，颇具讽刺意味。《宿香亭张浩遇莺莺》则穿插了旁观者的视角，从局外人的角度品评张浩与莺莺的爱情，给读者留下了更多思考空间。叙事视角的多元化，使宋代小说的叙事更加灵活，也为人物的心理刻画提供了手段。

另外，插叙、倒叙、预叙等手法在宋代小说中也得到广泛运用。这些手法打破了故事发展的时间顺序，增添了叙事的悬念感。如《岳母刺字》开篇即点明岳飞妻子的死因，而后再插叙岳母杯酒释兵权、刺字鞭尸的故事，颇具悲剧色彩。《荆十三娘》则在开篇设置悬念，引出荆十三娘的身世之谜，而后再倒叙她的人生遭遇，曲折动人。这些多样化的叙事方式，使宋代小说的结构更加严谨，形式更加灵活多变。

值得注意的是，宋代小说的叙事方式与宋代文化环境密切相关。宋代市民阶层的兴起，要求小说更加通俗易懂，贴近生活。因此，宋代小说在叙事上更加强调口语化，采用了大量口头语言、民间韵语，形成了独特的叙事风格。同时，宋代文人阶层崇尚考据，重视史实，这也影响了小说创作。如《岳飞》《包待制智勘后庭花》等历史题材作品，在情节设置上尽量遵循历史事实，力求再现真实的历史场景。总之，宋代小说叙事手法的发展，与当时的文化生态息息相通。

尽管宋代小说在叙事上取得了长足进步，但与唐代小说相比，也存在一些局限。首先，宋代小说过于强调情节的作用，有时会忽视人物内心刻画，使人物形象略显单薄。其次，宋代小说往往带有浓重的说理色彩，喜欢在小说中直接抒发议论，在一定程度上影响了叙事的连贯性。第三，宋代小说在叙事技巧的驾驭上，也不如唐人圆熟老辣，有些作品仍然流于生涩。当然，这些局限性并不能掩盖宋代小说在叙事上的卓越成就，更无损于宋代小说在中国小说发展史上的重要地位。

宋代小说在叙事手法上继承并发展了唐代小说的优秀传统。无论是在情节设置、人物塑造，还是在细节描写、叙事视角等方面，宋代小说都在唐代基础上有所创新，极大地提升了小说叙事的艺术表现力。同时，宋代独特的文化语境，也对其小说叙事手法的形成产生了重要影响。当然，宋代小说叙事的局限性也是客观存在的，在某些方面尚不及唐人老辣。但总的来说，宋代小说对唐代叙事手法的继承与发展，构成了中国古代小说叙事艺术的重要一环，也为后世小说的繁荣奠定了坚实基础。透过宋代小说的叙事艺术，我们不仅可以领略到宋人的审美趣味，也可以感悟到中华文化的历史积淀。这种叙事传统，无疑是中华民族文学创造力的结晶，也是我们永恒的文化记忆。

三、唐宋小说在思想内容上的嬗变

唐宋小说的演变，不仅体现在题材内容和叙事技巧上，更体现在思想内涵的深刻嬗变上。作为时代的产物，唐宋小说始终与其所处的社会文化语境紧密相连，鲜明地反映了不同时期人们的价值取向和审美情趣。从总体上看，宋代小说在思想内容上既继承了唐代的某些因素，又呈现出明显区别，折射出时代更迭带来的文化转型。

首先，唐代小说蕴含着浓郁的浪漫主义色彩，多以想象和夸张见长。在唐代鼎盛时期，政治清明，经济繁荣，文化昌盛，士人阶层享有较高的地位和话语权。在这种背景下，唐人小说往往洋溢着乐观向上、洒脱不羁的精神，对人性美好的一面给予充分称颂。如《游仙窟》通过对理想化仙境的描绘，抒发了人们对美好生活的向往；《柳毅传》塑造了一位重情重义、不畏权贵的侠义之士形象，体现出唐人的理想人格；《霍小玉传》则借才子佳人的爱情故事，歌颂了爱情的美好。这些作品无不体现出唐代小说浪漫主义的基调，展现了唐人昂扬向上的精神风貌。

相比之下，宋代小说的浪漫主义色彩则有所减弱。宋代社会的主导思潮是程朱理学，提倡存天理，灭人欲，强调个人应当遵循名教伦常。在这种背景下，宋代小说更加注重现实，在人物塑造上不乏世俗化、平民化的特点。即使是才子佳人小说，也常寄寓伦理道德的宣扬。如《王魁》讲述了一个令人唏嘘的爱情悲剧，批判了封建社会对人性的压抑。可见，宋代小说较之唐人，浪漫主义色彩已大为减弱。

其次，唐代小说以关注个人价值和审美享受为主，宋代小说则更加彰显社会功利色彩。唐代文人醉心于文学创作，往往通过小说抒发个人情感，表达人生理想。因此，唐代小说格调颇高，在语言上讲究华丽雕琢，意境优美；在内容上注重情趣和想象，常常脱离现实。如陈鸿的《长恨歌传》在白居易《长恨歌》的基础上大肆铺陈想象，极尽渲染之能事，营造出凄婉缠绵的意境。宋代小说则不同，无论是话本小说还是笔记小说，都更加强调社会功利，努力发挥文学的教化作用。如《喻世明言》《警世通言》所录话本，很多带有明显的劝善惩恶意图；笔记小说如洪迈的《夷坚志》，也常见惩前毖后、崇德懔恶的故事。宋代理学家朱熹指出文所以载道，宋代小说正是努力践行文以载道的要求，体现出浓厚的社会教化色彩。这与唐代小说重个人性、轻社会性的特点，可谓判然有别。

再次，宋代小说更加重视伦理道德的宣扬。宋代社会的道德规范，主要来自程朱理学。程朱理学强调三纲五常，要求人们忠君、孝亲、贞节。受此影响，宋代小说常以宣扬名教、弘扬道德为己任。如宋代话本小说中，经常出现标榜孝道、歌颂节烈的内容。如《王魁》《荆十三娘》分别歌颂了孝女、节妇的高尚品行，将孝与节作为评判人物的重要标准。宋代笔记小说亦是如此，洪迈《夷坚志》所录故事，很多都体现了罚恶勤王的伦理诉求。由此可见，伦理道德在宋代小说中占据了重要地位。相比之下，唐代小说虽然也有一定的道德意识，但并不以说教为主要目的。唐代文人更加推崇个性解放，他们在小说创作中，更多地是在抒发自我，而非向读者说教。这种创作取向，与宋代小说对道德说教的执着，可谓大相径庭。

最后，宋代小说比唐代小说具有更加强烈的现实批判精神。宋代社会虽然呈现出繁荣景象，但在财富分配上却很不平衡，贫富悬殊日益加剧。与此同时，统治阶级的腐朽也日渐明显，严重影响了社会的公平正义。在这种情况下，宋代小说开始将批判的目光投向现实，对社会的阴暗面进行了揭露和批判。如《三现身包龙图断冤》通过包拯的断案，批判了官府的昏庸腐败；《赵五娘曲鸾村作倡》则揭露了宋代盛行拐卖妇女的社会丑恶。类似这样的批判性作品，在宋代小说中比比皆是。相比之下，唐代小说的批判性就相对较弱。尽管唐代小说也不乏针砭时弊之作，如《枕中记》对统治阶级的腐朽有所讽刺，但总的来说，这种批判还是比较温和、有限的。这主要是由唐代社会的稳定性决定的。唐代政治清明，社会祥和，财富分配也相对均衡，这就削弱了文人阶层的批判意识。因此，唐代小说往往沉浸于自我世界，而缺乏对社会现实的锐利观察。

我们也应看到，宋代小说的思想内涵也存在一定局限性。由于过于强调说理教化，宋代小说常常显得言重意浅，艺术性不足。有些作品过多地搬用程朱理学的义理，显得生涩刻板；有些作品则过于注重对人物的道德评判，而忽视了人性的复杂性。这些问题，在一定程度上影响了宋代小说的审美品质。但瑕不掩瑜，总的来说，宋代小说在思想内容上实现了新的突破，为中国古代小说注入了新的内涵。

综上所述，唐宋小说在思想内容上经历了深刻的嬗变。唐代小说注重浪漫想象、个人抒情，讲求优美意境；宋代小说则更加注重世俗教化，体现出浓厚的社会功利色彩。两者的差异，折射出唐宋社会文化的转型。尽管宋代小说的教化意图有时会对艺术性构成局限，但从总体上看，其在伦理道德宣扬、社会现实批判等方面所做的努力，无疑极大地丰富了小说的内涵，也为后世小说的发展提供了重要范式。时至今日，我们重温唐宋小说，既能领略到唐代文人洒脱不羁的浪漫情怀，也能感悟到宋人笃实敦厚的人文精神。这种思想内涵的嬗变与交融，构成了中国古代小说史的重要一环，也为我们认识中华文化的深厚底蕴，提供了宝贵的钥匙。

纵观唐宋小说的流变，我们可以清晰地看到中国古代小说发展的脉络。[①] 唐代小说开创了志怪传奇的新局面，以奇特瑰丽的想象、细腻动人的情感打动了世

---

① 史欣. 宋元小说序跋研究 [D]. 济南：山东大学，2015：55-57.

人；宋代小说则在现实关怀中推陈出新，话本、笔记两大样式异彩纷呈，极大拓展了小说表现的广度与深度。从题材到叙事，从语言到思想，唐宋小说无不呈现出承继与变革交织的复杂图景。透过这一流变轨迹，我们可以深刻体悟到文学与时代的互动关系。小说从来都不是一座孤岛，而是扎根于特定的时代土壤。正是在对时代精神的回应中，唐宋小说才彰显出恒久的生命力。唐代小说洋溢着盛世繁华的激情，宋代小说则传达出世道日下的忧思。前者是盛唐气象在文学上的投射，后者是宋代士人精神的缩影。文学与时代，就这样在唐宋小说中交相辉映。当然，唐宋小说的意义不仅止于它对时代的呼应。作为中国小说发展长河中的一个重要环节，唐宋小说为后世树立了难以逾越的典范。无论是情节设置之错落有致，还是人物刻画之细致入微；无论是叙事手法之灵活多样，还是思想内涵之深刻多元，唐宋小说都为后来的小说创作提供了丰富的养分。明清小说家之所以能够驾驭如此复杂的叙事结构、塑造如此丰满的人物形象，唐宋小说功不可没。

第七章　唐宋文学批评的发展

　　文学批评作为文学创作的重要组成部分,在唐宋时期呈现出蓬勃发展的态势。唐宋文学批评既继承了前代的理论成果,又在批评实践中不断拓宽视野、深化内涵,形成了自身鲜明的特色。纵观唐宋文学批评的发展历程,可以看到其呈现出从个别到系统、从感性到理性、从经验到理论的演进轨迹。无论是在文体覆盖的广度上,还是在理论建构的深度上,唐宋文学批评都达到了前所未有的高度,对后世产生了深远影响。

　　具体而言,唐代文学批评在继承六朝文论的基础上,更加关注作品的艺术特质和审美价值,诗歌批评、骈文批评、小说批评各领风骚,涌现出陈子昂、司空图、李华等一批杰出的批评家。而宋代文学批评则因应时代变迁和文学演进而出现新的变化,古文批评、词的批评、议论文批评蔚为大观,欧阳修、王安石、苏轼等集大成者的理论建树,将文学批评推向了一个新的高峰。但同时,唐宋文学批评在批评视角、批评方法上呈现出明显的递进关系。唐代偏重从作品本身的思想内容、艺术技巧等方面展开评点,而宋代则更加强调文学创作与社会现实、人文精神的关联,体现出更为宽广的文化视野。同时,唐人习惯于对作品的优劣得失作出直观印象式的评判,而宋人则更加注重理论概括和逻辑论证,批评话语日益系统化、理性化。

　　总之,唐宋时期是中国文学批评发展的关键阶段,集传统文论之大成,开创近代文论之先河。透过对唐宋文学批评发展脉络的梳理,我们既可以看到中国古代文论发展的一般规律,也可以发掘蕴藏其中的文学智慧和文化精神,这对于构建中国特色的文艺理论体系,具有重要的借鉴意义。本章将从诗歌批评、骈文批评、小说批评等方面入手，对唐代文学批评的特点作扼要分析；继而考察宋代古文批评、词的批评 、议论文批评的代表人物及其理论建树；最后对唐宋文学批评在文体、理论、影响等方面进行比较研究，以期揭示唐宋文学批评演进的内在逻辑和发展规律。

一、唐代文学批评的特点

唐代是中国古代诗歌、骈文、小说创作的黄金时期，与之相适应，诗歌批评、骈文批评、小说批评也得到了全面发展，标志着文学批评的觉醒和繁荣。从陈子昂《与东方左史虬修竹篇序》对诗歌本质的思考，到司空图《二十四诗品》对诗歌美学特征的归纳；从李华《文赋》对骈文创作的规范，到柳宗元《答韦中立论文书》对文章道理的阐发；从王楚材《小说序录》对小说地位的确立，到华忠彦《江表传》对小说艺术的品评，唐代文学批评以其眼界的开阔、视角的多元、观点的精到而著称于世。本节将重点分析唐代诗歌批评、骈文批评、小说批评的代表人物及其批评实践，揭示其基本特点。

（一）诗歌批评

诗歌批评是唐代文学批评中最为繁荣和发达的领域。唐代诗歌创作异彩纷呈，诗人辈出，与此相适应，唐代诗歌批评也呈现出前所未有的活跃景象。纵观唐代诗歌批评的发展历程，大致可以分为初盛中晚四个阶段，每个阶段都涌现出一批杰出的诗歌批评家，在批评实践中形成了各具特色的理论观点，对后世产生了深远影响。

在初唐时期，随着诗歌创作的兴盛，诗歌批评开始萌芽。陈子昂是这一时期的代表人物。陈子昂在《与东方左史虬修竹篇序》中提出诗缘情而绮靡，词必究其用的观点，强调诗歌应该抒发真情实感，语言要优美华丽。他还在《感遇诗序》中指出情动于中而形于言，言之不足，故嗟叹之；嗟叹之不足，故咏歌之；咏歌之不足，不知手之舞之，足之蹈之也，揭示了诗歌创作的心理过程和艺术规律。[1]陈子昂的诗论对盛唐诗坛产生了重要影响，开创了唐代诗歌批评的先河。

---

[1] 傅玉兰. 宋之问及其诗歌研究 [D]. 南京：南京师范大学，2011：35-37.

　　盛唐时期是唐诗的黄金时代，诗歌批评也达到了空前的高峰。这一时期涌现出王维、王昌龄、李白、杜甫等一批伟大的诗人，同时也出现了皎然、司空图等杰出的诗评家。皎然在《诗式》中提出诗有三境：一曰物境，欲为诗者，当备物之体；二曰情境，欲为诗者，必备己之性情；三曰意境，欲为诗者，但摹写尽善，不着一字，而诗自成矣，开创了意境说的先河。司空图的《二十四诗品》则从审美风格的角度，将诗歌分为雄浑、冲淡、绮丽、飘逸等二十四品，对后世诗论产生了深远影响。这些诗论体现出唐代诗歌批评由创作经验向理论概括过渡的特点。

　　中唐时期，诗歌逐渐从盛唐的豪放走向细腻优美，批评家们更加注重诗歌语言和艺术技巧的评析。司空图在《与王驾评诗书》中提出诗以气为主，气盛则言之长；兴多者其词溢，遣兴而就序，序以气为主的观点，强调诗歌要以气韵为依归。僧皎然在《诗议》中进一步阐释了意境说，认为诗人之兴有浅深，故诗之意境有浅深，夫诗者，吟咏情性，非苟而已。苟而无味，虽工无益。这反映出中唐诗评的基本特点是重视诗歌内在的情思和神韵。

　　晚唐五代时期，诗歌逐渐走向繁复和堕落，诗歌批评出现了转向。司空图的弟子在《二十四诗品》的基础上，撰写了《诗品》，将原有的二十四品扩充为六十一品，体现出晚唐诗论更加注重形式技巧的评判标准。钱起在《诗格》中提出了诗以气为主，气盛则思远；诗以情为主，情深则意密的观点，与中唐皎然等人的诗论一脉相承，凸显出诗歌创作要以抒发真情为本的要求。

　　总之，唐代诗歌批评随着诗歌创作实践的深入而不断发展，逐步形成了自己的理论体系。在继承传统的基础上，唐代诗评注重从情感抒发、意境营造、语言技巧等方面把握诗歌的审美特质，提出了缘情说、意境说、气韵说等富有创见的理论命题，极大地丰富和深化了中国古代诗歌批评的内涵。这些理论对唐代乃至后世诗坛都产生了深远影响，是中国诗论的一座丰碑。

　　尽管唐代诗歌批评呈现出繁荣发展的景象，但相比宋代，其系统性和理论性还有所欠缺。唐代诗论多停留在就诗论诗的阶段，侧重从个别作品入手加以品评，尚未上升到宏观思考的高度。这一局限性的突破有待于宋代诗论的进一步发展。此外，唐代诗歌批评虽然涉及诗歌创作的诸多方面，但评价标准还不够完备，主要侧重于艺术性的考量，而对诗歌的思想性、现实性关注不够。这也是宋代诗论必须着力解决的问题。

尽管如此，唐代诗歌批评仍然堪称中国古代诗歌批评发展史上的一座高峰。它开创了从诗歌创作经验到理论概括的发展道路，为诗歌批评奠定了坚实的理论基础；它提出了一系列富有创见的理论命题，极大地丰富和深化了中国古代诗论的内涵；它体现出由感性认识向理性把握过渡的特点，推动了诗歌批评从经验阶段走向理论阶段。可以说，没有唐代诗歌批评所取得的丰硕成果，就不会有宋代诗论的大发展，也就不会有中国古代诗歌批评宏伟理论大厦的建成。唐代诗歌批评作为承上启下的关键一环，在中国古代文学批评史上具有不可替代的重要地位。

（二）骈文批评

骈文批评是唐代文学批评的重要组成部分。骈文是继汉赋、六朝骈俪文之后兴起的一种文体，以骈偶对仗、音韵和谐为主要特征，在唐代文坛占据了重要地位。与骈文创作的繁荣相伴随，唐代骈文批评也得到了长足发展，形成了自己的理论特色，对后世产生了重要影响。

初唐时期，骈文批评尚处于起步阶段。陈子昂在《与东方左史虬书》中指出：夫文章经国之大业，不朽之盛事。他强调文章对于国家治理的重要性，体现出重视文章现实作用的倾向。这一时期的骈文批评尚未形成系统的理论，主要侧重于就文论文，评价多着眼于辞藻技巧的考量。

盛唐是骈文创作的繁荣期，骈文批评也随之进入了成熟阶段。韩愈是这一时期的代表人物。韩愈在《答李翊书》中提出了文以明道的文学主张，强调文章要体现儒家的道统思想。他在《进学解》中又指出：古之君子，其文章尔雅，其言语典重，其行己端方，其进退整肃。观其文，可以广其知；见其人，可以加其敬。韩愈注重从文章的内容思想以及作者的人格修养角度对文章进行评判，开创了骈文批评注重思想内涵的先河。柳宗元也是这一时期的重要骈文批评家。他在《答韦中立论师道书》中提出了文章合为时而著，歌诗合为事而作的观点，强调文章要关注现实，紧扣时事。柳宗元还在《天说》等文中对骈俪对偶、声律格律提出了严格要求，体现出对骈文形式技巧的重视。

　　到了中唐时期，骈文在形式技巧上走向繁缛，批评家们对此提出了批判。刘禹锡在《上林赋序》中指出，当时很多文人惟声律是凭，不复追求典正之旨；专对偶是务，不复穷究精微之致，流于形式主义。姚合在《大钱》中讽刺那些专对偶而不穷理，务声律而昧指归的文人，反映出中唐文人对骈文创作弊端的批判态度。这表明中唐骈文批评开始由形式技巧的考量转向对作品内容思想的关注。而晚唐时期，骈文日趋式微，骈文批评转向古文。柳宗元的文论得到了进一步发展。柳宗元弟子刘知几在《史通·古今文移》中全面总结了古文和骈文的异同，指出文有古今，义有通塞。他批评晚唐骈文虽工而不古，辞甚隶事，　语多鄙俚，主张文章应该必穷正理，尽美言，使事有师法，语有凭据。刘知几的观点体现了晚唐骈文批评重视文章内容，强调文章要师法古人、探究事理的倾向。

　　纵观唐代骈文批评的发展历程，可以看出其经历了由形式到内容、由技巧到思想的转变过程。初唐骈文批评侧重辞藻技巧的评判，盛唐韩愈等人开始强调文章的思想内涵，中唐刘禹锡等人对骈文形式主义进行批判，晚唐刘知几等人主张文章要体现儒家思想、探究事物真理。这一发展脉络反映出唐代骈文批评不断深化的趋势，体现出由感性认识向理性把握的升华。这种重视骈文内容思想的理论取向，对宋代古文运动产生了积极影响。虽然唐代骈文批评的主流倾向是由形式到内容，但骈文创作毕竟是一种讲究声律技巧的文体，过于偏重思想内容而忽视形式特征，也不利于骈文艺术的健康发展。对此，宋代王安石等人曾予以批评，主张复兴骈文，力求在内容和形式之间达成平衡。这从另一个侧面说明，唐代骈文批评虽然取得了丰硕成果，但仍存在一定局限性，有待于宋人的继承和发展。

　　总的来说，唐代骈文批评是中国古代骈文批评发展的重要阶段。它在继承六朝文论的基础上，开创了重视骈文内容思想的理论取向，突破了单纯拘泥于辞藻技巧的桎梏；它对骈文艺术的表现形式进行了深入探讨，提出了严谨的声律格律要求，极大地促进了骈文艺术的繁荣发展；它体现出由就文论文到关注现实的转变，彰显出鲜明的现实关怀意识。这些理论主张无不闪耀着唐代文论家的智慧光芒，是中国古代骈文批评宝库中的瑰宝。

　　当然，唐代骈文批评也不可避免地存在一定局限性。相比盛唐诗歌批评所达到的高度，唐代骈文批评的系统性和理论深度还有所欠缺。这主要是因为骈文毕竟是一种相对较新的文体，其内在的美学规律有待进一步探索。加之唐代社会的思想解放度不及宋代，骈文批评往往囿于儒家思想的樊篱，缺乏更加广阔的文化视野。这些问题为宋代骈文批评指明了努力方向。

总之，唐代是中国古代骈文批评的关键时期。唐人在继承传统的基础上，以敏锐的洞察力和深邃的思想把握住了骈文批评的核心问题，开创了骈文批评由形式到内容的转型之路。唐代骈文批评的丰硕理论成果极大地丰富了中国古代文论的内涵，成为中国骈文批评史上一座巍然屹立的丰碑。

（三）小说批评

相较于诗歌批评和骈文批评，唐代小说批评的发展相对滞后，但仍然取得了一定的理论成果。唐代小说创作呈现出多样化的特点，传奇、志怪、轶事、杂录等小说体裁蔚为大观。与之相适应，唐代文人开始对小说的文体特征、审美价值、社会功能等问题进行探讨，逐步形成了自己的批评话语。

在众多的唐代小说批评家中，李亦中堪称集大成者。李亦中在《独异志》中对当时的小说创作状况进行了系统总结，他将小说分为仙、释、神、怪、妖、异、谈、笑八类，反映出唐代小说题材内容的丰富多元。李亦中不仅看到了小说的思想价值，认为天下之善书，可劝可惩，托于幻设，寄于虚构，而且肯定了小说的审美价值，指出玄远之言，必寄之于寓言；诙谐之旨，必见之于小说。这些见解表明，唐人已经开始从思想内涵和艺术表现的角度来评判小说，体现出较强的理论意识。

王楚材是另一位重要的唐代小说批评家。王楚材在《小说序录》中对魏晋以来的小说进行了全面梳理，并对小说的特点、源流、流变等问题作了精辟论述。他指出，小说具有广泛的社会影响力，能够见之者莫不披卷尽惊，历奇幽怪，故可喜也。王楚材还提出了辞简而事明的小说语言观，强调小说要言简意赅，表达明白晓畅。这些观点反映出唐人对小说传播效果以及语言艺术的关注，具有一定的理论深度。

宋孝言在《天地造化开辟以来人代吉凶图赞》中提出了奇而有理的小说评价

标准，强调小说应该在离奇想象的基础上蕴含真理。这一观点表明唐代小说批评在重视小说思想内涵的同时，也注重小说的想象力和审美价值。

吴均在《续齐谐记》中记载了齐梁小说家的轶闻轶事，对当时的小说创作状况有所反映。吴均指出，小说能够给人以警戒启示，使人览其文而有觉，不堕于邪。这体现出唐人已经看到了小说的教化功能。

尽管唐代小说批评取得了一定进展，但总体而言，其发展还相对滞后。这主要表现在以下几个方面：其一，唐代小说批评尚未完全脱离史传笔记的传统，诸如李亦中等人的批评多见于类书、笔记等著作中，尚未形成专门的小说评论文章。其二，唐代小说批评缺乏系统性，许多批评见解散见于不同文人的著述中，没有形成体系化的理论。其三，唐代小说批评更多着眼于小说的思想内容，对其艺术特色的探讨还不够深入，缺乏从审美角度切入的理论视野。

造成唐代小说批评发展滞后的原因是多方面的。首先，小说在当时还是一种较新的文学体裁，其地位远不如诗歌、骈文等传统文类，这在一定程度上制约了批评家们的理论视野。其次，儒家正统文化观念在唐代占据主导地位，文人多视小说为小道、末技，不屑于对其进行系统阐发。再者，唐代小说创作本身尚未达到足够的艺术成熟度，缺乏令批评家拍案叫绝的经典之作，这也在一定程度上影响了批评理论的深化。

尽管如此，唐代小说批评对宋代小说批评的发展仍然具有重要的开创意义。它标志着中国古代文论开始将目光投向小说这一新兴文体，在小说本体论、功能论、艺术论等方面提出了富有洞见的见解，为宋代小说批评奠定了重要的理论基础。

总的来看，唐代小说批评处在由无到有、由散到聚的发展阶段，其理论旨趣可以概括为重内容、重教化、重想象三个方面。这种理论取向一方面反映出唐代文论的基本特点，另一方面也凸显出其局限性所在。这为宋代小说批评指明了理论突围的方向，宋代批评家必须在唐人已有理论的基础上加以扬弃，从而推动小说批评实现新的突破。

唐代小说批评虽然尚处于起步阶段，但已经初步确立了中国古代小说批评的问题意识和理论话语。唐代批评家对小说的地位、特点、功能等所做的探讨，体现出一种积极入世的文学观念,表明他们已经看到了小说这一通俗文体的社会价值。同时,唐人所提出的奇而有理、辞简而事明等批评标准,也为把握小说的审美特质提供了理论线索。这些理论探索无疑极大地开拓了中国文论的视野,是中国小说批评发展史上的重要一页。

回顾唐代小说批评的发展历程,我们既要看到其理论成就,也要认清其局限短长。在充分吸收唐代小说批评合理内核的基础上,克服其理论缺陷,是宋代乃至后世小说批评必须面对的课题。只有不断地继承和创新,中国小说批评才能真正实现理论自觉,构建起自己的学科体系。这是一个任重而道远的过程。

二、宋代文学批评的变化

宋代是理学大发展的时期,在政治、经济、文化等领域,都呈现出与唐代迥然不同的时代特征。受此影响,宋代文学批评出现了明显的变化:古文批评盛行,欧阳修、苏轼等古文运动倡导者的文论对时人影响甚巨;词的地位日益提升,以周邦彦、王国维等为代表的词论家对词的本质与风格进行了深入探讨;议论文日益成为文坛主流,诸如王安石、司马光等理学家对议论文的文体特性多有论述。可以说,宋代文学批评更加注重经世致用,强调文学的社会价值和人文内涵,这构成了宋代文学批评区别于唐代的鲜明特色。本节将重点考察宋代古文批评、词的批评、议论文批评的流变轨迹,分析其思想内核。

(一)古文批评

宋代是中国古代文学批评发展的重要时期,古文批评的繁荣是这一时期文学批评的显著特点。随着北宋古文运动的兴起,欧阳修、苏轼等一批杰出的文学家不仅在创作实践中力倡古文,而且在理论上对古文的特质和价值进行了深入阐发,形成了宋代古文批评的主流。他们的古文理论对当时乃至后世的文学创作产生了深远影响。

北宋古文运动肇始于西崇文学,以欧阳修、苏轼、曾巩、王安石等人为代表。他们反对当时盛行的僻涩艰深的西昆体,主张恢复汉唐古文的质朴风格。欧阳修是北宋古文运动的倡导者和领袖人物。他在《答吕叔重书》中明确提出文贵明道的文学主张，强调文章应该体现儒家的道统思想。欧阳修还在《与韩愈论文书》中指出：文之为道也，简而明，质而善，其于辞也，明道之符令而已。他提倡文章要言简意明、质朴自然，反对堆砌藻饰、故作高深。这些观点奠定了宋代古文批评的理论基础。

苏轼是北宋古文运动的另一位重要人物。他在《潮州韩文公庙碑》中对韩愈的散文艺术予以极高评价："其于文也，尽弃浮艳，反古制，寥寥数百言，而意有不可穷者。"苏轼推崇韩愈散文的古朴风格，认为其文简约而意蕴丰富，堪称楷模。苏轼还在《上欧阳内翰第一书》中提出以意逆志的创作原则，强调文章应该真情实感，不应生搬硬套。苏轼的古文理论进一步深化和拓展了欧阳修的文学主张。

王安石是北宋古文批评的另一代表人物。他在《读孟尝君传》中对司马迁的散文予以高度评价："迁之为文也，其格高，其调雅，其事核，其义析，其词达而已。"王安石推崇司马迁散文的高远品格、精审义理、通达辞采，为评判古文树立了标准。他还在《上人书》中提出文质彬彬的文章标准，认为理想的文章应该内容充实而形式典雅，质朴中不乏文采。这些观点丰富了宋代古文批评的内涵。

曾巩是北宋古文运动的另一位积极参与者。他在《上欧阳舍人书》中指出："盖文之本在人性，而助之以知识，润之以议论，文以载道，辞以宣德。"曾巩认为文章应该反映作者的性情，兼备学识与议论，达到内容与形式的完美结合。他还在《书洪兴祖〈楚辞补注〉后》中提出语不惊人死不休的观点，强调文章要出新意、有特色，给人以震撼感。这些见解体现了曾巩独到的文学眼光。

除上述几位代表人物外，梅尧臣、李觏、邵雍等北宋文人也都提出了自己的古文主张，形成了北宋古文批评的多元论争局面。他们的理论观点虽各有侧重，但都体现了对古文价值的充分肯定，对僵化文风的深刻批判，对文道关系的深入思考。可以说，正是在这些文人的共同努力下，古文在北宋重新焕发了勃勃生机，成为时代的主流。他们的古文理论极大地开拓了文学批评的视野，引领了北宋文坛的健康发展。

南宋古文批评在继承北宋理论的基础上，进一步彰显出鲜明的经世致用色彩。

朱熹是南宋古文批评的集大成者。他编选了《古文关键》，选录自先秦至北宋的名家文章，旨在为文章习作树立典范。朱熹还在《答张敬夫》中指出："盖文所以载道，必本之于性情，原之于事理，上下四达，源流条贯，然后其文可与言道。"朱熹认为文章的根本在于反映作者的性情，阐发事物的道理，体现儒家内圣外王的理想。他还提出理通文变的观点，强调议论要从事理中生发，文采要随义理而变化。这些见解体现了朱熹经世致用的文学观，对后世影响深远。

陆九渊是南宋古文批评的另一位代表人物。他在《语录》中指出：夫古之为文，务在切己，盖发诸中而形诸外，由乎其情而见乎其辞。陆九渊主张文章应该真挚质朴，发自内心，表现情性。陆九渊还提出了性情之真有笃实处，故其文不落俗套的观点，强调要根据作者的性情特点和生活阅历来创作文章，反对空洞的形式主义。这些见解体现了陆九渊在继承北宋理论的基础上，注重从作者个性角度阐发文章的内涵。

总体而言，宋代古文批评经历了由北宋到南宋、由文本到人情的嬗变历程。北宋古文批评肇端于对六朝骈俪文风的反动，集中体现了崇古、尚质的时代特征。批评家们高度重视文道关系，强调文章的思想内涵，这种理论取向与当时理学的兴起密切相关。到了南宋，随着理学的深入发展，古文批评呈现出鲜明的经世致用、关注人情的特点。朱熹、陆九渊等人注重从性情、境界等方面论文，使得古文批评进一步彰显出人文主义色彩。

尽管北宋和南宋在理论旨趣上有所差异，但都体现了宋代古文批评由文本走向人情的总体趋势。宋人突破了过去单纯文本评判的局限，将目光投向文章背后的人，这种以人为本、关注作者的批评视角开启了文学批评由言语层面向心理层面转向的端倪，标志着宋代文学批评跨入了一个新的境界。

宋代古文批评为中国古代文学批评注入了新的活力。在文体层面，它推动了古文创作的蓬勃发展；在理论层面，它开拓了文道关系、文气论、文心说等诸多新的批评话语；在价值取向上，它体现出重视人伦、推崇儒学的时代精神。可以说，没有宋代古文批评，就不会有中国文学批评从文本走向人情的理论飞跃。

当然，我们也要看到宋代古文批评的局限性。宋人对古文的推崇带有复古主义色彩，其文论体系还不够完善，某些观点流于粗疏。这些问题为后世批评家提出了新的课题。但瑕不掩瑜，宋代古文批评的开创性意义是不容忽视的。它标志着中国文学批评在漫长的发展历程中翻开了崭新的一页。继承和发展宋人的古文理论，是后世文学批评的重要任务。

（二）词的批评

宋代词的批评是宋代文学批评的重要组成部分。随着宋词创作的繁荣发展，宋人对词的文体特质、审美风格、创作技巧等问题展开了深入探讨，形成了宋代词论的基本面貌。宋代词人不仅在创作实践中推陈出新，在理论上也提出了许多独到见解，极大地丰富了中国古代词论的内涵。

北宋中期，晏殊、欧阳修等人开创了词论的先河。晏殊在《寄黄幾复》中指出词要约而径，委婉而悱的特点，强调词应该言简意赅、含蓄委婉、曲尽其妙。欧阳修在《醉翁琴趣外篇·词论》中进一步阐发了词的审美特质，他指出词要音律协契，葩藻殊异，既要讲究音律和谐，又要锦心绣口、与众不同。这些见解揭示了词婉约、雅致的艺术风格，对词体特点有较深刻的把握。

苏轼是北宋词坛和词论的领军人物。他在词的创作上力倡豪放风格，在理论上也阐发了自己独到的见解。苏轼在《答华铎之问》中指出："词至李贺、温庭筠，始云词人，要非诗人不能为。"至若东坡者流，诗人而能为词者也。苏轼认为唐代温李二人虽工于词而不善诗，才算得上真正的词人。他还强调诗人从事词的创作，能够开创词的新境界。这表明苏轼意识到词应该具备不同于诗歌的独特品格，同时也看到了诗词之间可以相互借鉴的关系。苏轼还在多个场合阐发了自己的词论观点，如文章合为时而著，歌诗合为事而作，宜脸不宜煮，论词以情胜等，这些观点无不彰显出苏轼力主言情见性、不拘一格的豪放词风。

与苏轼齐名的是周邦彦。作为北宋婉约词派的代表，他在创作上精益求精，在理论上也阐发了颇具特色的见解。周邦彦在《琴趣外篇·词源》中溯源词体，认为词源于唐梵僧习《风诗》得"兴"，遂有《菩萨蛮》《谒金门》诸曲，至今曲子，如《南乡子》《谒金门》，尚存其旧。这表明周邦彦已经注意到词与唐乐府民歌的渊源关系。周邦彦还在《琴趣外篇·词旨》中指出，作词应协音律，切事情，既讲究音律和谐，又要贴近人情世事。这些观点表明周邦彦对词体形式与内容的关系有清醒认识。

南宋时期，王灼撰写了我国第一部词学专著《碧鸡漫志》，标志着词论进入了一个新的发展阶段。王灼在书中列举词调，标榜词格，总结创作经验，开创了系统词论的先河。他提出词以情景为主，以才学为辅，欲其颖异而不欲其甚奇，欲其慷慨以任气，不欲其纤佻以失体等观点，体现出对词婉转蕴藉、丰润多姿特点的深刻认识。

陆游是南宋另一位杰出的词人和词论家。他主张词要真切，如酒泉在前，不苦思索，强调要抒真情、状实景，反对堆砌藻饰、刻意雕琢。陆游还提出词要直抒胸臆，以写景叙事为词格，即兴命笔，不事雕刻，推崇洒脱自如、信手拈来的创作风格。这些观点表明陆游主张真情实感，反对做作，对词要贴近生活、直抒性情有切实的把握。

姜夔是南宋另一位重要的词论家。他在《白石道人诗说》等著作中，反复阐发词要空灵、清瘦、飘逸的审美理想，强调词以境界为工，不专在藻绘。姜夔认为词贵在空明虚淡、曲尽其妙，反对过分雕琢辞藻。这表明姜夔通过对词意境、神韵的描摹，揭示了宋词冲淡空灵的审美旨趣。

吴文英是南宋晚期著名词人，他的词学理论颇具特色。吴文英在《梦窗词集·自序》中提出词要委婉曲折，一洗才人之陈腐，多反复阐发，寄兴浅深，波澜曲折。他主张词要婉转蕴藉，言有尽而意无穷，反对浅露直白、生硬粗陋。同时，吴文英还强调词要三致意焉，婉丽皆备，不仅要形似，还要神似，讲究神形兼备。这些见解体现了吴文英对词的语言、意境、神韵等方面的深入思考。

除上述词人外，辛弃疾、张炎等人都提出了自己独到的词论见解，丰富了宋代词论的内涵。宋代词人在长期的创作实践中，针对词的文体特点、审美风格、表现技巧等问题进行了深入探索，提出了许多精辟的见解。他们或主张典雅、讲究音律，或推崇豪放、提倡直抒胸臆，这些观点从不同侧面揭示了词婉转含蓄、吐露缜密的艺术特质。

总体而言，宋代词论经历了由萌芽到发展、从经验总结到理论升华的过程。

北宋晏欧开创词论先河，苏轼、周邦彦分别从豪放和婉约的角度阐发词论，标志着宋代词论初步形成。南宋王灼撰写词学专著，姜夔、吴文英等人进一步探讨词的意境、神韵，推动词论步入成熟。这一发展脉络反映出宋人对词体的逐步认识和把握，体现了宋代词论由感性经验向理性思辨转化的历程。

总的看来，宋代述论呈现出以下几个基本特点：一是强调词的文体特点，重视对词婉转蕴藉、吐属缜密的艺术特质的把握；二是注重词的意境营构，讲究空灵飘逸、含蓄丰润的审美旨趣；三是关注词的抒情功能，主张直抒胸臆、贴近人情世事；四是重视创作经验总结，讲求作词技法，提出了许多可资借鉴的创作原则。这些特点集中体现了宋代词论的基本面貌，对词体的发展产生了重要影响。

当然，宋代词论也存在一定局限性。总的来看，宋人对词的本体特征有较深刻把握，但在理论上缺乏系统性，许多观点还带有感性色彩。这主要是由词这一文体的性质和宋代文论发展的总体状况所决定的。词是一种音乐性很强的抒情文体，其理论的系统化有赖于对词的语言、音律、意象等要素的逐一分解，宋人在这方面的探索还不够深入。

同时，宋代词论的开创性意义仍不容忽视。宋人通过对词体特点的把握、创作经验的总结、审美旨趣的揭示，极大地丰富了中国古代词论，推动了词学理论的发展。他们还通过对词婉约和豪放两大风格的阐发，确立了词学研究的基本路向，这对于宋词乃至整个词体的繁荣具有重要意义。可以说，没有宋人在词论上的积极探索，就不会有词这一古典抒情文体的最终成熟。

回望宋代词论的发展历程，我们既要看到宋人在词体把握上的卓越成就，也要认识到宋代词论的理论局限。这种认识有助于我们更加全面、客观地评判宋代词论在中国古代文学批评史上的地位和意义。继承和弘扬宋人词论的优秀传统，是古代文论研究的一项重要课题。唯其如此，我们才能不断推进中国古代文学批评的现代转型，使其在新的历史条件下焕发出勃勃生机。

（三）议论文批评

宋代议论文蔚为大观，其创作与批评均取得了显著的成就。议论文作为时代主流，深刻地反映了宋代政治、经济、文化等各领域的变迁，集中体现了宋代社会转型的特点。与议论文创作的繁荣相伴随，宋代议论文批评也呈现出勃勃生机，涌现出一批卓有成就的理论家，他们对议论文的文体特点、写作方法、审美风格等问题进行了深入探讨，形成了颇具特色的批评话语，这些理论对宋代乃至后世的议论文创作产生了深远影响。①

欧阳修是北宋议论文批评的集大成者。他在《朋党论》《本论》《平议大事》等文章中，对时弊进行了尖锐揭露和批判，这些议论文以理辩论事、据理力争的特点，开创了议论文说理析理的先河。欧阳修还在《与吕望夷书》中提出文以明道，辞以足言，言以尽意的文论主张，强调议论文要阐发道理、充分论述、尽情达意。这表明欧阳修高度重视议论文的说理功能和社会作用，对其文体特点有清醒认识。

苏轼是另一位北宋议论文大家。他创作的《潮州韩文公庙碑》《刑赏忠厚之至论》等议论文，在继承欧阳修议论文特点的基础上，进一步彰显出诙谐机智、夹叙夹议的特色，将议论文推向了成熟。苏轼在《文说》中指出："凡言文者……大抵禀于天资，发于人情，因物喻志，全在我手。"他认为议论文应该发抒己见、阐明事理，体现作者的创造性。这种强调作者个性和创新的观点，对议论文写作的开拓和丰富具有重要意义。

司马光是北宋另一位重要的议论文家。他的《上皇帝书》《谏院题名记》等议论文笔锋犀利、直抒己见，展现出鲜明的个性和锐气。司马光还在与苏轼的论辩中阐发了自己的文论观点。他在《上欧阳内翰第二书》中反驳苏轼的文论，指出文章应该直而不佞，质而不野，既要曲达奥旨，又要通俗浅显。司马光反对故作高深、过分雕琢，主张平实质朴的议论文风格。这表明司马光十分强调议论文的教化作用和社会功能。

王安石是北宋著名的改革家和议论文家。他在推行变法的同时，也创作了大量的议论文，如《上仁宗皇帝言事书》《书刑法后》等，这些议论文论辩严密、说理透彻，体现出理性辩证的特点。王安石还对议论文的文体、议论方式等问题进行了探讨。他在《上梅道秀论文书》中指出："议论之文，当以言事为本，而

① 单芳. 论儒家诗教对两宋词论的影响 [J]. 西北师大学报（社会科学版），2011，48(03)：21-26.

以文章为末。"王安石认为议论文应该以论事为主，文辞则须简洁朴实。这表明他从社会功用的角度看待议论文，强调其现实作用和说服力。

南宋理学家朱熹也是一位杰出的议论文批评家。他在《文集序说》中指出："大凡为文之法，必先立其意，而后遣其词。立意不定，则众言无所帅归；遣词不当，则良意不能骋发。"朱熹强调议论文要先明确议论对象，确立中心论点，然后围绕论点展开论述，做到意在言先、言从意发。朱熹还提出义理明切，措辞尽善，谓之能文的标准，强调议论要言之有物、持之有故。这些观点体现了朱熹崇尚经世致用的文学观。

陆九渊也对议论文创作提出了自己的见解。他在《语录》中提出："议论须尽兴尽情，思致其意，而不可堆砌藻饰。"陆九渊认为议论文要真情实感、发自内心，反对堆砌辞藻、浮夸做作。这表明他注重议论的真诚性和感染力。同时，陆九渊主张议论要恰如其分、切中时弊，强调议论文应针对现实而发，具有现实针对性。

真德秀则从文体特点和写作技巧的角度探讨议论文创作。他在《文章精义》中指出，议论文要做到因事称议、据理申说。这表明真德秀主张议论文要言之有物、持之有故，强调议论的客观性和说服力。他还提出议论要先据大体，次析枝叶，举其大要，不为细碎，强调议论要突出重点、言简意赅，反映出真德秀对议论文结构的重视。

除上述理论家外，陈亮、叶适等南宋经世派文人也都就议论文的社会作用、议论方式等问题发表了自己的看法，丰富了宋代议论文批评的内容。宋代文人对议论文创作规律和审美特征的探索，极大地促进了议论文体的繁荣发展，彰显出宋代文坛经世致用的时代特色。

宋代议论文批评经历了从北宋到南宋的发展过程。北宋议论文批评以欧苏为代表，开创了议论文说理析理、诙谐夹叙的传统。南宋理学家和经世派文人在北宋基础上，进一步从义理、修辞、结构、风格等方面探讨议论文创作，推动议论文批评走向深入。这一发展脉络与南宋理学的兴起、经世致用观念的强化紧密相关，体现了宋代文论转型的总趋势。

从理论旨趣上看，宋代议论文批评呈现出以下几个主要特点：一是重视议论文的经世作用，强调议论应该关注现实、直面时弊；二是关注议论文的说理方法，主张议论要做到言之成理、持之有故；三是讲求议论文的修辞技巧，提倡议论要简洁质朴、生动鲜活；四是注意议论文的结构谋篇，强调议论要突出重点、详略得当。这些特点集中体现了宋代议论文批评的基本面貌，对当时乃至后世议论文创作产生了积极影响。可以说，宋代议论文批评是中国古代文论的重要组成部分。宋代文人立足于现实关怀，以敏锐的洞察力和深邃的理论眼光对议论文创作进行了全面探索，极大地丰富和深化了中国古代文论的内涵。他们在总结创作经验的基础上，初步建构了议论文批评的理论体系，在文体特征把握、写作方法探讨、审美旨趣揭示等方面取得了重要成就，有力地推动了议论文体的繁荣。

尽管宋代议论文批评十分发达，但其理论建树主要体现在对创作经验的概括提炼上，在理论深度和系统性方面还有待进一步加强。这主要是由议论文体的性质和宋代文论发展的总体水平所决定的。一方面，议论文侧重说理辨析、指陈事理，其理论的系统化需要在更宏大的文化视野中加以把握；另一方面，宋代理学的兴起虽然为议论文批评提供了有力支撑，但其影响也使得议论文论的视野难免受到一定局限。这些问题为后世议论文批评的发展提供了思路。

宋代议论文批评的发展历程，我们既要看到其理论视野的开阔、问题意识的深刻，也要认识到其在理论上还存在一定欠缺。这有助于我们客观评判宋代议论文批评在中国古代文论史上的地位和贡献。总的来说，宋代是议论文批评的高峰期，宋人在议论文创作经验总结、表现技法探讨等方面取得的重要成就，极大地推进了中国古代议论文批评的发展，其丰富的理论遗产必将为后世文论研究提供重要启示。

三、唐宋文学批评的影响

唐宋时期是中国文学批评发展的高峰期，无论是在文体覆盖上还是理论深度上，都达到了空前的高度，对后世产生了广泛而深远的影响。就文体而言，唐代诗歌、骈文、小说批评的先河开启，为宋代词、议论文等批评奠定了坚实基础，二者相互补充，构筑起中国古代文学批评的完整体系。就理论而言，唐人善于从艺术角度把握作品的特质，开创了神韵说意境说等独特理论，而宋人则侧重从文学与社会、人生的关系探讨作品的意蕴，提出文以载道等命题，二者对中国文论的理论建设具有开创性意义。本节将以宏阔的视野审视唐宋文学批评在文体、理论等方面的承继关系，揭示其对后世的深远影响，彰显其在中国文论发展史上的历史地位。

（一）唐宋文学批评在文体上的互补

唐宋时期是中国古代文学批评发展的重要阶段，这一时期的文学批评在文体上呈现出互补的特点。唐代以诗歌、骈文、小说批评为主，而宋代则以古文、词、议论文批评见长。这种互补格局一方面反映了唐宋文学创作的侧重点，另一方面也体现出唐宋文学批评的时代特色。正是在不同文体批评的交相辉映中，唐宋文学批评形成了丰富多元的理论话语，极大地推进了中国古代文学批评的发展进程。

就诗歌批评而言，唐代无疑是一个高峰期。陈子昂《与东方左史虬修竹篇序》开启了盛唐诗歌批评的先河，提出诗缘情而绮靡，词必究其用夏的情致说。殷璠《河岳英灵集序》强调诗人个性才情的重要性，开创了才气说的先声。司空图《二十四诗品》将诗歌划分为二十四个审美品格，对盛唐诗坛产生了深远影响。皎然《诗式》提出诗有三境的观点，开创了意境说的先河。这些理论的提出极大地丰富了中国古代诗歌批评的内容和视野。

相比之下，宋代诗歌批评略显逊色。北宋中期，欧阳修、梅尧臣等人虽然对宋诗的创作特点进行了探讨，但总体而言理论深度不如唐人。南宋诗论主要集中在江西诗派与江西诗社的论争上，辛弃疾、严羽等人分别从革新与守正的角度阐发诗歌主张，这在一定程度上延续了唐代诗论重视个性、讲求意境的传统，但未能形成广泛而持久的影响。

在骈文批评方面，唐代同样占据着重要地位。初唐陈子昂《与东方左史虬书》强调骈文对经世治国的重要作用，为骈文正名。韩愈《进学解》、柳宗元《答韦中立论师道书》分别从文章旨归和创作方法的角度阐发骈文的审美特质，极大地丰富了唐代骈文批评的内涵。柳宗元更是提出了古质说，强调骈文应该推陈出新，这对后世骈文创作产生了积极影响。到了宋代，随着古文运动的兴起，骈文逐渐式微，骈文批评的数量和质量也明显下降。欧阳修虽曾撰文探讨骈俪的创作技巧，但主要是从辞章角度切入，未能上升到理论高度。其他北宋古文家虽偶尔涉及骈文，但多持批评态度，难成气候。南宋朱熹虽力图复兴骈体，但论述亦不多见。可以说，宋代在继承唐代骈文批评遗产方面略有欠缺。

在小说批评领域，唐代虽已出现零星评论，但还谈不上系统和成熟。李呼、孔颖达分别撰文评论《搜神记》，揭示了小说的思想内涵，开启了小说批评的先声。但总的来看，唐人对小说的文体特征、审美风格等问题缺乏深入探讨，未能形成系统的批评话语。这既与小说在唐代的地位有关，也反映出当时文论的总体视野所限。

宋代小说创作空前繁荣，批评水平亦有所提升。北宋末叶，以洪迈《夷坚志》为代表的笔记小说蓬勃发展。胡仔《苕溪渔隐丛话》、赵彦卫《云麓漫钞》等都对宋代小说创作进行了评述，反映出小说逐渐引起文人关注。南宋吴曾撰写《能改斋漫录》，区分了小说与正史的界限，这反映出宋人对小说虚构特征的认识已有所加深。但总的说来，宋代小说批评尚处于经验总结阶段，理论建树仍显单薄。

宋代文学批评的亮点在于古文、词、议论文的批评。北宋古文运动兴起后，欧阳修、苏轼、王安石、曾巩等人纷纷阐发文论主张，极大地推进了古文批评的发展。欧阳修文以明道的文论观，苏轼以人为本的创作论，王安石文辞务去淫泰的审美论，开创了宋代古文批评的新局面。南宋朱熹、陆九渊等理学家的文论虽重在阐发义理，但也为古文批评注入了新的内容。总的来看，宋代古文批评继承了韩愈、柳宗元等唐人的古文理论，并有所发展，对后世产生了重要影响。这在一定程度上弥补了宋代在诗歌、骈文批评上的不足。

词论是宋代文学批评的又一个重要方面。唐五代词的批评主要侧重音乐性的考察，至宋代词论才真正进入文学批评的视野。晏殊《鸡肋集自序》开创性地将词视为独立的文学样式加以论述。王灼《碧鸡漫志》、周邦彦《片玉集论》等著作对词体的源流、体式、声律等进行了系统阐述，推动词论进入理论化阶段。姜夔、吴文英等人还从词的意境、神韵等方面对其艺术特色作了精辟论析。可以说，词论的建立和发展是宋代文学批评的重要收获，它在一定程度上拓展了古代文学批评的疆域，具有开创意义。

议论文批评是宋代文学批评的又一亮点。唐代韩愈倡导古文，开启了议论文创作的先河，但理论探讨尚不充分。宋代理学兴起，朱熹、陆九渊等理学家大量撰写议论文阐发义理，极大地推动了议论文创作的繁荣。欧阳修、苏轼、王安石等人也都对议论文的文体特点、修辞方法等进行了探讨，形成了宋代议论文批评的主流。尤其是欧阳修，他在《朋党论》《本论》等文章中对时弊进行了尖锐的抨击和揭露，开创了议论文直面现实的先河。由此观之，议论文批评堪称宋代文学批评的一大特色，这与宋代经世致用的时代风气密不可分。

唐宋文学批评在文体上呈现出明显的互补特点。唐代诗歌、骈文批评的繁荣，宋代古文、词、议论文批评的发达，共同构筑起唐宋文学批评的灿烂景观。这种互补格局反映了唐宋文学创作的基本面貌，也昭示着唐宋文人的审美情趣和文化诉求。当然，唐宋文学批评在互补中仍存在一些缺憾。比如宋代在继承唐代诗歌、骈文批评理论方面略显不足，而唐代在古文、词、议论文等方面的批评则相对薄弱。造成这种局面的原因是多方面的，既与创作实践密切相关，也受时代文化氛围、文人审美趣味等因素制约。这提醒我们在考察唐宋文学批评时，要立足于宏阔的历史视野，将其置于时代坐标中加以考量，方能准确地把握其得失。无论如何，唐宋文学批评在文体上所呈现的互补特点，极大地拓展了中国古代文学批评的领域和视野。不同批评话语的交相辉映，共同构成了唐宋文学批评的灿烂图景，这无疑标志着中国古代文学批评进入了一个崭新的发展阶段。唐宋文人在批评实践中所展现的创新意识和卓越眼光，必将为后世文学批评的发展提供积极的启示。

通过分析唐宋文学批评在文体上的互补历程，我们要在把握其基本脉络的同时，深入探究其内在机制和发展规律。只有立足于宏阔的文化视野，探究唐宋社会变迁、思想更新等因素对文学批评的影响，我们才能更加全面地认识唐宋文学批评在中国文论史上的地位与贡献。这不仅有助于我们深化对中国古代文学批评发展模式的认识，也为建构具有中国特色的文学理论体系提供了宝贵的经验和启示。

（二）唐宋文学批评在理论上的深化

唐宋时期是中国古代文学批评发展的重要阶段，这一时期的文学批评在理论上呈现出深化的特点。唐宋文人在继承前人理论的基础上，针对不同文体的特点，提出了许多颇具创见的理论观点，使得文学批评在理论深度和系统性方面得到了进一步提升。总的来看，唐宋文学批评在文本论、创作论、反映论、功能论等方面都取得了丰硕成果，极大地推进了中国古代文学批评理论的建设和完善。

在文本论方面，唐代批评家开创性地提出了诸多命题。陈子昂在《与东方左史虬修竹篇序》中提出诗缘情而绮靡，词必究其用夏的观点，开创了缘情说，强调诗歌应该抒发真情实感，这对盛唐诗歌的繁荣产生了深远影响。皎然的三境说将诗歌审美境界划分为物境、情境、意境三个层次，开创了意境说的先河。司空图在《二十四诗品》中对诗歌的审美品格进行了细致入微的品评，极大地丰富和深化了唐代诗歌批评的内涵。可以说，唐人对诗歌本体的探索达到了前所未有的高度，为宋代诗论的发展奠定了坚实基础。

宋代诗论虽未能达到唐人的高度，但在某些方面亦有所深化。欧阳修在《六一诗话》中提出清空、淳雅的诗歌审美标准，强调诗歌应该具有空明澄澈、文雅有法度的品格。梅尧臣在《宛陵诗话》中主张诗歌应该体物镜情，做到景和情的交融。这些观点体现了宋人重在言志抒情、讲究诗歌风雅的审美倾向，对北宋诗坛产生了积极影响。南宋严羽提出了诗有别材，非关书也；诗有别趣，非关理也的观点，主张诗歌应该突出个性特色，摆脱理学束缚，这对江西诗派的兴起具有理论先导作用。由此观之，宋代诗论虽无唐人之创获，但对诗歌本体的认识亦有深化。

骈文批评方面，唐人提出了许多精辟的见解。韩愈在《答李翊书》中提出文以明道的文论主张，强调文章应该阐发儒家之道。柳宗元在《答韦中立论师道书》中提倡散文应该体国经野，成一家之言，讲求文笔生动、富于变化。这些观点昭示着唐代古文家力图以文章经世致用的理论诉求。宋代欧阳修等人在推崇韩柳的基础上，进一步阐释古文理论。欧阳修强调道与文的统一，提出古文应该明道、辞尽而意无穷。王安石提倡文质彬彬之风，强调散文应该朴实无华、典雅有法度。这些理论对北宋古文运动产生了巨大影响，推动了散文文体的繁荣。

就小说批评而言，唐代虽有零星评论，但理论建树并不突出。进入宋代，随着小说创作日益繁荣，小说批评开始引起文人的重视。叶绍翁在《四库全书总目提要》中对唐代传奇进行了系统评述，开创了小说文体批评的先河。胡应麟在《少室山房笔丛》中对唐宋小说的历史、特点、流变等进行了考察，强调小说应该述往事、明道理、垂训诲，体现出重视小说社会功能的倾向。这些理论探索虽尚属起步阶段，但毕竟反映出宋人已开始关注小说这一新兴文体，具有一定的开创意义。

词论是宋代文学批评的重要方面。作为一种新兴文体，词最初并未受到文人的重视。晏殊、欧阳修等人率先论及词体，分别从词的本质、词调、语境等方面阐述词的特点，在理论上予以正名，极大地提升了词的地位。晏殊在《鸡肋集自序》中指出词别是一家，强调词是一种独立的文体样式。欧阳修在《醉翁琴趣外篇·词论》中则从声情关系角度对词体的特质加以阐发，开创了词乐理论的先河。此后，晏几道进一步从词的起源、体制、声律等方面加以论述，推动词论进入理论化阶段。南宋词论集大成者为姜夔。姜夔在《白石诗说》《雪斋诗说》等著作中，从语境、意象、神韵等方面探讨词的审美旨趣，将词论推向了一个新的高度。这些理论的提出标志着词从音乐语境中脱颖而出，在文学批评中赢得了独立的地位。

议论文批评是宋代文学批评的又一特色所在。韩愈倡导古文，使得议论文在唐宋时期获得了长足发展，并引起了文人的批评关注。欧阳修曾撰文探讨议论文的文体、议论方式，强调议论文应该言之有物、持之有故，揭示事物的本质。王安石亦论及议论文应该直而不侫，质而不野。南宋朱熹则指出议论文要义理明切，措辞尽善，突出议论的说理性和逻辑性。这些论述从不同侧面揭示了议论文简约、理证、务实的特点，对后世议论文创作产生了深远影响。

在创作论方面，唐宋文人也提出了不少富有洞见的见解。唐代批评家特别注重诗人个性才情的论述。殷璠在《河岳英灵集序》中提出气之动物，物之感人，故诗有盛衰，而代有隆替、质文内外，才格高下的观点，强调诗人的性情才质对诗歌创作的决定作用。张彦远则在《法书要录》中提出识、神、意、气说，主张书法创作应该做到形神兼备。这些观点体现出唐人对创作主体的重视，凸显出唐代文学批评由作品本位向作家本位的理论转向。

宋代苏轼进一步深化了创作主体论。他在《书鄢陵王主簿所画折枝二首》中提出论画以形似，见与儿童邻；赋诗必此诗，定非知诗人的观点，强调艺术创作应该突出个性，反对模仿依葫芦画瓢。苏轼还在《题李瑞画山水图》中提出了以形写神的绘画创作原则，主张绘画要突出物象内在的精神气韵。这些见解极大地丰富和深化了创作主体论的内涵。朱熹则从理学道的角度阐述创作，认为文章应该体现天理，强调创作的伦理本位。这体现了理学对宋代创作论的重要影响。

在反映论方面，韩愈开创性地提出文以载道的命题，强调文学应该反映儒家思想。欧阳修沿着这一思路，进一步指出文章应该反映作者的性情，做到诗言志。这些观点昭示着文学与现实的紧密联系，体现了唐宋文人的经世致用理念。宋代周敦颐在《爱莲说》中提出以文会友的观点，强调文章应该用于交游唱和，体现士大夫的思想感情。朱熹则强调文章应该阐发义理，体现儒家的道统思想。这些论述从不同层面揭示了文学的表现功能，丰富和深化了中国古代反映论。

至于功能论，则是宋代文学批评的重要特色。欧阳修提出文所以载道的观点，强调文学应该弘扬儒家正道。苏轼从个人修养的角度论及文章，认为文章应该陶冶性情，启迪心灵。朱熹则系统地阐述了文学的教化功能，强调文章应该弘扬儒家伦理，化民成俗。这些论述体现了宋代文学批评的现实关怀，对后世产生了深远影响。

唐宋时期是中国古代文学批评理论深化的关键阶段。这一时期，文人围绕诗歌、散文、词、小说等多种文体，从本体、创作、反映、功用等多个层面，提出了诸多富有创见的理论观点，极大地深化了前人的文论遗产。从文本到作家，从创作到接受，从本体到功能，唐宋文人以恢宏的理论视野和深邃的学术眼光，初步构建起了一个内涵丰富、逻辑严密的文学理论体系。尤其是宋代理学的兴起，为文学批评注入了浓厚的哲理色彩，推动文论研究进入了一个崭新的境界。

当然，唐宋文学批评在取得巨大成就的同时，也不可避免地存在一些局限性。受时代思潮和文化背景的影响，唐宋文论在许多方面仍然带有浓厚的经学色彩，其理论话语往往与儒家义理紧密相连。这在一定程度上制约了唐宋文人文学观念的拓展。另一方面，唐宋时期的文学批评虽然触及诸多领域，但在理论的系统性和逻辑性方面尚有欠缺。许多观点还停留在表层经验的归纳总结阶段，缺乏文学基本规律的理论把握。这些问题为后世文学批评提供了新的思考空间。

（三）唐宋文学批评对后世的启示

唐宋时期是中国古代文学批评发展的鼎盛阶段，这一时期的文学批评不仅推动了唐宋文坛的繁荣，而且为后世文学批评提供了极其宝贵的理论滋养。透过对唐宋文学批评流变历程的考察，我们可以看到其在文体、理论、方法等多个层面对后世的深远影响，这些影响集中体现为对后世文坛发展的引领作用、对后世文论体系的奠基作用、对后世学人治学方法的示范作用等几个方面。抉发唐宋文论的现代意蕴，对于推进中国古代文论研究的继承和发展，进而建构具有民族特色和时代精神的文学理论体系，具有重要的启示意义。

就文体发展而言，唐宋文学批评对后世文坛的影响可谓持久而深远。唐代诗歌批评发轫于缘情说，确立了意境、神韵等命题，这些理论对宋诗、元诗乃至明清诗坛都产生了极大影响。韩愈、柳宗元等人力倡的古文理论，更是引领了北宋古文运动的兴起，并在南宋、元、明、清各代持续发酵，极大地推动了散文创作的复兴。宋代词论从词体、格律、意境等方面对词的审美特质进行了全面阐述，为后世词坛树立了典范，元代散曲亦从中汲取了丰富营养。可以说，没有唐宋时期文学批评的引领，就不会有此后千百年中国文坛的繁荣景象。这昭示着文学批评对文学创作的重要影响，启示我们要高度重视文学批评的理论建设，使其在引领文学发展方面发挥积极作用。

从理论体系来看，唐宋文学批评在中国古代文论发展史上具有承前启后的地位。唐宋文人在总结先秦两汉、魏晋六朝文论的基础上，围绕作品本体、创作过程、接受效果、社会功能等方面，提出了许多富有创见的理论命题，涉及文学本质、创作规律、审美特征、批评标准等多个层面，初步形成了一个内容丰富、结构完备的文论体系。这一理论体系不仅是对前代文论的继承和发展，也是对后世文论的奠基和开拓。元明清文人在研究和探讨文学问题时，往往要回溯和借鉴唐宋人的理论资源。比如，元代严羽《沧浪诗话》对诗歌本体的阐述，明代王世贞、谢榛等人对诗文创作规律的探讨，莫不以唐宋文论为滥觞。即使是在现当代，唐宋文论的许多命题和范畴，如文以载道、诗言志、境界等，仍然是文学理论研究的重要话语资源。由此观之，唐宋文论之于后世，具有极其重要的理论供给功能，这启示我们在文论研究中要重视理论的系统性建设，使其能够经得起时间的检验，焕发出恒久的生命力。

就治学方法而言，唐宋文人的文论研究也极大地启迪了后世学者。宋代古文运动的兴起，促使文人将视野从经学转向文章，形成了以文论文的文论研究范式。欧阳修、苏轼等人立足于创作实践，针对文学现象、审美规律等问题进行理性思考，这种重视文学本体、摆脱经学羁绊的治学方法，对后世产生了深刻影响。尤其是到了清代，桐城派、常州派等古文流派无不渊源于宋代古文家的治学方法。宋代理学家推崇格物致知，强调即物穷理，这种实证精神也深刻影响了后世文论研究。清代学者对唐宋文论的训释考据，无不体现出这种严谨求实的治学态度。可以说，唐宋文人的治学方法极大地促进了文论研究的理性化和科学化进程，这启示我们要继承和弘扬这种理性批判、实事求是的治学精神，推动文学理论研究的现代转型。

需要指出的是，尽管唐宋文论极大地推进了中国古代文学批评的发展，但其在继承和影响的过程中也出现了一些值得反思的问题。其一，宋代理学的兴起固然为文学批评注入了新的思想资源，但其对文论的过度浸润，也在一定程度上导致了后世文论研究的模式化倾向。明清时期，许多学者在研究文学问题时，往往习惯于援引理学命题，而忽视了对文学现象的具体分析，这导致文论研究在一定程度上背离了文学实践。其二，唐宋时期确立的某些文论范式，在后世的承袭中日渐僵化，失去了原有的理论生命力。比如文以载道这一命题，在宋明理学家手中演化为文道合一的教条，导致文学批评陷入了说理化的困境。再如诗言志这一命题，也在后世的接受中日渐窄化为个人抒情的载体，背离了更为广阔的社会文化语境。这提醒我们在继承唐宋文论遗产时，既要重视其理论内核的阐发，更要注重将其放到特定的时代语境中加以考量，使其在与时俱进中焕发出新的理论活力。

事实上，包括唐宋文论在内的整个中国古代文学批评，都不同程度地存在着封闭僵化、脱离实践等问题。明清以降，伴随着西方文论的引入，中国古代文论的局限性日渐凸显。如何在批判继承传统文论的基础上，充分吸收现代文论的理论营养，推动中国文论研究实现现代转型，是当前亟须解决的理论课题。在这个过程中，对唐宋文论的反思和阐发具有重要意义。一方面，唐宋文论中关于文学本质、创作规律、接受效果等方面的理论洞见，对于我们深化对文学基本问题的认识大有裨益。另一方面，唐宋文人身上所体现出的理性批判精神和深厚人文关怀，对于我们坚持文论研究的问题意识和现实担当，具有重要的启示意义。这启示我们在推进文论研究现代化的过程中，既要立足本国传统，又要放眼世界文坛，在融通中西、贯通古今中推陈出新、不断超越。

当下，建构具有中国特色和时代精神的文学理论体系，是摆在我们面前的一项紧迫任务。在这个过程中，继承和弘扬唐宋文论的优秀传统，必将为这一宏大工程提供重要的理论资源和方法论启示。更为重要的是，通过对唐宋文论进行创造性转化和创新性发展，我们不仅可以增强中国文论话语的学理性和穿透力，而且可以丰富世界文论宝库，为构建人类命运共同体贡献自己的智慧。这既是时代赋予我们的神圣使命，也是我们应该为之不懈努力的崇高追求。站在新的历史起点上审视唐宋文学批评的发展历程，我们要以开阔的视野和深邃的目光，准确把握其在理论上的深度、视野上的广度、方法上的多样性，使其在现实关怀和理论探索的双重维度中，彰显出恒久的理论魅力和现实意义。只有如此，我们才能真正从唐宋文论中汲取智慧营养，并将其运用到推动文学繁荣和文化复兴的伟大实践中去。这不仅关涉到中国文论话语体系的建构，而且关乎民族复兴背景下的文化自觉和文化自信。

唐宋时期是中国古代文学批评发展的关键阶段。[①] 在这一时期，文学批评呈现出前所未有的繁荣景象，无论是在文体覆盖上还是理论深度上，都取得了令人瞩目的成就。唐宋文人以恢宏的理论视野和深邃的学理眼光，对文学现象、审美规律、创作方法等问题进行了全面而系统的探讨，极大地丰富和深化了中国古代文论的理论内涵。尤为可贵的是，唐宋文论并未停留在理论层面的自我欣赏，而

---

① 蔡燕，王丽华. 唐宋文学语言白话趋向与文学商业化的关系 [J]. 大理大学学报，2021，6(09)：47-52.

是始终坚持问题导向和现实关怀，力图通过文学批评推动社会进步。这种源于现实又高于现实的理论品格，对于中国文学理论体系的建构，具有重要的启示意义。回望唐宋文学批评的发展历程，我们要以历史的、发展的、辩证的眼光来审视其得失。一方面，唐宋文论所达到的理论高度和视野广度，至今仍然具有重要的理论价值，是我们进行文论研究不可或缺的宝贵遗产。另一方面，唐宋文论所呈现出的某些局限性，如理论系统性不足、过度依附经学等，也值得我们审慎对待。只有在批判继承的基础上推陈出新，才能真正揭示出唐宋文论的当代意义，并为建构具有中国特色、体现时代精神的文学理论体系提供持久动力。

第八章　唐宋文学对外交流

　　文学作为一种文化形态，在传播和交流中得以生生不息。唐宋时期，中国文学走出国门，广泛传播于域外，成为中外文化交流的重要载体。通过考察唐宋文学在域外的传播与影响，我们不仅可以看到中华文化的强大生命力，也可以揭示不同国家、民族间文学交流互鉴的一般规律。这对于增进民族间的相互理解、构建人类命运共同体，具有重要的现实意义。

　　唐代是中国古代对外交流的鼎盛时期。借由遣唐使等途径，唐代文学广泛传播至朝鲜半岛、日本列岛乃至更远的中亚、西域地区，对域外文坛产生了深刻影响。日本奈良、平安时期文坛之所以呈现出浓郁的唐风，与唐代诗文东渐密不可分。宋代在海上丝绸之路的带动下，中国文学进一步溯洄于东南亚、南亚、西亚等地区，大量文学译本开始出现，这极大地拓宽了中国文学的国际视野。通过文学交流，唐宋时期的中国文人也开始关注域外题材，异域风物、域外史事开始大量进入诗文创作，这反过来又极大地丰富了中国文学的内容和境界。可以说，没有唐宋时期的文学交流，就不会有中国文学由域内走向域外的壮阔图景。这一方面体现了中华文化的强大生命力，另一方面也昭示着不同国家、民族间文学交流互鉴的重要价值。

　　立足于当下，文明交流互鉴已经成为不可阻挡的时代潮流。重新审视和阐发唐宋时期文学交流的历史经验，对于我们传播中华文化、讲好中国故事，推动构建人类命运共同体，具有重要的启示意义。他山之石，可以攻玉。在世界百花园中，只有秉持海纳百川、兼收并蓄的胸襟，推动中外文学的平等交流、互鉴共赢，我们才能真正彰显中华文化的独特魅力，也才能为人类文明进步贡献自己应有的智慧。本章拟通过考察唐代文学域外传播的基本情况，分析宋代文学对外交流的特点，并在比较视野中探讨唐宋文学对外交流的一般规律，力求为这一领域的研究提供新的学术视角。

一、唐代文学的域外传播

唐代是中国古代文学域外传播的高峰期。得益于频繁的使节往来和僧侣游学，唐诗、唐传奇等文学样式随着东亚文化圈的形成广泛流传于朝鲜半岛、日本列岛，对当地文学创作产生了深刻影响。与此同时，唐代文学也通过丝绸之路传播至中亚、西域，并随着阿拉伯帝国的扩张而进一步西渐，这极大地拓展了中外文学交流的空间。本节拟重点考察唐诗在日本的传播、唐代小说在朝鲜的影响以及唐代文学与阿拉伯文学的交流，力求展现出唐代文学在域外传播过程中呈现出的独特面貌。

（一）唐诗在日本的流传

唐诗东渐，对日本文坛产生了深远影响。遣唐使的频繁往来，僧侣的不断东渡，成为唐诗在日本传播的重要渠道。大量唐籍随着遣唐使、留学僧的归国而流入日本，这极大地刺激和促进了日本汉诗创作的繁荣。唐代诗人如李白、杜甫、白居易等人的作品广为流传，深受日本文人的推崇，并成为他们效仿的对象。可以说，没有唐诗的东传，就不会有日本上古、中古时期汉诗创作的勃兴。

奈良时代是日本学习、模仿唐诗的阶段。遣唐使的陆续派遣，为唐诗东渐提供了便利条件。懿渔内亲王、大伴家持等人是这一时期的代表性诗人。他们或随遣唐使赴长安求学，或通过朝廷、寺院搜集唐人诗集，受到了唐诗的强烈影响。他们热衷于模仿唐人诗风，时兴以倭汉共赋的方式切磋诗艺。懿渔内亲王在《万叶集》中的诗作，就明显透露出初唐诗人如王勃、杨炯的影响。大伴家持与唐诗人的频繁唱和，更是将奈良时期的日本汉诗推向了高潮。总的来看，奈良时代的日本汉诗虽尚处于对唐诗的依葫芦画瓢阶段，但这为此后日本汉诗的蓬勃发展提供了重要契机。

进入平安时代，日本文人对唐诗的学习进入了深化阶段。这一时期，小野岑守、菅原道真、都良香等人是推动唐诗在日本传播的中坚力量。他们长期担任遣唐使，往返于长安与平安京之间，对唐诗的了解和学习达到了前所未有的广度和深度。小野岑守是最早将白居易诗集带回日本的人，为白诗在日本的广泛流传奠定了基础。在小野岑守的影响下，菅原道真开始大量创作有唐风格的七言绝句，白居易诗风在日本诗坛开始盛行。借助遣唐留学的机会，都良香潜心研习王维诗，并广泛唱和，成为日本最早的王诗仿作者。在这些诗人的推动下，唐诗经典如《王右丞集》《白氏文集》《李太白文集》在平安时期广泛流传，对日本汉诗创作产生了巨大影响。值得一提的是，平安末期出现的《和汉朗咏集》《新撰朗诵集》，收录了大量的唐人诗作，并附有日本诗人的和歌，堪称当时最重要的唐诗选本。这一方面反映出唐诗在日本传播的广度，另一方面也昭示着日本汉诗创作由对唐诗的全盘接受转向创造性吸收的趋势。

与此同时，日本文人对唐诗的接受也开始呈现出选择性特点。平安时期日本诗坛的影响尤为突出，这固然与遣唐使们的诗学偏好有关，但更深层的原因则在于这两位诗人善于表现世情、民意，契合了日本文人重视交游应酬的创作心理。白居易在《与元九书》中所倡导的文章合为时而著，诗歌合为事而作主张，正好迎合了日本文人诗以言志的创作观念。王维诗歌所体现出的淡泊冲淡的隐逸情怀，也与日本文人的山水情结暗合。相比之下，李杜诗歌的峻拔雄浑、沉郁顿挫，则由于与日本文人的审美习惯相去甚远而未能得到充分认同。这种接受上的取舍，集中体现了日本文人在对唐诗的学习过程中，已经开始表现出自身主体性意识。这对于唐诗在域外传播、实现与日本本土文学的交融，具有重要意义。

与汉诗创作相伴随，唐诗的欣赏和批评活动也在奈良、平安时期的日本渐次展开。汉诗赏析开始成为日本文人雅集的重要内容，如春明帝、白河天皇等先后主持汉诗聚会，流行倭汉共赋、以和歌比拟唐诗等雅集方式。尤其值得一提的是，桓武天皇还亲自选编了《凌云集》，收录唐代名家诗作，并加以品评，成为日本最早的唐诗评点之作。这些现象一方面体现了日本文人对唐诗欣赏、接受能力的不断提高，另一方面也折射出唐诗东传日本的深度和广度。可以说，伴随着汉诗创作的勃兴，唐诗的欣赏、评点活动在奈良、平安日本已经初具规模。这对于丰富唐诗在域外的接受形态，推动中日诗歌交流，具有积极意义。

鉴赏唐诗，也极大地影响和促进了平安时期和歌的创作。在对唐诗的学习过程中，日本文人逐渐意识到汉诗与和歌在题材内容、表现手法上的差异。为了弥合这种差异，他们开始有意识地吸收唐诗的表现手法，并以此丰富和歌的创作。最典型的例子是，白居易的《长恨歌》所采用的叙事手法，被平安时期日本歌人广泛吸收，催生出《伊氏物语》《源氏物语》那样善于铺叙渲染、抒情言志的长篇叙事歌。这一方面丰富了日本文学的表现力，另一方面也反映出唐诗与和歌在平安时期已经实现了更深层次的交融。唐诗不仅为和歌提供了创作资源，而且还通过潜移默化的影响，推动和歌在题材内容、表现手法上实现了革新。这昭示着唐诗东传在帮助和歌走向成熟的同时，也为自身在域外的传播开辟了新的路径。唐诗与和歌由此实现了双向互动、交相辉映的局面。

须指出的是，尽管唐诗在奈良、平安时期广泛流传于日本，并对当地汉诗、和歌创作产生了深远影响，但其接受过程也存在一定局限。一方面，由于唐日之间的语言隔阂，日本文人对唐诗的理解难免存在偏差，这导致唐诗在日本的接受从一开始就带有选择性色彩。另一方面，在唐诗与和歌的交融过程中，由于和歌特有的民族性，二者在精神内核、美学旨趣上并未完全实现契合，这在一定程度上影响了唐诗在日本的进一步传播。因此，我们在肯定唐诗东渐的深远影响时，也要看到在跨文化交流中，诗歌接受的局限性所在。这提醒我们在考察域外诗歌交流时，要注意发现和把握影响接受的一般规律。

回顾唐诗在奈良、平安时期的传播历程，可以看到其经历了由全盘接受到创造性吸收、由单向影响到双向互动的发展过程。这一方面体现了唐诗雄厚的生命力，另一方面也昭示着中日诗歌交流由浅入深、日趋成熟的动态轨迹。唐诗东渐既推动了日本汉诗的勃兴，也为和歌革新提供了重要资源，极大地促进了中日诗歌的交流互鉴。尤其是白居易、王维诗歌在日本的广泛流传，对中日诗歌在题材、风格、意境等方面的交融产生了积极影响。总的来看，唐诗不仅以其题材广博、意象丰富、风格多样的特点赢得了日本文人的青睐，而且以其表现手法、艺术个性的独特魅力，为日本和歌的发展开辟了广阔空间。

置于更为广阔的视野中考察，唐诗东渐折射出一个国家、民族优秀文化走出去的一般规律。传播自身优秀的诗歌传统，吸引域外民族主动来学习、模仿，进而实现双向交流、互利共赢，这是唐诗东渐的基本脉络，也是今天我们传播中华诗歌文化的重要启示。只有秉持开放包容的文化姿态，以平等交流的诚挚态度，积极传播中华优秀诗歌艺术，我们才能推动中外诗歌交流迈上新台阶，为人类诗歌艺术宝库贡献更多智慧。

总之，透过对唐诗东渐的考察，我们可以管窥域外诗歌交流的一般图景。文化自信，精神力量的感召，交流平台的构建，是实现域外诗歌交流的重要前提。而以开放的姿态吸纳各方有益经验，在交流互鉴中实现自身发展，则是域外诗歌交流应有的品格。惟其如此，我们才能在新时代背景下推动中外诗歌交流不断深化，为增进人类文明互鉴贡献力量。这无疑也是我们从唐诗东渐这一历史经验中得到的最为深刻的启示。

（二）唐代小说在朝鲜的影响

唐代小说在朝鲜的传播与影响，是中朝文学交流史上的重要篇章。朝鲜三国时期，随着汉字的传入和儒学的渐次东来，唐代小说开始在朝鲜半岛流行。新罗、百济、高句丽三国文人多仿效唐代传奇、志怪等小说样式从事创作，出现了一批具有浓郁唐风的小说作品。他们或借鉴唐人笔法，或移植唐代故事情节，极大地丰富了本民族的小说创作。可以说，正是在唐代小说的影响和激励下，朝鲜民族的小说文体才渐次成熟、繁荣起来。

在唐小说东渐的过程中，高丽时期是一个关键阶段。这一时期，得益于民间故事的广泛流传，唐代小说在高丽文坛引起了巨大反响。高丽文人积极吸收唐代传奇、志怪的创作手法，催生出一批富于本民族特色的优秀作品。金元行的《云梦传》，描写了唐玄宗与杨贵妃的爱情故事，明显受到白行简《长恨传》的影响。据载此书风靡朝野，成为当时读者竞相传诵的作品。再如《金乌传》受到唐代《湘灵鼓瑟》等志怪小说的影响，塑造了一位忠贞不渝的女性形象，富有浪漫主义色彩。作品以委婉动人的笔触抒写男女主人公的爱情，对后世韩国言情小说的发展产生了积极影响。这些高丽时期的唐风小说，一方面显示出唐小说对朝鲜文坛的强大影响力，另一方面也昭示着朝鲜小说创作在唐代小说滋养下实现繁荣的历程。

与高丽时期小说对唐人习染渗透相比，朝鲜时代的小说创作则呈现出更多的主动吸收和本土化色彩。这一时期，朝鲜文人在借鉴唐代小说的基础上，开始有意识地结合本民族的历史风俗进行民族化表现。以洪玉轩的《熊岳传》为例，作品借鉴唐代传奇体裁，通过描写金朝名将熊岳力战契丹的事迹，成功塑造了一位威武雄壮的民族英雄形象。与唐代传奇侧重才子佳人、神仙鬼怪的题材不同，朝鲜时代小说多取材于本民族历史，反映社会现实，体现了浓郁的现实主义色彩。又如李好闻的《刘孝女传》，移植唐代《昆仑奴》故事，刻画了一位纯朴善良的孝女形象，弘扬了朝鲜民族忠孝节义的传统美德。通过对小说母题的本土化改造，朝鲜时代小说在唐代小说影响下实现了民族性的深层发掘。

所谓他山之石，可以攻玉，域外优秀文学样式的输入对一国文学的发展往往具有催化作用。唐代小说东渐朝鲜，正是这一规律的典型例证。唐代小说以其体裁、题材、艺术手法等方面的独特魅力，对朝鲜小说的发展产生了多方面的影响：其一，唐代小说体裁的输入，为朝鲜小说文类体系的建立完善提供了重要参照。传奇、志怪等唐代小说样式的东来，极大地丰富了朝鲜小说的表现形式，推动其由单一走向多元；其二，唐代小说题材的影响，开阔了朝鲜小说的表现视野。唐代小说善于表现爱情、妖怪、玄幻等异彩纷呈的世界，这对朝鲜小说打破题材禁锢，拓宽表现领域产生了积极作用；其三，唐代小说叙事艺术的借鉴，提升了朝鲜小说的艺术表现力。在人物塑造、情节编织、细节描摹等方面，朝鲜小说往往借镜唐人，从而实现了审美品位和艺术格调的提升。总的来看，唐代小说的影响极大地推动了朝鲜小说在体裁、题材、艺术等层面的革新，为朝鲜小说实现民族化发展提供了重要契机。

进入李朝时期，随着朝鲜民族意识的觉醒，民族文化获得了充分彰显。这一时期，朝鲜文人在借鉴唐代小说的基础上，进一步强化了本民族特色的表现。许多作品开始将视角对准现实层面，着力反映朝鲜社会的时代风貌。金万重的《九云梦》借鉴唐人笔法，通过梦幻的方式讽喻朝鲜社会的虚伪和不平等，蕴含了深刻的现实批判意识。再如《洪吉童传》描绘了一位正直无私的小人物形象，借鉴唐代传奇创作手法，对朝鲜社会的积弊予以了辛辣讽刺，富有鲜明的现实主义色彩。这些作品在吸收唐代小说营养的同时，也体现出强烈的民族性和现实性。借助唐风的激励，李朝小说日益彰显出深刻反思社会、鞭挞时弊的锐利锋芒。可以说，唐代小说的影响已经融入朝鲜文人的血脉，成为他们观察现实、抒写胸臆的有力工具。

当然，在肯定唐代小说对朝鲜小说发展的积极意义时，我们也应看到二者在交流中存在的局限。一方面，由于文化差异，朝鲜文人对唐代小说的接受带有选择性。他们对唐代小说精神内质的把握往往不够全面，这导致唐代小说在朝鲜的影响具有一定片面性。另一方面，朝鲜小说在吸收唐代小说营养的同时，也面临着民族化表达的课题。如何在继承唐人艺术精华的同时，构建富于本民族特色的小说话语，是摆在朝鲜文人面前的一大难题。这种张力在朝鲜后期小说创作中有所体现。如黄晟雨的《连鹤亭记》在借鉴唐代志怪的同时，力图通过朴素明快的民族口语表达本民族的审美情趣。这昭示着朝鲜后期小说在吸收唐代小说影响时，已经表现出强烈的民族化诉求。这种影响与被影响的复杂关系，折射出域外文学交流的一般规律。

放眼整个朝鲜文学发展史，唐代小说的影响可谓绵延不绝。它不仅极大地推动了朝鲜小说的繁荣，而且深刻影响了朝鲜文人的审美情趣和价值取向。在唐代小说的影响下，朝鲜小说逐步确立了重视现实、关注民生的创作传统，出现了一批思想性、艺术性俱佳的优秀作品。如朝鲜后期的金道或，其小说继承了唐代传奇的想象力，营构了一个光怪陆离的艺术世界；同时又善于运用讽喻手法，对朝鲜社会的沉疴痼疾予以辛辣批判，以期维护正义、匡正人心。金道或小说极富现实主义色彩，堪称朝鲜后期小说的杰出代表。由此观之，唐代小说已经融入朝鲜小说的血脉，成为其不可或缺的精神资源。

就更为广阔的东亚文化语境而言，唐代小说的东渐及其在朝鲜产生的影响，折射出域外文学交流互鉴的一般图景。一国优秀文学样式走出去，必然会对其他国家和民族的文学发展产生重要影响。在这个过程中，输入文学往往会经历全盘接受、主动吸收、创造转化等阶段，实现由被动到主动、由单向到双向的发展。

这种发展图景在唐代小说东渐朝鲜的过程中得到了充分印证。同时，文学交流互鉴绝非囿于某一文体，而是在诗歌、戏曲、小说等领域全方位展开。唐代小说、诗歌东渐朝鲜及其影响的考察，为我们深入把握域外文学交流的内在机制提供了重要参照。这对于我们今天传播中华优秀文化，推动民族文化走出去，进而实现中外文明交流互鉴，具有重要的启示意义。

回望唐代小说对朝鲜小说发展的影响，我们可以得出以下几点启示：其一，文学交流是双向互动的过程。唐代小说在影响朝鲜小说的同时，也从朝鲜文人的阅读和接受中获得了新的生命力。其二，域外文学交流要重视输入国文化的主体性。朝鲜小说对唐代小说的借鉴吸收，并非简单的依葫芦画瓢，而是立足本民族审美需求，实现了创造性转化。其三，优秀文学样式具有强大的生命力。唐代小说之所以对朝鲜产生深远影响，原因就在于其思想性、艺术性的卓越成就。由此观之，传播具有民族特色和时代精神的优秀作品，是实现域外文学交流的重要前提。

百花齐放的世界文学园林，呼唤着不同民族文学的交流互鉴。在全球化语境下，深入考察唐代小说在域外的传播与影响，对于我们完善域外文学交流的理念和方式，推动民族优秀文化走出去，进而构建人类命运共同体，具有重要的理论价值和现实意义。这也是我们今天重新审视唐代小说东渐这一文学史现象的根本缘由所在。在新的历史条件下，继承和弘扬唐代小说东渐的优秀成果，以更加开阔的视野、更加自信的姿态传播中华文化，我们就一定能推动中外文学交流迈上新台阶，为构建人类文明理想家园作出新的更大贡献。

（二）唐代文学与阿拉伯文学的交流

唐代文学与阿拉伯文学的交流，是中外文学交流史上的重要篇章。以丝绸之路为纽带，唐朝与阿拉伯帝国频繁的经济文化往来，为两国文学艺术的交流提供了有利条件。一方面，唐代诗歌、小说随着商旅的往来传播至阿拉伯世界，对阿拉伯文学产生了积极影响；另一方面，阿拉伯文学的神奇瑰丽色彩也为唐代文学注入了新的想象力。二者在相互交融中实现了多层面的对话，谱写了民族文化交流的华彩乐章。这种跨越时空的文学对话，对于今天构建一带一路人文交流新格局，具有重要的启示意义。

阿拉伯帝国时期，阿拉伯文学发展进入繁荣期。这一时期，阿拉伯半岛经济发达，商贸往来频繁，为域外文化的传入创造了条件。与此同时，得益于伊斯兰教文明的发展，文学艺术受到广泛重视。在这一背景下，阿拉伯文人开始接触域外文学，并从中汲取营养。唐代正是这一时期与阿拉伯帝国交往的高峰期。据载，唐玄宗天宝年间，曾有波斯人李泰伯将大量唐诗翻译成阿拉伯文，在阿拉伯世界广为流传。不少唐人诗句被阿拉伯诗人反复吟咏和模仿，李白的床前明月光更是家喻户晓。这些现象表明，唐诗以其丰富的意象和深邃的哲理，对阿拉伯文人产生了巨大的吸引力。

更为值得关注的是，唐代传奇、志怪小说的奇幻色彩也深深吸引了好奇心强烈的阿拉伯民众。这些作品描绘了一个光怪陆离的世界，与崇尚想象力的阿拉伯文学习性相投。许多唐代小说如《柳毅传》《枕中记》等，在阿拉伯世界广为流传，并被译成阿拉伯文。这些小说以委婉动人的笔触，塑造了一系列浪漫主义色彩浓郁的人物形象，极大地激发了阿拉伯文人的创作激情。尤其值得一提的是，唐传奇中的通过梦境、醉境等方式串联故事情节的手法，与阿拉伯文学中的嵌套式叙事结构颇为相似。这表明，唐代小说叙事艺术对阿拉伯文学产生了一定影响。著名的阿拉伯小说集《一千零一夜》就明显借鉴了这种叙事手法，通过设置多个故事层次，营构起一个诡奇瑰丽的艺术世界。这从侧面佐证了唐代小说的东传对阿拉伯小说艺术提升的重要意义。

与唐代文学西传相伴随，阿拉伯文学东渐也极大地影响了唐代文学的创作。[①]得益于频繁的贸易往来，阿拉伯半岛的奇风异俗、神奇故事开始广泛传入中国，这极大地开阔了唐代文人的视野，为他们提供了新的创作资源。唐传奇中的异域题材创作明显增多，如李公佐的《南柯太守传》塑造了一位来自波斯的太守形象，再现了阿拉伯世界的奇风异俗。沈既济的《任氏传》则取材于阿拉伯商人的口述故事，描绘了一段跨越国界的动人爱情。从中可以看出，阿拉伯文学的神奇瑰丽色彩已经融入唐人的创作意识，并转化为具体的艺术表现。这种创作视野的拓展，无疑极大地丰富了唐代文学的内容和形式。

---

① 何姗. 略论唐代文人的漫游之风 [J]. 大舞台，2011(07)：286-287.

在唐代文人眼中，阿拉伯世界充满了奇异的想象力。无论是盛产香料的黑色石头，还是会说人话的鹦鹉，都令他们心驰神往。不少诗人在描绘异国情调时，往往流露出对阿拉伯世界的向往之情。如白居易在《香炉峰下新卜山居草堂初成偶题东壁》中写道："最爱林泉好，无如远客心。残灯明覆灭，断梦去还寻。"诗人以断梦喻指异国情趣，抒发了对阿拉伯世界的憧憬之情。这种文学想象的勾连，折射出唐代文人在吸收异域文化营养时所彰显的开放姿态，为今天不同文明间的平等对话提供了镜鉴。

当然，在肯定唐代文学与阿拉伯文学交流的丰硕成果时，我们也要看到其中存在的局限。一方面，由于地理环境、宗教文化的差异，唐阿文学交流主要局限于上层文人集团，缺乏广泛的民间基础，这在一定程度上影响了其广度和深度。另一方面，作为域外因素，阿拉伯文学对唐代文学的影响往往只局限于题材内容层面，对唐人的思维方式、价值观念影响有限。比如唐传奇中的阿拉伯形象塑造，往往体现为一种想象和改造，难以全面反映阿拉伯民族的生活和精神世界。这昭示着不同民族文学在交流过程中文化互鉴难以避免的局限性。

审视历史，我们要辩证地看待唐代文学与阿拉伯文学的交流，既要看到交流互鉴的积极意义，又要正视其局限短长所在。置身当下，这种辩证思考对于新时期构建人类文明交流互鉴新格局，具有重要的启示意义。一方面，唐代文学与阿拉伯文学的交流表明，只有秉持海纳百川、兼收并蓄的文化自觉，不同民族的文学艺术才能实现真正意义上的对话；另一方面，这种交流的局限性也提醒我们，不同民族文学的交流互鉴不应满足于表层的接触，而应立足于平等和尊重，在深层次上把握彼此的核心精神和价值诉求。

在经济全球化和文化多样化的时代背景下，如何在继承和弘扬本民族优秀文化传统的同时，积极吸收各国文明的优秀成果，是摆在我们面前的一项重要课题。而要实现这一目标，深入考察域外文学交流的历史经验，无疑具有重要的借鉴意义。唐代文学与阿拉伯文学的交流互鉴，为我们提供了一个生动案例。它昭示我们：只有在民族性与世界性的审慎权衡中，在学习借鉴与批判继承的良性互动中，民族文化才能实现创造性转化和创新性发展。这既是历史的经验总结，更是面向未来的发展方向。

江海不择细流，故能成其大。今天，面对百舸争流、百花齐放的世界文化，我们要以更加开放包容的胸襟，以更加自信从容的姿态，积极参与世界文化的交流互鉴。在不同民族、不同文明的百花园中，在你来我往、美美与共的良性互动中，中华优秀传统文化必将散发出更加夺目的光彩，为人类文明进步贡献中国智慧和中国方案。

二、宋代文学的对外影响

宋代是中国古代海上丝绸之路发展的鼎盛时期，中国文学在这一过程中加速传播，影响范围进一步延伸至东南亚、南亚、西亚等更为广阔的区域。宋词是这一时期对外传播的代表性文体，它以其婉约委婉的风格吸引了大量域外读者。与此同时，大量域外题材也开始进入宋代文人的创作视野，产生了许多异域风情浓郁的作品。宋代戏曲、小说在东南亚的广泛流行，则标志着中国通俗文学在国际舞台上影响力的提升。本节拟通过考察宋词的域外传播、宋代戏曲在东南亚的流行以及宋代文学与域外的交流等现象，揭示宋代文学对外传播的基本特点。

（一）宋词在日本的传播

宋词是宋代文学发展的重要组成部分，其婉约缠绵、柔美隽永的艺术风格，不仅深深影响了中国文坛，而且随着海上丝绸之路的开通，广泛传播至日本列岛，对日本平安、镰仓时期和歌创作产生了深远影响。通过考察宋词在日本的传播和接受情况，我们不仅可以看到中日文学交流渊源各自的一般图景，而且可以深入把握域外诗歌交流的内在机制。这对于今天传播中华优秀传统文化，推动民族文化走向世界，进而增进人类命运共同体意识，具有重要的启示意义。

相较于唐诗，宋词东渐的时间较晚，主要始于平安末期。这一时期，日本与宋朝频繁的贸易往来，为宋词东传提供了便利条件。许多日本留学生、僧侣随船东渡，他们往往携带大量宋词总集、选本，成为宋词在日本传播的重要媒介。据《扶桑集》记载，相模守平直方曾将晏殊、欧阳修、苏轼等人的词作编成《绮语集》引入日本。由此可见，北宋大家之词在平安末期就已在日本文坛引起关注。

这为宋词在日本的广泛流传奠定了基础。

镰仓时代是宋词在日本本土化的关键时期。这一时期，不少日本文人开始积极学习和模仿宋词。藤原为家的《新选梦想之连歌》，西行法师的《山家心中集》，都对宋代词人如晏殊、秦观等人的词作进行了选录，体现出对宋词的推崇。所谓他山之石，可以攻玉，正是在宋词的影响和激励下，日本和歌艺术才渐次成熟起来。借助宋词意境幽远、体物入微的表现手法，日本和歌在抒情方式上发生了明显转变，开始注重情景交融、虚实结合的复合美感。正如西行法师在《山家集》中所云：花开堪折直须折，莫待无花折空枝。词人化用晏殊玉壶冰词意象，抒发人生无常之感，语言明快流畅，蕴意幽远深长，已初步呈现出宋词那种空明淡远的审美旨趣。这表明，宋词的传入在开阔日本诗歌视野的同时，也推动其在艺术表现力方面实现了新的突破。

南北朝时期是宋词在日本影响最为深远的阶段。这一时期，日本朝野上下对宋词艳羡备至，出现了广泛吟咏宋词的风气。所谓满座沈酣醉，杯行且莫停、帘卷西山雨，砌平东院莎，脍炙人口的词句不绝于耳。大量宋词选本、总集应运而生，极大地推动了宋词在日本的传播。以藤原为兼所编《悦目抄》为例，词集广泛收录了晏殊、秦观、贺铸等北宋词人的佳作，颇受世人推崇。又如平琭雅所著《连理秘抄》，评点细致入微，吟咏声情并茂，成为研习宋词的案头必备。在这些宋词选本的推动下，效仿宋词渐成风气，许多脍炙人口的和歌无不借鉴宋词意象。如藤原为秀的名句"池塘生春草，园柳变鸣禽"，便明显移植自晏殊玉楼春词意象。再如藤原俊成的《古今和歌集》所列诗句春来花自青，秋至叶飞红，亦能从欧阳修词中觅得踪迹。由是观之，宋词对日本南北朝和歌创作的影响之深，由此可见一斑。

宋词在日本的传播呈现出显著的选择性特点。总的来看，日本文人对北宋婉约词人如晏殊、欧阳修尤为推崇，而对南宋豪放词人如辛弃疾、陆游则鲜少提及。这种对词风的取舍固然与日本文人审美趣味有关，但也凸显出跨文化交流中普遍存在的选择性接受倾向。婉约词委婉隽永、体悟入微的特点，与注重意象经营、讲究含蓄蕴藉的日本诗歌传统暗合。因此，日本文坛对宋词的接受，更多体现为一种对意境美、诗情美的青睐。如藤原定家所选集之《小仓百首》，即广泛吸收了行云犹解傍山飞，缺月常能隔树窥等清丽空灵之句，反映出其对晏欧一路词风的偏爱。这种选择性吸收，既体现了日本文人择善而从的主体意识，也折射出域外诗歌交流中普遍存在的趣味差异。

宋词在日本传播过程中还催生了一种新的文体样式。所谓连歌，即日本诗人借鉴宋词句式，创作出的一种类似唱和的和歌形式，颇受南北朝时期文人雅士的青睐。如《梁冀连歌》将宋词意象与日本风物巧妙融合，别有情趣：樱花落尽见青山，青山犹带樱花色。柳絮因风起，梨花逐水流。这些脍炙人口的名句都明显受到宋词的影响。再如宗祇所创妄言体，即专咏闺情、师旷之词的独特和歌，便是直接借鉴秦观闺怨词意象而创作的新体裁。可以说，宋词在日本的传播不仅大大丰富了和歌创作，而且还以其新颖别致的艺术魅力，为和歌文体的拓展开辟了广阔空间。

就宏观视野而言，宋词在日本的传播与影响，为我们理解域外诗歌交流互鉴的一般规律，提供了宝贵的经验材料。透过宋词东渐的案例，我们可以清晰地看到：一国优秀文学样式的传播离不开物质载体和人文土壤的支撑，需要通过贸易、留学等途径，实现与域外文化的充分接触；同时，域外文化在吸纳外来文学样式时往往表现出一定的选择性，这种择善而从的态度既有助于激活本土文化的生命力，又能促进外来文化实现创造性转化；此外，外来文学样式的传入，还可能催生出新的文体样式，从而进一步丰富本土文学的表现力。由是观之，宋词东渐的历史经验对于今天传播中华优秀传统文化，推动民族文化走出去，进而促进人类命运共同体建设，具有重要的启示意义。

置身于经济全球化和文化多元化的新时代，深入考察宋词在域外的传播与影响，对于增进中外文化交流互鉴，传播中华文化正能量，讲好中国故事，无疑具有重要价值。一方面，宋词独特的意象经营、细腻的情感抒发以及悠远空明的意境营构，对于今天创新诗歌表现方式，丰富文学表现力，具有积极的借鉴意义。另一方面，宋词以其独特的艺术魅力征服了域外读者，这昭示着中华优秀传统文化在世界文化版图中的重要地位，令今天建构中国话语体系，提升国家文化软实力，倍感使命在肩、信心十足。

惟江上之清风，与山间之明月，耳得之而为声，目遇之而成色。随风潜入夜，润物细无声。透过宋词东渐的历史镜鉴，我们更加坚信：秉持海纳百川、兼收并蓄的文化自觉，以更加开放包容的胸襟和自信从容的姿态，积极参与世界文化的交流互鉴，中华优秀传统文化必将在交流互鉴中实现创造性转化和创新性发展，为人类文明进步贡献独特的东方智慧。

（二）宋代戏曲在东南亚的流行

宋代戏曲在东南亚的广泛流行，是中国文化走出去的生动缩影。作为宋代文学发展的重要组成部分，宋代戏曲以其通俗易懂、诙谐幽默的艺术特点，深受民众喜爱。随着海上丝绸之路的开通，大量来自中原的华人移民东南亚，他们携带戏曲剧本、演出服饰远渡重洋，推动了戏曲艺术在东南亚的广泛传播。宋代戏曲以其鲜活的表演形式和真挚动人的情感内核，成功俘获了东南亚各国人民的心，并融入当地饮食起居，成为体现民族性格和地域风情的文化载体。透过宋代戏曲在东南亚的流行，我们不仅可以管窥海上丝路推动下的文化交流盛况，更可以认识到中华文化在域外传播中的独特魅力。这对于正确认识和充分发掘中华优秀传统文化的当代价值，增进中外文明交流互鉴，推动人类命运共同体建设，具有重要的启示意义。

宋代戏曲开始传入东南亚，始于宋元时期。这一时期，随着贸易的发展和移民浪潮的兴起，大批华人涌入东南亚谋生。其中不乏文人骚客、优伶演员，他们来到陌生的国度，往往通过耳熟能详的曲调、诙谐幽默的表演来抒发思乡之情，排遣异国的孤独。戏曲表演由此成为连接侨民、凝聚侨心的纽带。据载，元末明初澳门已盛行宋杂剧演出，泰国更早在宋代就有华人班社搭建戏台，上演宋元南戏。可以说，戏曲东渐犹如一朵文化的种子，随着华人的足迹播撒异国，并最终在当地人民心中生根发芽。

华人移民以戏曲为精神食粮，客观上也推动了宋代戏曲在东南亚的广泛流传。为适应当地观众的欣赏习惯，宋代戏曲在东传过程中逐渐融入了本土元素，呈现出去其糟粕、取其精华的特点。所谓合汤元韵，隔江模仿，便是对这种文化融合现象的形象写照。印尼的梁祝、新加坡的五朵金花等宋杂剧，便是华人移民将家乡剧目移植域外，并与当地语言、音乐、服饰相结合的典型。这些剧目在情节设置、人物塑造上虽仍保留了浓郁的中原风韵，但在表演形式、服装道具等方面却融入了大量南洋元素，极富当地韵味。这种创造性转化不仅有利于宋剧在海外落地生根，也有助于激活当地民族文化的生命力。正是在与域外文化的良性互动中，宋代戏曲焕发出勃勃生机，实现了可喜的繁荣。

独具魅力的剧情内容，是吸引东南亚观众的又一要素。宋杂剧善于通过曲折动人的爱情故事，热闹非凡的市井场景，引发观众的情感共鸣。所谓哀乐可感，欢笑可喜，生动活泼的人物形象，曲折迂回的情节设置，无不打动着观众的心。如在泰国广为流传的《琵琶记》，不仅对原作情节进行了本土化改编，而且特意增添了幽默诙谐的场景和对白，迎合了泰国民众乐天达观的民族性格。再如马来西亚盛演不衰的宋杂剧《西厢记》，张生与崔莺莺的千古绝唱在爪哇语的演绎下平添韵致，令当地人民为之倾倒。宋杂剧以其贴近生活、反映民情的特点，成为东南亚各国人民喜闻乐见的文化样式，并在一定程度上推动了当地戏曲艺术的革新。由是观之，宋代戏曲的内容魅力，已跨越国界，在更为广阔的人文语境中焕发出恒久的艺术生命力。

海水淘尽英雄，宋代戏曲何以在域外赢得如此盛誉？究其原因，与其浅显活泼的表演形式密不可分。说、唱、做、打一应俱全的表演，动静结合、虚实相生的程式，为东南亚民众所青睐。融歌舞、音乐、杂技于一体的综合艺术样式，无疑极大地丰富了当地人民的精神文化生活。以新加坡为例，当地至今仍流传着一种名为子弟书的说唱形式，深受市井小民喜爱。表演者一边弹唱，一边翩翩起舞，时而手舞足蹈，时而柔情蜜意，惟妙惟肖地演绎着宋元时期的风土人情。这种通俗活泼的表演，不仅有助于宋剧艺术更好地融入当地民众的日常生活，而且也为新加坡华语文学的创作注入了鲜活的表现力。由此观之，宋代戏曲正是凭借其独特的艺术表现形式，征服了东南亚观众的心，进而实现了与本土文化的良性互动。

历史的车轮滚滚向前，宋代戏曲在东南亚的影响绵延至今。如今，印尼、新加坡、马来西亚等国华人社区，仍经常上演宋元南戏，传唱那些耳熟能详的曲调。

即便是本土居民，也能随着优美的旋律，跟唱那些早已融入他们血脉的曲词。可以说，宋代戏曲早已成为东南亚各国的第二民族戏剧，并随着时代发展呈现出新的艺术气象。正如新加坡当代剧作家郭宝崑所言：今天，我们在创作时，仍然可以从古老的宋元杂剧中汲取丰富的营养。正是在传统与现代的对话中，华语戏剧必将迎来更加灿烂的明天。由此可见，宋代戏曲在东南亚的传播绝非昙花一现，而是在与当地文化的交融中实现了创造性转化，并最终成为各国人民喜闻乐见的文化样式。

观今宜鉴古，以古为镜，可以知兴替。宋代戏曲在东南亚的流行，为我们认识中华优秀传统文化走出去的一般规律，提供了宝贵的历史经验。其一，内容的普适性是文化传播的前提。无论是苦命鸳鸯的悱恻缠绵，还是市井小民的悲欢离合，宋剧之所以打动东南亚民众的心，原因在于其所表现的情感具有超越国界的普适性，能够引发人们的普遍共鸣。其二，形式的通俗性是文化传播的利器。诙谐幽默的表演，通俗活泼的唱腔，是宋剧艺术征服域外观众的制胜法宝。文化传播要着眼受众，要以通俗活泼的形式表达深刻的内容。其三，变通的灵活性是文化传播的活力所在。宋剧东渐，既没有故步自封，也没有全盘西化，而是在继承民族传统的基础上，主动吸收当地文化营养，实现了海外转型，焕发出勃勃生机。由是观之，文化走出去，既要保持自身的民族特色，又要兼收并蓄、融通中外，方能实现可持续发展。

透过宋代戏曲东渐这一历史镜鉴，今天我们更应以开放包容的胸襟和自信从容的姿态，积极传播中华优秀传统文化，增进中外文明交流互鉴。一方面，要立足中华文化的博大精深，充分发掘其中蕴含的文化基因，使其在创造性转化中彰显出鲜明的民族特色；另一方面，要以更加开阔的视野融通域外文化，在平等对话中实现中外文明的互学互鉴。如此，方能推动中华文化在世界格局中赢得应有地位，展现东方大国的文化自信。当此伟大复兴的关键时期，让我们携手并进，在传播中华优秀传统文化的壮阔征程中，谱写中华民族伟大复兴的崭新篇章。

（三）宋代文学与西域的交流

宋代文学与西域的交流，是丝绸之路推动下中外文明互鉴的生动缩影。西域自古就是连接东西方的重要纽带，素有丝路明珠之称。早在汉唐时期，西域就已成为中原王朝与域外进行经济文化交流的前沿阵地。及至宋代，随着丝路的全面开通，以文学为载体的中西文化交流日趋频繁，呈现出前所未有的新气象。透过宋人西域行旅的描摹，域外风物、史事开始大量进入诗文创作视野；通过宋人与西域文人的唱和郊游，不同的文化观念、审美情趣在碰撞交融中迸发出智慧的火花。西域异域风情、神奇故事的引入，极大地开拓了宋代文人的眼界，为他们提供了新的表现题材。可以说，没有与西域的深层互动，就不会有宋代文学视野的恢宏，也就不会有中华文化在域外传播的深度和广度。

宋代诗人笔下的西域风情，为后人留下了宝贵的文化地理学资料。王祯和的《使西域纪行》通过翔实的行旅见闻，勾勒出西域地区的风土人情图景。诗人笔下葱岭迢递连橑岌，百草萋萋布地毡的壮丽景象，令读者如临其境，顿生会当凌绝顶，一览众山小之感。梁克家的《淮海集》则以洗练明快的笔触，对西域地区的山川地貌、民俗风情进行了细致入微的描摹。流沙莽莽连天末，白草茫茫碛外村的写实笔法，令西域荒漠的苍茫景象跃然纸上。值得一提的是，这类诗作往往蕴含了诗人博大的襟怀和深沉的思考。正如王安石在《元日徐王宅观灯呈杨元素使君》中所言：山南山北雪晴时，望断云霄万里余。却忆西州沙漠路，铁驼金络满城驱。诗人以雄阔豪迈的笔调，抒发了欲穷千里目，更上一层楼的博大襟怀，折射出北宋士大夫兼容并蓄、海纳百川的文化视野。总的来看，通过这些诗作，我们不仅可以管窥西域异域风情的神奇瑰丽，更能感受到宋代文人在域外行旅中所焕发出的文化自觉意识。诗人笔下的西域已经不再是蛮荒之地，而是中华文明在域外传播生根、开花结果的沃土。

西域奇异的故事传说，为宋代小说创作提供了重要的题材资源。《太平广记》所录《黑水国》，讲述了宋使者王厚德西行黑水国，历经艰险、智退强敌的故事，堪称宋代西域题材小说的典范。作品通过曲折动人的情节设置，塑造了一位临危不惧、足智多谋的使节形象，展现出宋朝官吏的卓越才能和非凡胆识。再如《潜夫论》中的《西城老父传》，则以洒脱诙谐的笔法，刻画了西域人狡黠多智的性格特点。作品讲述西城老父巧施计谋、智退强敌的故事，在夸张滑稽中透露出作者对西域民众智慧的推崇之情。可以说，宋人通过西域题材小说创作，在丰富本民族文学的同时，也客观上展现出一种尊重域外文明、兼容并蓄的文化品格。异域奇人的塑造，在一定程度上消解了中原民众对西域的偏见和隔膜，为不同文明间的平等对话提供了心理基础。这种以文学为媒介的文化认同，对于消解隔阂、促进民心相通，无疑具有积极意义。

更值得关注的是，宋代文人与西域文士的交往唱和，推动了中西文学的深层互动。据载，宋真宗时，大食国曾三次派遣使者入贡。其中有善诗文者，常与宋廷臣僚唱和。梅尧臣的《梅苑宾语》中，便收录了他与西域使臣的唱和诗，题为《奉和西域县主达奚真官员外六学士游春杂咏》。诗作或咏叹春色，或抒发思乡之情，文采斐然，极富异域风情。王灼《碧鸡漫志》中亦载梅尧臣尝遇西域僧，能言梵语，为翻译梵本佛经及外国杂书，颇得异闻。由此可见，宋人与西域文士的交往有助于推动域外珍本的输入，为宋代文人开拓新的文化视野。

与西域文人的交游唱和，也为宋代文人注入了新的创作激情。苏轼的《书西域壁画记》，通过生动传神的笔触，再现了西域壁画的艺术魅力。画工特妙，多师宗天竺国焦波旬之法，山水人物，鸟兽花木，间以国人名迹，则一一肖其形貌，读来令人拍案叫绝。壁画艺术的新颖别致，显然给诗人以极大的审美震撼。欧阳修的《新罗弹琴女》，以委婉隽永的笔法，刻画了一位西域女子的形象，抒发了诗人对域外文明的敬慕之情。诗人所言西域流沙外，有如新罗人。妙拨哀弦发，婉转双凤鸣的意象，无不令人浮想联翩、神往不已。从这些诗文中，我们可以真切地感受到域外艺术风尚对宋代文人创作的深刻影响，可谓异彩纷呈，各擅其美。

当然，在肯定宋代文学与西域交流的积极意义时，我们也要看到其中存在的局限。一方面，受时代背景所限，宋人对西域文明的认知仍显粗浅。许多西域题材诗作，其内容更多体现为一种想象改造，难以全面反映西域社会的真实面貌。另一方面，宋代士大夫的文化视野虽有拓展，却仍难免带有华夷之辨的观念。在他们笔下，西域文明往往成为彰显中华文化优越性的参照系。如范成大在《吴船录·破船赋》中所言朝发建业暮苍梧，弦歌未尝闻异语。胡然华戎殊风俗，岂有同条共贯之理哉的论调，便透露出一种文化偏见。这种局限性在一定程度上影响了中西文明的深层对话，值得我们审慎对待。

从宏观视野考察，宋代文学与西域的交流，为我们认识域外文明互鉴的一般规律，提供了有益启示。首先，频繁的经济文化往来是文学交流的前提。宋代丝绸之路的全面开通，客观上为文学观念的传播、流通创造了条件。其次，文学交流是一个双向互动的过程。在影响域外文学的同时，本民族文学也从域外汲取了丰富营养。再次，平等对话是文明互鉴的应有之义。尊重差异，兼容并蓄，才能推动不同文明在交流中实现共同进步。

置身当下，建设人类命运共同体已成为大势所趋。中华优秀传统文化要实现繁荣兴盛，必须立足本民族，放眼世界，积极参与文明的交流互鉴。宋代文学与西域交流的历史经验，对于我们完善一带一路文化交流机制，增进民心相通，推动中外文明平等对话，具有重要启示意义。在新的历史条件下，我们要以更加开放包容的胸襟，以更加自信从容的姿态，传播中华文化正能量，讲好中国故事，推动构建人类文明理想家园。这是时代赋予我们的光荣使命，更是每一个中国人应尽的历史责任。相信在不同国家、民族的携手努力下，人类文明的多元一体格局必将在平等、互鉴、包容的基础上得以构建，共同推动人类文明走向更加美好的明天。

三、唐宋文学外交流的意义

纵观唐宋时期文学的域外传播，我们可以看到其在增进中外文化理解、推动不同国家间文明互鉴等方面的重要意义。一方面，唐宋时期的文学交流极大地促进了不同国家、民族间的心灵沟通，为域外人士提供了解读中华文化的钥匙。另一方面，大量域外汉学家、文学家的涌现，则标志着域外汉学研究的兴起，这对于传播和弘扬中华文化具有重要价值。唐宋文学在域外的广泛传播，也极大地提升了中华文化在世界舞台上的影响力，这对于我们认识和阐发中华文化的世界意义，具有重要的启示作用。本节拟通过分析唐宋文学外交流的文化意蕴，探讨其在新时代背景下的现实启示。

（一）促进了不同国家间的文化交流

唐宋时期的文学外交流，对促进不同国家间的文化交流产生了深远影响。透过诗歌、小说等文学样式，唐宋文人以饱蘸激情的笔触，勾勒出一幅异彩纷呈的域外风情图，令域外民众对中原文化产生了极大兴趣。反之，外国文人通过唱和、交游等方式，也向中原民众展现了本民族的文化风貌，增进了中外民众的相互理解。正是在这种你来我往、唇齿相依的交流互动中，不同国家的人民架起了心灵沟通的桥梁，中外文明百花园呈现出勃勃生机。可以说，文学交流业已成为沟通中外民心、促进文明互鉴不可或缺的纽带。

诗歌唱和，是唐宋时期中外文人开展文化交流的重要方式。据《旧唐书》载，唐太宗贞观二年，波斯国遣使来贡。其中有精通诗文者，常与太宗臣僚唱和，宫廷宴会上诗兴大发，歌咏迭起，场面蔚为大观。这种诗歌交流不仅表达了中外文人的友好情谊，而且生动再现了当时频繁的中外交往盛况。宋代诗坛更是唱酬不断，笔墨唱和。如仁宗庆历年间，西域回纥国使臣曾在京师以诗文唱和，与范仲淹、欧阳修等人酬唱，诗作见于当时的诗文总集。再如元丰五年，高丽国使臣在东京留学，与苏轼、黄庭坚唱和，留下脍炙人口的名篇佳作。诗人或抒发思乡之情，或咏叹世事沧桑，在吟咏声中架起了心灵沟通的桥梁。由此观之，诗歌唱和已成为中外文人友好交往的重要载体，在密切文化交流、增进民心相通方面发挥了独特作用。

小说创作，是唐宋时期开展文化交流的又一重要方式。唐传奇、宋话本广泛吸收域外故事，对域外风物进行细致入微的描摹，极大地开阔了本土民众的文化视野。如《太平广记》所录《黑水国》，通过宋使者西行黑水的见闻，展现了西域奇风异俗和黑水国人狡黠智慧的民族性格。再如《清异录》中的波斯国传奇，对波斯异域风物、民情风俗进行了细致描写，折射出作者兼容并包的文化襟怀。可以说，域外题材小说已经成为传播域外文化信息的重要载体。它在满足民众猎奇心理的同时，也客观上消除了天朝上国的偏见，为不同文化间的平等交流创造了条件。

与此同时，外国文人也以小说创作为媒介，向中原民众展示了本民族的文化特色，推动了中外文化交流的深入。如日本平安时期的《竹取物语》，通过对嫦娥奔月神话的想象改造，塑造了一位渴望自由爱情的竹取公主形象。作品将日本民族的审美情趣与中国传说相融合，展现了日本文人兼收并蓄的文化视野。再如高丽时期的《金云梦》，移植唐代传奇母题，讲述了高丽王子金云入唐求学、报效祖国的故事。作品在彰显高丽爱国情怀的同时，也对中原文化表达了由衷敬仰之情。由此观之，外国文人创作的域外题材小说，通过想象改造和情节置换，令中原文化因子产生嬗变，实现了异国情调与本土风情的交相辉映。这种文学形式的移植，极大地丰富了域外民族的精神文化生活，也为中外文化的交融互鉴提供了契机。

文人交游，是中外文化交流的重要渠道。唐宋时期，频繁的使节往来为文人交往创造了便利条件。许多文人学士往往随使节出访，以诗文唱和的方式与域外文人切磋交流。据《全唐文》载，张九龄曾奉诏为波斯国王撰写国书，对波斯的风土人情进行了细致描绘。白居易也曾为日本遣唐使撰写诗序，称赞其虽远必达，能通殊俗的文化交流精神。这些文人交往活动，在为域外输出先进文化的同时，也为本土输入了异域风情，极大地开拓了中原士人的文化视野。

宋代文人的交游唱酬，进一步深化了中外文化的交流互鉴。欧阳修、梅尧臣、苏轼、黄庭坚等文坛领袖，都热衷于与域外文人的交流。如梅尧臣在《宛陵集》中，记载了他与高丽国使臣金仁矩的诗文唱和，极言其诗清新俊伟，迥与诸作者不同。欧阳修在《归田录》中，也提及自己与日本、新罗、大食等国使者的交游，称其谈吐风雅，言必及文章。这些文人交往，促进了中外在诗文、书画、金石等领域的切磋砥砺，相互借鉴，共同进步，极大地丰富了彼此的文化生活。在直接接触中，中外文人以更加开放的心态看待彼此的文化差异，求同存异、兼容并蓄的文化理念也逐渐深入人心。

士大夫的文化交往，是中外交流大潮的缩影。伴随着政治、经济往来的日益频繁，官方派遣的文化使节团开始定期往来。据《册府元龟》载，公元838年，唐文宗选派以李德裕为首的文化使团，携《六经》《汉书》等典籍访问日本，并与日本文人开展诗文交流，取得了良好效果。到了宋代，朝廷设立学问僧，定期遣送高僧前往高丽、日本传经讲学。高丽大藏经的雕版印刷，便是在北宋僧侣指导下完成。可以说，文化使节已经成为中外交流的重要力量，在传播文化信息、促进民心相通等方面发挥了不可替代的作用。

宋朝与周边国家频繁的文化交流，也极大地促进了域外汉学的发展。自《周礼》四方之人，言语不通，嗜欲不同以来，域外的风俗民情一直是中原民众好奇的对象。唐宋文人通过交游唱酬，客观上展现了中华文明的独特魅力，引发了域外民众对汉语言文化的极大兴趣。受此影响，高丽、日本等国纷纷派遣使节、学生入华求学，并广泛搜集中原典籍，致力于汉学研究。其中高丽学者崔致远，博览群书，工于诗文，被誉为海东之欧阳修。日本学者菅原道真，善于汉诗创作，留下了《菅家文草》等诗文总集。这些域外汉学家以其渊博的学识、深厚的文化素养，为中外文化交流架设了一座沟通心灵的桥梁。他们笔下流露的对中华文明的敬仰之情，极大地坚定了中原文人文化自信，也为域外民众领略中华文明魅力提供了窗口。

文化交流绝非单向度的传播，而是一个双向互动的过程。在影响域外文化的同时，中原文人也从域外汲取了丰富的文化养分。陆羽在《茶经》中记载了文人雅士迷恋饮茶的风尚，茶文化的输入极大地丰富了士大夫的精神生活。又如空海东渡传授真言密教，极大地开拓了中原佛教的疆域。再如姚枢西行高昌，译出大量梵本佛经，客观上推动了域外典籍的译介。可以说，文化交流是一个相互借鉴、共同进步的过程。在博采众长中，丰富本民族文化内涵，这种海纳百川的文化自觉，正是推动人类文明进步的力量之源。

透过唐宋时期的文学外交流，一个光影绰约的文化交融图景徐徐展开。诗歌唱酬的清越雅音，异域题材小说的瑰丽色彩，使节往来的友好身影，无不生动再现了中外文化交流的盛况。在你来我往、唇齿相依的过程中，域外民众对中华文明产生了由衷的敬仰，中原士人对域外文化也有了更加全面深刻的认识，中外文明逐渐冲淡隔阂，建立起休戚与共的命运共同体意识。这种平等对话、互学互鉴的交往理念，早已融入中华文明的血脉。它昭示着海纳百川、兼收并蓄的文化胸襟，见证了中华民族善于吸收外来文明、推动文化繁荣的睿智与魄力。这种交流互鉴的理念，必将为人类文明注入不竭动力，推动世界文化实现多元共荣。

站在新时代的历史方位，重温、反思唐宋时期的文化交流，对于我们更好地认识中外文明交流互鉴的一般规律，具有重要的启示意义。当前，随着"一带一路"建设的深入推进，构建人类命运共同体已成为国际社会的广泛共识。在此背景下，发挥文学外交的独特优势，讲好中国故事，传播中国声音，增强中华文化国际影响力，是时代赋予我们的神圣使命。我们要以更加开放的胸襟、更加自信的姿态，积极传播中华优秀传统文化。在继承创新中，不断赋予其新的时代内涵，使之成为中外文明交流互鉴的精神纽带。同时，我们也要虚心学习借鉴域外优秀文化，在比较借鉴中实现中华文化的创造性转化和创新性发展。惟有如此，才能在文明交流互鉴中焕发出中华文化永恒的魅力，为人类文明进步贡献独特的东方智慧。

千百年来，炎黄子孙以海纳百川的胸襟，创造了璀璨的中华文明。未来，站在民族复兴的新起点，更需要我们以文以载道、以文化人，积极参与世界文化交流的洪流。让我们携手并进，以更加昂扬的精神状态，推动中华文化在交流互鉴中实现创新性发展，为构建人类命运共同体、推动人类文明进步注入不竭动力。相信在共建一带一路的伟大实践中，中华民族必将以更加自信、从容的姿态屹立于世界民族之林，谱写中华文明新的辉煌篇章。

（二）推动了域外汉学的发展

在诗歌、小说等文学样式的感召下，域外民众对博大精深的中华文明产生了浓厚的兴趣。一时间，东渡扶桑求学问道者川流不息，西游长安求法访经者接踵而至，大批域外学子以习得汉语言文化为人生夙愿。正是在这种文化仰慕的驱动下，汉学研究在域外迎来了前所未有的繁荣，大量汉籍典故被译介海外，为域外民众开启了通往东方智慧的大门。可以说，唐宋文学外交流不仅以文学的形式促进了不同国家间的文化认同，而且以汉学研究为载体，奠定了域外民众学习、借鉴中华文明的基石，对域外国家的现代化进程产生了重要影响。

在唐宋文学东渐的过程中，域外产生了大量的汉学家和汉学著作。日本奈良时期，随着遣唐使的频繁派遣，大批日本学子来华求学，掀起了汉学研究的高潮。僧人吉备真备、空海等人东渡扶桑，传播儒释道经典，极大地丰富了日本学术文化生活。平安时期，在宫廷文人的推动下，《万叶集》《古今和歌集》等著作纷纷问世，这些诗文总集明显受到唐风的影响，昭示着大和魂与唐风的交相辉映。院政时期，以藤原佐理为代表的日本学者纷纷来华求学，广泛收集儒家典籍。回国后，他们还原封建社会等级制度，对日本政治体制产生了深远影响。由此观之，汉学文化业已成为日本社会不可或缺的精神滋养。正是在汉学研究的激励下，日本步入了国风文化时代。

朝鲜半岛的汉学研究，始于三国时期。高句丽、百济等国纷纷派遣使节、学生入唐求学，掀起了汉学研究的热潮。统一新罗时期，崔致远、崔彦晖等一大批学者来华求学，为弘扬儒家文化作出了重要贡献。高丽王朝更是尊崇汉学，大量刊印儒家典籍，以科举取士，儒学传统由此奠基。朝鲜李氏王朝时期，李退溪、李栗谷等理学家推动实学运动，为朝鲜现代化进程注入了思想动力。他们旁搜博采、融通新旧，力图在儒学传统与社会现实间实现良性互动，这种实事求是的人文精神至今仍深刻影响着朝鲜文化的发展。可以说，没有汉学的滋养，就难以想象朝鲜文化的繁荣图景。

西域是唐宋文化传播的重要区域。诗人王维、王昌龄等人曾在此担任节度使，以诗歌的形式描摹西域风光，促进了中原与西域间的文化交流。丝绸之路的开通，更是为汉学在西域的传播提供了便利条件。唐代高僧玄奘西行天竺取经，所撰《大唐西域记》为后人留下了宝贵的人文地理资料。宋代商旅马可·波罗东来，详细记述了中国的社会制度与风土人情，成为域外了解中华文明的重要窗口。元代色目人耶律楚材来华求学，著有《西游录》，对中原地理、民俗的描述生动传神。明代欧洲传教士利玛窦等人来华传教，熟谙儒家经典，极大地推动了西学东渐。可以说，西域一直是中外文化交流的前沿，为域外汉学发展提供了丰富滋养。

唐宋文学外交流也大大推动了华夷译语的兴起。众所周知，语言学习是文化交流的基础。有了翻译，才能真正实现思想的交流和文明的对话。为满足中外交往的需要，隋唐时期朝廷设置四夷馆、会同馆，培养译语人才。玄奘法师的梵文译经事业，不仅丰富了中国佛教文化，也客观上促进了梵汉语言文字的比较研究。宋代朝廷设立通事舍人，专门负责对外文献的翻译工作。许多通事舍人不仅语言过硬，学识渊博，而且主政有方，在中外交往中发挥了重要作用。与此同时，域外国家也十分重视华夷译语人才的培养。新罗时期设置小德一职，专门负责汉语翻译。日本奈良朝廷设置大学寮，专门培养习得汉语的人才。可以说，在汉语翻译事业的推动下，域外的汉学研究有了坚实的语言基础，中外文明的深层对话由此展开。

汉籍东渐，客观上促进了域外文化的繁荣。中华典籍之所以在域外广受欢迎，根本原因在于其闪耀着智慧的光芒。儒家经典为王道政治、人伦道德等问题提供了系统阐释；佛经开示灵山妙诀，为众生指引觉悟之路；道藏蕴含先人炼养之术，为生命哲学提供了独到见地；诗文典籍更是美辞丽句，成为域外文人学习的范本。在汉籍输入的推动下，域外国家掀起了一股汉文化热潮。《论语》《孟子》等儒家典籍被奉为治国之经，《心经》《金刚经》等佛经广为流布，屡屡刊印。唐诗宋词更是家喻户晓，成为文人创作的滥觞。受此影响，高丽、日本等国纷纷设置翰林院，以儒家典籍为官学，汉籍研习蔚然成风。由此观之，汉籍典故已融入域外社会的血脉，成为当地民众生活的重要组成部分。

以汉学为媒介，中华文明为域外社会发展提供了重要思想资源。以日本为例，圣德太子制定的十七条宪法明显借鉴了儒家的仁政思想，为日本律令制度奠定了基础。德川幕府推行朱子学，客观上为明治维新积累了思想动力。可以说，儒学理念不仅为日本现代化进程提供了思想资源，而且深刻影响了日本的社会结构和民族性格。再如朝鲜，李氏王朝推崇程朱理学，统治阶层悉心治理水利，提倡农桑，这种务实求是的儒学精神在朝鲜落地生根，直至今日仍然发挥着重要影响。由此观之，以汉学为载体，中华文明早已融入域外国家的社会结构，成为推动域外社会发展的重要力量。

值得一提的是，汉学在西域的传播，客观上为不同文明的交流互鉴奠定了基础。《大唐西域记》详细记载了西域的地理、民俗，成为中原读者了解域外文化的重要窗口。波斯人李泰伯善诗工书，在长安任翰林供奉，极大地促进了中波文化交流。还有景教、摩尼教等西域宗教，随着僧侣的东来而传播于中原，丰富了中华文化的信仰体系。反之，中原的农耕技术、青铜器制造等先进生产力也随着丝路商旅传播于西域，有力地促进了当地社会经济的发展。由此观之，域外汉学发展之所以在西域取得突出成就，根本原因在于其兼容并包、融通四海的文化理念，它为人类文明百花园增添了绚丽色彩。

鉴古而知今，透过唐宋时期汉学发展的历史镜鉴，我们可以得出几点有益启示。其一，推动汉学研究，必须秉持兼容并蓄的文化自觉。对域外优秀文明，要虚怀若谷，海纳百川，在交流互鉴中实现共同进步。其二，推动汉学研究，必须坚持求真务实的治学精神。对中华优秀传统文化，要不断赋予其新的时代内涵，使其在创造性转化中焕发勃勃生机。其三，推动汉学研究，必须坚持平等对话的交往理念。在尊重差异、包容多样的基础上，努力寻求不同文明的契合点，为人类社会发展贡献智慧。

置身于世界多极化、经济全球化的时代大潮，推动汉学研究已成为展示中国文化软实力、提升国家文化影响力的迫切要求。我们既要以海纳百川的胸怀吸收域外优秀文明成果，又要以兼收并蓄的姿态推动中外文化交流互鉴。惟其如此，方能不断增强中华文化的感召力、凝聚力，进而为构建人类命运共同体贡献力量。新时代的汉学研究，必将在继承传统、立足本土、放眼世界的良性互动中实现创造性发展，为推动人类文明进步注入强大动力。

人无完人，金无足赤。唐宋时期汉学发展的历史经验启示我们，不同文明、不同民族之间的交往应该建立在平等互鉴、求同存异的基础之上。21世纪的今天，构建人类命运共同体已成为国际社会的广泛共识。中华文化要实现伟大复兴，必须立足本国、放眼世界，推动文明交流互鉴。让我们携手同行，在推动中外文化交流的壮阔征程中，共同创造人类社会更加美好的明天。愿东方智慧之光普照寰宇，愿中华文化之魂永驻人间。

（三）彰显了中华文化的国际影响力

通过对唐诗宋词的吟咏，域外民众领略到中国古典美学的独特意蕴；透过宋代话本小说的描摹，异国读者感受到市井生活的烟火气息。正是在这种美的感召下，中华文化的影响力日益突破地域藩篱，在更加广阔的人文空间释放出璀璨夺目的光彩。透过唐宋文学外交流这一历史镜鉴，我们可以深切领会文化自信对一个民族屹立于世界的重要意义。只有怀着海纳百川的胸襟，以更加开放的姿态传播中华优秀传统文化，我们才能在世界文化版图中赢得应有地位，为人类文明进步贡献东方智慧。

诗歌是唐宋时期对外传播的文化名片。无论是李白的举杯邀明月，对影成三人、杜甫的会当凌绝顶，一览众山小、王维的大漠孤烟直，长河落日圆，还是苏轼的飞流直下三千尺，疑是银河落九天，李清照的寻寻觅觅，冷冷清清，凄凄惨惨戚戚，都成为脍炙人口的千古名句，广为域外文人引用、吟咏。著名汉学家理查德·威尔伯在评价李白诗歌时指出，其作品具有一种向上飞升，同时向内探求的气质，令西方读者为之倾倒。日本川合康三更是直言，没有李白就没有日本文学的繁荣。可见唐诗对域外诗歌艺术的影响之深。宋词更以其委婉含蓄、柔媚隽永的美学旨趣，彰显出中华文化温婉敦厚、刚柔相济的独特内涵，令无数海外读者为之着迷。正如美国汉学家高友工所言，宋词让我们领略到，在刚健豪迈的中国文化形象背后，还有一种温柔敦厚、细腻灵动的美学追求。透过唐诗宋词的海外传播，世界读者领略到了中华美学的独特魅力，中国文学因此赢得了国际社会的高度赞誉。

散文是彰显中华文化国际影响力的又一重要载体。韩愈、柳宗元、欧阳修、苏轼等唐宋散文大家笔下的经典篇章，以其深邃的哲理内涵和恢宏的文化视野，成为海外学者研习中国文化的重要文本。在日本平安时代，空海、菅原道真等留学生将唐宋古文样式移植日本，形成了起承转合、对偶工整的和文体裁。韩愈的散文也成为日本古文家学习的重要范本。英国汉学家亚瑟·韦利在《亚洲文明史》中指出，宋代散文的议论精严、结构严谨，不仅培育了宋代士大夫的治学精神，也极大地丰富了中国古代散文的美学旨趣。宋明理学的勃兴，与宋代古文运动密不可分。由是观之，唐宋散文不仅以其深刻的思想内涵引领域外读者领略中华文化的博大精深，而且以其独到的艺术表现塑造了世界文坛的美学理想，彰显了中华文化的世界影响力。

小说是唐宋文学外交流的重要组成部分。唐传奇以其浪漫主义色彩和神奇瑰丽的想象力，令无数海外读者为之倾倒。白行简的《李娃传》塑造了一位善解人意、见识超群的女性形象，成为域外学者研究中国古代女性文化的重要文本。沈既济的《枕中记》以离奇曲折的故事情节，展现了唐人想象力的无穷魅力，至今仍被世界文坛奉为短篇小说的典范。英国作家司各特·菲茨杰拉德更是直言，如果要问世界文学中最富想象力的作品，非唐传奇莫属。宋代话本小说则以其细腻入微的现实主义笔触，将市井百态、人情冷暖刻画得惟妙惟肖，彰显出中国写实主义文学的独特魅力。话本小说的叙事技巧、细节描写对世界小说艺术的发展产生了深远影响。由是观之，唐宋小说不仅极大地拓宽了域外读者的文学视野，而且以其独特的美学魅力为世界文学的繁荣发展注入了强大动力。

唐宋文学外交流之所以能在域外产生如此巨大的影响力，根本原因在于其承载着中华民族高度的文化自信。这种自信首先体现为中华文化海纳百川的气度。面对域外文明，中国古代社会并没有闭关自守，而是采取了兼收并蓄、融通四海的开放态度。九州之人，异习殊风，率土之滨，莫不王臣，这是中华民族以天下为己任的宏阔胸襟；四海之内，皆兄弟也，这是中华民族亲仁善邻、协和万邦的天下情怀。在开放的胸襟中，唐宋文人以海纳百川的气魄吸收域外优秀文明成果，丰富本民族精神文化生活，这种博大慷慨的文化品格令域外社会由衷敬仰。

其次，唐宋文学的感召力，根源于中华文化深厚的人文关怀。儒家思想强调仁者爱人，提倡老吾老以及人之老，幼吾幼以及人之幼，反映的正是中华民族博施济众、兼济天下的仁爱情怀。这种情怀内化为士大夫的人格理想，外化为唐宋文学作品的价值追求，极大地感染了海外读者。欧阳修的《醉翁亭记》将儒家仁学思想发挥到极致，抒发了士大夫不以物喜，不以己悲、与民偕乐的博大襟怀；苏轼的《石钟山记》将儒释道三家思想糅合一炉，抒发了文人将自我遗寄山水、心游万仞的豁达情怀。正是在这种兼济苍生的仁爱关怀中，域外读者感悟到中华文化的人文精神，油然而生亲仁向善之心。美国著名作家欧文·斯通在《张岱传》中感慨道：如果要用一个词来概括中国古代士大夫的人格理想，我选"仁"字。正是儒家仁学蕴含的恢宏人文关怀，令中华文化在世界范围内焕发出感召力，赢得了国际社会的广泛赞誉。

再次，唐宋文学展现的高远志向和人生理想，成就了其感召世界的价值力量。

穷则独善其身，达则兼济天下，这是中国士大夫的人生理想；先天下之忧而忧，后天下之乐而乐，这是中国文人的价值追求。在这种价值理想的激励下，唐宋文人笔下涌现出大量昭示理想人格的作品。杜甫致君尧舜上，再使风俗淳的济世情怀，王安石不患寡而患不均，不患贫而患不安的为民情怀，陆游位卑未敢忘忧国的报国情怀，无不令海外读者感佩不已。受到中国古典文学熏陶的日本武士，将殉君、报国、守节、尽忠视为人生最高理想；倾心于陶渊明、苏轼作品的日本文人，将高蹈独善、不徼荣利作为人格典范。这种理想人格的塑造，彰显出中华文化的核心价值，令世界各国人民心向往之，由衷向往。由是观之，唐宋文学之所以具有强大的世界影响力，根本在于其昭示出中华民族崇高的精神境界，引领世人走向人生的至高理想。

中华文化是人类智慧的结晶，唐宋文学则以其恢弘的视野、深邃的内涵、独特的美学魅力，将这一智慧推向顶峰。透过对域外传播的历史考察，我们可以清晰地看到，中华优秀传统文化具有极强的生命力和感召力，是维系世界文明多样性、推动人类文明进步的重要力量。这种力量根植于中华民族兼收并蓄、海纳百川的文化品格，根植于儒释道哲学蕴含的深沉人文关怀，根植于中国士大夫笃行践履的理想人格追求。

以史为鉴，可以知兴替。唐宋文学的域外传播昭示我们，只有立足本民族优秀传统文化，博采众长、兼收并蓄，推动文明交流互鉴，我们才能真正彰显中华文化的世界影响力。唐宋文学对外交流，我们可以清晰地看到，在经济全球化、文化多元化的发展大潮中，中华优秀传统文化具有强大的生命力和感召力，是维系人类文明多样性、增进各国人民友好感情的重要纽带。唐诗、宋词以其深邃的思想内涵和独特的艺术魅力征服了世界读者，唐宋小说以其想象的瑰丽和写实的细腻开拓了域外文学的发展空间。域外汉学的兴起，中外文人的频繁交游，则从不同层面推动了中外文明的交流互鉴。这种文化交流绝非单向的输出，而是一个相互借鉴、共同进步的过程。在对外传播的同时，中华文化也在域外优秀文明的滋养下焕发出新的勃勃生机。今天，在中华文化走向世界的恢弘征程中，我们更需要以开放包容的胸襟、自信从容的姿态，积极传播中华优秀传统文化，讲好中国故事、传播好中国声音，推动不同文明交流互鉴、和谐共生。只有在继承创新中赋予传统文化以新的时代内涵，在交流互鉴中实现中华文化的创造性转化，我们才能不断增强民族文化的生命力与感召力，进而为人类文明进步贡献独特的东方智慧。让我们携手前行，以更加昂扬的复兴意识、更加自觉的文化担当，在推动民族复兴的伟大征程中，谱写中外文化交流的崭新篇章。

第九章　结语

　　纵观唐宋时期文学的发展历程，我们可以清晰地看到，这一时期是中国古代文学的巅峰阶段。在政治、经济、文化等因素的综合作用下，唐宋文学在继承前代文学成就的基础上实现了创造性的发展，出现了诗歌、散文、词、小说等多种文体的繁荣景象。而唐宋文学之所以能达到如此高度，离不开唐宋时期文学批评的引领。透过对唐宋文学批评发展脉络的梳理，我们可以深刻认识到，文学创作与文学批评是相辅相成、互为表里的关系。唐宋时期，一大批文学批评家以敏锐的洞察力把握住了文学发展的规律，提出了许多极富创见的理论主张，极大地推动了唐宋文学的繁荣发展，同时也丰富和深化了中国古代文学批评的理论内涵。

　　唐宋文学的辉煌成就，不仅体现在国内文坛的繁荣上，而且彰显在对域外文学的深远影响上。伴随着东亚文化圈的形成，唐诗、唐传奇开始大量传播到日本、朝鲜、越南等国，深刻影响了当地诗歌、小说的发展。随着海上丝绸之路的开通，宋词、宋代话本小说在东南亚、日本的传播日益频繁，引发了当地文人的广泛关注和模仿。与此同时，大量域外留学生来华求学，众多域外汉学家开始涌现，中外文人频繁交游唱和，这些都极大地促进了中外文化的交流互鉴。由是观之，唐宋文学不仅是中华民族的文化瑰宝，而且也是人类文明的共同财富。

　　今天，我们身处两个一百年奋斗目标的历史交汇期，民族复兴、文化复兴的大幕已经拉开。在新的时代条件下，系统梳理、深入阐发唐宋文学发展的历史经验，对于传承和弘扬中华优秀传统文化，推动中华文化创造性转化和创新性发展，进而推动构建人类命运共同体，具有十分重要的现实意义。本章拟从唐宋文学发展的历史地位、研究的现实意义、未来展望等方面进行系统阐述，力求立足古代、面向未来，在继承传统的基础上推陈出新，为新时代中国文学的发展提供一些有益思考。

一、唐宋文学发展的历史地位

唐宋时期是中国古代文学发展的高峰期，集大唐气象、开宋代风骚于一身。在诗歌、散文、词、小说等领域，唐宋文学都取得了空前绝后的辉煌成就。审视唐宋文学发展的历史地位，我们既要看到其总体成就的非凡，又要领会其对后世文学发展的深远影响力。古人云："惟陈言之务去"，唐宋文人在继承前人的基础上，以革故鼎新的勇气开创了诗歌、散文、词等文体的新局面，树立了后世难以逾越的文学高峰。而在小说领域，唐传奇、宋话本更是开创了叙事文学的新纪元，对明清小说的勃兴产生了决定性影响。由此观之，唐宋文学之所以能获得千古绝唱，万世师表的崇高历史地位，根本在于其文学典范的确立和文学正统的奠基。

（一）唐宋文学的总体成就

唐宋时期是中国古代文学发展的巅峰阶段，其文学成就之高、影响之深，在中国乃至世界文学史上都难以找到第二个可以比肩的时代。纵观唐宋文学发展的总体图景，诗歌、散文、词、小说等各种文体无不呈现出勃勃生机、争奇斗艳的繁荣景象。从初唐的六大诗人到盛唐的李杜诗坛，从中唐的白居易到晚唐李商隐的诗歌革新，唐代诗歌以其内容的博大与形式的丰富令人瞩目；韩愈、柳宗元、欧阳修、苏轼等一批杰出的古文运动家提倡文道合一，推动了散文创作的蓬勃兴盛；温庭筠、李煜、苏轼、辛弃疾等词坛巨匠笔下的数千首词作，以委婉含蓄的风格抒发了不同时代知识分子的情感；中唐传奇和宋代话本小说的繁荣则预示着中国古代小说走向成熟。可以说，唐宋时期各类文学样式之间你追我赶、相得益彰，共同构筑起中国古代文学的高峰。

诗歌是唐宋文学的代表性文体。初唐四杰王勃、杨炯、卢照邻、骆宾王开创了初唐诗风，陈子昂、李白、杜甫等人接续盛唐一代，将山水诗、边塞诗推向极致；韩愈文起八代之衰的号召推动了古文运动，柳宗元、白居易等人的加入则开创了中唐新局；晚唐温庭筠、李商隐在对偶工整、辞藻华丽中别具一格。进入北宋，以欧阳修、梅尧臣为代表的诗人革新诗歌语言，淡化声律与对仗的束缚；南宋诗坛则在江西诗派、婉约派与豪放派的唱和中呈现出不同诗歌流派争鸣的局面。综观唐宋诗歌的发展历程，无论是在题材内容、艺术形式上都达到了中国古代诗歌创作的顶峰，诞生了李白、杜甫、白居易、苏轼等一大批脍炙人口的诗歌巨匠，为后世树立了难以逾越的典范。

散文是唐宋文学发展的重要方面。唐代古文运动在韩愈、柳宗元等人的推动下达到顶峰，他们提出了文以明道、文以载道等文学主张，主张散文要义理深刻、言之有物。欧阳修、苏洵、苏轼、苏辙、王安石、曾巩、王禹偁、柳宗元被合称唐宋八大家，他们的散文艺术成就极高，对后世影响深远。北宋欧阳修和苏轼是古文运动的集大成者，欧阳修提出了文章合为时而著，歌诗合为事而作的文学主张，强调文章要切合时事，反映现实；苏轼则在文章中注重抒发个人情志，反对矫揉造作。他们的文章立意高远、文采斐然，对后世文风影响极大。南宋古文家则主要以辞章华美取胜，其中又以秦观、范成大、陆游的成就最高。唐宋古文对后世影响深远，启迪了明代唐宋八大家文章的成就，并成为清代桐城派、常州派古文家学习的楷模。

词是唐宋文学艺术宝库中的瑰宝。词在唐五代时由民间文学形式发展而来，经历了温庭筠、李煜、冯延巳等人的洗练，形成婉约典雅的词风。北宋晏殊、欧阳修、苏轼将词的婉约风格推向成熟，并形成豪放一派。南宋辛弃疾的词继承苏轼豪放风格，气势恢宏，慷慨悲凉；李清照则以婉约见长，抒情委婉，余味悠长。宋词以其曲折委婉、含蓄蕴藉的艺术魅力，在中国文学史上独树一帜。它不仅推动了文学审美趣味的变化，而且深刻影响了文人的人格理想和价值追求。正如王国维所言，有宋一代之文学，以词为最上乘。词的兴盛，实在是整个宋代文学繁荣的见证。

小说是唐宋文学发展的重要成就。唐传奇开创了志怪、传奇等短篇小说的先河，并出现了《游仙窟》《柳毅传》等经典作品，极大地丰富了唐代文学的内涵。宋代话本小说是在唐传奇的基础上发展起来的，宋人笔下的《清平山堂话本》《喻世明言》《警世通言》等都是脍炙人口的作品，为后世小说的繁荣奠定了坚实的基础。它们或借助奇特的想象揭示人生哲理，或通过委婉曲折的故事探讨世情世态，无不给人以深刻启迪。小说文体的确立标志着中国古典文学由诗性主导时代进入兼具诗性与叙事性的时代，是中国文学史上的一大突破。

就总体成就而言，唐宋文学无疑达到了中国古代文学的巅峰。它一方面继承了先秦两汉文学的优秀传统，另一方面又进行了革故鼎新的探索，在文学表现力和审美价值上都达到了登峰造极的境界。这集中体现在以下几个方面：

其一，唐宋文学在文体、题材、风格等方面都实现了多元繁荣。诗、文、词、曲各擅胜场，山水诗、边塞诗、闺怨诗、咏史诗百花齐放，豪放派、婉约派你方唱罢我登场。正是在这种百花齐放、百家争鸣的创作氛围中，唐宋文学才得以迸发出如此迷人的艺术光彩。

其二，唐宋文学对先秦两汉文学遗产进行了批判继承和创造性发展。在继承《诗》《骚》优秀传统的基础上，唐诗宋词又大胆革新，形成了独树一帜的艺术特色，极大地拓展了中国古典诗歌的表现力。韩愈文起八代之衰的革新举措，更是开创了古文运动的先河，推动文章经世致用观念的确立。可以说，没有唐宋文人在继承传统中的别开生面、推陈出新，就难以想象古典文学能达到如此辉煌的艺术高度。

其三，唐宋文学蕴含着极为丰富的人文内涵。它不仅展现了中国古代文人的生活图景，更揭示出他们的人生理想和价值追求。李白、杜甫笔下的安得广厦千万间，大庇天下寒士俱欢颜的济世情怀，韩愈道之所存，师之所存也的人格理想，苏轼不以物喜，不以己悲的达观襟怀，无不彰显出唐宋文人博大精深的人文关怀。这些跨越时空的人文精神，已经成为中华民族宝贵的精神财富。

其四，唐宋文学在凝练民族语言、确立古典美学原则等方面作出了重要贡献。唐宋文学名篇佳句不胜枚举，从会当凌绝顶，一览众山小的壮美气势，到梨花院落溶溶月，柳絮池塘淡淡风的柔美旋律，无不体现出极高的语言表现力。唐宋时期，以儒释道哲学为基础的古典美学体系逐渐成熟，以意境论、神韵说、形神论为代表的诸多美学理念在唐宋文学中得到了充分体现。由此观之，唐宋文学对于确立中华民族审美理想和塑造民族语言的典范，作出了不可磨灭的贡献。

回望唐宋文学发展的历史图景，我们可以清晰地看到，这一时期文学之所以能达到巅峰，既得益于政治经济的繁荣和思想文化的活跃，更得益于唐宋文人在革故鼎新中所焕发的巨大文学创造力。诚如鲁迅先生所言："惟大唐之文章，新声并起，与时代同，亦足繁会，而材料尤富，遂极天下之美。"置身于承平盛世，面对海纳百川的文化氛围，唐宋文人以前所未有的自觉和勇气投身文学创新，在传统与变革的良性互动中推动了诗、文、词、曲等文体的繁荣，最终铸就了中国古典文学的辉煌。同时，虽然唐宋文学在诸多方面取得了巨大成就，但仍存在一定局限。如唐诗创作到晚唐五代，逐渐呈现出重描摹技巧、轻内容表现的流弊；宋代古文在追求形式华丽的过程中，某些作品也出现了空疏浮泛的毛病。这提醒我们在总结唐宋文学发展经验时，要全面辩证地分析其得失，取其精华、去其糟粕，在批判继承中推动文学创作实现新的发展。

纵观唐宋时期文学发展的总体成就，我们既要看到其所达到的艺术高度，更要领会其彰显的文化内涵。唐宋文学以其博大精深的内容，灿烂多姿的形式，业已成为中华民族不可或缺的精神家园。在新的历史条件下，加强唐宋文学研究，挖掘其中的思想精华，对于我们坚定文化自信，凝聚复兴力量，具有重要意义。这不仅关涉民族文化的传承发展，更关乎中华民族的奋进图强。让我们从唐宋文学中汲取智慧，在实现中华民族伟大复兴的征程中谱写更加壮丽的诗篇。

（二）唐宋文学在古代文学史上的地位

如果说先秦两汉是中国古典文学的发轫时期，魏晋六朝是古典文学的成长时期，那么唐宋时期无疑是中国古典文学的极盛时期。[①] 在这个阶段，诗歌、散文、词、小说等文体全面繁荣，无论是在思想内涵还是艺术表现力上都达到了前所未有的高度，出现了众多光耀古今的文学巨匠，诞生了影响后世的经典佳作。唐宋文学以其恢弘气象、瑰丽风采，为古代文学画上了最为绚烂的一笔，是中国文学史由古典走向现代过程中最值得称道的篇章。

中国古典文学史犹如一部恢弘的交响乐，唐宋文学是这部交响乐最为高亢、最为激越的乐章。初唐四杰为盛唐文坛开启新局，陈子昂以文章盛国的豪迈气魄

---

① 张蓉 . 中国古代文学思潮与意境演变 [D]. 西北师范大学，2014:55-57.

成为承先启后的关键人物。诗坛双璧李白杜甫以飘逸雄奇的诗风缔造了诗歌艺术的丰碑，苏轼、辛弃疾、李清照笔下的千古绝唱，更是将宋词的意境美和韵律美推向了极致。欧阳修、王安石等人开创的古文运动，力倡文章经世、文道合一，推动散文走上韵理俱佳、气象万千的艺术高峰。话本小说的勃兴更预示着中国小说艺术走向成熟。可以说，整个唐宋时期是中国古典文学艺术百花齐放、异彩纷呈的黄金时代。它既体现出对前代文学的总结提升，又彰显出对后世文学的开拓引领，是中国文学发展历程中一座巍然屹立的高峰。

唐宋文学对先秦两汉文学的继承和发展，集中体现在对《诗经》《楚辞》《汉赋》等优秀传统的扬弃。文章合为时而著，诗歌合为事而作，这是欧阳修对诗文创作宗旨的高度概括。初唐陈子昂、骆宾王等人的五言诗继承了《诗经》言之者无罪，闻之者足以戒的诗教思想，同时又将汉魏以来的诗歌创作推向成熟；李白诗歌对《楚辞》浪漫主义传统的发扬，则体现在他笔下那种洋溢着浓郁浪漫主义色彩的诗歌意象中。杜甫诗歌对汉魏古诗的继承发展，则突出表现为一种入木三分的现实主义精神，他笔下朱门酒肉臭，路有冻死骨的悲怆之音，至今仍在人们心中激荡。韩愈的古文革新运动标举的是文起八代之衰的口号，力图恢复并发扬《论语》《左传》等先秦典籍的文风。由此观之，唐宋文学并非对前人的简单模仿，而是在继承优秀传统的基础上，根据时代需求进行了全方位的革故鼎新，最终实现了对前代文学的全面超越。

相较于前代，唐宋文学在文体、题材、风格等方面都实现了全面繁荣。在文体上，除传统的诗、文、赋外，词、曲、小说等文体蓬勃兴起，尤其是宋词将中国抒情诗推向了意境美和韵律美的巅峰；在题材上，边塞、山水、闺怨、咏史等题材竞相斗奇，极大拓展了文学表现的广度；在风格上，浪漫与现实、豪放与婉约你方唱罢我登场，展现出空前绝后的多元化格局。诚如吴宓先生所言：唐之诗文，气象高华，规模宏阔，讲究声律，而又无伤气骨；善言情，尚意趣，而不流于绮靡。晚唐五代，风骨渐衰，而宋初诸君子，力追唐贤，遂开北宋诗文之一代中兴。这种全方位、多层次的文学繁荣景象，在中国古代绝无仅有。由此观之，唐宋文学对古代文学的发展具有划时代的贡献。

唐宋文学在中国古代社会产生了极其深远的影响。它不仅是文人雅士吟咏品评的对象，更深入民间，成为普通百姓生活的重要组成部分。《木兰辞》《孔雀东南飞》等乐府民歌，即使是街头巷尾的普通民众也能朗朗上口；文章合为时而著，歌诗合为事而作的文学观念，更使得唐诗宋词与人们现实生活紧密相连。文人笔下触目皆是的生活场景和人情风貌，如樊川老夫婆的淳朴善良，西施织女的美丽多情，以及开封铁匠的勤劳本分，无不引发百姓的普遍共鸣。可以说，唐宋文学已经融入民族的血脉，成为中国百姓精神世界不可或缺的滋养。

当然，唐宋文学的影响绝非局限于中国。宋词、唐传奇的海外传播，极大地拓宽了域外民众的文化视野，促进了中外文明的交流互鉴。日本平安朝的《古今集》，就明显受到了白居易诗歌的影响；高丽时期大量引进宋代词集，编撰成类书广为传诵；而日本川端康成的意识流小说，更被视为是受到宋代话本小说叙事方式的启发。

回望唐宋，我们要从历史发展的纵深中认识其文学所处的历史方位。唐宋时期是中华文明由青春期步入成熟期的转型时期。经历数千年积淀的中华文明，在盛唐时期迸发出最耀眼的光彩，宋代虽已呈现出文弱衰微之势，但仍余勇可贾、回光返照。从这个意义上说，唐宋文学是光耀古今的艺术巅峰，同时也隐含着由盛转衰的历史玄机。它的辉煌成就一方面得益于时代的造就，另一方面也孕育着时代的悲剧。认识这种复杂性，需要我们以更加宏阔的历史视野和文化自觉。传承唐宋文人忧国忧民、经世济民的家国情怀，弘扬其兼容并包、博采众长的开放胸襟，推动中国文学在民族复兴的伟大实践中实现新的辉煌。这无疑也是我们从唐宋文学中汲取智慧、获得启迪的根本所在。

（三）唐宋文学对后世的深远影响

唐宋文学之所以能够在中国文学史上占据如此重要的地位，根本原因在于其在审美趣味、价值追求、思想内涵等方面对后世产生的深远影响。这种影响体现在文学创作、文学批评、美学理念等多个层面，涉及诗歌、散文、戏曲、小说等各种文体。可以说，没有唐宋文学的辉煌成就，就难以想象此后中国文学的发展脉络。唐宋文学家们以其卓越的艺术才华和恢宏的人文视野，开辟了中国文学发展的新境界，为后代文人树立了高远的文学理想和审美旨趣。这种文学滋养绵延千载，奠定了中国文学独特的民族风格和美学品格。

在诗歌领域，唐宋时期确立的诗歌美学原则对后世影响至深。诗言志的创作理念强调诗歌要真情实感、发自内心，这一点无论在明代前后七子还是清代古文辞派诗人那里都得到了发扬光大。公安派提出的性灵说更是将这一理念推向极致，认为创作要独抒性灵，不拘格套，强调个性解放和自我表现。这些诗学主张无不继承了唐宋诗人陈子昂诗缘情而绮靡、白居易诗合为事而作的诗歌情志说。再如以李白、杜甫为代表的盛唐诗人开创的浪漫主义和现实主义诗风，分别对后世诗坛产生了深远影响。李白诗歌体现出来的豪放旷达、飘逸洒脱的浪漫情怀，对后世诸多诗人的人格塑造和艺术风格产生了重要影响，苏轼、辛弃疾等就是这一影响的集中代表。杜甫致君尧舜上，再使风俗淳的忧国忧民精神，开创了诗歌比兴寄讽的伟大传统，此后陆游、文天祥等诗人的爱国诗篇无不能从这一传统中觅得踪迹。由此观之，唐宋时期形成的诗歌言志说和浪漫现实两大诗学传统，一直主导着中国古典诗歌的基本格局，奠定了此后中国诗歌创作的美学基础。

就散文创作而言，唐宋时期倡导的古文运动对后世影响尤为深远。韩愈提出的文以明道、文以载道原则，为文章确立了高远博大的人文理想，强调文章应该阐发道义、规谏时政，这成为宋代欧阳修、苏轼散文创作的基本遵循。至明清时期，唐宋古文更是被奉为文章的圭臬。桐城派古文大家方苞、刘大櫆等人即是以韩愈、柳宗元的散文为楷模，力图恢复其质朴刚健的文风。这表明，韩愈倡导的文以明道传统业已深入人心，成为中国古代散文创作的主流。此外，欧阳修、苏轼散文强调文章合为时而著，歌诗合为事而作，主张散文应该紧扣时事、经世致用，这成为明清散文革新的重要诉求。公安派三袁提出文章贵在独抒性灵，不拘格套，就是对欧苏等人革新理念的继承和发展。由此可见，唐宋散文家们阐发的种种文论命题，已经上升为中国古代散文创作的最高原则，对后世产生了决定性的影响。

词和戏曲艺术同样深受唐宋文学滋养。温庭筠、李煜、柳永等宋词作家开创的婉约典雅一派，以其委婉含蓄、余韵悠长的美学特色影响了整个宋词的基本格局，此后无论是晏几道、秦观，还是李清照、姜夔的词作，都明显继承了这一传统。就连词境阔大、风格豪放的苏轼，亦不乏温婉柔美的词作。明代中后期，随着剧曲的兴盛，宋词的抒情传统与元杂剧的音乐唱念融为一体，形成了青阳腔、昆山腔等地方声腔剧种。这些剧种无不以宋词柔婉隽永的艺术表现力为追求，并广泛吸收宋词意象。由此可见，宋词的婉约传统已融入我国戏曲艺术的血脉，成为中国抒情艺术的重要滋养。

至于小说创作，则始终围绕着唐传奇与宋话本展开。唐代志怪传奇所开创的志人志鬼、传奇故事写作样式，为后世小说确立了基本的叙事模式。明代小说家凌濛初、冯梦龙等人在创作中都明显借鉴了唐传奇的艺术手法，尤其是在人物刻画、环境渲染等方面，颇多脱胎于唐人笔下的经典场景和人物形象。宋代话本小说更是元代小说创作的主要剧本来源，施耐庵、罗贯中等作家在创作过程中广泛采撷宋话本素材，并在艺术上加以升华，其中不乏脍炙人口的故事桥段和人物形象。可以说，没有唐传奇、宋话本所开辟的雄浑瑰丽的艺术空间，就难以想象明清小说的辉煌成就。

除了直接的文学影响外，唐宋时期形成的文化心理和美学理念也深刻影响和制约着后世文人的创作。理学兴起以后，儒家伦理日益渗透到文学批评领域，形成了以文以载道为核心的文论话语。明代古文运动领袖茅坤、唐顺之等人即是在这一思潮影响下，大力提倡文章宗经征圣，为士则务明道，为文则务征圣，使得明代文坛逐渐呈现出空疏浮泛的时文景象。清代学者对此多有批评，袁枚在《随园诗话》中指出，宋代空谈心性，故其诗文皆晦涩，殊无益于世。由此可见，宋明理学对文学的过度浸染客观上阻碍了文学的健康发展，这也成为中国文学史上的一大教训。

唐宋时期确立的诗文范式和创作样式，对后世文学同样产生了深刻影响。盛唐诗歌形成了一整套格律严谨、声律和谐的诗歌形式，这成为此后律诗创作必须遵循的基本格律。宋词的慢词体制、双调套曲结构亦为后世词人所继承，并广泛运用于元代杂剧创作中。韩愈倡导的骈散结合、韵律和谐的散文也开启了古文创作的新局面，对后世散文格局产生了决定性影响。即使在白话文兴起后，仍不乏作家热衷于模仿唐宋名家的遣词造句。这些无不体现出唐宋文学样式的恒久影响力。

唐宋文学以其独树一帜的艺术成就和深邃的文化内涵，为中国文学的发展开辟了广阔的空间。它以诗言志的抒情理念奠定了中国诗歌的基调，以浪漫主义与现实主义的交融开创了中国诗歌的新境界；它以文以明道的文论主张树立了散文创作的最高旨归，以质朴刚健的文风确立了散文的美学典范；它以婉约风格开启了中国抒情艺术的新篇章，以传奇故事、话本小说开拓了叙事文学的广阔疆域。这些文学遗产早已融入民族的血脉，成为中国文学发展不竭的精神源泉。

二、唐宋文学研究的现实意义

古为今用，深入发掘唐宋文学中蕴含的思想精华和时代价值，对于传承和弘扬中华优秀传统文化，增强国家文化软实力，推动民族复兴，具有十分重要的现实意义。一方面，唐宋文学中体现出的人文关怀、审美追求、道德理想，是中华民族宝贵的精神财富，是凝聚民族复兴力量的思想源泉。另一方面，唐宋文学对域外的广泛影响，为我们提供了一个传播中华文化、讲好中国故事的成功范本。在经济全球化、文化多元化的新形势下，加强唐宋文学研究，对增进中外人民的心灵沟通，推动民心相通、文明互鉴，进而为构建人类命运共同体贡献智慧，无疑具有重大现实意义。

（一）唐宋文学对传统文化传承的意义

作为中国古典文学的巅峰，唐宋文学集先秦两汉文学之大成，开宋元明清文学之先河，在继承和发展民族文化传统方面具有不可替代的重要作用。通过对唐宋文学的研究，我们不仅可以透视古代社会的风貌，感悟先贤的心路历程，而且可以充分认识中华文化的历史渊源，领会其中所蕴含的道德理想和价值追求。这对于我们传承和弘扬中华优秀传统文化，增强文化自信，凝聚复兴力量，无疑具有重要意义。

儒释道文化精粹是中华优秀传统文化的重要组成部分，而唐宋时期恰恰是三教合流、儒学独尊的重要阶段。唐宋文学充分吸收了儒家思想的营养，许多作品直接体现了修齐治平的儒家理想和仁义礼智信的儒家价值观念。杜甫致君尧舜上，再使风俗淳的济世情怀，韩愈道之所存，师之所存的人格追求，欧阳修不以物喜，不以己悲的达观襟怀，无不闪耀着儒家文化的思想光辉。与此同时，唐宋文学也体现出浓厚的道教色彩。李白诗歌表现出的逍遥放达，苏轼词作流露出的洒脱豁达，无不彰显出道家天人合一的哲学理念和无为而无不为的处世态度。佛教思想也深刻影响了唐宋文学。王维诗歌表达的禅意空灵，白居易笔下透露的慈悲为怀，都体现出佛教诸行无常的人生哲理。总之，儒释道文化无不在唐宋文学中留下了深刻烙印。透过唐宋文学，我们可以清晰地看到中华传统文化的多元一体格局，领会三教文化交融的独特意蕴。这种多元文化基因的挖掘和阐释，对于我们在新时代语境下实现中华优秀传统文化的创造性转化和创新性发展，可谓意义深远。

爱国主义和天下情怀是中华民族的精神典范，唐宋文学对这一文化传统的弘扬可谓功不可没。位卑未敢忘忧国，陆游饱含血泪的诗句道出了唐宋士大夫的拳拳爱国之心。杜甫忧国忧民的现实主义诗风，李商隐身将老兮心未改，鬓如霜兮志犹坚的铮铮铁骨，岳飞王师北定中原日，家祭无忘告乃翁的悲壮豪迈，无一不生动诠释了中华民族千百年来形成的爱国主义传统。与爱国情怀相伴随，唐宋文学还体现出强烈的天下情怀。韩愈在《师说》中提出师者，所以传道授业解惑也，强调知识分子的社会责任；欧阳修在《秋声赋》中提出不以物喜，不以己悲的人生境界，表达了士大夫先天下之忧而忧，后天下之乐而乐的价值追求。这种心系天下、兼济苍生的情怀，已经成为中华民族宝贵的精神财富。在全面建成小康社会、实现中华民族伟大复兴的征程中，我们更需要从唐宋文学中汲取爱国主义和天下情怀的精神营养，焕发乱云飞渡仍从容的复兴伟力。

中华文化向来推崇文史哲的传统，强调文学与道德的交融，主张文章应该承载治国理政、修身齐家的使命。这一传统在唐宋文学中体现得淋漓尽致。韩愈倡导文以明道、文以载道，认为文章应该阐发道统思想，促进社会和谐；诗言志、文章合为时而著等主张更是明确提出文学应该关注现实、服务大众。欧阳修的散文体现出强烈的经世致用意识，力图通过议论时政、抒发民意来推动社会进步。这种重实际、尚功利的文学观念对后世产生了深远影响，成为中国古代文人的基本价值取向。置身于全面深化改革、决胜全面建成小康社会的伟大实践，这种凸显文学现实关怀的传统无疑更显珍贵。它启示我们，文艺工作者要坚持以人民为中心的创作导向，努力创作无愧于时代使命、无愧于人民期待的优秀作品。要坚持以文化人、成风化俗，通过文艺作品弘扬真善美，传播正能量，引导人们树立和坚持正确的理想信念、价值理念和道德观念，为实现中华民族伟大复兴的中国梦凝聚起强大精神力量。

诚然，我们今天强调传承和弘扬唐宋文学的优秀传统，并不意味着可以简单照搬、机械继承。任何一种优秀传统，如果不能与时俱进、推陈出新，就难免落入因循守旧的泥沼而丧失生机活力。更何况，唐宋文学在价值导向、思想内涵等方面也存在一些消极因素，如三教合流客观上造成了文人思想的复杂化，儒佛道思想的交织渗透在一定程度上导致了唐宋士大夫在革新与守旧的悖论中徘徊。对此，我们必须采取古为今用、推陈出新的态度，批判地继承其思想精华，剔除其糟粕沉渣，创造性地加以转化和发展。只有立足时代、贴近生活、贴近群众，遵循文艺发展的客观规律，以高度的文化自觉汲取唐宋文学营养，我们才能真正让中华优秀传统文化焕发出勃勃生机，为实现中华民族伟大复兴提供强大的精神动力。

传统是根，现实是本。唐宋文学对中华传统文化的传承和弘扬，从来都是一个在继承创新中不断发展的动态过程。在新时代语境下，加强唐宋文学研究，必须坚持两个结合，即一要把唐宋文学同中华优秀传统文化相结合，深入挖掘其中所蕴含的思想精华和道德理念；二要把唐宋文学同新时代相结合，立足社会主义核心价值观，推动唐宋文学在传承创新中实现时代价值的转换。中华优秀传统文化是实现伟大复兴最深沉、最持久的精神力量。新时代亟须海纳百川、兼收并蓄的文化自觉，这种自觉既是对优秀传统的守望，更是基于时代需求的文化创新。传统并非一成不变，创新也非推倒重来。关键在于守正创新，在继往开来中推陈出新，做到古为今用、洋为中用。相信通过一代又一代文学家、艺术家的不懈努力，唐宋文学必将以其丰厚的精神滋养为新时代文学创作注入不竭的活力，为民族复兴提供源源不断的精神动力。

（二）唐宋文学对当代文学创作的启示

唐宋时期是中国古代文学的黄金时代，这一时期涌现出诸多文学巨匠，创作出灿若星河的诗文佳作。[①] 透过时间的烟云，这些作品光芒不减，至今仍闪耀着夺目的艺术魅力。纵观唐宋文学发展的历程，我们不难发现，其在抒情方式、议论文写作、通俗文学创作等诸多方面对当代文学创作具有极高的借鉴价值。深入研究唐宋文学的成功经验，对于推动新时代文学创作繁荣发展，提升当代作家的艺术修养和文化品位，无疑具有重要的启示意义。

抒情言志是中国古典诗歌的基本宗旨。诗言志的创作理念自《诗经》《楚辞》创立以来，历代诗人均予以发扬光大。唐宋诗歌更是将这一理念推向极致，无论是万里悲秋常作客，百年多病独登台的悲怆，还是不畏浮云遮望眼，自缘身在最高层的豪迈，无不彰显出真挚动人的内心情感。置身于日新月异的时代潮流中，抒情方式的单一和情感表达的浮泛，成为当代诗歌发展的瓶颈。重温李白、杜甫、苏轼等诗坛巨匠的抒情方式，我们不难发现，他们之所以能写出感人肺腑的诗篇，一个重要原因就在于能够用心灵直抒胸臆、用真情实感打动读者。这种发自肺腑的情感表达对于当代诗歌创作具有重要启示。诗歌创作要真情实感，方能打动人心；要直抒胸臆，方能感人肺腑。空洞的说教、浮泛的议论只会让诗歌失去灵魂。唯有走进生活，关注现实，用心灵聆听时代的声音、人民的心声，才能创作出打动人心的优秀作品。

议论文向来是中国传统文体中的重要组成部分，其承担着倡导道德、讨论明理、关注现实的重任。唐宋时期，韩愈倡导古文运动，欧阳修、苏轼等人发展壮大，推动了议论文创作的蓬勃发展。他们创作的一系列议论散文，从人伦道德到时弊政治，从文化教育到学术思想，涉猎广泛，见解独到，极大地推动了社会的进步。这种敢于直言、善于议论的优良传统，正是当今议论文写作需要继承和发扬的。目前，虽然议论文在数量上不断攀升，但在思想性、艺术性上却乏善可陈。不少作品论点平庸、论据单薄、文风浮夸，缺乏真知灼见和文采风流，其根源就

[①] 文浩．比较视野下魏晋南北朝和唐宋时期文学接受理论研究综述 [J]．湘南学院学报，2016，7(01)：43-49.

在于作家缺乏深厚的文化积淀和敏锐的现实触觉。这启示我们，议论文写作要立意高远、语言生动、论证严密，方能彰显其思想价值和艺术魅力。作家要博览群书、研习经史、关注时政，在知识的海洋里遨游，在现实的沃土上扎根，用敏锐的洞察力发现问题，用深邃的思想力把握本质，用犀利的文笔阐发观点，写出彰显时代精神、引领社会风尚的优秀作品。

通俗文学一直是中国古典文学的重要组成部分。唐代传奇、宋代话本无不以开阔的胸襟容纳市井百态，以细腻的笔触刻画人间悲欢。它们或借助奇特的想象反映世道人心，或通过动人的故事传递人生哲理，以通俗活泼的形式表现深刻的主题，在民间广泛流传。这种文学样式对于繁荣当代文学，提高国民文化素质，无疑具有重要借鉴价值。反观当下通俗文学创作，存在着不少亟待解决的问题。一些作品要么庸俗媚俗，要么空洞说教，缺乏真挚的情感和深刻的内涵，难以引起大众共鸣。借鉴唐宋通俗文学的成功经验，当代作家要深入生活，扎根人民，用真情实感抒写普通百姓的悲欢离合，以通俗易懂的方式反映人间冷暖、世态炎凉。要紧扣时代脉搏，在小说、散文、影视剧创作中融入社会主义核心价值观，在潜移默化中引导人们树立正确的世界观、人生观、价值观。总之，只有把提高作品的思想性、艺术性放在首位，与时代同频共振，与人民同甘共苦，才能创作出无愧于时代的优秀作品，让通俗文学在提高国民文化素质、引领社会文明进步中发挥更大作用。

当然，学习和借鉴唐宋文学，绝不意味着可以简单照抄、机械搬用。任何一个时代都有其独特的审美情趣和价值诉求，生搬硬套古人的题材和手法往往难以奏效。我们所倡导的是一种立足本土、面向时代、古为今用的文化自觉。这种自觉既要求作家以开放包容的胸襟吸收古今中外一切优秀成果，又要求作家立足时代、扎根生活，推陈出新、革故鼎新。唯有如此，唐宋经典才能焕发出新的生命力，成为当代文学创作取之不尽用之不竭的富矿。

（三）唐宋文学在跨文化交流中的作用

唐宋文学不仅在中国文学史上占据着不可替代的重要地位，而且在促进中外文化交流、增进人类文明互鉴方面也发挥了重要作用。透过对唐宋时期文学外交流的系统考察，我们可以清晰地看到，唐诗、宋词等文学样式随着东亚文化圈的形成广泛传播到周边国家，极大地丰富了域外民族的精神文化生活；伴随着海上丝绸之路的开通，唐传奇、宋话本也流传到世界各地，成为联结中外文明的桥梁和纽带。可以说，正是在唐宋文学的感召下，域外民众对博大精深的中华文化产生了浓厚兴趣，中外文化交流由此步入一个崭新的发展阶段。这种跨越国界、超越民族的文化交流，对于今天构建人类命运共同体、促进人类文明进步，具有十分重要的现实意义。

诗歌是唐代对外文化交流的重要载体。日本奈良时代，遣唐使的频繁派遣为唐诗东渐创造了条件。一时间，仿照唐诗创作渐成风尚，形成了咏物诗、悼亡诗等多种诗体，白居易、李白等诗人的作品广泛流传。平安时代，在宫廷文人的推动下，《古今集》《新古今集》等和歌总集纷纷编纂，促进了日本文学的蓬勃发展。其中明显吸收了唐诗意象丰富、注重生活情趣的特点。高丽、新罗等国诗坛同样深受唐诗影响。高丽诗人崔致远、崔滋等人的五言诗，在音律和意境方面与盛唐诗如出一辙。可见唐诗对周边国家和地区产生了广泛而深远的影响，极大地推动了东亚文学的繁荣。宋词的对外传播同样引人瞩目。随着东亚贸易的发展，晏殊、柳永等诗人的词作开始传入高丽、日本，在当地产生广泛影响。朝鲜时代还专门设立词科，将婉约典雅的宋词体制纳入科举考试。宋词缠绵悱恻、余韵悠长的美学追求，对朝鲜王朝最高文学样式诗调的形成产生重要影响。由此观之，诗歌是唐宋时期中外文化交流的重要媒介，为域外国家提供了感知中华文化的独特视角。

小说是唐宋时期内外交流的另一亮点。唐传奇以奇特瑰丽的想象和曲折动人的情节，为世界文学宝库增添了异彩纷呈的篇章。日本平安时期，在《源氏物语》《竹取物语》等作品中，我们可以清晰地看到唐传奇艺术手法的运用。法国汉学大师伯希和对《盘秦郎传奇》《柳毅传》等唐传奇作品翻译研究，使得唐人笔下的美好幻想传遍欧洲，影响了18世纪欧洲小说创作。宋代话本小说同样传播甚广。元代马可·波罗游历中国后，将许多宋代小说故事带回欧洲。意大利作家薄伽丘的短篇小说集《十日谈》就吸收了宋话本情节曲折、细节生动的特色。由此可见，唐宋小说跨越时空，走向世界，极大地拓宽了域外读者的文学视野，为他们提供了认识中国、了解中国的窗口。

更值得关注的是，唐宋时期的中外交流不仅体现在文学作品的传播，更体现在文人的互动往来。白居易与日本僧人空海频繁唱和，柳宗元与日本留学生滕古畅谈诗文，这些活动极大地促进了中日文人的交流。宋代王安石、苏轼等人与高丽使臣酬唱诗作，欧阳修与日僧成寻探讨佛理，同样彰显出兼收并蓄、海纳百川的文化胸襟。这种基于文学的交往互动，超越了国家和种族的藩篱，展现出文学在促进民心相通、增进友谊方面的独特作用。从更广阔的层面看，文人的互访往来与文学作品的传播，共同构筑起中外交流的桥梁，为各国人民搭建起心灵沟通的平台。

文化交流从来都不是单向的输出，而是一个双向互动、互学互鉴的过程。在影响域外文学的同时，唐宋文学也从域外汲取了丰富营养。佛经的大量翻译，禅宗思想的盛行，极大地开阔了文人的视野，推动了山水诗、禅诗的勃兴。道教的广泛传播，老庄思想的复兴，同样为唐宋文学注入新的内涵。李白诗歌飘逸洒脱的浪漫情怀，苏轼词作豁达旷达的人生态度，无不凸显出道家天人合一的哲学智慧。回鹘、高昌等西域音乐舞蹈的输入，也极大地丰富了唐宋文人的审美视野，刺激了乐府词的创作。由此可见，唐宋文学在对外传播的同时，也在不同文明的交流碰撞中实现了自身的革新，是一个在交融中发展、在发展中交融的动态过程。这种海纳百川、兼收并蓄的文化品格，正是中华文明历经五千年而生生不息的力量源泉。

置身于经济全球化、社会信息化的时代潮流，文化交流已经成为促进人类文明进步的主旋律。深入研究唐宋文学在跨文化交流中的积极作用，对于我们准确认识中华文明的世界意义，推动中华文化走出去，讲好中国故事，无疑具有十分重要的现实启示。

其一，要以海纳百川的胸襟加强文化交流互鉴。中华优秀传统文化博大精深，唐宋文学更是其中璀璨的明珠。我们要以开放自信的文化姿态，把中华优秀传统文化中具有当代价值、世界意义的文化精髓推向世界，让中国故事、中国声音传遍五湖四海。同时，我们也要虚怀若谷，兼收并蓄，积极吸纳人类文明的一切优秀成果。文明因交流而多彩，文明因互鉴而丰富。只有立足本国、放眼世界，在交流互鉴中推动中华文化不断发展，我们才能真正彰显中华文明的独特魅力。

其二，要以平等互信的理念深化人文交流。平等互信是不同国家、不同民族开展文化交流的基本前提。唐宋文人与域外僧侣、使节的密切往来本身就体现了一种平等互信的交往理念。今天，我们要秉持这一理念，坚持互尊互鉴、和而不同，在文化交流中充分尊重彼此的文明特色和核心关切，用平等互信架起不同文明沟通的桥梁，夯实人类命运共同体的人文基础。只有秉持平等互信、互利共赢的原则，文明交流才能行稳致远；只有彼此心存善意、诚意相待，人文交往才能久久为功。

其三，要以民心相通的情怀促进文明互鉴。文学作为凝聚人心、陶冶情操的重要载体，在促进民心相通方面发挥着不可替代的作用。唐宋时期的文学对外传播，极大地拉近了不同国家人民的情感距离。今天，我们要以文学为媒介，在平等交流中增进理解、传播友谊，讲述能够触动人心、感染世界的中国故事，让中外民众在心灵的共鸣中加深彼此的了解和信任。要推动文明交流互鉴，使人类文明百花园群芳竞艳。相信在民心相通的基础上，不同国家人民必将携手前行，共创人类文明的美好未来。

纵观人类发展的历史长河，任何一种文明都不可能独善其身，中华文明之所以历久弥新、绵延不绝，根本在于始终保持海纳百川、兼收并蓄的开放品格。新时代呼唤海纳百川、因时而变的文化自觉，呼唤古为今用、推陈出新的文化创新。惟有以更加开放包容的胸襟，以更加自信从容的姿态，积极传播中华优秀传统文化，讲好中国故事，我们才能在世界文明百花园中绽放出别样的光彩。相信通过我们的不懈努力，中华文化必将以更加鲜明的风格屹立于世界民族之林，为构建人类命运共同体、推动人类文明进步贡献中国智慧、提供中国方案。

三、唐宋文学研究的展望

学术之道，贵在创新。面向未来，加强唐宋文学研究，必须立足新的时代坐标，用新的理论视野、新的研究方法，去重新认识和阐发唐宋文学的当代价值。一方面，要跳出就文论文的传统窠臼，将唐宋文学置于更为广阔的文化语境和社会语境中加以考察，深入发掘其思想内涵和时代精神。另一方面，要以海纳百川的学术胸襟吸纳现代人文学科的研究方法，推动唐宋文学研究的学科融合和方法创新，使其真正彰显出恒久的理论魅力和现实意义。此外，还要充分利用现代信息技术手段，加强唐宋文学的数字化研究，使其焕发亦余心之所善兮，虽九死其犹未悔的青春活力。新的时代呼唤新的文学阐释，期待在传承创新中推动唐宋文学研究实现新的辉煌。

（一）拓宽唐宋文学研究的视野

唐宋文学是中国古代文学的高峰，其所达到的艺术成就和精神高度至今仍令人仰止。放眼古今中外，唐宋时期是中国对外交流最为频繁的时代之一，诗词歌赋随着域外使节、商旅、僧侣的步伐，广泛传播到朝鲜半岛、日本列岛乃至更远的中亚、西域。与此同时，域外文化也随着西域乐舞、佛经译著、西域史地传入中土，极大地开阔了中国文人的视野。在这样一个文化交融的时代，中国文学实现了由域内走向域外的跨越。这种横跨国界、超越种族的文化交流，是人类文明发展史上的一大壮举，同时也是未来唐宋文学研究面临的广阔空间。

近年来，随着海内外唐宋文学研究的不断深入，关于唐宋文学的很多问题已经取得了较为深入的研究。然而，纵观现有的研究成果，其研究视野往往局限于中国本土，对域外视角的借鉴和吸收尚显不足。事实上，中国之外的许多国家都曾与唐宋中国发生过密切的文化交流，其中既有深受唐诗宋词影响的日本、朝鲜等东亚国家，也有与唐宋频繁交往的阿拉伯、波斯等伊斯兰国家，还有通过丝绸之路与中国联系紧密的中亚、南亚各国。这些国家在吸收、借鉴唐宋文学的同时，也形成了独特的域外视角。这种视角与中国本土研究相互参照，无疑有助于我们更加全面、立体地认识唐宋文学的世界性影响，进而揭示其在人类文明发展史上的独特地位。由此，拓宽唐宋文学研究视野，充分吸收域外研究的最新成果，是推动唐宋文学研究不断向前发展的必由之路。

日本汉学界素来重视唐宋文学研究。从明治维新至今，日本学者在唐诗、宋词接受史以及中日比较文学等领域都取得了丰硕成果,其中不乏精辟深刻的见解。如日本学者青木正儿在《中华全国风俗志》一书中对唐代诗歌的地域特色作了细致考察,黑川洋一在《白氏文集之研究》中对白居易诗歌的传播、接受进行了深入探讨。这些研究以更加开阔的国际视野审视唐宋文学,往往能给人耳目一新之感。再如,20世纪初,日本学者藤田丰八将敦煌变文中的许多唐宋文学作品辑录出版,极大地充实了唐宋文学的文献。可以说,如果没有这些日本学者的贡献,我们对唐宋文学的认识将会不够全面和深入。

韩国学界同样高度重视唐宋文学研究。与中国文化历来联系紧密的韩国,其古代很多重要文学作品都直接受到唐宋文学的影响。因而韩国学者研究本国古代文学,往往要将视野投向唐宋。如韩国汉文学专家丁仁在《高丽时代汉文学》一书中就系统考察了唐宋文学对高丽文人创作的影响。韩国古代诗集《破阵乐》中的诗歌,形式上与唐代乐府诗颇为相似,韩国学者仅从这一细节入手,就对唐代乐府诗的传播作了深入探讨。这些研究表明,域外视角有助于我们突破惯常的研究模式,发现唐宋文学影响的新线索。今后,加强与韩国学界的学术交流,借鉴其研究唐宋文学的新方法、新视角,对于开拓唐宋文学研究新局面大有裨益。

在阿拉伯、波斯等西域国家,唐宋文学同样产生过重要影响。宋代王楚材《野客丛书》中记载,宋代波斯人李泰伯曾将大量唐诗译为波斯文,在当地广泛流传。元代学者赛典赤·赡思丁曾对唐宋散文进行评论,其著作《宣和遗事》引录了大量唐宋古文佳作。可见,早在古代,唐宋文学就已随丝路传入西域,受到当地民众的欢迎。西亚、北非等国古籍中也保存有不少唐宋时期的汉籍,这对于研究唐宋文学的域外传播具有重要价值。遗憾的是,由于语言隔阂等原因,这些域外文献尚未得到国内学界足够的重视。可以预见,随着"一带一路"建设的深入推进,这些珍贵的域外文献资料必将进入更多国内学人的视野,极大地丰富我们对唐宋文学域外影响的认识。

在更广阔的层面上,拓宽唐宋文学研究视野,还要求我们突破中国文学研究的传统窠臼,将唐宋文学置于整个人类文明发展的坐标中加以考察,其中就包括对唐宋文学与域外文学关系的比较研究。事实上,在吸收唐宋文学营养的同时,日本、韩国、阿拉伯等国也都形成了自己独特的文学传统。将唐宋文学与这些域外文学进行比较，考察其异同，探讨其相互影响，对于我们认识文学发展的一般规律大有启发。近年来，随着中外学术交流的日益频繁，比较文学研究日渐引起学界重视。一些有识之士开始尝试对唐宋文学与域外文学进行比较。这些探索虽尚处于起步阶段，但其所代表的研究趋向值得我们关注。可以预见，随着这一研究视角的不断深化，必将极大拓展唐宋文学研究的疆域，推动这一领域实现新的突破。

当然，拓宽唐宋文学研究视野，绝不意味着对本土研究的放弃和忽视。域外视角的引入是为了更好地回归和审视本土，是与本土研究相辅相成、相得益彰的。只有立足本国、放眼世界，才能在域外视野与本土研究的对话中实现唐宋文学研究的创新发展。其中，既要善于从域外汲取创新灵感，发现新的研究问题，又要立足中国国情，发挥本土文化资源的独特优势。这就要求我们在研究中要始终坚持问题导向，紧密结合中国的历史语境和现实需求，在批判继承传统的基础上推陈出新。相信通过海内外学人的共同努力，唐宋文学研究必将在拓宽视野中实现质的飞跃，为中国乃至世界的文学事业发展贡献更多的中国智慧。

（二）深化唐宋文学研究的内涵

深化唐宋文学研究内涵，是新时期唐宋文学研究的核心命题之一。唐宋时期是中国文学发展的高峰期，其文学创作无论是在思想内涵还是艺术表现上都达到了登峰造极的境界。然而，当前唐宋文学研究在深度和广度上还存在不足，许多重大理论问题尚未得到根本解决。因此，进一步深化唐宋文学研究内涵，挖掘其思想精华和审美旨趣，是推动这一领域不断向前发展的关键所在。

长期以来，唐宋文学研究取得了丰硕成果，但仍存在视野不够开阔、研究较为零散的问题。要改变这一状况，就必须在总结已有研究的基础上，提出新的学术思路，发现新的研究问题。我们要立足当下，充分吸收文艺学、美学、文化研究等学科的最新理论成果，运用新的研究视角和方法，对唐宋文学进行多角度、深层次的阐释。比如，近年来文化研究理论的兴起为文学研究提供了新的路径，我们可以借鉴其关注边缘、重视下层的学术视角，对唐宋时期的民间文学、俗文学进行深入发掘，以期展现这一时期文学创作的多元面貌。

文学创作的核心在于表达思想、传递情感。深入文本细读，揣摩作家心灵，把握其创作意图，是文学研究的基本功。然而，长期以来，唐宋文学研究往往过于重视对作品的考证和评点，而忽视了对作品思想内涵的深入阐发。要改变这一状况，就必须回归经典名篇，重视细读品味，挖掘蕴藏其中的哲学理趣和人文精神。如韩愈散文笔锋犀利、言辞慷慨，背后折射出其坦荡磊落、敢于直言的儒者风骨；柳宗元山水诗景致空灵、意境悠远，切实寄寓着老庄哲学的返璞归真之思。透过对经典作品的解读，我们方能充分领略唐宋文人丰富的精神世界和人格理想，进而升华自身的文学修养和人文素养。

深化内涵，还意味着要将唐宋文学置于更加宏大的时代背景中考察。文学创作从来不是孤立存在的，而是特定历史条件下的产物。唐宋时期政治清明、经济繁荣、思想解放，儒释道三教交融，无不对文学创作产生重要影响。因此，要全面把握唐宋文学的时代特质，就必须立足历史大背景，深入分析其产生的社会根源和文化土壤。比如，晚唐时期，藩镇割据、党争频仍导致社会动荡，这一背景直接催生了白居易、元稹新乐府运动的兴起。又如，理学家程颐、朱熹等人的文学主张对宋代古文创作产生了重要影响。这些都表明，文学与社会、哲学等领域有着错综复杂的联系。唯有跳出文学的樊篱，广泛关照历史文化语境，我们才能准确把握唐宋文学发展的内在逻辑，进而挖掘其深层内涵。

优秀的文学作品历久弥新，其所蕴含的真善美价值常能引起后人的共鸣。不以物喜，不以己悲的达观襟怀，先天下之忧而忧的入世情怀，对于身处变革时代的当代中国人同样具有重要启示意义。深化研究，就要求我们立足新时代，发掘唐宋文学中可资当下的思想资源。一方面，要总结唐宋文人积极入世、关注民生的优良传统，为当代文学家、艺术家树立表率；另一方面，要从唐宋大家的文学作品中提炼出超越时空的人生智慧，为当代中国人的精神生活提供滋养。这种古为今用、推陈出新的研究视角，不仅有助于彰显优秀传统文化的恒久魅力，更能为新时代文艺创作注入源头活水。

纵观当下，中华民族伟大复兴的历史征程正在稳步向前。在这样一个伟大的时代，如何立足本民族优秀文化传统，推动中华文化创造性转化和创新性发展，是摆在我们面前的一道时代命题。深化唐宋文学研究内涵，正是回应这一时代呼唤的重要方式。通过重新梳理和阐释唐宋经典，发掘其中蕴含的民族精神和人文价值，我们必将极大地坚定文化自信，为实现民族复兴凝聚起强大的精神力量。

（三）创新唐宋文学研究的方法

在新时代的历史方位下，唐宋文学研究要焕发出更加蓬勃的生机和活力，创新研究方法无疑是一个重要切入点。长期以来，唐宋文学研究大多沿袭传统的文本细读和考据方法，这固然有其合理性，却也在一定程度上制约了学术视野的拓展。在当今学术版图日益多元的背景下，文学研究也必须与时俱进，积极借鉴和吸收其他学科的最新理论和方法，推动跨学科、跨领域的融合创新，方能激发出唐宋文学研究的新活力。

文学的创作与接受从来都与社会现实息息相关。作为一种社会文化现象，唐宋文学必然打上时代的烙印。因此，将文学置于具体的时代语境中考察，剖析其与政治、经济、文化等因素的互动关系，是深化文本内涵的重要路径。近年来，随着文化研究、新历史主义等理论的兴起，学界开始更多关注文学与权力话语、意识形态的复杂勾连。对唐宋文学研究而言，这无疑提供了新的理论视角。比如，我们可以考察科举制度对唐宋文人创作心理和审美趣味的影响，辨析不同政治势力与文学流派、文人群体的互动，揭示唐宋文学发展背后的深层动因。又如，对唐宋文人的文化心理、价值观念进行厚描，则有助于还原一个丰满而真实的唐宋士大夫群像。总之，社会学视角的引入，必将推动唐宋文学研究由单纯的文本解读走向更加立体、更加贴近历史现场的阐释。

近年来，随着数字人文、大数据等新技术方法的发展，为文学研究提供了更加丰富的工具和路径，这对于推动唐宋文学研究的创新发展无疑具有重要意义。运用数据库技术对唐宋时期的海量文献资料进行采集、整理和分析，可以帮助我们发现隐藏在浩如烟海的文本背后的关联和规律。比如，借助数字人文的手段，我们可以对唐宋诗文的创作时间、地域分布进行精确定位，探寻不同时期、不同地域的文学样式嬗变，进而提炼出唐宋文学发展的一般规律。再如，利用社会网络分析、共词分析等方法，我们则能够客观呈现唐宋文人的人际交往网络，发掘文人群体的复杂互动关系。这对于我们从更加宏观、更加数据化的视角把握唐宋文坛的发展态势，无疑大有裨益。在数据时代的背景下，唯有积极拥抱新技术、新方法，唐宋文学研究才能实现由经验式、定性化的阐释向数据化、定量化的分析的跨越。

　　跨学科研究视野的引入，也将为唐宋文学研究开辟新的疆域。事实上，任何一种人文学科的发展，都离不开与相关学科的相互激荡和借鉴。作为一门综合性很强的学科，文学研究更需要文、史、哲等多学科的交叉融合。尤其是在唐宋这样一个文史不分家的时代，士大夫往往身兼数职，诗文、史论、哲思交相辉映，因而全面把握其文学成就，就必须放眼更为宏阔的人文知识谱系。比如，将唐宋文学与佛道思想的关系作细致梳理，对禅宗语录等宗教文献进行扎实考释，这不仅有助于我们深入唐宋士大夫的精神世界，而且也让我们看到，宗教文化对唐宋文学艺术旨趣的塑造起到了不可忽视的作用。又如，将唐宋文学与经学、史学创作相对照，揭示学术思想与文学观念的深层互动，我们才能真正领略到诗书万卷始终通的文史互鉴传统在唐宋文坛的集中体现。总之，打破学科藩篱，努力实现不同研究领域的深度对话，必将为唐宋文学研究提供更加广阔的学术空间。

　　在方法创新的过程中，古为今用、洋为中用的研究理念同样不可或缺。这就要求我们在继承优秀学术传统的基础上，积极吸纳域外先进的文论方法。近年来，西方文论界涌现出诸如女性主义批评、后殖民批评等新的流派和理论，为文学阐释提供了新的视角。比如，我们完全可以运用女性主义理论来重新审视唐传奇、宋话本中的女性形象和女性书写，从而发掘隐藏在男性话语背后的女性诉求；运用后殖民理论来考察域外汉学家对唐宋文学的阐释，剖析其背后的文化视域和话语策略，这对于拓宽唐宋文学研究的国际视野大有裨益。当然，任何理论的运用都要服从于研究对象的特点，外来理论方法的借鉴绝不意味着简单的照搬套用。唯有立足本土语境，从自身学术传统出发，在批判吸收的基础上实现方法的本土转化，域外理论方法的引入才能真正焕发出学术生产力。

　　学术研究从来都是一个不断创新、不断超越的过程。面对新的时代课题，唐宋文学研究必须以更加开放的姿态拥抱新的理论、新的方法。这既需要立足本土，传承发展民族学术的优良传统，又需要放眼全球，博采众长、兼收并蓄。在传统与现代的融通中，在本土与域外的碰撞中，唐宋文学研究必将展现出崭新的学术图景。这无疑对研究者提出了更高的要求，我们既要具备扎实的文献功底和过硬的专业素养，又要保持对新知、新思的敏锐触觉和开放心态。惟有如此，方能不断拓宽唐宋文学研究的理论视野和方法路径，

我们既要看到其文学创作所达到的艺术高峰，更要领会蕴藏其中的人文精神和思想内核。从现实意义来看，唐宋文学对于传承和弘扬民族文化传统，坚定当代中国人的文化自信，具有不可替代的重要作用；而从学术创新的角度而言，拓宽研究视野，深化研究内涵，创新研究方法，则是推动唐宋文学研究实现新的突破的关键所在。站在两个一百年奋斗目标的历史交汇期，包括唐宋文学研究在内的整个中国古代文学研究，都面临着提质增效、转型升级的迫切要求。这就需要我们以更加开阔的学术视野、更加深邃的文化眼光，立足本土、放眼世界，在深入挖掘民族优秀文化传统的基础上，积极吸纳现代人文科学的最新成果，推动研究范式从经验式阐释向学理化探究、从单一学科走向多元综合的创新跨越。

在新时代的恢宏图景下，广大唐宋文学研究者理应以高度的文化自觉和历史使命感，勇于担当、善于作为。让我们以不畏浮云遮望眼的奋进姿态，在传承创新中推动唐宋文学研究不断深化；让我们以会当凌绝顶，一览众山小的恢宏视野，在比较借鉴中引领唐宋文学研究再攀高峰。我们坚信，在广大学人的共同努力下，中国古代文学研究必将迎来更加灿烂辉煌的明天，为坚定文化自信、实现民族复兴贡献更多的智慧和力量。

参考文献

[1] 刘欣悦. 走进大唐荣耀——盛唐之诗高潮到来前的蛰伏 [J]. 青年文学家，2019(02)：92-93.

[2] 张利群. 论中华美学精神的内涵构成及现代意义 [J]. 学习与探索.2017(11)：169-175.

[3] 李美容. 论唐代文人的漫游 [J]. 湖南冶金职业技术学院学报，2006(04)：：510-513.

[4] 刘文. 论王维《山居秋暝》的意境美 [J]. 教育教学论坛，2012(33)：267-268.

[5] 程晓菡，石振平. 叛逆与传统之间——建安文人思想论 [J]. 现代语文（文学研究版），2007(12)：27-29.

[6] 蔡葩. 独特的审美意蕴与情感表达——符浩勇小小说作品研讨会综述 [J]. 海南师范大学学报（社会科学版），2012，25(06)：142-144.

[7] 李会杰. 宋代文人生活与艺术创作的审美格调 [J]. 青年文学家，2019(36)：64-65.

[8] 徐景宏. 探析中国现当代文学的研究现状与发展 [J]. 中国科教创新导刊，2013(34)：96，191.

[9] 王艳春. 从节序词看北宋女性生活 [D]. 西安：陕西师范大学，2008：33-34.

[10] 罗时贵. 论胡应麟对唐诗格调的批评 [D]. 宁夏大学，2014：56-58.

[11] 汪丽琴. 小议王维与孟浩然山水田园诗比较——诗人自我形象的隐与显 [J]. 安徽文学（下半月），2009(07)：100-101.

[12] 孙红霞. 从功能对等角度看唐诗英译的不可译性——以《许渊冲唐诗三百首》英译本为参照 [D]. 华北水利水电大学，2021：45-47.

[13] 王燕萍. 略论古代诗歌的抒情方法 [J]. 海南广播电视大学学报，2013，14(01)：32-35.

[14] 金华.《岁寒堂诗话》的"类互文性"特征 [J]. 重庆第二师范学院学报，2017，30(05)：68-71.

[15] 李刚. 诗歌语言的陌生化——宋诗话中的语言批评 [J]. 华中师范大学，2002：23-25.

[16] 孔妮妮. 南宋的学术发展与诗歌流变 [D]. 上海：复旦大学，2005：79-81.

[17] 胡玉尺. 两宋京口诗歌研究 [D]. 湖南科技大学，2017：70-71.

[18] 张雁. 古诗的色彩 [J]. 语文教学与研究，2007(17)：45-47.

[19] 杨晨玥. 论王维诗歌"诗中有画"的艺术特色 [J]. 青年文学家，2023(09)：91-93.

[20] 李刚. 诗歌语言的陌生化——宋诗话中的语言批评 [D]. 华中师范大学，2002：23-24.

[21] 张帆帆. 宋代山水散文研究 [D]. 济南：山东大学，2018：341-344.

[22] 李金风. 文学语言的艺术特征及实现 [J]. 安徽文学（下半月），2010(11)：72-73.

[23] 曾宪章. 困境与突围：关于基层文艺批评的价值思考 [J]. 湖北职业技术学院学报，2017，20(04)：56-60.

[24] 卢华. 元结文学思想研究 [D]. 济南：山东大学，2006：56-59.

[25] 徐冬. 王充闾历史文化散文研究 [D]. 华中师范大学，2016：34-35.

[26] 韩芳. 论韩愈、欧阳修以古文为时文的理论取向 [J]. 扬州大学，2013：26-28.

[27] 宋娟. 古文运动、科举与"唐宋八大家" [J]. 北方论丛，2005(02)：62-65.

[28] 黄晖. 中国比较文学研究百年 [J]. 海南师范学院学报（人文社会科学版），2002(02)：45-50.

[29] 魏继洲. 言说、意义及其关联——简论语言秩序与民族性格的统一性 [J]. 广西社会科学，2004(12)：129-132.

[30] 王燕. 愿君多采撷 [J]. 陕西教育（教学版），2012(03)：29-32.

[31] 赵兴勤. 宋代说唱伎艺的互为渗透 [J]. 中原文化研究，2016，4(01)：89-97.

[32] 赵晓芳. 视觉文化冲击与浸润下的文学图景——论世纪之交中国文学的图像化走势 [D]. 华中师范大学，2008：87-89.

[33] 史欣. 宋元小说序跋研究 [D]. 济南：山东大学，2015：55-57.

[34] 傅玉兰. 宋之问及其诗歌研究 [D]. 南京：南京师范大学，2011：35-37.

[35] 单芳. 论儒家诗教对两宋词论的影响 [J]. 西北师大学报（社会科学版），2011，48(03)：21-26.

[36] 蔡燕，王丽华. 唐宋文学语言白话趋向与文学商业化的关系 [J]. 大理大学学报，2021，6(09)：47-52.

[37] 何姗. 略论唐代文人的漫游之风 [J]. 大舞台，2011(07)：286-287.

[38] 张蓉. 中国古代文学思潮与意境演变 [D]. 西北师范大学，2014:55-57.

[39] 文浩. 比较视野下魏晋南北朝和唐宋时期文学接受理论研究综述 [J]. 湘南学院学报，2016，7(01):43-49.